Biblioteca

Adele Ashworth

Adele Ashworth

UN ROMANCE ESCANDALOSO

Traducción de
Concepción Rodríguez González

Título original: *Duke of Scandal*

Primera edición: febrero, 2009

© 2006, Adele Budnick
© 2009, Random House Mondadori, S. A.
  Travessera de Gràcia, 47-49. 08021 Barcelona
© 2009, Concepción Rodríguez González, por la traducción

Quedan prohibidos, dentro de los límites establecidos en la ley y bajo los apercibimientos legalmente previstos, la reproducción total o parcial de esta obra por cualquier medio o procedimiento, ya sea electrónico o mecánico, el tratamiento informático, el alquiler o cualquier otra forma de cesión de la obra sin la autorización previa y por escrito de los titulares del *copyright*. Diríjase a CEDRO (Centro Español de Derechos Reprográficos, http://www.cedro.org) si necesita fotocopiar o escanear algún fragmento de esta obra.

Printed in Spain – Impreso en España

ISBN: 978-84-8346-896-8 (75/3)
Depósito legal: B-51893-2008

Fotocomposición: Revertext, S. L.

Impreso en Novoprint, S. A.
Energia, 53. Sant Andreu de la Barca (Barcelona)

M 868968

*Para mamá,
que comprende la pasión que siento por los perfumes
y todo lo referente a los aromas*

Prólogo

París, Francia, enero de 1860

Lady Olivia Shea, que llevaba casada poco más de doce horas con lord Edmund Carlisle, se encontraba frente a una de las enormes ventanas con cortinajes verdes de su elegante habitación en el hotel de Grillon, situado en la plaza de la Concordia, contemplando cómo el sol asomaba por el horizonte e iluminaba lentamente la capa de hielo invernal que cubría la parte este del Jardín de las Tullerías.

Permanecía inmóvil mientras el aliento que escapaba de sus labios empañaba el cristal con pequeños y predecibles círculos. Notaba el cuerpo helado, ya que estaba descalza sobre el suelo de madera, pero su mente era ajena a toda sensación que no fueran la rabia y una desesperada apatía.

Su marido y ella habían llegado al hotel la noche antes para dar comienzo a su luna de miel, para empezar su nueva vida juntos, o al menos eso había creído ella. Embargada por la felicidad, Olivia se había puesto la ropa de cama para aguardar la consumación de su amor y su compromiso, pero, por extraño que pareciera, Edmund había recordado de pronto que debía encargarse de un asunto de negocios antes de partir hacia Grasse para una estancia de un mes: necesitaba más dinero para el viaje. Durante las horas que siguieron, mientras esperaba a que su esposo regresara, la excitación y los miedos típicos de todas las vírgenes habían desaparecido para ser sustituidos primero por el fastidio que le provocaba su marcha, después por el pánico y finalmente por la desesperación, sobre todo cuando empezó a evaluar lo que había sucedido entre ellos en los tres últimos meses: el encuentro casual de dos aristócratas ingleses con mucho en común que vivían rodeados de extravagantes franceses; el vertiginoso romance en el que él se había comportado como el perfecto caballero rebosante de encanto; el cortejo calculado y el empeño en una boda rápida... Por desgracia, poco antes del alba llegó a la horrible y desgarradora conclusión de que la relación no había sido más que una farsa y que su flamante marido la había tomado por tonta.

¿Por qué, Edmund? ¿Por qué yo? ¿Qué he hecho yo?

Aún no había llorado. No le encontraba ningún sentido a hacerlo, aunque sabía que pronto sería incapaz de contener la angustia y que las lágrimas se derramarían por sus mejillas como un manantial inagotable nacido en las profundidades de su corazón.

Edmund no la había abandonado ante el altar, sino en el tálamo nupcial. Con una sonrisa y una mentira, la había dejado entre las costosas sábanas perfumadas, le había dado un tierno beso y se había marchado sin el menor rastro de inquietud o remordimiento. En su opinión, ese acto tan despreciable había sido el peor de los engaños. Después del afecto y la confianza que había depositado en él, el último adiós de Edmund había supuesto la humillación definitiva. Sospechaba que la había convencido con falsas e ingeniosas artimañas de los beneficios de una boda rápida con el único fin de poder tener acceso a sus cuentas como su marido, pero le había resultado mucho más sencillo llegar a esa conclusión después de pasarse toda la noche acompañada tan solo por sus pensamientos y la luz tenue del gélido amanecer.

En ese momento, mientras el sol despertaba la ciudad que se extendía ante ella con sus edificios grises y la luz parpadeante de los últimos faroles, comenzó a idear un plan. Era cierto que la mayor parte de la culpa era suya, ya que había permitido que se apropiaran de su herencia, pero no era tan ingenua como sin duda la creía Edmund. Poseía recursos, determinación y habilidades que él desconocía. Y sobre todo, estaba dotada de un intelecto brillante que estaba muy dispuesta a utilizar.

En ese preciso instante, ataviada aún con el maravilloso camisón tejido a mano con seda importada y encaje de la India, Olivia hizo el juramento más importante de todos cuantos había pronunciado esa semana.

Lo encontraría.

Sí, decidió mientras apretaba los puños a los costados. Daría con él, encontraría un modo de recuperar su fortuna y conseguiría la anulación de esa parodia de matrimonio. Y después lo arruinaría.

Tal vez le llevara algún tiempo, pero lo encontraría.

«Voy a por ti, Edmund, y me las vas a pagar.»

1

Londres, Inglaterra, finales de marzo de 1860

Habían pasado cuatro meses desde la última vez que había estado con una mujer, y tal vez un año desde que acariciara a una cuyo nombre recordara. Esa noche, sin embargo, tenía la intención de procurarse compañía fueran cuales fuesen las circunstancias. Necesitaba un escarceo entre las sábanas más que nunca. Por desgracia, la circunstancia a superar era que en la fiesta de presentación en sociedad de Beatrice, una prima lejana, solo había damas de buena cuna que flirteaban con disimulo, se reían por lo bajo y se pavoneaban frente a él ataviadas con ricos vestidos en todos los tonos del arco iris. Era una de esas típicas fiestas a las que se veía obligado a asistir, la primera de la temporada, y la oferta de féminas dispuestas a solucionar su problema era más bien escasa.

La ausencia absoluta de presencia femenina en su vida de un tiempo a esa parte era sin duda algo patético, en especial para él: Samson Carlisle, el distinguido, libertino y escandaloso cuarto duque de Durham. O eso le habían dicho. ¿Qué pensarían los sinvergüenzas de sus amigos si averiguaran esa reciente despreocupación por el género femenino? Tenía una reputación infame que mantener. Por supuesto, nadie lo conocía en realidad tan bien como creía. Ni siquiera sus mejores amigos. Y así debía ser.

Apoyado contra una enorme columna de mármol con volutas en bronce y oro que estaba situada en el extremo opuesto al de la escalera principal, Sam bebía con calma un whisky bastante malo mientras contemplaba la debacle de la pista de baile. Desde su aventajada posición podía apreciar la mayor parte del salón de baile y pasar más o menos desapercibido. Aborrecía las fiestas. En realidad despreciaba todo aquello que lo convirtiera en el centro de atención, y ocurría que, dado que casi siempre era el individuo con el título de mayor rango en cualquier acto social y también el más rico, solía tener a muchas personas revoloteando a su alrededor. En algunas ocasiones resultaba de lo más obvio, pero en otras no. Los caballeros querían hacerle proposiciones de negocios, las jóvenes inocentes reían como tontas mientras suplicaban su interés con la mirada y las damas casadas coqueteaban de manera sutil o le hacían descaradas invitaciones que él siempre, siempre, rechazaba. Si había algo que había aprendido bien a sus treinta y cuatro años era que nunca, en ninguna circunstancia, debía fiarse de una mujer casada. Confiar en los encantos y la experiencia de esas mujeres podía llevar a un hombre a la ruina. Algo que había estado a punto de sucederle a él.

Sam gruñó para sus adentros mientras se preguntaba por qué su mente volvía siempre al pasado en ocasiones como aquella, por qué rememoraba cosas que no podía cambiar y que no hacían sino desasosegarlo a muchos niveles diferentes. Y estaba claro que el desasosiego, por mínimo que fuese, no lo ayudaría a seducir a una mujer en una reunión intrascendente como aquella, y ese era su único objetivo esa noche. Necesitaba cambiar rápidamente de actitud si no quería volver a casa solo.

—Solo otra vez, ¿eh?

Ese irónico comentario tan similar a sus pensamientos procedía de Colin Ramsey, uno de sus mejores amigos, un rival ocasional en lo que a las mujeres se refería y el único hombre de la fiesta que lo igualaba en rango. Aparte de eso, no había dos hombres más distintos en toda Inglaterra.

—Por lo que he podido ver, no puede decirse lo mismo de ti... —replicó Sam con aire arrogante sin siquiera mirarlo—. Creo que has estado con todas las damas presentes esta noche.

Colin rió entre dientes.

—Supongo que te refieres a que he estado con ellas en la pista de baile...

—Desde luego.

—Desde luego... En ese caso, sí, he bailado con casi todas las damas que han acudido a la fiesta. —Soltó un gruñido—. Me duelen los pies.

—Prueba a ponerlos en remojo —murmuró Sam.

—Vaya... —comentó Colin de inmediato—. ¿Eso es lo que haces tú después de pasarte toda la noche bailando el vals?

Sam reprimió el impulso de resoplar.

—Sí, eso es lo que hago después de pasarme toda la noche bailando el vals.

Colin se echó a reír de nuevo mientras contemplaba los alrededores y alzaba la mano para dar otro trago a la bebida.

—Tú bailando un vals... Cuando se congele el infierno —añadió por encima del borde de la copa.

Sam lo dejó pasar y dio un nuevo sorbo de whisky mientras se fijaba en que la hija de lady Swan, Edna, tenía un aspecto de lo más ridículo con ese vestido de gasa rosa pastel cuyo escote bajo dejaba al descubierto su grueso cuello. Sin embargo, Edna, que no había dejado de mirarlo y de sonreír mientras bailaba con lord Fulano de Tal, no era del todo fea. Tal vez en un futuro llegara a considerarla como una posible esposa, ya que procedía de una buena familia, tenía un rostro aceptable, gozaba de buena salud en general y poseía unas caderas redondeadas aptas para dar a luz con facilidad. Después de todo, lo único que le exigía el título era engendrar un heredero. Además, todas las mujeres inglesas le parecían iguales en última instancia: damas de expresión delicada, piel clara y cabello castaño... y la mayoría de ellas lo aburría. Sabía que en algún momento tendría que elegir a su duquesa, antes de morir a causa de una enfermedad u otra y de que su fortuna pasara a manos de su hermano. Estaría dispuesto a casarse con el ángel de la muerte antes que permitir que eso ocurriera. Con todo, no era probable que la elegida fuera la dulce y sencilla Edna, y sin duda no tenía ninguna prisa por entrar a formar parte de las filas de los casados.

—Sabes que está encaprichada contigo, ¿verdad? —inquirió Colin, interrumpiendo sus pensamientos.

Sam observó a su amigo, tan solo cinco centímetros más bajo que él, que medía un metro ochenta y siete centímetros. Colin, que solo se vestía con las mejores y más costosas galas y que esa noche llevaba un traje negro y una camisa blanca de seda, no había apartado la mirada de la pista de baile y, como de costumbre, parecía muy cómodo bajo el escrutinio de la alta sociedad. Sam estuvo a punto de comentar su fastidio, ya que desde que podía recordar sentía una extraña mezcla de celos y admiración por la serenidad, el encanto, el aplomo y la perspicacia que su amigo mostraba con las damas. Él no había pasado un momento relajado con una mujer en toda su vida.

—Está encaprichada con mi dinero —lo corrigió.

—Un reparo del que deberías sentirte muy orgulloso —añadió Colin.

Sam no hizo comentario alguno al respecto.

—Supongo que ella no te gusta nada —señaló su amigo.

—Ni lo más mínimo.

Colin dio otro trago a la bebida.

—Sé que su familia te tiene entre su escueta lista de posibles candidatos y que ella posee una dote más que considerable...

—¿Qué eres, un maldito casamentero enviado por su madre? —Inclinó la cabeza en dirección a Edna Swan—. Tú tampoco estás casado, así que cortéjala.

—Yo tampoco necesito su dote —replicó Colin con aire despreocupado.

Sam se quedó callado una vez más, aunque su compañero tampoco esperaba una respuesta. Se habían fastidiado el uno al otro durante años aprovechando cualquier motivo, una parte de su relación que Sam encontraba de lo más divertida.

—Santa madre de Dios, ¿has visto eso?

Sam dio un respingo, desconcertado por la exclamación de asombro de Colin. Miró a su amigo una vez más y notó que él tenía la vista clavada en el descansillo de la escalera principal que había justo por encima de la multitud, cuyo objetivo no era otro que mostrar a las damas y a sus madres ataviadas con sus mejores galas.

—¿Ver qué? —preguntó, molesto.

Colin esbozó una sonrisa torcida.

—Un ángel cubierto de oro.

Sam desvió la vista hacia la escalera de mármol, pero solo vio a dos muchachas normales y corrientes que descendían hacia la pista de baile con sus vestidos en tonos pastel. Nada tan pasado de moda como el dorado. ¿O los vestidos dorados estaban de moda ese año?

—¿Debo entender que has visto a una dama con la que no te importaría casarte?

—Sí.

Semejante afirmación lo dejó absolutamente atónito.

—¿Sí? —repitió con las cejas enarcadas—. Sabes que la palabra «matrimonio» implica toda una vida de compromiso, ¿verdad?, algo que hasta ahora te has resistido a probar.

Colin no le hizo el menor caso, concentrado como estaba en la mujer desaparecida que había provocado su súbito enamoramiento.

—Es magnífica, pero la he perdido de vista en cuanto ha bajado la escalera.

Sam soltó un gruñido de satisfacción.

—Qué lástima. Es probable que no vuelvas a verla nunca.

Colin se echó a reír.

—Te aseguro que voy a verla de nuevo. Lo más adecuado es que nos presenten antes de la boda, ¿no crees?

Al parecer no era más que una pregunta retórica, ya que Colin le pasó la copa vacía a un criado que pasaba cerca y se alejó de allí para adentrarse a toda prisa en la multitud.

—Lo más probable es que ya esté casada —murmuró Sam

para sí mismo, y esa afirmación hizo que se sintiera un poco mejor.

Las mujeres más hermosas, las mujeres más deseables tanto dentro como fuera de la cama, siempre estaban casadas. Y esa opinión lo había echado a perder con el paso de los años. Aunque de vez en cuando lo había salvado.

Una verdadera lástima.

—¿Excelencia?

Un tanto fastidiado, Sam desvió la vista hacia la derecha al darse cuenta de que lady Ramona Greenfield había situado su descomunal figura junto a él y lo miraba con una sonrisa de auténtico placer dibujada en su enorme boca de labios finos.

—¿Cómo se encuentra esta noche, lady Ramona? —le preguntó, dándole un marcado tono interrogante a su voz.

Solo podía haber una razón para que esa mujer lo buscara esa noche.

—Excelencia —repitió ella, que se inclinó en una reverencia cuando él se llevó su mano a los labios—. Tengo noticias interesantes para usted.

Sam suspiró. Esa mujer vivía para ejercer de celestina.

—¿Noticias? —fue lo único que pudo ofrecer como respuesta.

—Supongo que se trata más bien de una oportunidad de lo más inusual. —Se atusó el cabello gris con fingida vacilación—. A decir verdad, y si me permite la insolencia, me gustaría presentarle a alguien. Aunque debo decir que esta presentación podría ser un poco... insólita.

La palabra «insólita» le hizo fruncir el ceño. Había dado por hecho que la intromisión de lady Ramona estaba relacionada con la señorita Edna Swan, pero no lograba imaginarse a esa muchacha tímida y reservada pidiéndole a la dama que los presentara.

—Continúe, por favor —consiguió decir; había picado su curiosidad.

La mujer cambió de posición con nerviosismo y tironeó con suavidad del pañuelo de encaje que sujetaba en las manos.

—Verá, Excelencia, al parecer hay una... —Se inclinó hacia él y dijo en un tono casi inaudible—: francesa... a la que le gustaría conocerlo.

Sam se quedó completamente inmóvil. Sintió un súbito nudo en las entrañas y su mano pareció aferrarse a la copa por iniciativa propia.

Una francesa. Algo de lo más extraño, teniendo en cuenta su pasado... y algo para lo que no tenía ni paciencia ni tiempo. Rechazarla sería para él el mayor de los placeres.

Tras dedicar a lady Ramona la que él consideraba la más encantadora de sus sonrisas, replicó con una leve inclinación de cabeza:

—Le agradezco la oportunidad, señora mía, pero creo que una presentación sería de lo más inapropiada en estos momentos.

Era una respuesta ruda, y se dio cuenta de ello en el momento en que los labios de la mujer se separaron para dejar escapar una pequeña exclamación. Con todo, dado su rango, ella jamás se atrevería a cuestionar su comportamiento ni a comentarlo entre la alta sociedad.

Sin embargo y para su más absoluta sorpresa, lady Ramona no se amilanó. La mujer se ruborizó y se removió con incomodidad, pero la expresión decidida de su semblante no se alteró ni un ápice.

—Le ruego que me disculpe, Excelencia —dijo en voz baja al tiempo que se inclinaba hacia él—, pero esta francesa es... diferente. Se ha mostrado bastante insistente, y es de una naturaleza excepcional, si me permite decirlo.

Sam supuso que la mujer no podía decir otra cosa en semejantes circunstancias. Aunque esa descripción había avivado su interés, y ella lo sabía.

—¿No me diga? —preguntó con las cejas arqueadas.

Lady Ramona se irguió una vez más con una sonrisa que revelaba sin tapujos lo mucho que la deleitaba su propia capacidad de persuasión.

—Sí, Excelencia. Y preguntó explícitamente por usted.

Eso sí que aseguraba una presentación. Sam cambió de idea en un abrir y cerrar de ojos y decidió que conocer a una francesa «de una naturaleza excepcional», significara eso lo que significara, añadiría al menos un punto interesante a la, por lo demás, insulsa fiesta.

Tras entregar la copa medio vacía a uno de los criados que pasaban por allí, esbozó una sonrisa irónica y le hizo una reverencia a la dama.

—En ese caso, será un placer para mí reunirme con la dama para una presentación formal.

Lady Ramona titubeó durante un instante, aunque a juzgar por la forma en que alzaba la barbilla, era obvio que había recuperado el aplomo. Parecía a punto de añadir algo cuando otra mujer corpulenta a la que Sam no conocía se situó entre ambos, le susurró algo al oído a la dama y después se marchó.

Lady Ramona se inclinó en una pequeña cortesía.

—Si me hace el favor de quedarse aquí, Excelencia, regresaré en un momento.

—Entonces no me moveré de aquí y la aguardaré con impaciencia —replicó.

La dama, que no sabía si lo había dicho en tono sarcástico ni si debía responder, optó por no añadir nada. Después de esbozar una sonrisa insegura, se dio la vuelta y desapareció entre la gente.

Sam se frotó los ojos, presa una vez más de la exasperación. Su objetivo esa noche era seducir a una mujer, no desilusionarse y volverse impotente al conocer a una francesa, una mujer a quien odiaba por principios y con la que jamás se acostaría, sin importar cuán grande fuera su atractivo sexual. Meterse en la cama con ella avivaría demasiados recuerdos dolorosos sobre un pasado que llevaba mucho tiempo tratando de olvidar. Había ocasiones en las que estar a la altura del título resultaba de lo más agotador, además de alimentar su mala suerte con las mujeres. Tendría que acabar cuanto antes con esa presentación a la que había accedido a regañadientes y después formular las excusas de rigor y marcharse en busca de una presa más atractiva.

Fue en ese preciso instante cuando vio al ángel dorado. No, no era un ángel, como Colin la había descrito, porque estaba claro que era la misma criatura que su amigo había visto minutos antes; era una diosa exótica de singular belleza y hechizantes ojos azules.

Debió de ser el centelleo del resplandeciente vestido lo que llamó su atención en primer lugar y atrajo su mirada hacia la alta y curvilínea figura femenina, aunque sin duda para eso había sido diseñada esa prenda. El rico tejido destellaba a la luz de las velas, invitándolo a admirar la extraordinaria y distinguida silueta de la dama (de piernas largas y esbeltas, caderas ligeramente redondeadas, cintura estrecha y pechos erguidos que llenarían a la perfección las manos de un hombre) y ese rostro que solo podía describirse como dorado y perfecto.

Sam clavó la mirada en ella, cautivado, y por un momento interminable se quedó sin habla.

Ella debió de percibir su confusión, lo mucho que lo asombraba su belleza sin mácula, porque ese tipo de mujeres siempre lo notaban. De pronto, mientras se acercaba a él, sus labios llenos y rosados se curvaron en una sonrisa sagaz, irónica y satisfecha. Estaba claro que se mostraría muy segura de sí misma en su presencia, casi desafiante. Después de todo, era francesa. Una hechicera embriagadora dispuesta a utilizar todos sus encantos. Y sus encantos eran más que evidentes... aunque Sam no quería saber nada de ellos.

Una vez recuperada la compostura, entrelazó las manos a la espalda, enderezó los hombros y se irguió en toda su estatura para erigir una barrera invisible entre ellos. La mujer se detuvo justo delante de él y al lado de lady Ramona, quien parecía radiante de júbilo al ver que todas las personas que los rodeaban habían fijado la vista en ellos.

Por alguna razón que desconocía, Sam desconfió de ella de inmediato, en cuanto lady Ramona comenzó con las presentaciones y percibió el aroma a vainilla y a canela que parecía emanar de la francesa.

—Milord, permita que le presente a lady Olivia Shea, anteriormente Elmsboro, residente en París. Lady Olivia, le presento a Su Excelencia, el duque de Durham.

—Excelencia —murmuró ella con una reverencia al tiempo que extendía su mano enguantada.

Su voz encajaba a la perfección con su aspecto: una mezcla extraña y fascinante de sensualidad, tragedia e intriga, con tan solo una pizca de acento.

Sam le rodeó los dedos con los suyos y le apretó lo suficiente para hacerle entender que no era un hombre con el que se podía jugar, que era el más fuerte de los dos en esa pequeña cita que lady Olivia Shea había planeado.

Aparte de un leve ceño fruncido, ella no dio muestra alguna de haber captado su señal de superioridad. Sam sintió la calidez de su piel a través de los guantes de satén.

La música se detuvo cuando él empezó a hablar.

—Es un placer, lady Olivia.

Lady Ramona unió las palmas de sus manos a la altura del pecho.

—Bien, ahora les dejo para que se conozcan.

Sam no miró a la mujer, pero asintió con la cabeza.

—Le estoy muy agradecida, lady Ramona —dijo lady Olivia.

La mujer mayor vaciló un instante y después se aclaró la garganta para recordar a Sam que todavía sujetaba los dedos de la hermosa dama. Aquello era un *faux pas* social bajo cualquier circunstancia, y era de esperar que una de las matronas del baile considerara responsabilidad suya proteger la reputación del duque. Sam estuvo a punto de echarse a reír ante semejante idea, pero en vez de eso soltó la mano de la francesa tal y como debía haberlo hecho segundos antes. Tras aquello, lady Ramona hizo una rápida reverencia y volvió a concentrarse en la multitud antes de saludar con la mano a alguna otra alma cándida.

Comenzó a sonar un vals que Sam no reconoció. Esperaba de corazón que lady Olivia no creyera que iban a bailar. Detestaba bailar. Aunque a esas alturas no sabía muy bien qué decir a la dama.

Ella seguía mirándolo fijamente mientras retorcía el abanico de oro y marfil que sujetaba contra su cintura.

—Se acabó la huida, cariño —susurró con tono arrogante al tiempo que se inclinaba hacia él con una sonrisa—. No podrás escapar de mí ahora que te he encontrado.

¿«Ahora que te he encontrado»? Las francesas eran de lo más atrevidas en sus proposiciones. Lo recordaba por experiencia propia, y eso lo enfrió un poco.

Sam esbozó una sonrisa de desdén y se metió las manos en los bolsillos.

—Creo que ninguna dama me había hecho nunca ese tipo de insinuaciones de buenas a primeras —replicó, arrastrando las palabras.

Por primera vez desde que se vieran, lady Olivia pareció algo insegura. Parpadeó con rapidez y se irguió un poco antes de borrar la sonrisa de su rostro, pero de inmediato volvió a alzar la barbilla en un ademán desafiante.

—¿Por qué sigues jugando conmigo? —preguntó con un tono más enojado—. ¿Es que no vas a saludarme? ¿Tanta importancia tiene esta gente para tu estelar reputación? Ni siquiera pareces sorprendido.

En ese instante fue Sam quien se sintió confundido, aunque hizo todo lo posible por ocultarlo.

—¿Sorprendido? Le aseguro, lady Olivia, anteriormente Elmsboro, residente en París, que hay muy pocas cosas que me sorprendan ya de las francesas. —Bajó la voz e inclinó la cabeza hacia ella—. Y para que lo sepa, hace ya mucho tiempo que dejé los jueguecitos.

Las mejillas de la dama se ruborizaron a la luz de las velas y sus ojos relampaguearon de ira. Sam no sabía de qué demonios hablaba esa mujer, pero lo que más lo irritaba era que deseaba seguir con la conversación. Supuso que le gustaba mirarla.

—Me has arruinado —murmuró ella con voz furiosa.

Sam montó en cólera en cuanto comprendió de qué estaban hablando. Apretó las manos dentro de los bolsillos y puso mucho cuidado en no atraer la atención sobre ellos más de lo que ella ya lo hacía con su mera presencia.

—Si cree que puede sacarme dinero con tan absurda reclamación —replicó con tono gélido—, debo advertirle que no conseguirá nada, por más audaces que sean sus aseveraciones. Mi reputación tiene ya poco que perder, bella dama, y poseo el dinero suficiente para luchar contra usted hasta la muerte.

Ella deseaba darle un puñetazo. Podía leerlo en sus ojos, en la forma en que lo recorrió con la mirada en busca del mejor lugar para golpearlo, en la tensión patente en todos los músculos de su cuerpo. No obstante, una mujer así jamás haría algo semejante en presencia de la élite de la sociedad; era demasiado refinada. Por extraño que pareciera, Sam encontró esa idea de lo más excitante, y eso lo dejó perplejo.

—Vaya, ¿no te parece sorprendente?

Sam volvió la cabeza de golpe al notar que Colin estaba de nuevo a su lado con otra copa en la mano, paseando la mirada entre uno y otro. Lady Olivia dio un paso atrás, también sorprendida y acalorada al parecer, ya que abrió el abanico y comenzó a agitarlo frente a sus pechos.

—Es usted la dama más hermosa de entre todas las presentes hoy —dijo Colin al tiempo que se inclinaba ante ella—. ¿Cómo es posible que me haya perdido esta presentación?

Lady Olivia trató de esbozar una sonrisa y le hizo una pequeña reverencia.

—Es usted muy amable, señor.

Colin tomó una de sus manos y le besó los dedos por encima del guante.

—Soy Colin Ramsey, de Newark, aunque veo que ya ha conocido a mi amigo... Los ángeles deben de estar llorando.

Ella cambió de posición y Sam se dio cuenta de que estaba tan alterada por la interrupción como él; no sabía qué decir.

De pronto, Sam se sintió encerrado, incómodo y acalorado en el salón de baile, y deseó poder darse la vuelta y marcharse de allí sin más. Pero esa mujer se había adentrado en su ordenado y aburrido mundo con acusaciones y amenazas que lo habían perturbado. La noche había dado un giro a peor, y Colin, en su ignorancia, se mostraba tan encantador como siempre.

—Lady Olivia Shea —gruñó a modo de presentación—, anteriormente Elmsboro, residente en París.

Colin lo miró con expresión confundida antes de volver los ojos hacia la diosa dorada.

—En ese caso, ¿se considera usted francesa o inglesa? —inquirió.

—Ambas cosas —contestó ella con una genuina sonrisa—. Mi difunto padre era inglés, pero mi madre nació en París. —Frunció los labios y clavó en Sam una mirada envenenada—. Mi marido es inglés.

Por Dios. Una francesa casada afirmando que la había arruinado. Con todo, quizá olvidara que lo había acusado de ciertas improprieties después de conocer a Colin, el soltero más codiciado y encantador de todo Londres. Aunque dada su suerte, era improbable que eso ocurriera.

—¿Marido? —Colin se dio una palmada en el pecho—. Me ha herido usted, milady.

Sam empezó a sentirse violento y deseó poder decir a Colin que acabara de una vez y se largara de allí.

Lady Olivia, sin embargo, tuvo la decencia de ruborizarse ante el ridículo y fingido enamoramiento de su amigo. O eso le pareció a él. Puede que el color que teñía sus mejillas no se debiera más que al calor.

—¿Está su marido aquí esta noche? —preguntó Colin en tono jovial—. Me gustaría conocer al hombre cuya fortuna está tan por encima de la mía.

La francesa se echó a reír por lo bajo, un sonido melodioso que resonó en sus oídos como una tonada inocente y alegre. Y eso lo sacó de quicio.

Después, en cuestión de un segundo, lady Olivia suspiró y volvió a concentrarse en él para dirigirle una mirada asesina, pasando de la timidez a la altanería.

—En efecto, milord —se apresuró a decir con una sonrisa pretenciosa y una mirada penetrante—. Este es mi marido. ¿No le ha hablado de mí? Estoy casada con Edmund.

Pasaron horas, o eso le pareció a Sam, hasta que ese escandaloso y descarado comentario consiguió penetrar en su calculadora y bien ordenada mente; horas hasta que llegó a comprender las palabras que ella había pronunciado y el significado que encerraban; horas hasta que se dio cuenta de que, en un mero instante, esa francesa «de una naturaleza excepcional» que se encontraba ante él había cambiado el curso de su vida.

Edmund. Ella creía que era Edmund.

El calor del salón de baile se volvió sofocante y opresivo; la música se convirtió en una cacofonía atronadora. Sam controló su expresión y apretó la mandíbula, decidido a mantenerse imperturbable a pesar de que le costaba trabajo respirar y de que su corazón latía con fuerza a causa de la súbita y siniestra ira que le burbujeaba bajo la piel.

Ella creía que era Edmund. Había afirmado conocer al hermano que había estado a punto de arruinarlo socialmente, que le había robado a la mujer que amaba y que se había marchado del país diez años atrás para no regresar jamás.

Esa francesa se había casado con Edmund. O eso decía.

Santa madre de Dios...

Ella debió de notar su reacción, o tal vez su falta de esta ante tan descarada afirmación, ya que en ese momento dio un paso atrás y lo observó detenidamente con los labios apretados.

—¿Creíste que no te encontraría, cariño? —inquirió con arrogancia al tiempo que erguía los hombros en un gesto indignado—. ¿Creíste que no tendría recursos suficientes para hacerlo? ¿O tal vez asumiste que carecía del dinero necesario para salir de Francia después de que me lo robaras?

Si Sam no se había quedado mudo de asombro al contemplar su belleza por primera vez, en esos momentos sí que estaba sin habla. Había un montón de preguntas revoloteando en su mente. Muchas respuestas que tendría que obtener; respuestas que en realidad no quería conocer, en especial si estaban relacionadas con ella. No obstante, a medida que se le iban aclarando las ideas y se le regularizaba el pulso, se dio cuenta de que esa mujer era la clave para encontrar a Edmund, para descubrir por fin qué había sido de su perverso hermano después de marcharse hacía tantos años.

Por suerte, Colin se quedó callado al comprender lo que había ocurrido, sin duda tan confundido como él por el comentario de la dama. No obstante, tenía una pequeña sonrisa en los labios, lo que indicaba que le divertía aquel absurdo giro de los acontecimientos. Los contempló a ambos mientras le daba un trago al whisky.

Sam se pasó los dedos por el pelo y decidió, sin demasiada mala intención, seguirle el juego. Ya se encargaría más tarde de aclarárselo todo. En esos momentos quería llevar las riendas de la situación, por decirlo de alguna manera.

—Parece que me has encontrado sin problemas, Olivia —dijo arrastrando las palabras al tiempo que esbozaba una sonrisa irónica.

Colin rió por lo bajo.

—Ah, qué red tan enmarañada urdimos...

Sam le echó un rápido vistazo de advertencia. Luego, tras asegurarse de que nadie en los alrededores parecía interesado en lo que hablaban, extendió una mano para aferrar el brazo de la francesa.

—Baila conmigo —susurró.

Ella pareció algo sorprendida por su insolencia, pero esbozó una sonrisa carente de humor.

—Creo que no. He venido para enfrentarme a ti, Edmund, no para bailar...

—En ese caso, enfréntate a mí mientras bailamos —intervino Sam, que tiró de ella antes de que pudiera añadir una nueva protesta.

Estaba claro que Olivia no quería bailar. Tenía el cuerpo rígido a causa de la furia y las mejillas sonrojadas, aunque no habría sabido decir si eso se debía al calor que reinaba en la estancia o a la indignación.

La arrastró hasta el centro de la pista y la guió a un ritmo suave, mezclándose con la multitud. Supuso que formaban una pareja bastante llamativa: ambos altos y morenos; ella con la piel clara y los ojos azules que contrastaban con el color casi negro del cabello y el dorado resplandeciente del vestido. No, Sam estaba casi seguro de que era esa mujer quien acaparaba todas las miradas. Él tenía el aspecto de un noble inglés; ella... era magnífica. Lady Olivia Shea era sin duda la mujer más hermosa del baile, y posiblemente la más hermosa que había visto en muchos años. Y creía que él era Edmund. Un imprevisto de lo más inconveniente, en todos los sentidos.

—Veo que has practicado —dijo ella con un toque de osadía, irritada a buen seguro por verse obligada a bailar con él.

«Así que mi hermano no ha perdido su habilidad para conquistar a las diosas de lengua afilada...», se dijo Sam para sus adentros.

—¿Qué otra cosa podría hacer un hombre en mi posición, mi querida Olivia? —inquirió en respuesta al darse cuenta de que la mujer bailaba bastante bien y lo seguía a la perfección.

—Cierto. No tenía la menor idea de que eras un hombre de tan alto rango, «Excelencia» —le espetó, furiosa—. Has sido muy listo al ocultarme una información tan interesante.

Sam trató de contener la risa. Por Dios, esa mujer era deslumbrante.

—No lo preguntaste.

Ella se quedó con la boca abierta.

—Eres despreciable.

Esa vez sí que sonrió. No pudo evitarlo.

—A decir verdad, me han llamado cosas peores, pero nunca una mujer tan bella.

Al parecer, esa suave confesión, fuera sincera o no, la dejó desconcertada un instante, ya que la mujer arrugó la frente y se quedó callada. Después, bajó la vista y observó a las personas que los rodeaban.

—No he venido aquí a bailar —repitió, presa de la ira.

Sam entrecerró los ojos y esbozó una sonrisa irónica.

—Eso ya lo has dicho, pero la verdad es que lo haces de maravilla. Podría pasarme el resto de la noche bailando contigo.

Un tanto confundida, Olivia titubeó una vez más y a punto estuvo de errar el paso. Sin embargo, se recuperó enseguida y parpadeó con rapidez para seguir el baile.

Lo miró a los ojos y le apretó con fuerza un hombro con su mano enguantada.

—¿Por qué haces esto? No quiero ni tu título, ni tu apellido ni a ti. Y sobre todo, no quiero que me digas cosas románticas que, como ambos sabemos muy bien, no significan nada. Nunca lo han hecho.

Sam no respondió a eso y se limitó a mirarla.

La música se detuvo y ambos dejaron de moverse poco a poco.

Olivia se apartó de él como si su contacto la abrasara.

Alzó la barbilla y aferró el delicado abanico entre los dedos antes de clavar la mirada en él una vez más.

—Quiero que me devuelvas mi dinero, Edmund —susurró—. Y después, la anulación de nuestro matrimonio. La humillación terminará aquí, porque si no te juro por todo lo sagrado que acabaré contigo.

Aunque Sam no se tomó la amenaza en serio, se sintió en cierto modo preocupado por semejante testimonio. Sin embargo, no le sorprendía en lo más mínimo. Si de verdad esa mujer había conocido a Edmund, todo lo que había dicho esa noche podía ser cierto. El Edmund que él recordaba no habría mostrado reparo alguno en arruinar a una joven, arrebatarle su fortuna y desaparecer, aun cuando para ello tuviera que casarse con ella primero. Con todo, hacía mucho tiempo que no sabía nada de su hermano desaparecido y, hasta donde sabía, esa francesa podía formar parte de alguna estratagema urdida con el fin de sacarle el dinero... tanto con la ayuda de Edmund como sin ella. Cualquiera podría utilizar su sórdido pasado y el de su hermano para chantajearlo, y lady Olivia Shea, anteriormente Elmsboro, residente en París, poseía el talento necesario para hacerlo. De eso había tenido pruebas suficientes en los diez últimos minutos.

No podía confiar en ella ni en ninguna de las palabras que habían pronunciado esos bellos y exuberantes labios, al menos por el momento. Eso estaba claro. Sin embargo, era la primera persona en muchos años que afirmaba haber mantenido una relación reciente e íntima con Edmund, y esa información tenía para él mucho más valor que un cofre lleno de diamantes.

La música comenzó a sonar una vez más y ambos regresaron a la zona de la columna para evitar a la gente que giraba a su alrededor. Colin se había quedado allí de pie, aunque en esos momentos reía de buena gana mientras hablaba y coqueteaba con tres de sus devotas damas. Nada había cambiado..., salvo que en esa fiesta Sam contaba con la atención de la despampanante lady Olivia.

—Muy bien —dijo con tono práctico mientras la miraba a los ojos y enlazaba las manos a la espalda—. Puesto que no tengo deseo alguno de que acabes conmigo, cumpliré con mi deber. —Hizo una pausa antes de añadir con tono de guasa—: Si tú cumples con el tuyo, Olivia.

Ella parpadeó, sorprendida.

—¿Mi deber? No tengo que cumplir deber alguno en esta farsa.

Él arqueó las cejas en un gesto inocente.

—¿No? En ese caso me encargaré de buscarte uno.

Olivia se quedó aturdida, con las mejillas ruborizadas de nuevo. Era obvio que la había enfurecido, y Sam se preguntó si su hermano también lo había conseguido; sintió una extraña satisfacción ante semejante idea.

—Mi única preocupación es la Casa Nivan, y tú lo sabes —susurró ella en un tono de voz apenas audible por encima de la música—. Aparte de eso, no hay nada entre nosotros, pedazo de cobarde.

Sam se sintió casi herido. No tenía la menor idea de lo que era la Casa Nivan, pero si ella no lo hubiera tomado por Edmund, el comentario le habría dolido mucho.

Alguien de la pista de baile chocó con ella y la empujó peligrosamente cerca de él. Olivia no se dio cuenta o no le dio importancia, porque su mirada penetrante no vaciló.

—Pon tus finanzas en orden —continuó muy despacio— y recuerda una cosa…

—¿Qué cosa? —preguntó él con suavidad.

Ella le agarró de un brazo con audacia en busca de apoyo.

—Jamás volverás a tener esto.

A continuación, en mitad de un centenar de personas, se puso de puntillas y posó sus cálidos labios sobre los de él para besarlo durante unos segundos antes de recorrer su labio superior con la lengua y apartarse de él.

Sam tragó saliva; sentía el cuerpo tenso y la mente agitada por un repentino tumulto de sensaciones, ninguna de ellas buena.

Utilizaba la experiencia de las francesas para jugar con él y en esos momentos le sonreía con un brillo satisfecho en los ojos.

Él no se movió, no reaccionó.

—Tienes una semana, mi querido «esposo», antes de que diga a todo el mundo lo que me hiciste.

Tras recogerse la falda, lady Olivia Shea le dio la espalda y desapareció entre la multitud.

Sam permaneció rígido e ignoró las risas de Colin y las miradas atónitas de los demás mientras se concentraba en un único pensamiento: «Esta mujer es peligrosa».

2

Olivia se paseaba por la alfombra rojo brillante del prístino salón de lady Abethnot con las manos enlazadas a la espalda, contemplando las diminutas manzanas rojas con el tallo verde del papel de las paredes mientras aguardaba con impaciencia a que llegara Edmund, tal y como le había dicho que haría en una nota que le había enviado esa misma mañana.

Habían pasado tres días desde la fiesta. Tres días en los que había tenido tiempo para reflexionar sobre la acalorada discusión que habían mantenido, el incómodo baile y aquel beso... tan poco convencional. Si de verdad podía llamarse beso. Se estremeció al recordar la calidez de los labios masculinos y la audacia que ella misma había demostrado al dárselo, si bien había sido algo del todo improvisado.

Su esposo había cambiado mucho en los últimos meses, y no solo físicamente. Era cierto que en esos momentos llevaba el cabello mucho más corto, que no estaba tan bronceado (aunque eso se debía sin duda a que había cambiado el sol de Francia por el frío de Londres), y que ahora prescindía de la colonia y de las joyas... que era lo que más la había sorprendido. Sin embargo, era algo más que eso. Actuaba de una manera diferente al Edmund que ella recordaba, y era el extraño comportamiento que había mostrado tres días atrás lo que la tenía confundida, lo que la había hecho pararse a pensar en él con detenimiento por primera vez desde que abandonara París dos meses antes.

A decir verdad, no había llegado a conocer muy bien a Edmund antes de casarse. Pero se habían encariñado enseguida, casi con imprudente abandono, y por aquel entonces había pensado que llegarían a conocerse mucho mejor cuando disfrutaran de las maravillas de la vida matrimonial. ¡Qué ingenua había sido! Edmund jamás la había amado a ella, sino a su dinero; aunque eso solo lo había descubierto al acudir al banco poco después de él les diera la espalda a ella, a su posición social y a su capacidad para dirigir un difícil negocio del que su marido podía aprovecharse mediante el robo. A pesar de su inteligencia, había quedado cegada por el aspecto de ese hombre, sus modales suaves y elegantes y sus juramentos de amor imperecedero.

Nunca más. Jamás volvería a dejarse engañar por el encanto de un hombre. Nunca volvería a permitir que un mentiroso profesional le robara el cerebro y su habilidad como empresaria. Su madre le había enseñado a utilizar muy bien el sentido común.

No había dejado de pensar en todo ello desde que la abandonara en la noche de bodas... hasta hacía tres noches, cuando encontró a su marido en aquel baile.

Desde el momento en que posó los ojos en él sintió algo más que el dolor y la humillación que se esperaba. También admitió al instante que se sentía muy atraída por él físicamente, algo que ya creía superado a esas alturas. Sabía que ya no lo amaba, pero para su desgracia era evidente que aún la atraía como hombre. Y eso era lo peor de todo.

Aun así, los cambios que se habían producido en él, si bien sutiles, eran lo que más la desconcertaban. Se había vuelto mucho más reservado, casi retraído; incluso había permanecido toda la noche al lado de la columna, observándolo todo en lugar de mezclarse con la gente. El Edmund que ella conocía habría bailado con todas y cada una de las mujeres presentes, desde el principio hasta el final, y habría dejado escuchar su hermosa risa para hechizarlas a todas... igual que había hecho con ella.

Dejó de pasearse al instante. Retiró un poco las cortinas de terciopelo para mirar a través de las ventanas salpicadas por la lluvia y contemplar la tenebrosa oscuridad de finales de la tarde. Cogió un cojín de satén del sofá que había a su derecha y comenzó a retorcerlo entre los dedos sin darse cuenta, absorta en sus cavilaciones.

No era su marido.

Menuda idiotez... Por supuesto que lo era.

Sin embargo, en algún extraño sentido... no lo era. No del todo. No era en absoluto el que ella recordaba. ¿Podía cambiar tanto una persona en cuestión de meses? Además, él jamás había mencionado que fuera duque. Por el amor de Dios, se había casado con un miembro de la alta aristocracia y él ni siquiera se lo había dicho. En su lugar, había optado por robarle la herencia.

«No es el Edmund con quien me casé...»

Dio un respingo al escuchar los golpes en la puerta del salón. Sin esperar una respuesta, lady Abethnot se adentró en la sala con las mejillas arreboladas, acompañada del frufrú de las faldas color rosa.

—Olivia —dijo con una agradable sonrisa en los labios—, tienes una visita. Su Excelencia, el duque de Durham.

Lady Abethnot hizo un gesto con el brazo y el hombre pasó a su lado para entrar en la estancia, alto y elegante, demasiado apuesto con su traje de levita marrón oscuro. Nada en su rostro delataba lo que sentía, a excepción de sus ojos, que la observaban con la expresión ardiente de alguien dispuesto a enfrentarse con el demonio.

—Milady... —murmuró.

Ella le hizo una reverencia.

—Excelencia.

—Bien —intervino lady Abethnot con un ruidoso suspiro—. Les dejaré un rato a solas.

—Gracias —dijo Olivia a su anfitriona con una sonrisa.

La dama le devolvió el gesto.

—Estaré en la habitación de al lado si quieren tomar algún refrigerio. Llámame si me necesitas.

Y tras eso se marchó de la estancia, aunque dejó una rendija abierta en la puerta, tal y como dictaba el decoro.

El hombre ni siquiera se percató de la marcha de lady Abethnot. Se limitaba a mirarla con gesto adusto. Ese marido suyo que no era su marido. En ningún sentido.

Olivia contuvo la inapropiada carcajada que amenazaba con brotar de sus labios ante lo absurdo de la situación. Porque en ese preciso instante tuvo la certeza de que ese hombre, que era idéntico a Edmund en aspecto físico, no era el hombre con el que se había casado.

En una reacción instintiva, le arrojó el cojín antes de que él pudiera decir nada. El hombre lo atrapó con una mano y después lo arrojó al canapé que había junto a él.

—¿Quién es usted? —le preguntó con amargura, rompiendo el silencio.

—Soy Samson Carlisle, duque de Durham —respondió al instante con toda sinceridad—. Edmund es mi hermano.

Olivia consiguió ocultar su sorpresa entrelazando las manos en la espalda.

—Su hermano gemelo.

—Sí.

Eso lo explicaba todo.

El duque la recorrió de arriba abajo con la mirada sin ningún motivo aparente y ella se estremeció por dentro ante semejante escrutinio. Era sin duda mucho más arrogante que Edmund, y por un instante le pareció que su atractivo era también mucho más devastador.

—Pero es obvio que es usted el mayor —afirmó al tiempo que lo estudiaba con detenimiento.

Él arqueó una ceja al escuchar el comentario.

—Solo tres minutos mayor, para ser precisos.

Olivia se echó a reír ante el tono agraviado de su voz e inclinó la cabeza hacia un lado.

—No pretendía ofenderlo, Excelencia. Por idénticos que parezcan, es usted quien lleva el título.

El duque esbozó una sonrisa torcida.

—Eso mismo me ha dicho mi hermano en numerosas ocasiones.

—Ah... ya veo.

Ahora lo comprendía todo. Los celos de Edmund eran el núcleo del problema. Por lo que sabía de su marido, eso no le extrañó en lo más mínimo.

Se hizo el silencio durante un par de minutos, y Olivia comenzó a sentirse algo violenta. Hasta cierto punto, ese hombre la sorprendía. No coqueteaba con ella, no se había sentado y ni siquiera le había echado un vistazo a la elegante decoración del salón. Se limitaba a mirarla con un rostro inexpresivo. Y ella no sabía muy bien qué hacer.

—Supongo que ahora soy su cuñada —comentó en un intento por romper el hielo.

—Eso dice usted —replicó él de inmediato.

Ese insulto la desconcertó.

—¿Eso digo yo? —Esa vez fue ella quien lo miró de arriba abajo—. ¿Siempre es usted tan desagradable, milord?

El duque echó la cabeza hacia atrás, a todas luces aturdido por su audacia.

—En general, sí —contestó sin más—. No me parezco a Edmund en nada.

—Eso es decirlo suavemente —dijo ella con un gruñido.

El hombre entrecerró los ojos y se llevó las manos a la espalda.

—Y estoy aquí, milady —dijo con tono serio—, porque sé que no me parezco en nada a Edmund.

De algún extraño modo, ese comentario, que sin duda pretendía resultar intimidante, la conmovió; sin embargo, jamás mostraría una debilidad semejante ante una declaración tan prosaica, ni con gestos ni con palabras.

Con una sonrisa satisfecha, bajó la vista hacia el sofá y acarició el respaldo acolchado con la yema de los dedos.

—Se parece mucho a él —admitió ella con tono agradable—, aunque he tardado alrededor de diez minutos en darme cuenta de lo distintas que son sus personalidades.

Por fin, el duque se adentró unos cuantos pasos en la estancia.

—No sabría decirle. No he visto a Edmund ni he hablado con él desde hace casi diez años.

Olivia ahogó una exclamación. Levantó la cabeza de golpe para mirarlo a los ojos.

—Supongo que esa es la razón por la que jamás me mencionó que tenía un hermano gemelo. Imagino que ustedes dos tuvieron algún tipo de desavenencia.

El hombre no respondió de inmediato, aunque dejó de mirarla por primera vez desde que entrara en casa de lady Abethnot.

—¿Cuándo lo conoció? —masculló mientras seguía acercándose a ella.

Olivia no pasó por alto ese intento de desviar la conversación. Por supuesto, quería (necesitaba, en realidad) saber lo que había ocurrido años atrás, averiguar qué era lo que había convertido a dos hermanos en enemigos acérrimos. Pero mantuvo a raya su curiosidad por el momento. Tal y como estaban las cosas, había asuntos más importantes a tener en cuenta. Ese hombre no era su marido, y había sido Edmund quien le robara su dinero. El día anterior creía tener respuestas; esa tarde había comprendido que podía estar más lejos que nunca de recuperar su fortuna, o al menos de conseguir un poco de justicia. Y ahora además debía enfrentarse a ese hombre. Menuda pesadilla.

Sintió un súbito estremecimiento de inquietud cuando vio que se acercaba más. En lugar de contestar, preguntó a su vez:

—¿Por qué me mintió acerca de su identidad en el baile?

El duque rió por lo bajo, la primera señal de algo remotamente parecido al sentido del humor.

—Porque resultaba de lo más divertido ver cómo me amenazaba creyendo que era Edmund.

Furiosa, Olivia no pudo encontrar una réplica razonable a ese comentario. Retrocedió un poco cuando él dio un paso más hacia ella. En esos momentos estaban casi juntos, tan cerca que el dobladillo de las faldas rosas rozaba sus brillantes zapatos negros. No obstante, se mantuvo en su lugar, decidida a no dejarle ver lo mucho que la desconcertaba su mera presencia. Tenía la impresión de que ese hombre utilizaba a propósito su increíble altura y su fuerte constitución para intimidarla. Edmund jamás había hecho algo parecido, aunque su marido conseguía lo que quería mediante el flirteo, no con la intimidación. De pronto se preguntó si ese hombre había coqueteado con una mujer alguna vez en su vida.

—¿Cuándo conoció a mi hermano? —inquirió el duque una vez más, aunque de forma más insistente.

Ella parpadeó antes de pasarse las palmas de las manos por la ceñida cintura del corpiño.

—¿No sería mejor que se sentara para hablar de esto?

El duque frunció el ceño durante un instante, lo que revelaba que ni siquiera había considerado la idea de sentarse.

—Está bien —dijo con tono seco al tiempo que se volvía para dirigirse al canapé—, pero mi tiempo es oro, lady Olivia.

—También el mío, Excelencia —replicó ella de inmediato con un tono que daba claras muestras de la creciente impaciencia que la consumía—. Soy consciente de que no se quedará aquí ni un minuto más de lo necesario.

Al parecer, le hizo gracia la elección de palabras. Olivia lo supo por la expresión que atravesó su rostro mientras se dejaba caer sobre el canapé tapizado de rojo, aunque el hombre no hizo comentario alguno. Ella se sentó con elegancia en una pequeña silla que había junto a la ventana para enfrentarse a él desde el otro lado de la mesita de té.

El duque aguardó a que ella empezara a hablar, y Olivia no malgastó su tiempo.

—Conocí a su hermano en una velada que celebraba el cumpleaños de nuestra ilustre emperatriz Eugenia. Desde luego, ella no estaba presente, pero dado que era en su honor, todo el mundo importante estaba allí.

—Naturalmente —comentó él con apatía.

Olivia se dio cuenta de que corría el peligro de irse por las ramas; los nervios la hacían parecer la típica jovencita frívola, y no una dama inteligente educada para utilizar el cerebro. Cambió de posición en el asiento para adoptar una postura más solemne y enlazó las manos sobre su regazo, dispuesta a ir al grano.

—Edmund es un hombre con bastante encanto, Excelencia, y consiguió engatusarme. Me consta que está usted al tanto de su talento y su reputación de libertino. Como podrá suponer, yo albergaba ciertas dudas sobre su supuesta adoración, pero también parecía fascinado por mi trabajo en la empresa, y eso sí que me impresionaba...

—¿Fascinado por su trabajo en la empresa? —intervino el duque, que cruzó las piernas y extendió los brazos sobre el respaldo del sofá.

Olivia hizo un supremo esfuerzo por evitar fijarse en los músculos de su pecho, que tensaron de inmediato el tejido blanco de su camisa y dejaron tirantes los ojales. Ese hombre tenía... un físico de lo más saludable. O eso le parecía. Se negaba a observarlo detenidamente para asegurarse.

—Sí —contestó después de aclararse la garganta—. Supongo que ese fue el motivo por el que... me enamoré tan rápido de él.

—¿Qué clase de trabajo lleva usted a cabo, lady Olivia? —preguntó con un tono en el que se mezclaban el humor y la curiosidad.

Así que no lo sabía... Y eso significaba que no se había molestado en investigar su pasado después del encuentro en el baile. Por unos segundos, Olivia se sintió un tanto ofendida al saber que a él no le habían preocupado mucho las amenazas veladas que había formulado tres días antes, pero a decir verdad no había muchas personas en Londres que supieran que se había criado en Francia y que vivía allí. Con todo, le producía una extraña satisfacción informarle de que «su trabajo» no estaba relacionado con las labores domésticas ni con ejercer de voluntaria en alguna de las causas humanitarias de Eugenia. Lo cierto era que adoraba ver cómo se soliviantaban los caballeros cuando les decía que dirigía un negocio comercial, y además con bastante éxito.

—Soy la propietaria de la compañía de mi difunto padrastro. En esencia, soy la directora de la Casa Nivan de París.

Olivia no tardó más que un instante en darse cuenta de que el duque no sabía de qué le estaba hablando. Recordó que la noche del baile él había permanecido inexpresivo cuando mencionó Nivan. En ese momento supo por qué.

Con un suspiro, se relajó un poco en el asiento y se dispuso a explicarse.

—La Casa Nivan es una compañía de perfumes, Excelencia, y se considera una de las mejores de toda Francia. También fabricamos jabones perfumados, esencias y sales aromáticas, y exportamos nuestros productos a todo el mundo civilizado desde hace más de cuarenta años.

Si esa información lo había sorprendido, se mostró tan reservado al respecto como ella orgullosa. Frunció ligeramente el ceño y la recorrió de nuevo con la mirada, aunque esa vez con una expresión calculadora. Olivia sintió una oleada de calor bajo el vestido de seda y se ruborizó, pero decidió pasarlo por alto con la esperanza de que sus mejillas no estuvieran demasiado sonrojadas.

A la postre, el duque tomó una larga y profunda bocanada de aire.

—Así pues, supongo que usted, o su fábrica, ha elaborado un perfume para la emperatriz Eugenia, ¿no es así?

—Así es —replicó ella—. Servimos a la élite francesa, junto a otras tres o cuatro casas de perfumes importantes. No obstante, la que frecuenta la emperatriz se considera siempre la más elegante, aunque en realidad no lo sea. Hasta hace poco, siempre elegía su perfume en Nivan; nos ha sido fiel desde hace casi una década. Y cuando empezó a acudir exclusivamente a nuestro establecimiento, trajo consigo un gran número de clientes importantes. Ella es muy libre, por supuesto, de acudir a cualquier otro establecimiento en el momento en que lo desee si uno de ellos crea una esencia que sea más de su gusto, así que trabajamos con ahínco para ser competitivos. Gracias a su hermano, Excelencia, mi empresa ha perdido por completo esa capacidad competitiva. —Se inclinó un poco hacia delante y lo miró a los ojos—. Y quiero recuperarla.

El duque cambió de posición en el sofá para relajarse mientras la estudiaba.

—Estoy impresionado —dijo por fin.

Olivia parpadeó, sin saber muy bien si lo había dicho en serio ni qué había sido con exactitud lo que lo había impresionado. No parecía interesado en absoluto en el arte de crear fragancias, pero la observaba con detenimiento, como si esperara que ella abordara de una vez el meollo de la cuestión.

Los dedos masculinos comenzaron a tamborilear sobre la parte superior del sofá.

—¿Debo suponer que Edmund robó el dinero destinado a conservar el interés de la emperatriz en sus fragancias?

Olivia cruzó los brazos a la altura del pecho.

—Eso sería decirlo de una manera un tanto simplista. Pero sí, robó gran parte del dinero que yo había reservado para la investigación después de la muerte de mi madre, hace dos años. Si no pago el dinero necesario para mantener la empresa en marcha, me veré obligada a cerrar Nivan. —Hizo una pausa antes de alzar la barbilla para agregar con amargura—: Creo que Edmund me utilizó con ese propósito, y que lo planeó desde el día en que me conoció.

El duque de Durham permaneció en silencio durante largo rato, observándola con una expresión especulativa en sus ojos oscuros. Después se echó hacia delante, apoyó los codos en las rodillas y enlazó las manos por delante.

—¿Y cómo consiguió mi hermano robarle su dinero?

Olivia lo miró como si fuera tonto.

—Se casó conmigo.

El hombre rió por lo bajo.

—Sí, eso parece, pero no logro comprender cómo es posible que una mujer tan inteligente como usted, con tanto... juicio para los negocios, se limitara a entregarle el dinero cuando él se lo pidió. Me gustaría saber cómo lo consiguió mi hermano.

Tanto sus palabras como su tono denotaban sinceridad, y Olivia se sintió agradecida en lo más hondo por semejante cumplido, aunque se cuidó mucho de ocultarlo y de no sonreír de oreja a oreja. Ningún hombre, aparte de su padre, le había dicho jamás que era inteligente.

—Edmund cogió algunas copias de nuestros documentos matrimoniales y retiró el dinero de mi banco como solo podría hacerlo mi marido, con la ayuda de mi banquero, por supuesto.

—Entiendo —comentó él sin expresión alguna—. Algo de lo más conveniente.

Olivia no tenía claro si ese comentario la había molestado o no.

—¿Hay alguna razón para que no me crea?

Él respiró hondo de nuevo y se echó hacia atrás.

—No tengo razón alguna para no creerla, lady Olivia, porque conozco a Edmund. Yo jamás robaría el dinero a mi esposa para abandonarla después, pero él... el hermano que recuerdo... no dudaría en hacerlo. Como ya le he dicho antes, Edmund y yo somos muy diferentes. Nuestras personalidades son tan distintas como parecido es nuestro aspecto.

Olivia no tenía nada que decir al respecto. No sabía si lograría diferenciarlos si estuvieran el uno junto al otro.

—Usted no lleva perfume —dijo ella en voz alta sin pensarlo mientras lo observaba.

Él pareció bastante sorprendido ante un comentario tan inesperado.

—Prefiero bañarme. Detesto las colonias.

—En la sociedad moderna actual —replicó ella con una sonrisa—, la gente ya no se pone perfume para ocultar los olores que puedan resultar ofensivos, Excelencia. La elección de un perfume por parte de un hombre dice mucho acerca de su personalidad y de su estilo, y el caballero lleva ese perfume para expresar esa parte de sí mismo.

El duque soltó un gruñido al escucharla.

—¿Acaso insinúa que carezco de estilo y de personalidad, milady?

—Por supuesto que no —le aseguró ella—. Lo que ocurre es que aún no ha encontrado la fragancia que encaja con usted.

Por primera vez, el duque de Durham le sonrió de verdad, y su aspecto, tan increíblemente apuesto y encantador, estuvo a punto de lograr que se derritiera en la silla.

—¿Usted ha encontrado la suya?

Olivia sintió que el sudor le cubría el cuello y el labio superior, y luchó contra el impulso de secárselo. ¿Por qué demonios ese hombre parecía tan... fresco?

—Utilizo muchas fragancias —replicó con tono neutro—. Por lo general uso una u otra según mi estado de ánimo.

—Sí, eso me parecía.

—¿Eso le parecía? —repitió, incapaz de idear una réplica más adecuada.

Él se encogió de hombros, como si el comentario no significara nada.

—Hoy huele diferente. —Su expresión se volvió seria una vez más cuando añadió—: Soy de lo más perceptivo cuando es necesario, lady Olivia.

Esa advertencia dio en el blanco y se produjo un incómodo silencio. Mantuvo la vista clavada en ella durante unos instantes, pero por suerte Olivia no perdió la compostura; se mantuvo erguida, aunque se ruborizó hasta las cejas al descubrir que él sabía cómo olía. Solo esperaba que el duque no notara también su bochorno... aun en el caso de que fuera tan perceptivo como afirmaba ser.

Finalmente, el hombre se frotó la barbilla con sus largos dedos y se puso en pie una vez más. Ella lo imitó con tanta delicadeza como pudo en semejantes circunstancias.

—Necesito ver las copias de sus documentos matrimoniales —dijo.

—Por supuesto; se las traeré.

El semblante masculino reflejó su sorpresa, y Olivia tuvo que reprimir una sonrisa satisfecha mientras se recogía las faldas y pasaba a su lado para dirigirse al pequeño secreter de roble que había junto a la ventana.

—Me encargué de que realizaran copias. Edmund tiene una de ellas. Pero este es el documento original, y necesito que me lo devuelta.

Levantó la vista para mirarlo y vio que sonreía con ironía.

—Parece que ha pensado usted en todo, lady Olivia.

—Así es —replicó ella de inmediato al tiempo que le ofrecía una pluma—. También necesito su firma, por si se diera el caso de que usted decidiera no devolvérmelo.

El duque dio unos pasos para acercarse a ella. Aunque se negó a apartar la mirada de la suya, Olivia no pudo evitar dar un paso atrás en esa ocasión, intimidada por su impresionante estatura y su pose autoritaria.

—Desde luego, lady Olivia —accedió con voz grave y sincera mientras estudiaba su rostro sonrojado.

Olivia intentó que no le temblaran las manos al entregarle la pluma.

—Habrá notado que el pliego de papel superior indica que le hago entrega de mi certificado de matrimonio y que debe devolvérmelo después del tiempo que estime necesario para examinarlo.

El hombre bajó la vista por fin hacia los papeles. A continuación, cogió la pluma que ella sostenía entre los dedos, la hundió en la tinta y firmó el documento.

—Gracias, Excelencia —dijo Olivia una vez que él volvió a colocar la pluma en el tintero.

—Ha sido un placer para mí satisfacer su petición, milady

—replicó él con voz lánguida, erguido en toda su estatura una vez más y sin dejar de mirarla a los ojos.

Olivia no podía soportar más el agobiante calor del salón de lady Abethnot, o quizá fuera la sofocante presencia del duque. No importaba: por ese día, había terminado con él.

Se apresuró a recoger el documento y le entregó el certificado.

—Gracias, milord, por la rapidez con la que ha atendido este asunto —dijo con cordialidad.

—No hay por qué darlas —dijo él, sin añadir nada más.

Durante un desconcertante momento, ninguno de ellos realizó el menor movimiento. Después, Samson Carlisle inclinó la cabeza a un lado y preguntó:

—¿Cómo se considera, lady Olivia, inglesa o francesa?

Ella se echó hacia atrás, sorprendida, y enlazó los dedos a la espalda.

—Ambas cosas.

Él la miró a los ojos unos segundos más antes de asentir levemente.

—Por supuesto.

Olivia no sabía muy bien cómo tomarse eso, y él no le ofreció más explicaciones.

Se produjo otro incómodo momento de silencio antes de que el hombre se alejara un poco de ella e inclinara la cabeza una única vez.

—Me pondré en contacto con usted dentro de pocos días, milady, y discutiremos qué vamos a hacer con mi incorregible hermano.

—Muchas gracias, Excelencia.

La recorrió con la mirada una última vez, aunque, en opinión de Olivia, se detuvo durante demasiado tiempo en sus pechos. Ella no se movió.

—Que tenga un buen día, lady Olivia —dijo sin más antes de darse la vuelta y salir de la estancia.

Olivia seguía teniendo palpitaciones mucho después de escuchar cómo lady Abethnot cerraba la puerta principal.

Después se dejó caer en el sofá sin pensar en las posibles arrugas que aparecerían en la falda de su vestido y se dedicó a contemplar la lluvia que caía al otro lado de la ventana con un único pensamiento en mente: «Este hombre puede llegar a ser mucho más peligroso que Edmund...».

3

«Ambas cosas.»

Lo había dicho también la noche del baile, aunque aquella vez Sam lo había considerado ridículo. ¿Cómo era posible ser inglés y francés a un tiempo? Era cierto que uno podía ser ambas cosas por nacimiento, como en el caso de lady Olivia, que tenía padre inglés y madre francesa. Sin embargo, no lograba entender cómo alguien podía decantarse por ambas nacionalidades. Uno podía ser francés o inglés. Pero no las dos cosas. Era una mujer de lo más irritante, y en más sentidos de los que podía nombrar; poseía un intelecto brillante para ser una inglesa de origen aristocrático y un cuerpo y un rostro que iban más allá de toda descripción. Y eso era lo que más lo fastidiaba.

No debería ser así, se reprendió al tiempo que cambiaba de posición en el asiento del carruaje que lo llevaba por Upper Rhine Street hacia la casa que Colin tenía en la ciudad. El hecho de que siguiera pareciendo la diosa francesa que había visto la noche del baile no era culpa suya. Había esperado que fuera menos atractiva bajo la luz reveladora de la tarde, pero no había nada en ella ni en su vestuario que pudiera considerarse ordinario ni por asomo. A decir verdad, ese día se había puesto un atuendo mucho más formal. Un vestido de día... ¿azul? No lo recordaba. Con todo, era evidente que tenía un aspecto extraordinario tanto con ropa como sin ella, y eso había hecho que le resultara extremadamente difícil concentrarse en lo que decía. Y detestaba admitir que se sentía atraído por ella... ¡era la mujer de su hermano, por el amor de Dios! Todo aquello podía acabar convirtiéndose en una pesadilla.

La mañana había amanecido tormentosa, gris y taciturna, pero la lluvia había aminorado un poco conforme anochecía, lo que le permitió descender del carruaje frente a la puerta principal del hogar de Colin sin acabar empapado. Se acercó a toda prisa hasta la enorme puerta negra y llamó un par de veces, con fuerza. Después de un buen rato, un mayordomo de cabello plateado al que nunca había visto abrió la puerta y se apartó de inmediato para permitirle el paso. Sam reprimió una carcajada. Colin cambiaba de empleados con tanta frecuencia como de calzones. Jamás había visto a los mismos sirvientes dos veces, y cada vez que lo visitaba se preguntaba si su amigo sustituía con tanta frecuencia a sus criados debido a su trabajo encubierto para la Corona. De cualquier forma, no era asunto suyo y jamás se había planteado preguntárselo. En esos momentos tenía cosas más importantes en la cabeza.

Después de atravesar rápidamente la sala de estar y el pasillo, largo y poco iluminado, llamó dos veces a la puerta del amplio estudio de su amigo, donde le habían dicho que este lo aguardaba, y la abrió sin aguardar una respuesta. El calor del fuego que ardía en la chimenea lo asaltó de inmediato, así como el fuerte olor del humo del tabaco que envolvía la cabeza de Colin, sentado tras el enorme escritorio de roble.

Sir Walter Stemmons, de Scotland Yard, un hombre fuerte de hombros amplios con un rostro marcado por la viruela y unos ojos sagaces a los que no se les escapaba nada, estaba al lado de su amigo, observando un documento en el que ambos estaban absortos. Fue en ese momento cuando Colin levantó la vista y esbozó una sonrisa irónica.

Sam soltó un gruñido y se adentró en la estancia antes de cerrar la puerta. Sabía lo que iba a ocurrir.

—Bien, ¿la damisela ha conseguido echarte el lazo? —preguntó su amigo con un gesto de la cabeza.

—¿En sentido literal o figurado? —inquirió él a su vez con tono despreocupado mientras se acercaba a un sillón tapizado en cuero negro que había junto a la chimenea.

Sir Walter rió por lo bajo y se irguió antes de comenzar a bajarse las mangas de la camisa.

—Si mi esposa supiera de qué cosas hablan los solteros...

—¿A usted lo tienen amarrado? —lo interrumpió Sam.

—Mucho me temo que sí, la verdad —admitió sir Walter con un gesto afirmativo de la cabeza y una sonrisa torcida que le daba a sus rasgos un aspecto de lo más juvenil, pese a que ya tenía sesenta años—. Colin me ha explicado su peculiar problema, Excelencia. Será un placer para mí ayudarlo en lo que pueda, por supuesto.

Sam asintió para dar las gracias al hombre antes de sentarse en el sillón, inclinarse ligeramente a un lado y estirar la pierna contraria hacia delante.

—Me temo que este asunto podría complicarse bastante. No quiero apartarlo demasiado tiempo de su trabajo en Scotland Yard.

Sir Walter rechazó la posibilidad con un gesto de la mano y apoyó la cadera sobre el borde del escritorio.

—Prácticamente, ya estoy casi retirado —le aseguró con voz orgullosa—. La mayor parte de mi tiempo me pertenece y eso significa que puedo aceptar los casos que me apetezca; a decir verdad, cualquier posible amenaza a la nobleza es asunto mío.

Sam no sabía si podía considerarse a Olivia Shea como una amenaza a la nobleza, a menos que se tuviera en cuenta su increíble belleza.

«¡Maldita sea!», exclamó para sus adentros.

—A mí no me parece una amenaza —dijo Colin con tono frívolo.

Sam soltó un bufido y trató de aliviar el cansancio de sus ojos frotándolos con el dedo índice y el pulgar.

—Afirma que Edmund se casó con ella y después desapareció, llevándose su fortuna con él.

Sir Walter rezongó por lo bajo. Colin dejó escapar un grave silbido antes de murmurar:

—Increíble.

Sam levantó la vista para observar a los dos hombres.

—¿Tú crees? A mí no me lo parece. Recuerda que estamos hablando de Edmund. Me habría sorprendido que se hubiera casado con una chica feúcha y la hubiera engañado. Pero no se puede decir que Olivia sea feúcha en lo más mínimo.

—Desde luego que no —convino Colin con una sonrisa. Se inclinó hacia delante y apoyó los antebrazos sobre los papeles y las notas que llenaban el escritorio—. ¿Qué me has traído?

—Su licencia matrimonial.

Sam sacudió el papel que tenía entre las manos, pero siguió sentado, ya que deseaba hablar de la situación antes de entregar el documento a su amigo para que lo examinara.

Colin enarcó las cejas.

—¿En serio? ¿El original? ¿Ella confía en ti lo suficiente para dártelo?

Sam apretó los labios en un gesto irritado.

—Me hizo firmar un documento en el que constaba que me lo había entregado.

Sir Walter y Colin se echaron a reír, y Sam sintió que el calor del bochorno trepaba por su cuello.

—Parece que ha pensado en todo, ¿verdad? —señaló Colin.

Sam entrecerró los ojos.

—Al parecer es algo así como una perfumista, y dirige un negocio llamado Casa Nivan, en París.

Sir Walter permaneció callado, frotándose la barbilla con los dedos mientras asimilaba la información, tal y como lo haría cualquier buen detective.

—Fascinante —dijo Colin segundos después, ensimismado—. Y deduzco que vino aquí buscando a ese incorregible libertino que tiene por marido y te encontró a ti.

Sam decidió no responder a eso.

—¿Qué piensas de ella? —preguntó en su lugar.

Colin se encogió de hombros.

—Es asombrosa: habla bien, viste bien y tiene un aspecto extraordinario.

Sam suspiró.

—No hablaba de su físico.

La silla de Colin crujió cuando su amigo se reclinó en el respaldo y se relajó una vez más.

—No lo sé.

—Eso no me ayuda mucho —dijo Sam con un resoplido—. Necesito saber algo más de la primera impresión que te causó esa mujer... los pensamientos, las ideas que se te pasaron por la cabeza... cualquier cosa, por insignificante que te parezca.

—Es una mujer... inteligente —comentó Colin después de meditarlo con seriedad durante un buen rato—, y sin duda fogosa. Una mujer apasionada, aunque eso, según tengo entendido, es bastante típico de las francesas.

Muy cierto, pensó Sam, en todos los sentidos. Y eso lo preocupaba sobremanera.

—En las circunstancias adecuadas —añadió Colin—, podría resultar una amiga de lo más interesante; parece muy rápida con las palabras y... bastante sofisticada, seguramente debido a lo mucho que ha viajado y a su buena educación. No obstante, todo eso no son más que impresiones después de hablar un momento con ella, Sam.

—¿Puedo sugerir que también es en extremo organizada? —comentó sir Walter. Se apartó del escritorio y se puso de nuevo en pie antes de cruzar los brazos y comenzar a pasearse alrededor, con la vista clavada en el suelo de madera—. Sé que nunca la he visto, pero si es cierto que dirige una próspera industria de perfumes (y digo próspera porque si Edmund le ha robado su dinero, debía de tener lo bastante para que él malgastara su tiempo tramando toda esta farsa), está claro que sabe cómo planear y ejecutar un plan. Es obvio que es lo bastante decidida e independiente para viajar a Inglaterra sin compañía con la intención de buscar a su marido desaparecido. A la mayoría de las damas ni siquiera se les ocurriría hacer algo así.

—Organizada, decidida e independiente. Malas cualidades para una mujer —dijo Sam, que se frotó la cara con una mano en un falso gesto de dolor.

Sir Walter soltó una carcajada.

—Me consta que las hay peores.

—La estupidez, por ejemplo —intervino Colin con una voz que sonó demasiado seria para el tono de la conversación—. No hay que olvidar que si de verdad se casó con tu hermano, Sam, no demostró ser muy inteligente. No me ha parecido en absoluto estúpida, y tampoco tímida. Está claro que es una mujer sensual, pero nada frívola en el sentido romántico, así que vete a saber lo que le dijo Edmund, cómo consiguió camelarla para que se casara con él. —Respiró hondo y soltó el aire lentamente—. También existe la posibilidad de que haya sido ella quien haya ideado toda esta farsa después de conocer a Edmund y descubrir que su hermano gemelo es un miembro acaudalado de la nobleza británica. Creo que es lo bastante lista para hacer algo así.

Sam también lo creía.

—También es posible que Edmund y ella sean amantes, tanto si están casados como si no, y que trabajen juntos para intentar sacarme dinero apelando a la compasión que me inspira una mujer abandonada y al desprecio que siento por mi hermano —añadió antes de mirar a los otros dos hombres de reojo—. Su aparición en el baile de hace tres noches podría haber sido el primer acto de una larga obra de ingenio, jueguecitos y enrevesadas conjeturas. No la conozco, pero creo que Edmund es capaz de cualquier cosa. Y, además, ella es medio francesa.

—¿No significa eso que también es medio inglesa? —preguntó sir Walter con mucho tiento.

Sam optó por no contestar, ya que sabía que no era sino una pregunta retórica. Tanto Colin como unos cuantos hombres de Scotland Yard, entre los que se contaba sir Walter, conocían su antigua relación con una francesa en particular. Algunos escándalos nunca desaparecían del todo, por más que uno se empeñara en olvidarlos o que los amigos trataran de darle una luz positiva a todo el asunto.

Colin tamborileó con los dedos sobre una gruesa pila de documentos.

—El hecho de que sea tan hermosa no es de gran ayuda, ¿verdad?

—No, no ayuda en absoluto —replicó Sam en voz baja, con los dientes apretados.

Se hizo el silencio durante unos segundos.

—Déjame ver ese documento —dijo Colin finalmente.

Sam se puso en pie de mala gana y se acercó al escritorio con la licencia matrimonial en una mano.

Colin estiró un brazo para recogerla y, tras encender la lámpara de su escritorio, colocó el papel bajo la luz y comenzó a examinarlo centímetro a centímetro.

Sir Walter se situó detrás de su amigo para observar la licencia con el ceño fruncido. Sam esperó tan pacientemente como pudo, dadas las circunstancias, y trató de no hacer preguntas a Colin antes de que este terminara su evaluación. Colin se ganaba la vida con eso y era posiblemente el mejor falsificador (y el mejor detector de documentos falsificados) que jamás hubiera conocido Inglaterra. Lo habían atrapado a los veinticuatro años y lo habían sentenciado a trabajar para la Corona, y eso llevaba haciendo más de doce años. Sin embargo, muy pocas personas conocían su trabajo. Para todo aquel que no pertenecía a su reducido círculo de amigos y colegas, Colin no era más que el impetuoso y holgazán duque de Newark, que malgastaba su tiempo asistiendo a fiestas y coqueteando con las damas. Era muy importante para el gobierno que su trabajo permaneciera en secreto.

Colin comenzó a reírse y levantó la cabeza.

—Esto es maravilloso...

Sam frunció el ceño y se inclinó sobre el escritorio.

—¿El qué?

Su amigo se apoyó sobre el brazo de la mecedora y dio unos golpecitos al documento.

—Es una falsificación excelente. Bueno... no es exactamente una falsificación, pero tampoco es un certificado legal de matrimonio.

—¿Y eso qué significa? —preguntó sir Walter antes de acercarse para verlo mejor.

—El documento es auténtico, pero ha sido modificado. Mirad esto.

Sam echó la cabeza a un lado para tener una vista mejor de la parte inferior del documento, la zona del sello que Colin recorría con la yema del pulgar.

—El documento en sí es auténtico, lo que significa que es el certificado genuino que se utiliza para registrar los matrimonios civiles en todas las parroquias francesas. —Cogió una vieja lupa de acero y examinó la esquina inferior derecha—. No obstante, el sello está fuera de lugar, ha sido estampado demasiado alto. También hay un par de muescas en la parte inferior que no son habituales.

—¿Has visto suficientes certificados matrimoniales para saberlo? —preguntó Sam.

Colin alzó la mirada de inmediato, perplejo.

—Por supuesto.

Sam no tenía nada que decir a eso.

—Además, cuando se observa el documento con la lupa —añadió su amigo—, se ven letras impresas que no están centradas, con una desviación de la horizontal de alrededor de un milímetro. ¿Lo ves?

Sam entrecerró los ojos y se fijó en la zona falsificada que Colin recorría con el dedo, pero no vio nada que no pareciera perfecto.

—No, no veo nada.

Su amigo no ofreció aclaración alguna. En su lugar, sacudió el papel un par de veces y después repitió el movimiento. Luego cogió la lupa de nuevo y siguió muy despacio los bordes del documento antes de enfocar la parte impresa, siguiendo las líneas una por una con todo detenimiento.

Momentos después, se irguió una vez más y arrojó el certificado falso sobre la pila de documentos que tenía encima del escritorio.

—Tendría que ver una firma reciente de Edmund para saber si realmente firmó esto. Pero aparte de eso, el documento es genuino y ha sido modificado, lo que lo convierte en una falsificación... y una falsificación muy cara. De eso estoy seguro.

Se produjo un largo rato de silencio antes de que Sam hablara por fin.

—Eso significa que alguien ha gastado un montón de dinero para realizar esta estafa. ¿Conoces a alguien que pueda realizar este tipo de trabajo?

—¿Personalmente? —Colin frunció el ceño y sacudió la cabeza—. No, ahora no se me ocurre nadie. No obstante, pensaré en ello y hablaré con algunos de mis contactos, si quieres. Podría llevarme algún tiempo.

Por desgracia, el tiempo era un lujo que Sam no podía permitirse. Se pasó una mano por el pelo en un gesto brusco.

—Haz lo que puedas. Podría servir de ayuda.

—Bien —intervino sir Walter, que les dio la espalda y rodeó el escritorio para dirigirse hacia la ventana con las manos entrelazadas a la espalda—, ¿entonces están casados o no? ¿O seguiría siendo un matrimonio legal si se llevó acabo ante los ojos de la Iglesia, independientemente de la autenticidad del documento firmado? Yo diría que sí.

Sam sintió de pronto una incómoda opresión en el estómago; esa era la pregunta que él no se había decidido a formular todavía.

Colin lo meditó durante un momento.

—Creo que sí, pero depende de quién oficiara la ceremonia. El nombre que aparece en este documento no significa nada. —Se inclinó hacia delante para leer el certificado—. Jean-Pierre Savant. Tengo la certeza de que es un nombre bastante corriente en Francia, y podría ser inventado.

—O legítimo —añadió Sam.

—Sí —convino Colin—. En el caso de que fuera la firma de un miembro del clero ordenado para poder oficiar matrimonios, estarían legalmente casados, sin tener en cuenta el documento; al menos, a los ojos de la Iglesia. Y no olvides que siempre hay que contar con testigos.

—Con todo, deberíamos recordar —dijo sir Walter, que se volvió para hablarles—, que los actores y también los testigos pueden comprarse. Si está casada con Edmund, aunque solo sea a los ojos de la Iglesia, su dinero también es el de él. Y en ese caso, el tipo no sería culpable más que de abandonarla.

Sam soltó un gruñido y se frotó los ojos una vez más.

—Lo que la convertiría en mi responsabilidad.

Sir Walter dejó escapar un largo y ruidoso suspiro antes de meterse las manos en los bolsillos.

—Es muy probable. Al menos, hasta que se consiguiera la anulación. ¿Esa mujer tiene familia?

Sam hizo un gesto negativo con la cabeza.

—No tengo ni idea. Aunque supongo que si hay algo positivo en todo esto es que no hay hijos de por medio.

—De eso no puedes estar seguro —señaló Colin con mucho tiento.

Sam lo pensó unos instantes. Después, se alejó del escritorio para dirigirse a la chimenea y contemplar las brasas.

—No lo creo. Ella no ha mencionado a ningún hijo, aunque sería un argumento de muchísimo peso para reclamar mi ayuda, tanto financiera como de cualquier otro tipo. —Meneó la cabeza muy despacio y unió las manos tras la espalda—. Desconozco cuánto tiempo llevaban casados antes de que mi hermano la abandonara, pero creo que si tuviera algún hijo me lo habría dicho, aunque solo fuera para apelar a mi simpatía. —Hizo una pausa antes de añadir—: Además, es demasiado... esbelta.

—Esbelta... —repitió Colin con aire ensimismado—, e increíblemente bien proporcionada, añadiría yo.

Sam pasó por alto el comentario y cerró los ojos durante un instante para reprenderse a sí mismo. No debería haber mencionado su figura. Su aspecto era irrelevante, al menos para él. O así debería ser.

Tras respirar hondo, se volvió hacia ellos una vez más con una pose autoritaria y una expresión seria.

—Tal y como yo lo veo, caballeros —reflexionó—, tenemos dos posibilidades. O bien ella está diciendo la verdad, al menos tal y como la conoce, y mi hermano se casó con ella con falsos pretextos para escapar con la fortuna conseguida con los perfumes, o bien miente y ha venido aquí a intentar conseguir parte de mi fortuna. Ahora bien, si dice la verdad y Edmund le ha robado el dinero, puede que estén casados y puede que no. En cualquiera de los casos, si ella no ha mentido con respecto a Edmund, es probable que crea que el matrimonio es válido. La única otra posibilidad es que Edmund y ella hayan ideado todo esto juntos, en cuyo caso yo podría llegar a convertirme en el estúpido de la historia.

Aunque la mera idea lo ponía enfermo, también notó que no lo sorprendía en absoluto. Los tejemanejes de Edmund habían dejado de sorprenderlo hacía muchos años.

Sir Walter carraspeó.

—Bien, lo más inteligente es pecar de prudente, por supuesto. Hasta que sepa algo más sobre la situación y sobre ella, no puede confiar más que en lo que le diga, y tomárselo tal cual.

Sam asintió para mostrar su acuerdo. Lo último que quería hacer era mostrar a Olivia sus cartas, por más que fuera de farol.

—¿Quieres que haga una copia del certificado matrimonial? —se ofreció Colin, sacándolo de sus cavilaciones.

—¿Podrías hacerlo rápido? —preguntó a su vez al tiempo que se acercaba de nuevo a los dos hombres.

Colin cogió una vez más la falsificación y le echó un vistazo, tanto por delante como por detrás.

—Supongo que podría hacerte una buena copia en un par de días.

—Eso servirá —replicó Sam, agradecido—. La invitaré a cenar o algo así dentro de pocos días. Eso debería darle tiempo para preguntarse qué voy a hacer con respecto a su amenaza.

—No confías en ella, ¿verdad? —inquirió Colin, aunque en realidad era más una afirmación que una pregunta.

—Ni lo más mínimo —contestó Sam de inmediato—, y por razones que no tienen nada que ver con el hecho de que sea francesa. —Comenzó a pasearse por delante del escritorio y se dio cuenta por primera vez de que Colin había decorado las paredes de su estudio con un espantoso tono marrón. Aunque eso carecía de importancia, por supuesto—. Pongámoslo de esta manera —añadió con voz firme a medida que sus ideas sobre la situación comenzaban a ordenarse—: si es sincera y cree de veras que está legalmente casada con Edmund, tengo la ventaja de saber que ha sido embaucada por mi hermano. Si no lo es, se preguntará hasta dónde me he tragado su historia y si creo o no algo de lo que me ha dicho.

—Es muy probable que se pregunte eso de cualquier forma —señaló sir Walter.

—Cierto —reconoció Sam. Dejó de pasearse y miró por la ventana que tenía a la izquierda—. Lo que significa que mi plan es mejor que el suyo.

—¿Qué plan? —Colin suspiró y se reclinó en la mecedora, entrelazando los dedos por detrás de la cabeza—. Dime que no piensas ir a Francia...

—Claro que voy a ir a Francia.

—¿Con ella?

Sam estuvo a punto de soltar una carcajada al ver la expresión atónita, casi envidiosa, de Colin.

—Por supuesto. —Se inclinó sobre el escritorio de su amigo y apoyó las palmas encima de los papeles que había diseminados sobre él—. A decir verdad, me importa un comino quién es esa mujer, tanto si es una ingenua o una persona que miente por placer, como si trabaja con Edmund o está buscándolo, tal y como dice. Quiero encontrar a mi hermano...

—¿Y a Claudette?

Sam se irguió al instante y volvió a sentir un ardor en el estómago causado por la ira y el resentimiento que había tratado de ocultar durante años.

—Quizá, si todavía sigue con él.

—Quieres venganza —dijo Colin con tono insolente.

—Quiero dejar las cosas claras.

Colin sacudió la cabeza muy despacio. Después, tras enderezarse en el asiento, apoyó los brazos sobre el escritorio, entrelazó los dedos y miró a su amigo a los ojos.

—Los años que han pasado no han cambiado nada —dijo en un tono de advertencia—. Sabes por qué se largó tu hermano, y aunque esta belleza que afirma ser su esposa sea francesa en parte…

—Y en parte inglesa… —lo interrumpió él.

Colin parpadeó con aire inocente.

—¿La estás defendiendo?

Sam no sabía si enfadarse o sentirse agradecido por el hecho de que su amigo tratara de ponerle las cosas en perspectiva.

—Sé muy bien lo que hago.

—Aún así —intervino sir Walter, que se pasó las palmas de las manos por el amplio torso—, yo sería muy cauto si estuviera en su lugar. Por la descripción que ha hecho de lady Olivia, no parece una de esas mujeres que se dejan avasallar. En especial si está jugando con usted…

Sam hizo un gesto afirmativo con la cabeza para aceptar el consejo del hombre con una incómoda sensación de desasosiego.

—Así que la utilizarás para vengarte —comentó Colin con sequedad.

Sam permaneció callado un momento antes de responder.

—Si tengo la oportunidad… —susurró.

De pronto, la lluvia comenzó a caer con más fuerza y a salpicar la enorme ventana que había tras el escritorio, interrumpiendo la conversación con un toque de realidad.

Colin se puso en pie antes de estirarse.

—Vamos a comer, caballeros. Tengo un cocinero nuevo que sabe hacer maravillas con el pollo.

Estaba claro que habían regresado al mundo real.

—Como tú con las mujeres, amigo mío.

Sir Walter esbozó una sonrisa irónica, pero Colin soltó una carcajada.

—No obstante, eres tú el que parece atraer a las bellezas sin parangón.

—Que ya pertenecen a otros —replicó Sam de inmediato.

—Siempre nos quedará Edna Swan…

Esa opción tampoco le hacía ninguna gracia.

4

Olivia llamó con impaciencia a la puerta principal del número 2 de Parson Street con la invitación en la mano. No estaba segura de si esa era la residencia del duque de Durham o tan solo la de un amigo con el que se alojaba mientras estaba en la ciudad. Lady Abethnot le había contado que el hombre pasaba la mayor parte del año recluido en la propiedad que tenía en Cornwall, cerca de Penzance. No obstante, le había enviado una nota escrita a toda prisa para invitarla a cenar allí y discutir sobre «la delicada situación que atravesaban», fuera cual fuese, de modo que ella había aceptado de inmediato. Si la cena estaba incluida, mejor que mejor.

Lo primero que la invadió al ver la enorme casa de piedra fue una sensación de asombro ante el hecho de que alguien pudiera «esconder» una vivienda de tal tamaño y belleza en mitad de una ajetreada calle de la ciudad. Por supuesto, el dueño de la casa vivía en un barrio muy bueno, pero su aparente modestia estaba garantizada sin duda por la manera en que el edificio parecía esconderse tras la hilera de árboles y arbustos recortados, que flanqueaban el sendero de adoquines desde el borde del camino en el que ella se había apeado del carruaje enviado por el duque hasta la entrada iluminada por faroles de gas. Los aromas de la primavera impregnaban el aire y los insectos zumbaban con la llegada del crepúsculo. Olivia inhaló profundamente para saborear el sutil perfume de una amplia variedad de rosas, al que se sumaban el de los enebros y el de la lluvia. Esos olores, tan embriagadores y refrescantes, le habrían provocado una sensación de calma y tranquilidad... de no haber sido por lo nerviosa que la ponía volver a ver a ese hombre.

La puerta se abrió en ese preciso momento, sacándola de sus cavilaciones. Enderezó la espalda de manera instintiva para saludar al mayordomo, ataviado con un atuendo formal en blanco y negro, pero antes de que pudiera abrir la boca o entregarle la tarjeta de invitación, el hombre se inclinó en una ligera reverencia.

—Lady Olivia —dijo con unos labios anchos y gruesos que apenas se movían—. Su Excelencia la espera en el comedor.

—Gracias —replicó ella, y se adentró en la casa en cuanto el mayordomo se hizo a un lado para permitirle el paso.

No se había puesto chal, ya que había hecho bastante calor durante el día, así que lo único que le entregó al criado fue su sombrero. Después, se colocó bien los mechones que se le habían soltado de la masa de rizos recogida en la coronilla.

—Sígame, por favor —le pidió el mayordomo, que todavía no le había dicho su nombre, antes de darse la vuelta para guiarla a través de un oscuro pasillo.

Olivia no vaciló; no tenía ningún miedo. Puede que estuviera nerviosa, pero no asustada. Alzó la barbilla, enderezó los hombros y caminó con aplomo por el carísimo suelo de mármol cubierto con alfombras persas en tonos verde oscuro y borgoña. El interior de la casa la asombró aun más que el exterior: estaba decorada con distintos matices de dorado, rojo y bronce, e incluía al parecer una gran colección de muebles importados y accesorios de un estilo decididamente masculino. Si algo podía decirse del duque de Durham (o tal vez de su amigo) era que tenía un gusto exquisito y muchísimo dinero. También olía bien, aun sin colonia, algo que nunca había notado en un hombre con anterioridad. Todos los que conocía utilizaban perfume, incluso Edmund.

Se reprendió a sí misma por tan ridículos pensamientos. No entendía por qué demonios pensaba en su olor en esos momentos. Esa noche necesitaba, más que ninguna otra cosa, centrarse en sus objetivos.

Dado que le habían robado los fondos de la compañía, se concentró en el precario futuro de Nivan y se obligó a prepararse para la entrevista que se avecinaba mientras entraba en el comedor. El aroma de las naranjas y el venado asado la asaltaron de inmediato, al igual que la agradable atmósfera creada por las gruesas alfombras de color borgoña, las paredes pintadas en tonos verde-azulados y marrones, los brillantes muebles de madera de cerezo y la calidez del pequeño fuego que ardía en la chimenea.

Después vio al duque y su corazón se detuvo... antes de comenzar a latir a un ritmo frenético, presa de una pizca de desconcierto e incertidumbre.

Concéntrate, concéntrate, concéntrate..., se dijo.

El duque de Durham se hallaba junto al fuego, con un codo apoyado sobre la gruesa repisa de roble y una copa de un líquido ambarino entre sus largos dedos; tenía la otra mano metida en el bolsillo de los pantalones, con lo que la chaqueta de la levita quedaba apartada de su cuerpo. Olivia demoró su mirada primero en la camisa de seda blanca que se tensaba sobre su pecho, ancho y fuerte. Las prendas, blanco sobre negro, habían sido confeccionadas a medida para adaptarse a la perfección a su enorme estatura; la única pieza de color era la corbata, de un tono verde esmeralda, y por supuesto todo lo que llevaba era de la mejor calidad. Olivia comprendió en ese mismo instante que no podía esperar otra cosa de ese hombre, y por primera vez comenzó a preguntarse por qué Edmund había sentido la necesidad de llegar hasta semejantes extremos para robarle el dinero cuando su hermano poseía una cuantiosa fortuna. No obstante, quizá fuera justo por eso.

Cuando por fin se decidió a mirarlo a la cara, todo pensamiento relacionado con su marido se desvaneció al instante. Aunque se parecía mucho a Edmund en el plano físico, la expresión y la pose del duque de Durham no tenían nada que ver con las de su hermano. Edmund se mostraba siempre jovial y afable, pero ese hombre exudaba un poder, una autoridad y una energía que era aconsejable tener en cuenta. Ambos individuos eran increíblemente apuestos, pero mientras Edmund era dado al flirteo, no podía decirse lo mismo del duque. En absoluto.

El duque enfrentó su mirada con una expresión que pretendía intimidarla y que irradiaba tal intensidad que Olivia estuvo a punto de echarse atrás.

Estremecida, se detuvo un momento para aclararse las ideas. La mirada penetrante de esos ojos castaños decía a las claras que no confiaba en ella lo más mínimo. No confiaba en ella..., pero aun así la había invitado a cenar esa noche, lo que significaba que sí creía que conocía a su hermano, fuera cual fuese su relación. Había esperado algo más, aunque supuso que el hecho de que la aceptara allí, por más dudas que tuviera, era un buen comienzo.

Nerviosa, respiró hondo para intentar controlar la creciente ansiedad que la invadía y permitió que la amplia falda de satén del vestido se apartara del vano de la puerta y cayera con elegancia a su alrededor mientras se adentraba en el comedor. Inclinó la cabeza para saludar al hombre cuya mirada había comenzado a recorrerla muy, muy despacio, de la cabeza a los pies.

—Buenas noches, Excelencia —dijo con una voz tan agradable como le fue posible, ya que deseaba establecer una conversación apacible, como la discusión entre un hermano y una hermana.

No obstante, su propia voz le sonó bastante tensa y sus mejillas se sonrojaron ante tan abierto escrutinio.

—Olivia —replicó él, logrando que su sencillo nombre sonara... sensual.

Se sentía un tanto violenta, de modo que entrelazó los dedos con fuerza a la altura del regazo.

—Gracias por la invitación para la cena.

El duque esbozó una sonrisa torcida.

—Es lo menos que puedo hacer por la mujer que afirma haberse casado con mi hermano.

¿«Que afirma»? Le había entregado la licencia matrimonial para que la examinara, por el amor de Dios. ¿Qué otra prueba necesitaba? Y el hecho de que hubiera utilizado la palabra «mujer» en lugar de «dama» la fastidió aun más. De haber sido cualquier otro hombre, le habría puesto en su lugar. No era ningún estúpido, y el hecho de que hubiera utilizado esa palabra insinuaba que ella mentía. Y eso era un insulto a su persona. Estaba claro que no debía confiar en él más de lo que él confiaba en ella.

—Vaya, hay que ver lo halagador que puede llegar a ser usted, milord —replicó con una expresión aburrida y la barbilla en alto.

El hombre parpadeó con rapidez, asombrado a todas luces por semejante comentario y, para alegría de Olivia, también desconcertado. Eso dibujó una sonrisa de satisfacción en sus labios. Si el duque esperaba que fuera como el resto de mujeres que conocía, que se volvían sumisas ante esa arrogante… prepotencia, se iba a llevar un buen chasco.

Se recogió la falda con delicadeza una vez más y caminó hacia él con una expresión risueña a pesar del nerviosismo.

—¿Esta encantadora casa es suya? —inquirió con un tono tan prosaico como la pregunta.

El duque dio un buen trago de la bebida sin despegar los ojos de ella.

—No, es de un amigo.

—Ah… Desde luego.

El ceño masculino se frunció un poco al escuchar eso. No tenía ni la menor idea de lo que había querido decir, pero se negaba a preguntar. Qué hombre más terco… Aunque eso no debería extrañarla, porque sin duda parecía terco.

—¿Le gustaría tomar una copa de jerez? —le ofreció con tono indiferente al tiempo que se apartaba por fin de la chimenea.

—Sí, gracias —replicó Olivia, que se detuvo a poca distancia de él.

Tras recorrerla con la mirada una última vez, el duque se dio la vuelta para dirigirse a un excelente mueble de licores situado detrás de la mesa, que ya había sido preparada para dos personas con un mantel de encaje borgoña y una vajilla de porcelana blanca.

—¿El dueño también es amigo de Edmund?

—Lo era.

Olivia observó cómo el hombre cogía una decantadora, le quitaba el tapón y derramaba una pequeña cantidad de líquido ambarino en la copa de jerez. Estaba claro que el arte de conversar no era uno de los talentos del duque de Durham.

—¿Cómo se llama?

Permaneció callado durante un instante, mientras volvía a colocar la botella de cristal en su lugar. Después se dio la vuelta y se acercó a ella con su bebida en la mano.

—Colin Ramsey, el caballero al que conoció en el baile, aunque no creo que Edmund lo mencionara nunca, ya que usted lo habría recordado.

Olivia entrecerró los ojos mientras tomaba la copa, poniendo mucho cuidado en no rozarle los dedos.

—No, Edmund jamás mencionó a nadie de Inglaterra que no fuera usted, e incluso en esas ocasiones, usted no era más que un lejano hermano mayor que, según él, seguía celoso de su buena fortuna. Creí que sería un hombre viejo y casado que vivía en el campo y cuidaba de su prole. —Hizo una pequeña pausa antes de añadir con tono insolente—: Jamás mencionó que fueran gemelos.

—¿Y no le parece eso bastante extraño? —preguntó él segundos después.

—¿Que no sea usted un hombre viejo y casado o que no mencionara que eran gemelos?

El duque resopló con fuerza antes de darle un nuevo sorbo a la bebida, pero no apartó la mirada de ella.

—Que no quisiera hablarle de mí.

—Sí, por supuesto que me parece extraño —admitió con sinceridad—, pero en las pocas ocasiones en que le pregunté sobre su familia y sus viejos amigos me dio una respuesta rápida y cambió de tema con la jovialidad suficiente para que yo no me preocupara por lo que ahora me tomo como evasivas.

—Sin duda lo eran —señaló él en tono irónico—. Cuando uno huye de algo, o de alguien, no suele querer hablar del tema.

Olivia dio un pequeño sorbo del delicioso jerez, desesperada por obtener respuestas pero sin querer parecer demasiado ansiosa.

—Bueno, puesto que al menos lo mencionó a usted, supongo que debo sentirme aliviada al saber que no huía de su hermano.

Los ojos oscuros del hombre se entrecerraron significativamente, y Olivia se vio obligada a admitir que se sentía bastante orgullosa de haber logrado irritarlo. El duque no sabía si su intención era bromear o si en realidad no sabía lo mucho que Edmund lo despreciaba; y le alegraba mucho contar con esa ventaja, al menos en cierto sentido.

Un instante más tarde, Carlisle se acercó un poco más, lo bastante para que ella pudiera apreciar la tenue sombra de la barba que le oscurecía la mandíbula. De haber sido cualquier otro caballero, le habría molestado bastante que no se hubiera dignado a afeitarse de nuevo para la cena. Pero a él, esa ligera sombra de barba le daba un aspecto casi… distinguido. De una manera extraña y atractiva.

—¿Tan terrible soy, lady Olivia?

Se reprendió al instante, exasperada por haberse dejado llevar por sus pensamientos.

¡Concéntrate!, exclamó para sus adentros.

—¿Terrible? —Enderezó los hombros—. ¿Terrible en qué sentido?

Él se echó a reír. Una risa grave de auténtica diversión.

Olivia se sorprendió tanto que estuvo a punto de dejar caer la copa de jerez. El duque de Durham era un hombre de un atractivo devastador cuando reía.

Un instante después, una vez que las risas se apagaron, él la miró a los ojos y murmuró:

—En el pasado, milady, era considerado ciertamente terrible por las damas audaces que comprendían que había descubierto sus mentiras, por pequeñas que fueran. —Se inclinó hacia ella y bajó la voz—: O por más extravagantes que fueran.

Olivia tardó varios segundos en reaccionar ante esa reveladora información.

—En ese caso, me alegra mucho saber que seguirá siendo encantador conmigo —replicó con una sonrisa elocuente.

El duque intentó no echarse a reír de nuevo, pero fracasó estrepitosamente, y Olivia no pudo evitar fijarse en el hoyuelo que le salía en la mejilla derecha... un rasgo facial del que Edmund carecía. Comprendió de pronto de que estaba disfrutando del intercambio de bromas. Inclinó la cabeza en su dirección, como si fuera a compartir un secreto.

—Pero me gustaría saber quiénes son esas damas audaces, Excelencia, ya que debo mostrarme de lo más cautelosa.

Al instante, la sonrisa masculina se convirtió en una mueca de amargura.

—Las francesas, lady Olivia. Jamás he conocido a ninguna digna de confianza.

Al parecer, al duque ya no le hacía ninguna gracia. De hecho, por la expresión de absoluto desprecio que había aparecido en su rostro tras ese sencillo e inocente comentario, Olivia se dio cuenta de que jamás confiaría en ella, que ni siquiera llegaría a caerle bien, debido a su ascendencia. Deseó conocer las razones que fundamentaban tanta animosidad, aunque eso no supondría diferencia alguna en la relación que pudieran llegar a mantener. A ella tampoco le gustaba ese hombre. Menudo asno pomposo...

Con una sonrisa desdeñosa, Olivia bebió un poco más de jerez y le dio la espalda antes de recorrer la alfombra hasta el otro extremo de la mesa principal; sabía con certeza que él seguía con la mirada todos y cada uno de sus movimientos.

Extendió el brazo y deslizó la yema de los dedos sobre la superficie de madera pulida antes de acariciar el encaje de una servilleta.

—Así pues, a la luz de tan... refinado razonamiento, supongo que al menos la mitad de las veces no sabe si le estoy diciendo la verdad o no. Qué lástima.

Tal y como había esperado, él no respondió de inmediato, aunque solo fuera para no azuzar más el fuego entre ellos. A la postre, después de un rato de silencio, echó un vistazo hacia atrás y descubrió con cierto placer que el duque parecía estudiar cada centímetro de su cuerpo: desde los oscuros rizos que enmarcaban su rostro y que había sujetado con una sarta de perlas en su coronilla, hasta los intrincados detalles del costoso vestido de noche de color escarlata. Y estaba claro que le gustaba lo que veía. Como mujer que era, Olivia lo sabía sin necesidad de que se lo dijera.

Sintió una extraña opresión en el estómago y un peculiar hormigueo bajo la piel. Jamás había reaccionado de una manera tan intensa a ese tipo de... «escrutinio» con Edmund. Y la sensación la sorprendió y la desconcertó a un tiempo; no solo por el hombre que se encontraba al otro lado de la estancia, sino porque hacía apenas unos instantes que se había dado cuenta de lo mucho que la despreciaba, de que no confiaría en ella y de que le desagradaba el hecho de que hubiera irrumpido en su bien ordenada vida.

—Está claro que sabe cómo estimular a un hombre, lady Olivia —murmuró con voz ronca, aunque la vehemencia de sus palabras se abrió paso en los pensamientos de Olivia.

Ella enarcó las cejas e intentó dominarse con todas sus fuerzas para mantener el tono civilizado y agradable de la conversación.

—¿Estimular? ¿De qué forma lo estoy estimulando a usted, milord?

El duque entrecerró los ojos antes de apurar la bebida con un rápido movimiento y dejar la copa sobre la repisa de la chimenea.

—No quería decir que me estimulara a mí, milady —replicó muy despacio—, al menos no en estos momentos o de manera intencionada. —Unió las manos a la espalda y comenzó a caminar hacia ella con la mirada clavada en la alfombra mientras hablaba con tono pensativo—: Me refería más bien a que todo en usted, tanto su aspecto altivo y refinado como su elegancia y su evidente… magnetismo, está perfectamente diseñado y dispuesto para despertar el deseo de un hombre, de cualquier hombre. —Volvió a mirarla a los ojos cuando se situó junto a ella una vez más—. No puedo saber si ha sido usted quien ha creado esa imagen o si se convirtió en una criatura deslumbrante por obra y gracia de Dios, y lo más probable es que carezca de importancia. —Bajó la voz a fin de convertirla en un susurro grave y duro para añadir—: Es usted un hermoso producto, Olivia, al igual que el perfume que fabrica, y no puedo negar que me siento muy impresionado, algo que sin duda usted ya se esperaba. Pero un producto no es más que un producto. Y no me dejaré engañar.

¿Engañar? ¿Acaso creía que trataba de engañarlo? Sus insultos, aunque mezclados con halagos, la enfurecieron. Había menospreciado de forma deliberada todo lo que la definía como mujer al describir su mera apariencia como algo con lo que había que mostrarse cauteloso. Olivia no conseguía recordar ninguna otra ocasión en la que un hombre la hubiera insultado de una forma tan despreciable. No obstante, se negaba a apartarse de él, a sucumbir ante ese carácter avasallador o a reaccionar como él esperaba y abofetear su rostro apuesto y enigmático. No, era mucho mejor de lo que él se creía, y tenía la intención de demostrárselo. Ese hombre la consideraba frívola y narcisista, lo mismo que pensaba de todas las francesas, pero ella pensaba demostrarle lo que eran el comedimiento y el aplomo.

Con un brillo desafiante en los ojos, dejó el jerez sobre la mesa y entrelazó los dedos con fuerza a la altura del regazo.

—Le agradezco tan amables cumplidos, milord —dijo con fingida dulzura—. Me halaga que haya apreciado mis esfuerzos por lucir el mejor aspecto posible cuando estoy en compañía de otros.

Las mejillas masculinas se contrajeron al escucharla, pero el duque no dijo nada.

Satisfecha, Olivia esbozó una sonrisa.

—No obstante —añadió—, como bien sabe, si bien los productos se compran y se venden, no puede decirse lo mismo de mí. Haría bien en recordarlo.

El tiempo transcurrió con increíble lentitud mientras él la observaba sin tapujos, y por un fugaz instante, Olivia temió que la echara de allí... o que la zarandeara hasta dejarla sin sentido.

—¿Amaba a mi hermano?

Esa pregunta formulada en voz baja pareció salir de la nada, y para ser sincera, la dejó perpleja. Abrió los ojos de par en par y se alejó un poco de él, turbada por su proximidad y furiosa por su insolencia. Le resultaba en extremo difícil comprender el motivo de aquel repentino cambio de tema.

—¿Cómo dice?

Los labios masculinos dibujaron una diminuta y elocuente sonrisa.

—Le he preguntado si amaba a mi hermano. Hemos conversado en tres ocasiones sobre él, sobre el hecho de que le robó el dinero después de casarse con usted y sobre su deseo de encontrarlo a cualquier precio, pero ni una sola vez ha mencionado el amor que sentía por él. —Encogió uno de sus fuertes hombros—. La verdad es que es algo que me intriga muchísimo.

Olivia sabía que su rostro se había puesto del mismo tono que su vestido ante tan intensa mirada.

—Por supuesto que sí —afirmó después de respirar hondo.

Durante algunos segundos, el duque de Durham se limitó a mirarla a los ojos con una expresión seria e indescifrable. Tal vez estuviera evaluando su respuesta, o quizá esperara algo más, pero no estaba dispuesta a ofrecérselo. Los pormenores no eran asunto suyo.

Después, para la más absoluta sorpresa de Olivia, hizo lo impensable. Le sujetó la barbilla con una de sus fuertes manos y se la levantó a fin de posar sus labios sobre los de ella... no en un beso cargado de pasión, sino en una caricia dulce y tierna que no encajaba en absoluto con la exasperación que reinaba entre ellos.

Olivia tardó lo que le parecieron días en darse cuenta de que la estaba besando de verdad. Aturdida, trató de apartarse de él y soltó un gruñido de protesta al tiempo que levantaba las manos para darle un empujón en el pecho, cubierto por la chaqueta de seda. La respuesta del duque fue colocar una de las manos en la parte posterior de su cabeza para mantenerla inmóvil mientras intensificaba el beso, acariciándole los labios hasta que a Olivia no le quedó otro remedio que rendirse.

Y lo hizo. La renuencia disminuyó poco a poco y empezó a notar un súbito remolino de sensaciones en su interior que le aflojó las rodillas e hizo que su cuerpo cobrara vida bajo el corsé. El hombre irradiaba calor, olía de maravilla y sabía... a gloria. Magia en su estado más puro. En ese mismo instante, justo cuando estaba dispuesta a derretirse entre sus brazos y a aceptar por completo su asalto, el duque la soltó con delicadeza y apartó su rostro del de ella al tiempo que deslizaba la yema del pulgar sobre sus labios.

Olivia jadeaba y, pasado un instante, abrió los ojos para contemplar el fino tejido de su chaleco, poniendo mucho cuidado en no mirarlo a los ojos.

Por el amor de Dios, ¡la había besado! A propósito. Y... había sido un beso espléndido.

La culpa y el arrepentimiento la inundaron al instante y dio un paso atrás para alejarse del poderoso físico masculino.

—¿Está loco? —susurró.

El duque tomó una profunda bocanada de aire.

—Por un momento, sí —admitió en un murmullo ronco.

—No tenía derecho a hacerlo —dijo Olivia con voz grave y trémula—. Estoy casada con su hermano.

—Y yo tengo todo el derecho a poner en tela de juicio sus propósitos al sacar ese asunto a relucir, milady.

Olivia levantó la cabeza de inmediato con la intención de atacarlo verbalmente. Pero en lugar de eso, fue consciente de lo mucho que le había afectado a él ese abrazo. Tragó saliva con fuerza al ver el sonrojo de su rostro, lo mucho que le costaba respirar y la intensidad de la mirada que había clavado en ella. El simple hecho de saber que lo había excitado con solo acariciar sus labios la dejó perpleja.

—¿Y le importaría explicarme qué demonios pretendía demostrar besándome? —preguntó en un susurro furioso.

—Que se siente atraída por mí —respondió él sin el menor titubeo.

Y usted por mí, añadió Olivia para sus adentros.

—Está chiflado. Y es un canalla —fue lo único que consiguió decir.

La confusión le impedía idear una respuesta más lógica a un comentario tan absurdo y perturbador.

El hombre estuvo a punto de sonreír y se metió las manos en los bolsillos.

—No es la primera francesa que me lo dice.

Olivia se llevó una mano a la acalorada mejilla.

—Me consta que tampoco soy la única inglesa que se lo ha dicho.

Él no respondió; se limitó a mirarla de arriba abajo una vez más muy despacio, con una expresión dura y desconfiada. Tras esperar un instante a que el duque hiciera algo, cualquier cosa, Olivia dio un nuevo paso atrás y clavó la vista en las gruesas cortinas mientras se pasaba los dedos por los labios, como si quisiera librarse de la evaluación masculina.

Después de unos segundos de incomodidad, al menos por su parte, él se alejó por fin para dirigirse al comedor y tiró de la gruesa cuerda color bronce para avisar al servicio. Casi al instante aparecieron tres criados con bandejas plateadas llenas de comida que dejaron sobre el aparador de roble, situado al otro extremo de la estancia. No los miraron ni una sola vez mientras trabajaban en silencio y de manera profesional.

Olivia no tenía claro si se sentía agradecida por la interrupción o molesta por la repentina presencia de otras personas, a pesar de que se suponía que los criados debían resultar invisibles. Sabía por experiencia que los sirvientes cuchicheaban, pero decidió que a esas alturas los rumores eran la última de sus preocupaciones.

De pronto, el mayordomo entró en la sala y comenzó a hablar con el duque en voz baja. Olivia aprovechó la oportunidad para intentar recuperar la compostura; respiró hondo unas cuantas veces mientras se alisaba la falda con las manos y aguardaba a que el ritmo de su pulso se normalizara.

Su cuñado estaba erguido en toda su magnífica estatura, nada afectado al parecer por su pequeña discusión, mientras daba las instrucciones al mayordomo, que asentía con expresión obediente. Una vez que el diálogo llegó a su fin, todos los sirvientes se marcharon sin mirar siquiera en su dirección, cerraron la puerta y los dejaron a solas una vez más. La cena tenía un aspecto exquisito, pero tendrían que servirse ellos mismos y conversar como si nada hubiera ocurrido. Vaya una idea ridícula...

El duque la miró de nuevo y se frotó la barbilla con los dedos.

—¿Cenamos, queridísima cuñada?

Olivia estuvo a punto de poner los ojos en blanco. ¿Era posible que su sarcasmo fuera más descarado?

Esbozó una sonrisa dulce, aunque ya no tenía ganas de comer.

—Por supuesto, Excelencia.

En un alarde de amabilidad, él le hizo un gesto con la mano para señalar la mesa.

—Por favor. Tenemos mucho de lo que hablar.

¿Quería hablar en esos momentos? Por el amor de Dios, el duque de Durham acababa de besarla. Sin explicaciones, sin avisos... y a ella le había gustado. A decir verdad, le había encantado… lo bastante para que cualquier tipo de conversación resultara en extremo difícil, al menos para ella. De pronto se dio cuenta de que él podría haber planeado con antelación un acto tan despreciable y placentero a fin de desconcertarla y conseguir cierta ventaja en la discusión que sobrevendría. Si ese era el caso, ese pobre hombre arrogante descubriría lo que era un desafío de proporciones femeninas. No tenía ni la menor idea de con quién estaba tratando, y eso sin duda le daría cierta ventaja.

Tras recogerse la falda e inclinar la cabeza, Olivia esbozó una sonrisa y caminó con elegancia hacia la mesa servida.

Sam estaba furioso consigo mismo por haberse aprovechado de ella de esa manera, por utilizar la situación en beneficio propio y enfrentarse a la supuesta esposa de su hermano no con palabras, sino con una lujuria abrasadora. Aun así, no tenía claro que Olivia estuviera muy sorprendida. Después de todo, había sido ella quien había irrumpido en su vida con sus propios planes de ataque. Sin embargo, esa noche lo había dejado asombrado. En lugar de salir de la casa echa una furia, echarse a llorar o abofetearlo como habría hecho cualquier otra mujer, había logrado mantener la compostura. En ese instante estaba sentada frente a él, comiendo pato a la naranja relleno de castañas con suma elegancia después de haber compartido un beso que los había desconcertado a ambos. Lady Olivia Shea era diferente, una mujer astuta que en apariencia disfrutaba entablando batallas de ingenio con los caballeros que la rodeaban, y Sam no estaba seguro de si le gustaba o no ese peculiar carácter suyo. Aunque, por supuesto, sus opiniones carecían de relevancia en ese asunto.

—¿Cómo está su cena, Olivia? —preguntó en tono afable.

Ella levantó la mirada mientras apilaba delicadamente un bocadito de relleno sobre el tenedor con el cuchillo.

—Deliciosa, gracias. ¿Y la suya, Excelencia?

Sam gruñó para sus adentros ante tanta formalidad.

—Perfecta.

La mujer esbozó una dulce sonrisa y cortó otro pedazo del venado asado.

—Tendrá que decir a su amigo que su cocinero es extraordinario. ¿Está aquí esta noche?

Sam se vio obligado a reprimir un juramento. La conversación era insustancial y sin sentido.

—Hablemos mejor de ese encantador beso que hemos compartido.

La vio vacilar un segundo, con el tenedor a medio camino de la boca. Luego, sin mirarlo, volvió a dejarlo en el plato.

—Si vamos a hablar de algo que no sean el clima y la comida, preferiría hablar de Edmund y de lo que piensa hacer usted para ayudarme a recuperar mi dinero. —Se reclinó en la silla y se dio unos golpecitos en la boca con la servilleta—. Ya llevo demasiado tiempo apartada de Nivan, Excelencia; necesito volver a casa lo antes posible para supervisar mi empresa. Aunque puede que no lo entienda, ya que usted ha heredado su fortuna.

Aunque lo impresionaba la capacidad de esa mujer para permanecer imperturbable y concentrada después de una sugerencia tan inapropiada, se sintió insultado por la sonrisilla condescendiente que había aparecido en sus labios rosados. Por extraño que pareciera, esa falsa seguridad en sí misma que mostraba lo fastidiaba y lo excitaba a un tiempo.

Cambió de posición en la silla y dejó los cubiertos sobre el plato antes de relajarse contra el respaldo y apoyar los codos en los brazos del asiento.

—Tengo una proposición que hacerle, Olivia —dijo, observándola fijamente.

Ella se llevó la copa de vino hasta la boca, dio un trago y se lamió los labios.

—Doy por hecho que se trata de una propuesta para recuperar mi dinero —replicó ella al tiempo que dejaba la copa sobre la mesa.

En esa ocasión, su aplomo lo sacó de quicio, aunque se

negaba a darle la satisfacción de saberlo. En su lugar, asintió muy despacio con la cabeza y frunció los labios en un gesto pensativo.

—Tal vez, aunque no estoy seguro de que esté tan satisfecha consigo misma después de oír lo que pienso.

Olivia abrió la boca un poco, pero la cerró de nuevo antes de apretar los labios.

—No soy una engreída, pero, de cualquier forma, eso no viene al caso, Excelencia. Si le soy sincera, me trae sin cuidado lo que piense de mí.

—La cuestión es —explicó Sam con una voz cargada de amenazas mientras se inclinaba hacia delante— que lo que pensemos el uno del otro es mucho menos importante que lo que podemos hacer para ayudarnos en este asunto, Olivia.

La sonrisa desapareció de su rostro cuando la mujer inclinó la cabeza a un lado para estudiarlo con detenimiento.

—¿Y qué podemos hacer el uno por el otro?

Sam se aclaró la garganta y levantó la copa de vino para estudiar a su cuñada por encima del borde de cristal.

—Necesita mi ayuda, y después de considerar todas las posibilidades, he decidido brindársela.

—Necesito recuperar mi dinero —afirmó ella después de un rato de silencio—, ese es mi objetivo principal. A usted parece divertirlo eludir este tema, pero lo cierto es que el hecho de que sea el hermano de mi marido lo convierte en responsable de su engaño. Creo que siempre he sido de lo más clara al respecto.

—Desde luego que sí —replicó él mientras se llevaba la copa a los labios. Después de beber, añadió—: Pero tengo motivos personales para encontrar a mi hermano, y usted es la primera persona en muchos años que afirma haberlo visto recientemente y haber pasado algún tiempo en su compañía.

Ella lo fulminó con la mirada.

—En realidad, hace muy poco que me casé con él.

Sam estuvo a punto de sonreír. El comentario encajaba a la perfección con lo que estaba pensando.

—Sí, cierto, y por extraño que parezca comienzo a creer que dice la verdad.

Olivia se enderezó en la silla y enlazó las manos sobre el regazo.

—¿Debería agradecérselo? —preguntó en tono sarcástico, a todas luces aturdida.

Esa vez no pudo evitar sonreír, pero aunque deseaba responder, consiguió dejar a un lado la cuestión.

—Le propongo que busquemos a Edmund juntos, lady Olivia. En Francia.

Ella no contestó de inmediato, se limitó a mirarlo con suspicacia.

—¿Y cómo sugiere que lo hagamos? —preguntó con pies de plomo—. ¿Por dónde empezaríamos y quién sería nuestro acompañante en esa cruzada? ¿Por qué en Francia? Lo más probable es que abandonara el país después de robarme el dinero.

Sam tomó una honda bocanada de aliento, disfrutando del momento a pesar de que la expectación le había provocado palpitaciones en las sienes.

—Creo que deberíamos comenzar por París, ya que fue allí donde fue visto por última vez. Podemos rastrear sus movimientos, visitar a sus conocidos y a la gente con la que se relacionaba. Si hay más personas involucradas en el plan para robarle su fortuna, las pillaremos desprevenidas.

Olivia dejó escapar un resoplido.

—¿Quién demonios iba a ser tan despreciable?

Sam se encogió de hombros.

—No tengo la menor idea. Pero el mejor lugar para descubrirlo, el mejor lugar para empezar a buscar, es París.

Ella lo meditó durante un rato.

—Supuse que habría vuelto aquí, a su hogar, con su familia.

—Edmund jamás regresará a Inglaterra —replicó él con sequedad.

La dama enarcó las cejas.

—¿Y cómo lo sabe, milord?

Sam volvió a acomodarse en la silla. Aún no estaba dispuesto a revelar demasiadas cosas sobre su pasado, ya que no confiaba del todo en lo que ella le había dicho.

—Baste decir que sé cómo piensa mi hermano.

Olivia soltó un bufido.

—Sí, ya... Yo creí saberlo también.

Él entrecerró los ojos para observarla.

—Iremos a Francia —murmuró—. Empezaremos en cualquier sitio y veremos si alguien nos revela su paradero creyendo que soy él.

—¿Qué quiere decir con eso de «creyendo que soy él»? —preguntó ella con suspicacia.

—Está casada con un hombre que es mi hermano gemelo, Olivia —susurró con tono grave, enfatizando la palabra «gemelo». Esbozó una sonrisa torcida—. Cualquier persona involucrada se sorprenderá al verme con usted después de que él huyera con su dinero. —Hizo una pausa antes de añadir con tono despreocupado—: A menos que tenga usted una idea mejor...

Al parecer, Olivia tardó un buen rato en comprender su propuesta, en asimilar qué era lo que estaba sugiriendo con exactitud. Después, en lugar de mostrarse ofendida o escandalizada, sus labios se curvaron en una sonrisa.

—Está hablando en serio... —murmuró.

Sam tomó otro sorbo de vino para demorar su respuesta.

—Desde luego que hablo en serio; por eso la besé. Si debo fingir que soy Edmund, usted y yo tendremos que comportarnos como si estuviéramos casados. —Se quedó callado unos segundos antes de añadir—: Existe cierta atracción entre nosotros, de modo que no debería resultarnos difícil.

Ella se quedó muy quieta y sus rasgos adquirieron un gesto inexpresivo, aunque tenía los ojos abiertos de par en par a causa de la incredulidad. Sam aguardó, deleitándose con la situación.

—No... sé qué decir —susurró Olivia instantes después.

Él cogió el tenedor de nuevo y pinchó un bocado del pato a la naranja.

—Creo que eso es bueno para una mujer.

—Me parece despreciable que se haya atrevido a sugerir que... —Tosió antes de tragar saliva—. Que nosotros...

No pudo terminar la frase. Sam permaneció en silencio a fin de alargar sus temores el mayor tiempo posible; a decir verdad, no tenía ninguna otra razón para hacerlo que el hecho de disfrutar del rubor de sus mejillas y de la forma en que se movía en el asiento al pensar en una relación íntima entre ambos. Y sabía que estaba pensando en eso, porque ella parpadeó con rapidez y apartó la mirada con un gesto incómodo antes de coger la copa de vino y apurar el contenido de dos grandes tragos del todo impropios en una dama.

Sam descansó los codos sobre los brazos de la silla y unió las yemas de los dedos de ambas manos a fin de dar tiempo a la dama para imaginárselo todo, a fin de recrearse de la respuesta de su propio cuerpo ante la mera idea de verla desnuda sobre las sábanas, invitándolo con esos abrasadores ojos azules a que la tomara. Por supuesto, eso no ocurriría jamás si aún amaba a Edmund y estaban legalmente casados, pero era una idea fascinante de cualquier forma.

A la postre, ella meneó la cabeza como si deseara sacarse esas ideas descabelladas de la mente y después sonrió con aire despreocupado.

—No podemos... —comenzó, mirándolo a los ojos.

Él enarcó las cejas.

—¿No podemos?

Olivia no apartó la mirada.

—No podemos comportarnos con indiscreción, Excelencia.

No pudo evitar sentirse admirado por su audacia, a pesar de que el comentario podía significar unas cuantas cosas.

—Desde luego que no, lady Olivia. Puesto que es mi hermana política, está usted bajo mi responsabilidad, y yo me tomo mis responsabilidades muy en serio.

Ella se relajó un poco en la silla y a punto estuvo de echarse a reír de alivio.

—No me cabe ninguna duda. —Calló un momento antes de admitir—: Aunque hay que discutir algunos detalles, parece un comienzo bastante bueno, dada la poca información de la que disponemos. ¿Cuándo nos marcharemos?

Sam intentó no mostrar el asombro que le producía esa rápida aceptación. De pronto se le ocurrió que en otras circunstancias esa mujer podría haber llegado a gustarle mucho, con toda su picardía y su inteligencia. Su indescriptible belleza física no era más que una bonificación extra. Y no podía decir lo mismo de ninguna de las damas a las que conocía. De hecho, puesto a pensarlo, no conocía a ninguna otra mujer que poseyera esa extraña mezcla de sofisticación, energía e ingenio. Y esta pertenecía a su hermano. Si no hubiera resultado tan ridículo, se habría puesto furioso.

—Partiremos dentro de dos sábados —replicó con demasiada dureza antes de volver a concentrarse en la comida.

Ella se quedó callada una vez más, quizá para tratar de evaluar ese repentino cambio de humor. Sam solo deseaba poder decirle lo mucho que lo incomodaba tratar con ella en esas circunstancias, pero eso no serviría más que para admitir su indecorosa lujuria. Prefería con mucho parecer loco.

—Se lo agradezco mucho, Excelencia —replicó ella con un tono cargado de sarcasmo mientras cogía también el tenedor—. Es usted increíblemente generoso.

Sam no levantó la mirada y ambos siguieron comiendo en silencio. Olivia no entendía por qué se había enfadado y, para ser franco, prefería dejar las cosas así. Cuanto menos se gustaran, más fácil y más rápido sería el viaje.

Al menos, eso esperaba.

5

La puesta de sol parisina mostraba un vasto despliegue de brillantes tonos naranjas y dorados, enturbiados tan solo por la neblina de humo que se alzaba sobre los altos edificios de la *rue* Gabrielle, donde Olivia acababa de apearse del carruaje privado junto a su cuñado, el irritante, testarudo y... masculino duque de Durham. De esas tres características, la que mejor lo describía era la última, aunque también era arrogante, engreído y serio hasta la saciedad.

El viaje desde Londres hasta París a través del Canal había transcurrido sin incidentes, tan rápido como cabía esperar de un viaje tan largo. Aunque el mero hecho de estar en su presencia la ponía de los nervios, un sentimiento que jamás había experimentado con Edmund. El duque no le había dirigido la palabra más de lo necesario. No obstante, a su parecer la contemplaba con demasiada frecuencia, y esa vigilancia constante solo había servido para incrementar su desasosiego. Habían soportado lo mejor posible la mutua compañía: habían charlado cuando era apropiado y habían dormido en habitaciones separadas durante la noche, cuando precisaban un descanso. En ese momento, ya en París, daría comienzo la farsa y Olivia tendría que fingir que era su esposa... un engaño que le resultaba tan excitante como aterrador.

Habían llegado apenas un rato antes, pero las dudas que le provocaba el hecho de haber aceptado participar en tan indecoroso ardid ya habían empezado a atormentarla. Y ya no había marcha atrás. Sin embargo, cuando se situó en la acera que había frente a la fachada de Nivan, incluso el conserje se dirigió al duque como si fuera su marido; según parecía, no le sorprendía nada verla con el hombre al que creía Edmund después de tantas semanas. El duque interpretó muy bien su papel; habló unos momentos en francés con el hombre para informarle de que el equipaje no tardaría en llegar y para pedirle que lo llevaran hasta las dependencias que poseían en la planta superior. Tanto su vocabulario como su acento eran excelentes. Olivia ni siquiera se había parado a pensar si conocía o no el idioma, pero no era algo de extrañar en un miembro de la aristocracia que había recibido una excelente educación. Edmund hablaba francés, pero había vivido en el país durante años.

—¿Me indica el camino, milady? —le murmuró el duque al oído tras inclinarse hacia ella.

Sentir la calidez de su aliento en el lóbulo de la oreja le provocó un escalofrío, a pesar de la atmósfera sofocante que reinaba en la ciudad a finales de primavera.

—Vamos dentro —respondió ella con brusquedad, como si se tratara de una pregunta estúpida.

Sabía que él había esbozado una sonrisa irónica a su espalda, pero se decantó por ignorarla mientras se recogía la falda y se dirigía hacia las puertas principales, que uno de los criados mantenía abiertas para que pudiese entrar sin aminorar el paso.

El aroma familiar de la lavanda y las especias inundó sus sentidos de inmediato, anulando el olor de los caballos y el de los puestos de comida callejeros. Por fin estaba en casa, de vuelta en territorio aliado, y el mero hecho de saberlo logró tranquilizarla por primera vez en muchas semanas.

—¡Ha regresado, madame Carlisle!

Olivia esbozó una sonrisa cuando Normand Paquette, su amigo, ayudante y consejero durante muchos años, se alejó del mostrador de ventas para acercarse a ella con los brazos abiertos.

—Es un placer regresar a casa, Normand —replicó mientras el hombre la abrazaba y le daba un beso en cada mejilla.

—*Oui*, ese horrible viaje al norte le ha llevado demasiado tiempo —dijo Normand con una mueca amarga y el ceño fruncido.

Olivia le dio un apretón en la parte superior de los brazos con las manos enguantadas.

—¿Cómo va todo? ¿Llegó por fin el envío de sándalo? ¿Ha elegido ya madame Gauthier su…?

Detrás de ella, el duque se aclaró la garganta. Olivia se volvió de pronto, aún entre los brazos de Normand.

—Ay, perdóname, cielo —comentó en su beneficio—. ¿Recuerdas a monsieur Paquette, mi ayudante?

Normand asintió con la cabeza a modo de saludo.

—Bienvenido a casa, monsieur Carlisle.

Olivia notó que el duque avanzaba para situarse justo a su espalda, y durante un segundo creyó que le rodearía los hombros en un arrebato de posesividad. Soltó al vendedor de inmediato, como si su contacto la abrasara.

—Monsieur Paquette —dijo su supuesto marido con tono grave y formal—, volvemos a encontrarnos.

—Llámeme Normand, por favor —insistió el francés con una sonrisa despreocupada—. No hay necesidad de formalidad alguna entre nosotros. Hemos echado muchísimo de menos a su esposa. En Nivan nos consideramos muy afortunados de que haya regresado.

Fue de lo más revelador que su ayudante hubiera comentado su larga ausencia de esa manera. No había sido exactamente grosero, aunque Normand nunca lo era. Con todo, el francés jamás había sentido simpatía o confianza alguna en Edmund, y Olivia notó cierta tensión en el ambiente que no existía momentos antes. Decidió pasarla por alto y seguir adelante.

—Monsieur Carlisle y yo iremos a casa a descansar, Normand. Mañana, usted y yo hablaremos de negocios mientras tomamos el té —le informó con una sonrisa.

Normand se echó a reír y se inclinó hacia delante para darle otro beso en la mejilla.

—Me alegro mucho de volver a verla, Olivia. Vaya a descansar, por favor. Ayer mismo avisé a madame Allard de que llegaba esta tarde, así que ya lo habrá ordenado todo, y seguro que le ha preparado algo de comida.

Madame Allard era su ama de llaves y cocinera a tiempo parcial, y por lo general trabajaba solo algunos días, aunque la ayudaba muchísimo con los asuntos del hogar cuando estaba ocupada con los negocios. Olivia dejó escapar un suspiro de alivio al enterarse de que la mujer había recibido el mensaje a tiempo para cambiar las sábanas de la cama. Para ella, eso era mucho más importante que la comida.

—*Merci*, Normand. Le veré por la mañana.

El francés se apartó a un lado para dejarles pasar y el duque la tomó del codo para escoltarla entre los mostradores y dos chicas de ojos atentos a las que Olivia ni siquiera recordaba. Con todo, las vendedoras iban y venían, y por lo general era Normand quien se encargaba de contratarlas, o de despedirlas si no trabajaban como era debido.

Cuando se acercaron a la parte trasera del edificio, Olivia condujo al duque a través del pequeño y hermoso salón privado en el que las damas tomaban el té o un vino mientras hablaban sobre las nuevas esencias y se recogió la falda con ambas manos para subir la escalera de caracol que había al fondo, recién pintadas de un blanco resplandeciente y enmoquetadas con grueso brocado rojo. Dicha escalera conducía a la vivienda del tercer piso, donde tenía su residencia en París.

Samson Carlisle la siguió en silencio y permaneció muy cerca mientras Olivia sacaba la llave de su ridículo de terciopelo y la insertaba en la cerradura de sus aposentos privados. Con un rápido giro hacia la derecha, la cerradura se abrió sin problemas y ella se adentró de inmediato en la estancia, con su cuñado pisándole los talones.

Se dirigió a la sala de estar que había a su izquierda, cerró los ojos y respiró profundamente, notando que la tensión abandonaba su cuerpo mientras inhalaba los familiares aromas de su hogar.

—Deje la puerta entreabierta para los criados que nos traen el equipaje —dijo al tiempo que comenzaba a quitarse los guantes.

—No soy un sirviente, milady.

Olivia se dio la vuelta, sorprendida, y la falda del vestido rozó las piernas masculinas.

—No… no pretendía insinuar que lo fuera, Excelencia —declaró con determinación mientras retorcía los guantes entre los dedos.

Él bajó la vista para mirarla a la cara; su boca esbozaba una sonrisa torcida y en sus ojos se apreciaba una pizca de irritación.

—Puede que este sea su hogar, Olivia, pero soy yo quien está al cargo de la operación, de modo que haría bien en recordarlo.

Ella parpadeó, aturdida. La sensación de bienestar que le había producido estar en casa se derritió como la nieve sobre la piel cálida en cuanto echó un vistazo al rígido cuerpo masculino.

—¿«Operación»? ¿Qué operación?

El duque respiró hondo y enlazó las manos a la espalda sin dejar de mirarla a los ojos.

—Vamos a dejar las cosas claras, mi querida cuñada —señaló con tono grave y serio—. Está de vuelta en Nivan y se encuentra en el ambiente cómodo y próspero al que está acostumbrada; pero no ha regresado para retomar su rutina diaria, feliz y contenta al mando de todo lo que la rodea. He venido con usted con un objetivo muy claro en mente, y me quedaré el tiempo necesario para completar la misión.

—¡Ya lo sé! —exclamó, exasperada.

—¿De veras?

—Sí —insistió con vehemencia, furiosa por el hecho de que se dirigiera a ella como si tuviese cinco años—. Sé para qué hemos venido a Francia, milord, pero debemos ser realistas.

No deja de utilizar palabras como «operación» y «misión», como si este viaje en busca de su hermano fuera algún tipo de... acción militar. No lo es. Todo esto está relacionado con mi forma de ganarme la vida, con mis obligaciones y con el hombre con el que me casé, sin importar cuáles sean sus consideraciones. —Enderezó los hombros en un gesto indignado y empezó a tironear de nuevo de los guantes, que casi se arrancó de las manos—. Tal vez deba pensar un poco menos en usted mismo y más en la razón por la que se encuentra aquí.

El hombre permaneció en silencio un rato, mirándola con ojos calculadores, casi rudos.

—¿No se le ha ocurrido pensar que podría haber venido aquí por usted, y no por deseo propio?

Eso la dejó perpleja, ya que no tenía ni la más mínima idea de qué responder a una pregunta que sin duda tenía muchos más significados que el obvio. Dio un paso instintivo hacia atrás para apartarse de la abrumadora estatura masculina, acalorada e incómoda ante su proximidad.

Antes de perder la compostura, cruzó los brazos a la altura del pecho.

—Quizá su deseo fuera venir aquí por mí, Excelencia —replicó de manera sucinta—, ya que parece disfrutar muchísimo observando mi rostro y mi persona.

El duque no podía creer que le hubiera dicho algo así. Olivia pudo apreciarlo en el súbito movimiento de su cabeza, en la incredulidad que asomó a sus ojos, abiertos de par en par. Por un instante, le produjo una inmensa satisfacción haberlo desconcertado con su ingenio... hasta que él se acercó un paso, tomó los guantes que aún aferraba en las manos y los utilizó para arrastrarla muy despacio hacia él.

—Su rostro y su silueta son exquisitos. Le aseguro, Olivia Shea, que no he visto en toda mi vida tal perfección esculpida por los dioses —le aseguró en un susurro ronco—. Es usted un compendio de belleza que desafía cualquier posible descripción, y no puedo evitar darme cuenta de ello cada vez que pongo los ojos en su persona, algo de lo que sin duda alguna también usted disfruta mucho.

Fue Olivia quien se sintió desconcertada en ese momento; el rubor le teñía el cuello y las mejillas.

—Cómo se atreve a sugerir...

El duque tiró de ella con más fuerza para interrumpirla. Estaban tan cerca que el pecho del hombre le rozaba los brazos desnudos, ahora apretados contra su busto, y la falda del vestido cubría las piernas masculinas. Olivia no podía moverse, ofuscada por la extraña habilidad del duque para dejarla sin habla.

—La experiencia me ha demostrado que el deseo no es solo dulce y amargo a un tiempo, sino que además es casi siempre recíproco. —Su mandíbula se endureció al tiempo que entrecerraba los ojos—. Es posible que su simple presencia suponga una tentación para mí, lady Olivia, pero le prometo que nunca, jamás, conseguirá ganarme.

¿Ganarlo?

Su aliento cálido y húmedo agitó los mechones rizados que le caían sobre la mejilla, provocándole un cosquilleo en la piel. Durante un buen rato, Olivia no fue consciente más que de su maravilloso aroma y de la calidez de ese cuerpo tan... viril.

—Esto no es una competición, Excelencia —susurró con los dientes apretados al tiempo que lo miraba a los ojos con expresión desafiante.

Él comenzó a separarse poco a poco y los rasgos duros de su rostro se relajaron un tanto.

Luego inclinó la cabeza hacia un lado y dejó de aferrar sus guantes con tanta fuerza.

—Empiezo a pensar que es posible que lo sea —replicó con calma—, al menos, desde su punto de vista.

La súbita llamada a la puerta los sobresaltó a ambos e interrumpió el incómodo momento de proximidad. Olivia dio un paso atrás y se alejó de él, que se lo permitió sin oponer resistencia.

—Su equipaje, madame —dijo el conserje del edificio después de aclararse la garganta.

Sonrojada, Olivia dirigió la mirada hacia el francés.

—*Merci*, Antoine —replicó al tiempo que pasaba junto al duque con elegancia—. Por favor, deja mis baúles en mis aposentos y los de mi marido, en la habitación de invitados.

Si al conserje le pareció extraña dicha petición, no lo demostró. Se dispuso a cumplir las órdenes de inmediato y utilizó a dos de los criados para llevar sus pertenencias a las respectivas habitaciones. Más que verlo, Olivia sintió que el duque se alejaba de ella para encaminarse hacia la ventana de la sala de estar que daba al oeste, donde el cielo había comenzado a oscurecerse.

Momentos más tarde y sin mediar palabra, Antoine y los criados se marcharon y cerraron la puerta al salir. Se hizo un silencio atronador cuando se quedaron de nuevo a solas.

—Tendrá que dejar de llamarme «Excelencia».

Olivia respiró hondo y se volvió para enfrentarse a él. Notó que se le aceleraba el pulso al ver cómo el hombre se aflojaba la corbata y se desabrochaba el cuello de la camisa. Ni siquiera Edmund se había desvestido delante de ella, y ver al duque de Durham haciéndolo la impresionó y la excitó hasta un punto inimaginable. Se obligó a desterrar los indecorosos pensamientos que habían inundado su mente y alzó las manos para colocarse los mechones de pelo que habían escapado del peinado.

—Hace apenas unos instantes —replicó en un intento por evitar que la conversación se desviara—, me prohibió tratarlo como a un sirviente.

Él esbozó una sonrisa y apoyó las palmas de las manos en el alféizar de la ventana que tenía a la espalda.

—Hay un término medio, Olivia.

La despreocupación que mostraba la enfureció, aunque no sabía muy bien por qué.

—¿De veras? ¿Debería llamarlo Edmund, en ese caso?

—Cuando estemos acompañados, sí. Cuando estemos

solos, como ahora, preferiría que me llamaras Sam. —Esperó antes de añadir con un poco más de amabilidad—: Es mi nombre de pila.

Desde que lo conocía, aunque a decir verdad no hacía demasiado tiempo, jamás se había parado a pensar en su nombre de pila. En ese instante recordó que lo había mencionado en su primer encuentro privado, pero solo de pasada. Era extraño que no lo hubiera considerado como un ser individual hasta ahora. Siempre le había parecido una réplica o, más exactamente, una variación de su marido, y no un hombre diferente. Un hombre con sus propias experiencias, esperanzas, sueños y decepciones.

Olivia apartó la mirada de él y se acercó al pequeño escritorio de pino para coger el montón de notas y tarjetas que había encima, el correo que había llegado en su ausencia.

—Supongo que Sam es el diminutivo de Samuel, ¿no? —inquirió mientras ojeaba los remitentes sin mucha atención.

—No, de Samson —contestó él.

Olivia frunció el ceño al darse cuenta de que se había perdido la velada anual de primavera de madame LeBlanc mientras estaba en Inglaterra, una fiesta en la que solía promocionar los perfumes veraniegos.

—¿Samson? ¿Como Sansón? En ese caso, supongo que tendré que interpretar el papel de su Dalila en esta pequeña farsa —comentó medio en broma.

—¿Ese es su objetivo? —murmuró el duque con un tono cargado de intensidad—. ¿Seducirme?

Olivia perdió la concentración en lo que estaba haciendo y dejó caer varias tarjetas sobre la gruesa alfombra verde que tenía a los pies. Le echó un rápido vistazo, abochornada por la manera en la que el hombre había interpretado un comentario tan simple. ¿O acaso solo trataba de escandalizarla? A decir verdad, él no parecía desconcertado en lo más mínimo.

El duque observó cómo recogía la correspondencia y volvía a colocarla en un desordenado montón sobre el escritorio sin hacer el menor intento por ayudarla, disfrutando al máximo de su turbación. Olivia decidió no proporcionarle la satisfacción de creer que podía importunarla cada vez que abría la boca para formular un comentario sarcástico o una pregunta.

Tras alisarse la falda, se volvió para enfrentarse a él una vez más con una postura solemne y lo que esperaba fuera una sonrisa arrogante.

—Sam... —comenzó después de aclararse la garganta y enlazar las manos a la espalda—. Lo que quería decir era que disfrutaré inmensamente interpretando a la Dalila de su Sansón en cada uno de los movimientos ladinos, solapados o manipuladores que debamos realizar para encontrar a mi marido y recuperar mi dinero. —Entrecerró los ojos en un gesto desafiante con la esperanza de que el hombre comprendiera que no permitiría que la utilizase—. Cumpliré con mi parte y realizaré una actuación soberbia, pero ¿seducción? Jamás. Usted y yo nunca seremos amantes.

El duque la observó con una expresión especulativa desde el otro lado de la habitación antes de cruzar los brazos sobre el pecho y fruncir el ceño.

—¿No es eso lo que Sansón dijo a Dalila? Y mire cómo acabó... —Se echó a reír por lo bajo y esbozó una sonrisa torcida—. Debe saber, Olivia, que no me siento tan atraído por usted (ni por ninguna otra mujer) para arriesgarme a perder mi fortuna o, mucho más importante, mi vida y mi cordura. Y espero no sentirme así nunca.

Olivia se quedó un tanto desconcertada. Por irónico que pareciera, no lograba recordar si Sansón o Dalila habían dicho algo así, ni quién sedujo a quién en primer lugar; sus conocimientos bíblicos dejaban mucho que desear. No obstante, todo eso carecía de importancia. Sabía muy bien lo que había entre el duque de Durham y ella. A él no le caía bien, no confiaba en ella, y la manipulaba de forma deliberada para conseguir que reaccionara de manera negativa siempre que conversaban en privado. ¿Qué clase de hombre le hacía algo así a una mujer a quien no conocía?

Un cínico.

Alguien te hizo mucho daño también, ¿eh?, se dijo para sus adentros.

Pensar que alguien había herido a tan enigmático personaje la sorprendió. No tenía ni la menor intención de intimar con ese hombre, ni física ni emocionalmente, y no deseaba considerar la idea. No tenían por qué disfrutar de la compañía del otro, pero era en extremo necesario que se llevaran bien. Su medio de vida dependía de la cooperación mutua.

Olivia se rindió con un suspiro.

—Tal vez, Excelencia...

—Sam.

—Por supuesto. Lo olvidé. —Tras plantar lo que esperaba pareciera una genuina sonrisa en sus labios, asintió una vez para mostrar su acuerdo—. Tal vez, Sam, nuestros pasados y necesidades futuras no sean tan diferentes como creemos.

Él enarcó una ceja al escuchar el comentario, aunque no dijo nada.

Olivia dejó caer los brazos a los costados y se acercó un paso a él.

—Quiero decir que, a pesar de lo que opinemos el uno del otro y de nuestras suspicacias, deberíamos hacer a un lado nuestras diferencias, combinar nuestras experiencias comunes y tratar de trabajar juntos.

Olivia decidió con petulancia que la sugerencia había sido bastante satisfactoria y creyó que él la aceptaría de inmediato, tal vez incluso con un apretón de manos para sellar una especie de acuerdo.

Al parecer, el hombre no pensaba lo mismo en absoluto.

El duque de Durham se puso en pie una vez más y la contempló desde lo alto, aunque su expresión parecía más reservada que furiosa.

—Somos muy distintos, lady Olivia —masculló con el rostro y el cuerpo tensos a causa de un cansancio que no lograba ocultar—. Pero eso no debería importar, y no lo hará, así que no tiene sentido insistir en ello. De momento, estoy exhausto y no tengo ganas de cenar, de modo que me gustaría retirarme. —Pasó a su lado en dirección al dormitorio de invitados, donde el criado había dejado su baúl y sus objetos personales. Sin volver a mirarla, añadió por encima del hombro—: Empezaremos a buscar a mi hermano por la mañana. —Cerró la puerta y echó el cerrojo con un chasquido.

Olivia se quedó inmóvil durante un par de minutos, mirando el roble recién pintado con la boca abierta y un poco desilusionada. El cielo aún no se había oscurecido del todo y él ya se había ido a la cama… sin pensar en comer o en que debían conocerse mejor, sin intenciones de pasar la noche planeando su siguiente movimiento. Sin pensar en ella en absoluto.

Menudo bruto.

Por primera vez, sintió un ligero ramalazo de alivio al darse cuenta de que había sido muy afortunada al conocer a Edmund en primer lugar… y no haber terminado casada con su hermano.

6

Sam no podía dormir. Habían pasado horas (o al menos eso le parecía) desde que se metiera bajo las frescas sábanas y apoyara la cabeza en la almohada de plumas en un intento por ahogar los recuerdos y los recientes motivos de irritación bajo el mar de ruidos que llenaban la calle y su estómago. Había sido un estúpido al anunciar que no cenaría, que quería irse directamente a la cama. Estaba cansado, eso era cierto, pero también muerto de hambre. Además, no tenía sueño… sobre todo porque sabía que ella se encontraba en la habitación de al lado.

Estaba demasiado tenso para dormir. Exasperado, había tratado de relajarse, pero cuanto más lo intentaba, más clavaba la vista en el techo y más pensaba en su hermano, en lo furioso que estaba con él; también en Claudette, la hermosa mujer que se había interpuesto entre ellos y había cambiado sus destinos. Todo un torbellino de sensaciones y pensamientos pasados que se mezclaban y que le impedían dormir. Y luego estaba la nueva esposa de su hermano, siempre de fondo, que se deslizaba en cada recuerdo para fastidiarlo y provocarlo con su deslumbrante aspecto, su sonrisa arrogante y su malévolo ingenio, tentándolo con su simple y repentina aparición, completamente indeseada.

Dos semanas atrás, recordó Sam, estaba harto; harto del tedioso trabajo en la propiedad, de las damas conocidas que pululaban alrededor de él (o mejor dicho, alrededor de su título y sus riquezas) como buitres a la espera; harto de la rutina que se había adueñado de su vida. En esos momentos, por supuesto, había dejado atrás el aburrimiento para adentrarse en un nuevo reino de exasperación, de incertidumbre con respecto al futuro, de desasosiego y de un constante estado de excitación física.

Soltó un gruñido y se volvió hacia un lado para observar la luz de la farola, que cubría de pequeñas motas la oscura pared del dormitorio de huéspedes. El lujoso hogar de Olivia se encontraba en el bullicioso barrio comercial, aunque era una zona limpia y respetable de París. A Sam no le agradaban mucho los ruidos y la suciedad de la ciudad, de ninguna ciudad, y desde luego no le gustaban los de esa. Aunque ella había adornado su casa con un estilo encantador, lleno de flores y tonos pastel que seguían la moda actual, Sam se negaba a considerar la idea de sentirse cómodo allí.

Pero ese no era el problema. El problema era ella.

Por primera vez en su vida se sentía absolutamente desconcertado por una mujer. No sabía qué pensar de ella, cómo interpretar sus estados de ánimo o sus objetivos, hasta dónde confiar en sus decisiones, actos o palabras. Debido a esa inusual falta de conocimientos en lo que a ella se refería, Sam se limitaba a reaccionar cuando estaba a su lado, y eso, según había descubierto durante el transcurso de la noche, no solo podría ser un error, sino también un peligro para la relación que mantenían, todavía decorosa. Por lo general, se consideraba un individuo frío y de temperamento calmo, controlado y dueño de sí mismo hasta un punto rayano en la exageración. Pero de algún modo, en los pocos días que habían pasado juntos, lady Olivia había conseguido provocar respuestas de lo más extrañas en él, aunque, gracias a Dios, había logrado ocultárselas bastante bien. O eso creía.

Lo había fastidiado con su carácter combativo; había conseguido que deseara zarandearla para acabar con esa desafiante determinación que poseía. Y para su bochorno, el simple hecho de pensar que esa hermosa mujer estaba casada con su hermano lo sacaba de quicio. Lo enfurecía, por inexplicable que pareciese. No podía librarse de los recuerdos de su niñez en los que Edmund siempre parecía salir ganando, en todas y cada una de las competiciones en las que ambos habían participado. Si lo pensaba de manera racional, Sam sabía que muchos de los triunfos de su hermano estaban relacionados con las responsabilidades que acarreaba su propio título y que todos esos recuerdos estaban exacerbados por la edad y la inmadurez. Aun así, a él no se le permitía, y jamás se le había permitido, deshacerse de las responsabilidades; Edmund no solo había tenido la oportunidad de hacerlo, sino que siempre se había aprovechado de ello a voluntad. Sam supuso que en cierto sentido lo envidiaba. Él tenía obligaciones y Edmund, dinero, tiempo y oportunidades. Él tendría que casarse con la mujer apropiada, sin tener en cuenta su aspecto y su inteligencia, mientras que Edmund podía casarse con quien le viniera en gana. En ese momento fue consciente de que el antiguo ramalazo de celos que le provocaba su hermano había regresado en toda su intensidad para abofetearlo en plena cara. Edmund no solo se había casado con una mujer inteligente e increíblemente bella, sino que el matrimonio había sido de lo más conveniente. Lady Olivia Shea, hija del difunto conde de Elmsboro, había sido un partido excelente.

Pero ¿estaban casados de verdad? Eso seguiría siendo un misterio hasta que encontraran a su hermano y descubrieran hasta dónde llegaban sus mentiras. Lo único que sabía con certeza era que Olivia creía de veras que eran marido y mujer. Después de pasar varios días con ella, había logrado convencerlo de que creía a pies juntillas que era la esposa de Edmund, a pesar de las circunstancias en las que se encontraba. Y eso, pensó Sam con una consternación que lo anonadaba, suponía el mayor obstáculo para su relación, fuera cual fuese, y para su creciente deseo de poseerla.

Con un suspiro, cerró los ojos con fuerza y se puso de espaldas una vez más para apartar las sábanas con los pies desnudos, cada vez más acalorado e incómodo en la bochornosa estancia. Tendido sobre la cama, con la cabeza apoyada en los brazos que había enterrado bajo la almohada, se la imaginó desnuda, acurrucada sobre una suave capa de plumas blancas y pétalos de rosas rojas, mirándolo con los ojos cargados de pasión y el pelo suelto sobre los hombros. El extremo de los oscuros mechones de cabello se enroscaba alrededor de los pezones endurecidos, que parecían pedirle que los saboreara. Muy despacio, Olivia esbozó una sonrisa seductora y extendió el brazo con la palma de la mano abierta mientras alzaba poco a poco las largas y torneadas piernas para ofrecerle una vista frontal completa de su exquisito cuerpo. Lo invitó a reunirse con ella bajando la mano y acariciándose ese muslo perfecto con una de sus brillantes uñas, rozándose con suavidad los rizos negros de la entrepierna mientras separaba las rodillas para complacerlo...

Sam sintió una opresión en el pecho al darse cuenta de que su cuerpo se había endurecido una vez más a causa del deseo. ¿Tanto tiempo había pasado sin una mujer que su mente ya no distinguía entre las que podía y no podía tener? ¿Entre aquellas a quienes ni siquiera tendría que desear a causa de las cicatrices que le había dejado el pasado?

No, aquello era mucho más complicado; iba mucho más allá de la simple lujuria. Había sido Olivia quien le había provocado esa reacción, y lo más probable era que ni siquiera se hubiera dado cuenta, lo que hacía que las cosas resultasen aún peor... ¿O quizá más excitantes? Por el amor de Dios, en esos momentos habría dado cualquier cosa por que ella abriera la puerta que comunicaba su habitación con la de invitados, se acercara a él y estirara el brazo para acariciar su carne ardiente y rígida con la palma de su mano, suave y cálida. Sus caricias le provocarían un alivio y una satisfacción indescriptibles.

«Sí, Olivia... Haz que me...»

Abrió los ojos de repente y apoyó los codos para incorporarse muy despacio. Sacudió la cabeza a fin de despejarse, atento a los pequeños ruidos que se escuchaban más allá de su dormitorio. Y entonces lo escuchó de nuevo: un crujido del suelo y el chirrido provocado al arrastrar una silla de madera.

Olivia estaba despierta, al igual que él. ¿Estaría pensando en él también? Probablemente no. Jamás había oído decir que las mujeres fantasearan con los hombres de esa manera, ni siquiera que tuvieran pensamientos libidinosos. Y aunque la sensatez y la inteligencia de su bien ordenada mente le decían que volviera a tumbarse en la cama y «acabara» con sus eróticas ensoñaciones, sus instintos tomaron el mando de la situación.

Bajó las piernas por el borde de la cama y aguardó un instante a que la erección llegara a un lento y doloroso fin. Después, tras decidir que lo mejor para ambos sería que estuviese vestido de un modo apropiado, buscó los pantalones y una camisa de lino. Con un poco de suerte, ella no llevaría puesto más que un camisón de seda transparente.

Permaneció de pie junto a la puerta durante unos segundos, atento al menor ruido. No escuchó nada, así que abrió la puerta con mucho cuidado y salió al pasillo en penumbra.

Puesto que su propia testarudez le había hecho retirarse a dormir tan temprano esa noche, no había tenido tiempo para observar el trazado de la casa. No obstante, sí que había visto la sala de estar, que en esos momentos estaba delante de él, y dedujo que el comedor y la cocina estarían a su izquierda, donde ahora veía una rendija de luz bajo una puerta.

Caminó en silencio hacia allí, estiró el brazo hacia el picaporte y abrió la puerta.

El ruido la pilló desprevenida, ya que Sam pudo escuchar un pequeño jadeo antes de verla.

Estaba sentada al otro extremo de la mesa, con esos hermosos ojos azules cargados de incertidumbre, sobresaltada a todas luces por su presencia. Sostenía una taza de lo que suponía era té cerca de los labios.

—Excelencia...
—Sam —la interrumpió él, molesto por el hecho de que ella insistiera en no utilizar su nombre de pila. Aunque supu-

so que era algo de lo más normal, dadas su educación y las circunstancias que los rodeaban—. ¿La molesto? —preguntó con tono indiferente mientras se adentraba unos cuantos pasos en la estancia.

La indecisión de Olivia, basada en la discusión que habían mantenido pocas horas antes, fue evidente en su rostro, pero para alivio de Sam, la mujer pareció superarla enseguida.

—Por supuesto que no. Pase, por favor —dijo con voz agradable al tiempo que dejaba la taza sobre la mesa.

Sam echó un rápido vistazo a la estancia y se dio cuenta de que la cocina carecía de los adornos y el encanto del resto de la casa. Con todo, si bien era algo pequeña, podía considerarse funcional y ordenada. Todo en Olivia Shea, decidió, hablaba de una quisquillosidad imposible de describir con palabras. Sin embargo, la cocina no era un lugar para recibir invitados y por tanto no se había dedicado mucho tiempo a su diseño. Aparte del pequeño fogón, no había más que un fregadero y unas cuantas alacenas pequeñas, y todo a excepción del fogón estaba pintado de un blanco satinado. Había un frutero cuadrado lleno de manzanas y ciruelas junto a una lámpara de aceite encendida, en el centro de la mesa, y la fruta era el único objeto de color de la habitación. De no ser por su brillante cabello negro, que en esos momentos le caía sobre la espalda, y por sus asombrosos ojos azules, incluso Olivia se habría fundido con el entorno. A decir verdad, no se parecía en nada a la deliciosa y sensual criatura con la que había fantaseado minutos antes, ya que por desgracia no llevaba el camisón transparente que se había imaginado, sino una sencilla prenda de algodón blanco abotonada hasta el cuello que le cubría los brazos hasta los nudillos. Se vio obligado a admitir, no obstante, que su atractivo natural seguía presente en toda su inocente gloria a pesar de todo.

—Da la impresión de que me estuviera evaluando —dijo ella con un tono curioso y la cabeza inclinada a un lado.

Con una sonrisa, Sam apartó la silla que había frente a ella y, después de sentarse, se reclinó en el respaldo y estiró las piernas hacia delante para cruzarlas a la altura de los tobillos.

—Desde luego que no.

Sabía que ella deseaba más explicaciones, pero no se las pediría. Era demasiado educada para hacerlo, aunque a Sam le pareció atisbar un relampagueo de fastidio en sus ojos.

—¿Lo he despertado? —preguntó después de hacer una pausa para dar un sorbo de su taza.

Sam respiró hondo y cruzó los brazos sobre el pecho.

—A decir verdad, no podía dormirme.

Olivia frunció el ceño y lo recorrió con la mirada de arriba abajo para estudiar todo lo que quedaba a la vista por encima del tablero de la mesa.

Sam supuso que tenía un aspecto desaliñado y de lo más inapropiado con la camisa por fuera de los pantalones y los pies desnudos. Con todo, ella no parecía juzgar su atuendo, tan solo fijarse en él.

—Siento escuchar eso —dijo al tiempo que levantaba la taza una vez más para dar otro sorbo—. Las luces y los ruidos de la ciudad pueden resultar bastante molestos cuando uno no está acostumbrado, aun a pesar del cansancio.

—El problema no es la ciudad. Aunque paso la mayor parte del tiempo en la propiedad que poseo en Cornwall, también vivo en Londres parte del año. —Sonrió de nuevo—. No, cuando estoy cansado soy capaz de dormir en cualquier sitio.

—Entiendo. —Olivia acarició la parte lateral de la taza con los dedos—. En ese caso, ¿por qué se retiró tan pronto esta noche si no estaba cansado?

La indiscreta pregunta lo pilló desprevenido, y en cierto modo también lo preocupó. Si querían tener éxito a la hora de encontrar a su hermano, debían llevarse bien y entenderse a distintos niveles de intimidad, aun cuando su instinto de supervivencia le hiciera desconfiar de ella. Olivia era lo bastante lista para percatarse de si mentía.

Tras echarse hacia delante y apoyar el brazo en la mesa, Sam la miró a los ojos.

—A decir verdad, señora mía, su presencia (la presencia de cualquier mujer, en realidad) me ocasiona a veces cierta… incomodidad. —Vaciló un instante antes de añadir—: El sexo débil y yo jamás nos hemos llevado bien.

—Entiendo.

Por extraño que pareciera y para su fastidio, Sam descubrió que ella no parecía muy sorprendida.

—Eso significa que se retiró a dormir horas antes y sin cenar para… librarse de mí, ¿no es así?

Él cambió de posición en la silla.

—Tal vez.

Ella rió entre dientes.

—Queridísimo cuñado, no imaginé que pudiera resultar tan aterradora para alguien de su estatura.

Sam percibió que una extraña y soliviantada tensión los envolvía a ambos, y no por el hecho de que ella hubiera bromeado sobre su supuesta cobardía, sino porque lo había llamado «cuñado». Cuanto más pensaba en ello, menos le gustaba que ella lo viera de esa manera; en especial porque cuanto más la conocía, más le atraía sexualmente.

—¿Qué está bebiendo? —preguntó en un intento por cambiar el tema de la conversación.

Si a ella la desconcertó dicho cambio, no lo demostró.

—Leche tibia con miel. Me ayuda a dormir cuando tengo problemas para hacerlo. ¿Le gustaría tomarse una taza?

—No, gracias —replicó él con una mueca—. Suena asqueroso.

Olivia sonrió.

—¿Acaso su madre no se la ofrecía cuando no podía dormir?

Sam compuso una mueca desdeñosa.

—En realidad no conocí a mi madre.

La expresión del rostro femenino fue de lo más reveladora, aunque no pudo decidir si ella parecía atónita u horrorizada.

—¿No la conoció? —Inclinó la cabeza a un lado para mirarlo con aire pensativo—. Edmund me dijo que ella se trasladó al continente antes de morir y que los negocios le impidieron asistir al funeral.

—Murió hace siete años —confirmó Sam. Después, se encogió de hombros y explicó—: Pero me consta que usted sabe que, en mi mundo, no podía relacionarme mucho con mi madre. En cambio, me relacionaba con mi niñera, con mi institutriz, con mi ayuda de cámara, con mi profesor de música, con mis tutores... ¿Quiere que siga?

Para su deleite, Olivia perdió su expresión curiosa y arrugó la frente.

—No, ya lo he entendido —admitió en voz baja al tiempo que se hundía un poco en su asiento—. No obstante, Edmund dijo que había disfrutado de una infancia llena de afecto y que guardaba recuerdos maravillosos de sus padres...

—Edmund mintió —intervino Sam con un resoplido.

Olivia parpadeó a causa de la sorpresa.

—Mintió... Claro.

Se arrepintió de haberlo dicho de inmediato, en cuanto vio que ella vacilaba y encogía los hombros, como si tratara de desechar semejante idea. Momentos después, se aferró los brazos con las manos y bajó la mirada hasta la mesa.

Sam se aclaró la garganta, un tanto deprimido al ver cómo había reaccionado ella ante una nueva confirmación del carácter embustero y embaucador de su hermano.

—De cualquier forma, debe comprender que Edmund y yo tenemos perspectivas muy diferentes de nuestra infancia.

Ella le ofreció una sonrisa indecisa y lo miró a los ojos.

—De eso no me cabe ninguna duda. Ocurre en todas las familias.

—Cierto. Sin embargo, nos criaron de la misma forma y nos educaron en las mismas disciplinas a fin de que disfrutáramos de las mismas oportunidades en la vida. La única diferencia era que, a la larga, siempre se esperaba más de mí.

—Debido a su orden de nacimiento —señaló ella.

Tras asentir con la cabeza, Sam cogió una de las manzanas

rojas del cuenco que había en el centro de la mesa y la giró entre los dedos mientras la estudiaba con la mirada perdida.

—Incluso a día de hoy, Edmund disfruta de unas libertades que yo jamás llegaré a tener, entre las que se incluye el lujo de poder hacer lo que le venga en gana. Sin embargo, mi hermano está resentido conmigo por haber nacido tres minutos antes que él y porque gracias a ese golpe del destino, favorable o no, yo siempre tendré oportunidades y riquezas que él nunca podrá poseer. Esa es una de las razones principales por las que se marchó hace diez años.

—No obstante, fue él quien se casó en primer lugar —comentó Olivia después de una larga pausa para reflexionar.

Sam frunció el ceño.

—Sí.

No tenía claro si debía añadir que Edmund no tenía obligación de casarse y que jamás lo había deseado, al menos hasta que lo vio por última vez.

—¿Por qué no se ha casado, Sam? Está claro que esa es una de sus mayores obligaciones.

Esa pregunta tan personal lo dejó desconcertado. Era la primera vez que ella mostraba más interés en su vida y en sus finalidades que en las de Edmund y, si debía ser sincero, eso lo molestaba y lo complacía a un tiempo.

Durante un segundo, tuvo la impresión de que ella se echaría a reír. Olivia parpadeó y apretó los labios con fuerza antes de echarse hacia delante y apoyar los brazos en la mesa con las palmas hacia abajo, dejando la taza justo debajo de su barbilla.

—Para ser un hombre debido a sus obligaciones, Excelencia, me sorprende que pueda concederse el lujo de mostrarse tan quisquilloso, cuando es obvio que deberían haberle concertado un matrimonio hace ya muchos años. ¿Acaso me está diciendo que no hay damas apropiadas de buena cuna que estén dispuestas a sucumbir a sus increíbles encantos?

Sam no sabía si devolverle una réplica furiosa o reírse de su ingenuidad. No obstante, estaba seguro de que Olivia Shea le tomaba el pelo a propósito, y ese era el primer paso para una relación más relajada entre ellos.

—Eligieron una novia para mí, la encantadora lady Rowena Downsbury, hija del conde de Layton. Pero por desgracia, ella hizo lo impensable y se fugó con un capitán de navío norteamericano; partió hacia Estados Unidos cinco semanas antes de nuestra boda.

—Menudo escándalo… —murmuró ella con un brillo de asombro en los ojos intensificado por la luz de la lámpara.

Sam sonrió con ironía y tamborileó con los dedos sobre la mesa.

—No se hace una idea…

Olivia permaneció en silencio un rato más, asimilando los detalles de la historia. Después, su sonrisa disminuyó un poco.

—Supongo que eso debió de hacerle daño. A nivel emocional, quiero decir.

Él frunció el ceño e inclinó la cabeza a un lado.

—¿Hacerme daño? No. Ojalá se hubiera marchado antes, ya que de ese modo me habría ahorrado el dinero que gasté en la ceremonia y en los preparativos de la luna de miel. Por supuesto, al final fue su padre quien más perdió y el que más furioso se puso.

—Naturalmente.

Sam irguió la espalda al detectar el sarcasmo, aunque no pudo evitar preguntarse si iba dirigido hacia él o hacia el padre de Rowena.

—No estaba enamorado de Rowena —explicó, aunque deseó de inmediato poder retirar ese ridículo comentario.

Ella esbozó una pequeña sonrisa.

—Ya lo había imaginado. El matrimonio tiene poco que ver con el amor, en especial dentro de nuestra clase social. —Enlazó las manos sobre el regazo—. He aprendido muy bien la lección, Excelencia. Jamás hay que confiar en un hombre que dice estar enamorado de ti.

Por irracional que pareciera, esas palabras lo molestaron mucho… muchísimo.

—Supongo que Edmund le dijo que lo estaba.
—¿Enamorado de mí?
—¿Se lo dijo?
Olivia lo miró a los ojos con los párpados entrecerrados, como si quisiera averiguar si podía confiar en él. O si la engañaba.
—Me han cortejado muchos hombres, Excelencia —replicó con tono indiferente, recuperando parte de la formalidad—. La mayoría de ellos deseaba o bien mi... inocencia, o bien mi dinero, siempre con propósitos infames. Por fortuna, hasta que conocí a Edmund, mi cerebro funcionó a la perfección y fui capaz de resistirme a todos ellos.
—Pero no a Edmund.
Ella reflexionó sobre el tema unos momentos.
—Edmund era diferente.
—¿Quiere decir que se comportaba de un modo distinto? —inquirió Sam, cada vez más interesado.
—Sí, podríamos decirlo así. —Frunció el ceño—. No... no reaccionó a mi apariencia como otros caballeros; y debo admitir que eso me desconcertó un poco al principio. Supongo que conseguir que se fijara en mí se convirtió en una cuestión de orgullo.
Eso lo dejó anonadado.
—¿Me está diciendo, señora, que él no se fijó en su extraordinaria belleza?
Olivia se sonrojó ante semejante franqueza. Sam pudo apreciar el rubor de sus mejillas aun a la luz de la lámpara, y fue una visión arrebatadora que lo afectó a un nivel primitivo, por más que tratara de ignorarlo.
Después de frotarse la nariz con el dorso de la mano y secarse las palmas sobre el regazo, Olivia cambió de posición en el asiento y cruzó las piernas.
—No exactamente. —Titubeó un instante antes de proseguir—: Edmund me dijo que le parecía preciosa en muchas ocasiones, pero es algo más complejo que eso. Se tomó... un interés bastante especial en mí. Parecía disfrutar mucho de mi

compañía, y le gustaba que lo vieran conmigo en público. Sin embargo, él... —Se encogió de hombros y sacudió la cabeza—. Es muy difícil de explicar.

Sam asintió.

—Aun así, necesito saberlo —insistió.

Olivia no parecía tener claro si debía creerlo o no. Sam lo percibió en su mirada dubitativa. Pero su persuasión funcionó.

—Se interesaba muy poco por mi familia y mi pasado, pero parecía fascinado por mis capacidades como empresaria y mi trabajo en Nivan —continuó ella muy despacio y en voz baja—. Parecía muy orgulloso de mí, de mi aspecto y de mis aptitudes. Pero él... él no pensaba en mí como...

Se quedó callada una vez más y comenzó a retorcerse las manos sobre el regazo.

Sam aguardó; su embarazo le resultaba absolutamente delicioso y estaba disfrutando del momento mucho más de lo que había imaginado. Con todo y para ser franco, esas revelaciones lo tenían cautivado.

Las pestañas femeninas descendieron; Olivia no era capaz de mirarlo a los ojos.

—Aunque Edmund aseguró que me amaba, que se casaba conmigo por amor, jamás pareció sentir... pasión en mi presencia. No había nada apasionado en nuestra relación. Y debo admitir que eso llegó a molestarme después de un tiempo.

Por primera vez en muchos años, Sam se quedó petrificado, sin habla.

—Entiendo —fue lo único que se le ocurrió decir.

Tras un breve titubeo, Olivia levantó la vista, lo miró a los ojos y tomó aire para darse ánimos.

—Tiene que entender, milord, que cuando conocí a su hermano me resultó de lo más refrescante ver que se comportaba como un caballero en todos los sentidos de la palabra. Me sentí... atraída hacia él porque me dio la impresión de que le... gustaba de verdad. Había algo diferente, una posibilidad de camaradería en nuestro matrimonio que terminó por conquistarme.

Sam lo entendió por fin. Más o menos.

—A decir verdad, suena como un matrimonio de conveniencia.

—Bien mirado, Excelencia, su hermano no era, y nunca ha sido, conveniente en absoluto.

Esa réplica le hizo gracia.

—No, supongo que no.

Después de un rato de silencio, Olivia frunció el ceño en un gesto pensativo.

—Edmund dijo que me amaba y yo lo creí. No obstante, desde que se marchó me he dado cuenta de que habría sido más apropiado decir que le caía bien, ya que él solo amaba lo que me ha convertido en la persona que soy. ¿Tiene eso sentido?

Solo para una mujer, se dijo Sam.

—No mucho —respondió.

Olivia dejó escapar un suspiro irritado y se frotó la frente y las sienes con ambas manos.

—Lo que quiero decir es que Edmund amaba, o más bien deseaba, lo que me convierte en quien soy: mi riqueza, mi aspecto, mi inteligencia, mi posición social, mis contactos en la sociedad... Puede que incluso la influencia que me otorga Nivan al ser un negocio apadrinado por la emperatriz. Pero lo cierto es que, si bien a Edmund le parecía agradable pasar el tiempo conmigo, jamás me amó por lo que soy de verdad. Jamás me amó a mí. Ojalá me hubiera dado cuenta de ello antes de pronunciar los votos.

La silla crujió cuando Sam se echó hacia delante para apoyar los codos en las rodillas y entrelazar las manos.

—La utilizó, Olivia.

Ella se enderezó en la silla y lo miró con expresión desafiante.

—Esa es una manera algo simple de decirlo.

Sam se encogió de hombros.

—Aun así y en pocas palabras, eso es exactamente lo que hizo. Se casó con usted por todo menos por usted.

Por primera vez desde que la conocía, Olivia parecía al

borde de las lágrimas. Parpadeó unas cuantas veces y posó la mirada en el techo durante un buen rato. Para ser sincero, detestaba ver llorar a las mujeres, pero en aquella ocasión le parecía incluso justificado. Fue un momento crucial, ya que en ese instante se dio cuenta de que sentía algo por ella que iba más allá de la irritación y de la lujuria. Olivia despertaba una compasión en él que no creía haber experimentado con ninguna otra mujer, aunque la lógica le decía que ese sentimiento se basaba en el hecho de que ella se había convertido en otra de sus responsabilidades. Al menos, esperaba que así fuera. No obstante, existía la posibilidad de que estuviera jugando con él; la mayoría de las mujeres trataba de hacerlo. Mostrarse compasivo no significaba que tuviera que bajar la guardia con ella.

Olivia se aclaró la garganta y meneó la cabeza una vez más.

—La mayor parte de los miembros de nuestra clase social se casa por esos motivos, Excelencia. No es nada nuevo. Yo estaba, y aún lo estoy, preparada para un matrimonio sólido sin el menor atisbo de ideas románticas o de amor. No necesito esas cosas para sentirme satisfecha.

—Ya, pero la mayoría de las damas que se casan por conveniencia, o por un acuerdo familiar, consiguen algo en compensación por la falta de interés romántico de sus maridos. Tanto si hay amor como si no, se sienten satisfechas gracias a la estabilidad que les proporciona el enlace, los hijos, la familia o las causas sociales relacionadas con el matrimonio. Según parece, mi hermano la dejó sin nada, y eso no solo es injusto, sino también deshonesto.

En lugar de venirse abajo, tal y como habría hecho cualquier otra dama, Olivia ladeó la cabeza y lo observó durante unos segundos con los ojos entrecerrados y una pequeña sonrisa en los labios.

—¿Según parece? —repitió en voz muy baja.

—Sí —murmuró Sam.

Habría deseado que ella no captara ese pequeño matiz, pero a esas alturas no podía mentir sobre el recelo que le provocaba lo que le había contado sobre su hermano. Le gustara esa mujer o no, no tenía intención de creerla a pies juntillas sin pruebas. Por lo que sabía, Edmund y ella podían estar trabajando juntos en todo aquello, aunque cuanto más la conocía, menos probable le parecía esa posibilidad. Aun así, no pensaba decírselo por el momento.

Olivia lo estudió con gesto expectante durante unos segundos más, esperando algún tipo de explicación. Cuando por fin se dio cuenta de que no iba a recibir ninguna, asintió con la cabeza y se puso en pie muy despacio. Habían llegado a un punto muerto.

—Hay brandy, si lo prefiere —ofreció con voz suave.

Sam se pasó los dedos por el cabello.

—¿Si lo prefiero?

—A la leche tibia. —Tragó saliva—. Para ayudarlo a dormir.

Se hizo un silencio de lo más incómodo, aunque no podía decirse que la estancia o la casa estuvieran en calma, ya que se escuchaban un montón de ruidos (risas, canciones de borrachos y cosas parecidas) procedentes de la calle. No obstante, eso carecía de importancia, dado que tanto su atenta observación como su dulzura lo habían atrapado de repente, lo habían cautivado y envuelto en una imprevista burbuja de excitación.

Olivia abrió los ojos de par en par y aferró con fuerza la taza.

Ella también siente lo mismo..., se dijo Sam.

—No, gracias —susurró antes de ponerse en pie y acercarse un paso a ella—. Estoy seguro de que conseguiré dormirme al final.

Observó su rostro, fijándose en la suavidad de su piel, en la vacilación de sus ojos y en el pulso que latía acelerado en sus sienes.

Edmund podría perder esta vez.

Era una idea sorprendente, explosiva, y la satisfacción que lo inundó en ese instante, unida al millar de extrañas posibilidades, lo dejó abrumado.

Edmund se había llevado a Claudette. Y la esposa de su hermano estaba ante él, dulce, inocente e increíblemente hermosa, luchando contra el impulso de dejarse seducir. Pero ¿tendría sentido ese juego si Edmund no la deseaba?

—¿Se marcha a la cama, entonces? —preguntó ella con la frente arrugada, interrumpiendo sus pensamientos.

Sam volvió a la realidad.

—Así es, lady Olivia —replicó con un breve asentimiento formal.

Ella esbozó una sonrisa dulce.

—Livi.

Tenía unos labios cautivadores.

—¿Cómo dice?

—Aquellos que me conocen bien me llaman Livi —dijo en un susurro.

Se miraron el uno al otro durante un buen rato antes de que ella se inclinara para apagar la lámpara y le ofreciera una rápida aunque arrebatadora visión del movimiento de sus pechos desnudos bajo el camisón de algodón.

Por el amor de Dios, ¿cómo es posible que Edmund no la deseara?, se preguntó.

—Buenas noches, Livi.

—Que duerma bien, Sam —murmuró en medio de la oscuridad total.

Sam le dio la espalda y se marchó de la cocina para dirigirse en silencio a la habitación de invitados bajo la luz pálida de la luna. Se sentía excitado e incómodo, y en su mente solo había un pensamiento: «Edmund ya ha perdido».

7

Hacía un día espléndido para un viaje, al menos en lo que al clima se refería. La ligera lluvia que había caído antes del alba había dado paso a un sol radiante y a una brisa húmeda y fresca, presagio de un día caluroso en la bulliciosa ciudad. Como era de esperar, Olivia había dormido a rachas después de la cordial conversación que habían mantenido la noche anterior; no había dejado de dar vueltas entre las sábanas mientras su mente giraba una y otra vez en torno a pensamientos extraños y de lo más…. indecentes sobre él. Menuda forma de disfrutar de la primavera. Y estaba claro que la leche tibia no había funcionado.

Su doncella personal, Marie Nicole, que con quince años era la menor de las hijas de Normand, había llegado justo a las siete en punto, tal y como hacía todas las mañanas para ayudarla con el aseo y la ropa. La elección de ese día había sido un vestido sencillo de gasa amarilla dotado de un discreto escote cuadrado de encaje blanco y mangas abullonadas. Después de trenzarle el pelo en dos rodetes y recogérselo en la coronilla con peinetas de madreperla, Marie Nicole se había marchado y la había dejado sola para enfrentarse al duque de Durham.

En esos momentos caminaba tras ella mientras salían de la casa para bajar a la boutique, donde le explicaría unas cuantas cosas sobre la historia y los menesteres del perfume y su industria. Habían compartido un breve desayuno consistente en café, fruta y queso durante el que ambos habían mantenido un agradable silencio, hablando solo cuando era necesario. Suponía que ambos se sentían un poco incómodos después de las intimidades que habían compartido la noche anterior, aunque quizá habría sido más apropiado decir que el duque tenía un aire distraído.

A decir verdad, ella había disfrutado de esa charla tardía. Sam parecía no haberse fijado en que iba ataviada con la ropa de cama, lo que, dadas las circunstancias, no era del todo indecente, ya que el camisón la cubría desde la barbilla hasta los pies. Él, sin embargo, la había dejado fascinada con esa ropa informal y ese comportamiento relajado. Jamás había estado en presencia de un hombre a medio vestir, ni siquiera con su marido. No obstante, tampoco podía decirse que su cuñado estuviese desnudo. Llevaba unos pantalones gastados y una camisa; con todo, estaba descalzo y Olivia apenas había logrado apartar la vista de su magnífico pecho, donde se apreciaba un leve rastro de vello negro y rizado que asomaba por encima del cuello abierto de la camisa. Solo esperaba que no se hubiera dado cuenta de lo mucho que lo había observado. En realidad no parecía haberlo hecho, al menos no hasta el final de la conversación, cuando había tenido lugar ese... «algo» tan peculiar entre ellos.

Olivia jamás había experimentado una sensación tan extraña con ningún otro hombre antes, y eso era lo que más la preocupaba. Había sido un momento muy especial, un instante único, y lo más curioso de todo era que en realidad no había ocurrido nada.

En ese momento, mientras bajaban los escalones en dirección al salón, el duque caminaba un poco por detrás de ella y Olivia percibía su proximidad con tanta intensidad como de costumbre, lo que la hizo desear haber llevado consigo un abanico. Al menos, eso le habría dado algo con lo que ocupar las manos.

El plan, tal y como habían acordado durante el desayuno, consistía en utilizar parte de esa mañana para ponerlo al tanto de los distintos aspectos de Nivan y de la industria del perfume en general, cosas que Edmund ya conocía. Más tarde, se sentarían a tomar el té y hablarían sobre cuál sería su siguiente movimiento.

Olivia atravesó a toda prisa el salón para adentrarse en la tienda e inhaló las maravillosas fragancias del día, catalogando al instante los subgrupos orientales como los aromas de la estación. Ese era el trabajo que adoraba, y había permanecido apartada de su pasión durante demasiado tiempo.

Normand parecía ocupado con dos elegantes damas cerca del mostrador principal, lo que le proporcionaba tiempo más que suficiente para empezar con las lecciones antes de que los interrumpiera.

—¿Reconoce el perfume que flota en el aire? —preguntó para dar inicio a la conversación; esbozó una sonrisa agradable en un intento por controlar su nerviosismo mientras lo miraba a los ojos.

—Recuerdo la fragancia —replicó él con tono indiferente—. La llevaba usted.

Esa respuesta rápida la pilló desprevenida. Y no solo por su inmediatez, sino porque él recordaba una sutil esencia que solo había llevado en su presencia una única vez.

—Cierto —le confirmó sin detenerse—. Es la esencia de la primavera.

—¿La esencia de la primavera?

—Sí. Aquí en Francia se crean nuevos perfumes cada año, aunque también importamos algunos de Italia y el mundo asiático. Por lo general no son más que distintas combinaciones de los clásicos, aunque en ocasiones son totalmente originales. Algunas damas, e incluso ciertos caballeros, eligen un nuevo perfume todos los años; algunos incluso cambian de perfume con cada estación.

Al ver que el duque no decía nada, Olivia se acercó a la parte central del establecimiento para situarse junto a una vitrina redonda que contenía frascos de perfume o *flacons,* perlas aromáticas, cuencos de popurrí y saquitos perfumados.

Tras colocarse de espaldas a Normand y a las damas a fin de evitar que escucharan su conversación, apoyó las manos sobre la vitrina y lo miró a los ojos.

—El perfume y su industria son tan antiguos como el propio mundo. No lo aburriré con los detalles del proceso de destilación, pero debería dominar los aspectos básicos, ya que Edmund los conoce.

El duque cruzó los brazos a la altura del pecho y rodeó la vitrina para acercarse a ella. El movimiento la puso nerviosa y acaparó todos sus pensamientos, de modo que no pudo evitar el instintivo ademán de apartarse de él. Samson extendió un brazo a toda prisa y apoyó la palma de la mano sobre sus nudillos.

—No —murmuró—. Nos están mirando y, después de todo, estamos casados.

—Desde luego —replicó Olivia a pesar de que la calidez de la mano masculina le había provocado un súbito sofoco.

Tomó una honda bocanada de aire y se dispuso a continuar, decidiendo que lo mejor era ir al grano.

—Existen seis fragancias esenciales, Excelencia...

—Sam —susurró él.

Había que reconocer que ese hombre tenía un don para distraerla, aunque no estaba segura de por qué.

—Edmund —replicó con una sonrisa irónica.

—No pueden oírnos, Olivia.

Ella echó un rápido vistazo por encima del hombro y descubrió que Normand y las damas estaban absortos en la conversación que mantenían. Una vez más, el duque tenía razón.

—Eso carece de importancia.

El hombre enarcó las cejas y asintió con la cabeza.

—Si eso hace que se sienta más cómoda...

¿Más cómoda? No podía estar más incómoda en esos momentos. Sin embargo, en lugar de admitirlo optó por dejar pasar el comentario y concentrarse de nuevo en la conversación original.

—Como le decía, hemos utilizado seis fragancias básicas

a lo largo del tiempo. Lo que me gustaría hacer es hablarle con todo detalle sobre ellas y darle la oportunidad de probarlas.

—No creo que sea necesario probarlas —señaló él.

Olivia detectó cierta exasperación en su tono, pero decidió pasarla por alto.

—Es preciso que elija una fragancia.

El duque suspiró con fuerza y apartó la mano por fin.

—¿Por qué?

Olivia frunció el ceño, desconcertada.

—Porque tiene que oler como Edmund.

El hombre la miró de hito en hito y ella notó que se le ruborizaban las mejillas al darse cuenta de lo que había dicho y de que él estaba a punto de estallar en carcajadas.

—Y... bueno... ¿Qué ocurriría si prefiero no oler como mi hermano? —preguntó el duque con un tono de voz que revelaba una mezcla de diversión y fastidio.

Olivia cerró los ojos por un segundo y se pasó la palma de la mano por la frente.

—A decir verdad, no le queda otro remedio, milord; tiene que elegir un perfume. Edmund siempre lo llevaba, y alguien podría notar que usted no lo hace.

El duque echó un vistazo a la tienda y se metió las manos en los bolsillos de la chaqueta.

—En ese caso, elegiré algo original. Algo que a usted le gustaría que llevara, Olivia.

Su voz se había convertido en un susurro ronco, en especial cuando pronunció su nombre, y Olivia sintió que se derretía por dentro de una manera muy peculiar.

—Pero usted...

—Soy un hombre diferente —murmuró con seriedad.

Ella parpadeó con rapidez, con una réplica en la punta de la lengua que no se atrevió a pronunciar. El duque no había apartado la mirada de sus ojos, a la espera de que ella reconociera ese hecho; un hecho que, por supuesto, era de lo más obvio. O tal vez esperaba que se rindiera a él de alguna forma femenina. No obstante, lo único en lo que Olivia podía pensar en esos momentos era que ese hombre tenía unos ojos absolutamente fascinantes: oscuros como el chocolate y rodeados por gruesas pestañas negras. Por extraño que pareciera, no lograba recordar si los de Edmund tenían el mismo tono; ni siquiera recordaba el aspecto que tenían cuando la miraba. Edmund parecía siempre sonriente. Pero los ojos de ese hombre la atravesaban como si trataran de leer su mente, como si intentaran obligarla a capitular. De pronto, se sintió tan confundida como la primera vez que la besó en Londres.

El duque aguardó sin dar la menor muestra de haberse percatado de su agitación; después de un instante, Olivia se reprendió por entretenerse con semejantes pensamientos y respiró hondo para reunir coraje.

—Creo —dijo tras aclararse la garganta— que podremos llegar a un acuerdo y crear algo único tanto para usted como para la temporada.

Su cuñado alzó las cejas una vez más y sus labios se curvaron en una mueca de diversión. Olivia se negó a admitir que él había sugerido más o menos lo mismo.

Comenzó a deslizar los dedos por la parte superior de la vitrina.

—Soy consciente de que no le gusta ponerse colonia...

—Jamás llevo colonia —la corrigió él sin dejar de mirarla.

Desechó la interrupción con una pequeña sonrisa.

—... así que creo que lo mejor será elegir una fragancia nueva para usted y crear otra para mí; de ese modo, nadie se dará cuenta de que en realidad no es Edmund. Él cambia de perfume con mucha frecuencia.

El duque soltó un resoplido y estuvo a punto, a punto, de poner los ojos en blanco. Olivia no supo si echarse a reír o regañarlo.

—Lo haré por usted, Sam, para que no tenga que oler como él.

Él esbozó una sonrisa amarga.

—Solo oleré como...

—Usted mismo.

—En una fábrica de perfumes.

Esa vez fue Olivia quien estuvo en un tris de poner los ojos en blanco.

—Confíe un poco en mí. Sé muy bien lo que hago.

—No me cabe la menor duda —dijo él, arrastrando las palabras.

—¿Puedo continuar?

—Por favor —respondió él con tono sarcástico.

Olivia asintió con la cabeza.

—Como le iba diciendo, a lo largo del tiempo hemos utilizado seis tipos básicos de fragancias. En primer lugar está el olíbano, una esencia cálida y balsámica procedente de Asia que se utilizaba originalmente en forma de incienso; era muy apreciada por los césares del Mundo Antiguo, por Alejandro Magno e incluso por la reina Hatshepsut del Antiguo Egipto. Con el tiempo, se convirtió en una de las fragancias favoritas en China, y más tarde en la Italia renacentista.

»La siguiente es la esencia de rosa, la más utilizada y apreciada en todo el mundo, desde los antiguos griegos y los romanos hasta, mucho más tarde, los parisinos. Es especialmente valorada por las damas inglesas y una de las favoritas de la reina Isabel.

»En tercer lugar está el sándalo-jazmín, un maravilloso arreglo botánico importado originalmente de la India y Cachemira. El sándalo tiene un aroma cálido y sensual, mientras que el jazmín posee una generosa esencia floral a la que se atribuye gran parte del auge de la perfumería durante el Renacimiento.

»La cuarta es el azahar, un aroma delicioso y dulce procedente de la parte oriental de Asia. Posee una fragancia floral que utilizamos como componente primordial en el agua de colonia, que le mostraré dentro de un momento.

El duque dejó escapar un largo suspiro; un signo de impaciencia, Olivia estaba segura de ello. Lo pasó por alto.

—En quinto lugar están las especias, el ingrediente principal de la fragancia que puede apreciar en Nivan en estos momentos. —Dejó la lección por un instante y se inclinó sobre la cubierta de cristal para susurrar—: Siempre colocamos saquitos perfumados con la fragancia de la temporada por toda la tienda: bajo los cojines del salón, detrás de los mostradores y los sofás, en las mesas y en los cajones, e incluso en las papeleras. Funciona a las mil maravillas, ya que insta al cliente a preguntar sobre el aroma. Así podemos presentarlo como algo nuevo y excitante que es la comidilla en todo París y que todas las damas necesitan en su colección de perfumes. Da muy buenos resultados para el negocio.

Su cuñado no había dicho una palabra desde que comenzara la lección sobre perfumería, aunque había cruzado los brazos sobre el pecho y seguía mirándola; tenía una expresión insulsa, pero sus ojos parecían atrapados por el discurso. Olivia no sabía si eso era bueno o malo. Sin embargo, quería acabar con aquello. Normand los interrumpiría en breve, de eso estaba segura.

Se dio unos golpecitos para colocarse el peinado con el mero fin de ocupar las manos y decidió terminar cuanto antes.

—Bueno, en cualquier caso, esta esencia proviene de Oriente, y suele ser una mezcla de jengibre, clavo, nuez moscada y canela en distintas proporciones, y en ocasiones se combina con otras esencias.

—Y es la fragancia de la temporada —comentó él con voz ronca al tiempo que apoyaba la cadera contra el cristal.

Olivia se sintió desconcertada al ver que el hombre había participado un poco en la conversación.

—Sí, así es.

Deseaba poder interpretar su comportamiento, poder leer lo que pensaba en la expresión sobria de su rostro. Seguro que encontraba todo aquello un poco interesante al menos. Edmund lo había hecho. No obstante, él no era Edmund, y con cada minuto que pasaba en su compañía le quedaba más claro ese hecho.

—Solo queda una más, Excelencia —señaló en un tono

práctico, aunque se sintió un poco desilusionada al ver que él no la reprendía por utilizar la designación formal.

Enderezó la espalda y continuó.

—La última es el agua de colonia, una de las favoritas francesas; fue creada por la familia Farina en 1709 y tengo la obligación de añadir que es el aroma que impregna tanto las muñecas como los saquillos perfumados de madame Du Barry. —Se encogió de hombros—. Y, como todo el mundo sabe, era la fragancia favorita de Napoleón, por supuesto.

—Por supuesto —convino él.

Olivia titubeó; no estaba segura de si se estaba burlando de ella o no, pero decidió que no importaba. El objetivo de todo aquello era darle a conocer los fundamentos básicos de la industria.

—Bueno —continuó al tiempo que inclinaba la cabeza a un lado para mirarlo con expresión pensativa—, Edmund solía preferir el agua de colonia, una mezcla de azahar y sándalo con una pizca de especias. Para usted, sin embargo, creo que...

—Me niego a oler a flores —señaló el duque.

¿Acaso pensaba que era estúpida? Olivia no pudo evitar sonreír.

—Nada de rosas para usted, ¿verdad?

Él no le devolvió la sonrisa.

—No.

Suspiró al escuchar la vehemente respuesta.

—Bien, creo que puedo crear algo con el olíbano y las especias, y añadir un toque de almizcle tal vez. No obstante, querido, es preciso que entienda que tendrá que ponerse perfume.

El duque entrecerró los ojos, aunque ella no tenía claro si se trataba de un gesto de fastidio o de desafío, así que no pudo evitar preguntarse si se debía a que le había dado una orden o al hecho de que lo había llamado «querido». Samson Carlisle, duque de Durham, era un hombre dominante. Eso lo sabía por instinto. Y aquel iba a ser un día muy largo.

Una de las damas que se encontraba en la tienda soltó una

súbita y estruendosa carcajada que hizo añicos la intimidad de la conversación. Ambos volvieron la cabeza en dirección al sonido y descubrieron que la más corpulenta y chillona de las mujeres se había inclinado hacia delante para susurrarle algo al oído a Normand, que en esos momentos se frotaba la arrugada camisa con la palma de la mano y reía de buena gana, sacudiendo la cabeza como si esas damas fueran las criaturas más extraordinarias de todas cuantas habían puesto el pie en Nivan. Por supuesto, ellas no tenían la menor idea de que el hombre trataba por igual a todas las clientas. Era uno de los motivos por los que Nivan tenía tan buenas ventas.

Con expresión agotada, Olivia volvió a concentrar su atención en Sam.

—Tal vez haya llegado el momento de que experimentemos con algunas muestras.

De no haber sido por ella (por la cautivadora perfección de su rostro, por el entusiasmo que mostraban sus rasgos mientras hablaba del trabajo que adoraba, por el ligero balanceo de sus caderas y de sus pechos bajo el encantador aunque recatado vestido y sí, también por la sutil fragancia que llevaba), Sam se habría echado a llorar de aburrimiento. A decir verdad, no podían importarle menos el perfume y su historia, salvo si la información podía aplicarse a Edmund y a la relación que mantenía con su supuesta esposa. Sin embargo, dado que era un hombre inteligente, comprendió que era preciso escuchar sus explicaciones y tratar de asimilarlas, al menos en parte.

En realidad, cuanto más la escuchaba, mayor era su interés. Esa mujer lo fascinaba de una forma que no lograba entender del todo. Se tomaba su trabajo muy en serio (quizá demasiado en serio, teniendo en cuenta su sexo), pero eso le resultaba casi... tentador. Era obvio que sentía pasión por el perfume, su historia, su función en la sociedad y su elaboración, cuyos detalles él no tenía ningún interés en escuchar; además, poseía un sagaz instinto para los negocios que no era habitual en las mujeres. Para ser sincero, empezaba a admirar a esa mujer, y si la memoria no le fallaba, no creía haber admirado en toda su vida a ninguna mujer por algo que no fuera el aspecto que lucía cuando iba agarrada de su brazo o en la cama. Era una sensación de lo más extraña.

Olivia le hizo un gesto para que la siguiera hasta un escritorio tallado y pintado de blanco, tras el cual había una serie de estantes de madera del mismo color pegados a una pared tapizada con terciopelo rojo. Unas borlas doradas colgaban de las esquinas de los estantes para darle un toque ornamental al conjunto y para enmarcar varias docenas de frasquitos: algunos de cristal transparente y coloreado, otros de cerámica; unos con elaborados dibujos y otros que parecían adornados con oro y joyas, aunque Sam no habría sabido decir si eran joyas auténticas o bisutería. Con todo, a juzgar por la clientela, supuso que al menos parte de ellas eran genuinas. Dedujo que los frascos contenían las distintas fragancias del día. Gruñó para sus adentros y rogó a Dios que Olivia no le obligara a olerlas todas. Al menos debía dar gracias por el hecho de que sus amigos no estuvieran allí para presenciar aquello.

—Siéntese, por favor —dijo ella con tono agradable al tiempo que le hacía un gesto con la mano para que aposentara su enorme figura en la diminuta silla de terciopelo rojo que había frente al escritorio.

Obedeció sin rechistar, pero no pudo evitar preguntarse cómo conseguían las damas francesas con traseros grandes y enormes aros sentarse allí. De cualquier forma estaba claro que la función de la silla no era la comodidad, sino adornar, y lo mismo podía decirse del resto de objetos de la tienda.

Olivia se apartó la falda a un lado con maestría y tomó asiento con elegancia en una silla del mismo estilo que había al otro lado del escritorio, antes de echarla un poco hacia delante a fin de apoyar las muñecas en el borde de la mesa.

—Bien —comenzó—, aquí es donde probamos las fragancias.

—No me obligará a oler todos esos frascos, ¿verdad?

—preguntó Sam, señalando con un gesto de la cabeza las hileras de botellitas de fantasía.

Olivia arrugó la frente durante un par de segundos antes de desviar la vista hacia los frascos que tenía detrás.

—¿Esos? —Volvió a clavar la mirada en él—. Esos están vacíos. Los vendemos como complemento de los distintos perfumes creados para cada individuo.

—Ah —murmuró él, incapaz de idear una respuesta mejor. Se sentía completamente ridículo.

—De esa manera —continuó Olivia—, cada dama o cada caballero dispone no solo de una esencia única, sino que además puede llevarla en un *flacon* (la palabra que utilizan los franceses para «frasco» o, en el tema que nos incumbe, botellitas de perfume) seleccionado personalmente y original de Nivan. Todas las casas de perfume de categoría hacen lo mismo.

Incómodo, Sam se frotó la nuca con la palma de la mano. Volvió a mirarla de nuevo y se fijó en lo relajada que parecía en sus dominios, sentada con la espalda erguida en una silla tapizada en terciopelo. Y debía admitir que no había intentado hacer que se sintiera como un estúpido.

—Entiendo —comentó él.

La sonrisa que esbozó Olivia, una sonrisa de auténtico placer en la que no había ni rastro de arrogancia o de burla, hizo que la buena opinión que tenía de ella se incrementara aún más.

—Bien —empezó una vez más—, tengo unas cuantas... —Se inclinó hacia un lado y abrió un pequeño cajón que había bajo la mesa del escritorio—... muestras aquí. Las suficientes para darle una idea de cuál es nuestra oferta en las fragancias básicas de las que le he hablado hace unos minutos.

Con mucho cuidado, dejó una pequeña bandeja de madera frente a él. Dentro, insertados en unos compartimentos especialmente diseñados a tal efecto, había una hilera de diminutos frascos cuadrados de cristal de unos dos centímetros y medio por cada lado, etiquetados con el nombre de cada fragancia. Olivia sacó uno de ellos con dedos ágiles y le quitó con mucho tiento el tapón de corcho.

—Esto es sándalo. —Lo pasó dos o tres veces bajo su nariz—. Seguro que ha detectado sin problemas su calidez, pero eso no significa que sea dulce… al menos hasta que se le añade la esencia floral del jazmín. Eso incrementa la intensa esencia botánica de la fragancia.

¿Qué se suponía que debía decir él? No tenía la más mínima idea de lo que significaba, pero detectaba la esencia de las flores. Al menos, podía considerarse un progreso. Asintió y volvió a reclinarse en la silla, a la espera del siguiente frasco.

—Esto es azahar —prosiguió ella, entusiasmada—. Es una de mis esencias favoritas, en especial cuando se mezcla con la cantidad apropiada de especias.

Sam podía percibir sin problemas el azahar, pero no lograba imaginarse la fragancia del «azahar especiado», ni que alguien estuviese dispuesto a ponerse ese perfume. Sin embargo, sí que se percató de los mechones rizados que habían escapado de las trenzas femeninas y le caían sobre el hombro para acabar anidados entre las curvas de sus pechos, poniendo de manifiesto la claridad de su piel. Esa visión logró que dejara de prestar atención a la lección de perfumes.

—… de las favoritas de Edmund, el agua de colonia.

Había dicho algo mientras le ponía otro de los frasquitos bajo las narices, así que Sam cumplió con su obligación y olisqueó la botellita para complacerla. Se echó hacia atrás de inmediato.

—Esa no me gusta nada.

—¿No? Está bien —replicó ella sin emitir juicios al tiempo que le ponía el corcho al frasco para volver a dejarlo en el lugar que ocupaba en la bandeja.

—Sobre todo porque es el favorito de Edmund —añadió él con tono receloso al tiempo que apoyaba un codo en el brazo acolchado de la silla y entrelazaba los dedos sobre el regazo.

Ella lo miró con los párpados entornados y esbozó una sonrisa torcida.

—¿Y el de Napoleón?
—Exacto.
—Aaah...

Sam deseó saber qué pensamientos ocultaba ella tras esa fachada profesional, pero no tenía ninguna intención de preguntárselo. Olivia continuó sin perder la sonrisa y cogió otro frasquito. Lo cierto era que encontraba esa conversación casi divertida. Algo de lo más sorprendente... ya que estaba disfrutando de la compañía de una mujer fuera de la cama.

—Esta es la fragancia especiada, una de mis favoritas, ya que posee una base muy limpia y no es demasiado dulce; podría ser un perfume en sí misma.

Sujetó la botellita con la mano para que él la oliera.

—Detecto el aroma del clavo —dijo Sam, casi sin pensar.

¿No había dicho ella que también llevaba clavo? Debía de haberlo hecho, porque sus ojos se iluminaron y asintió con la cabeza.

—Muy bien, Sam.

Se sintió extrañamente orgulloso de haberla impresionado.

—La fragancia de las especias es adecuada tanto para las damas como para los caballeros. Con un toque de otras esencias puede volverse más dulce, o más sobria y masculina con un toque de almizcle. Creo que eso sería lo apropiado para usted.

—Bien. Perfecto —se apresuró a decir él.

Olivia devolvió el frasco a su lugar y luego apartó la bandeja a un lado para cruzar los brazos sobre el escritorio y mirarlo a los ojos.

—Está aburrido, ¿verdad? —preguntó con los ojos entrecerrados y una sonrisa traviesa.

—Desde luego que no.

—Embustero —bromeó.

Sam se limitó a encogerse de hombros.

Ella cogió las muestras para guardarlas.

—En ese caso y para ahorrar tiempo, no me molestaré en mostrarle la esencia de rosas, ya que imagino que sabe cómo huele.

—Es la favorita de mi hermana —comentó Sam con una mueca al tiempo que negaba con la cabeza—. Siempre es posible detectar el momento en el que Elise entra en una habitación, ya que su aroma la precede. En mi opinión se pone demasiado perfume, pero la verdad es que ella nunca se ha molestado en preguntarme lo que pienso.

Olivia se quedó inmóvil, con la bandeja en la mano y una expresión de un completo asombro.

—De modo que hoy piensa elegir un nuevo perfume, ¿no es así, monsieur Carlisle? —Normand rodeó la vitrina de cristal para acercarse a ellos por fin—. ¿Algo para la primavera?

La interrupción la había desconcertado y, por alguna razón que no llegaba a entender, eso lo irritó sobremanera. Sam se enderezó en el asiento y asintió con la cabeza mientras ella dejaba la bandeja de muestras en el cajón.

—Creo que es un momento de lo más oportuno, ya que tendremos que asistir a algunas reuniones sociales durante los próximos días —replicó Olivia, que ya había recuperado su pose agradable cuando alzó la cabeza hacia Normand para darle un beso en cada mejilla—. Pero mi querido esposo se está mostrando bastante exigente hoy.

—¿De veras?

—Como siempre. —La mujer dejó escapar un suspiro exagerado—. Aunque creo que hemos dado con una mezcla que le irá a la perfección.

El francés lo observó desde detrás de la silla de Olivia, con las manos apoyadas sobre el respaldo y los dedos cerca de sus hombros.

—¿Y cuál ha sido su elección, monsieur?

—Una base especiada, por supuesto —respondió Sam en perfecto francés; esbozó una sonrisa amable, tal y como supuso que habría hecho Edmund, aunque se sintió molesto sin ningún motivo aparente—. Es la fragancia de la temporada, ¿no?

—Pues sí, sí que lo es.

Estudió a Normand mientras la luz del sol que entraba

por la ventana iluminaba su rostro de mediana edad. Sam no creía que ninguna mujer lo encontrara apuesto, pero poseía un carácter encantador, ya fuera fingido o no, del que las damas sin duda disfrutarían. Se mostraba como un hombre poco agresivo, casi suave y complaciente, algo que probablemente era necesario en la industria del perfume, donde las mujeres constituían la mayor parte de la clientela.

Sin embargo, había algo en el francés que lo molestaba, aunque no habría sabido decir por qué ni qué era con exactitud. Tenía unos ojos algo hundidos, oscuros y sagaces; una nariz bulbosa, la línea del nacimiento del pelo muy alta y una barbilla casi inexistente, aunque el grosor de su cuello ayudaba a disimular ese defecto en particular. No era gordo, pero alcanzaba cierta dimensión en la cintura que lo hacía parecer bien alimentado.

No, no era el aspecto ordinario del hombre lo que lo desconcertaba, sino otra cosa, algo que no podía definir, y supuso que era su incapacidad para hacerlo lo que más le molestaba. Además, se mostraba casi posesivo con Olivia. Y eso también lo fastidiaba. No pudo evitar preguntarse qué había pensado Edmund a ese respecto, o si su hermano había llegado a detectarlo.

—Bueno, supongo que deberíamos irnos a comer ya, cariño —dijo Olivia tras una breve e incómoda pausa.

Hizo ademán de ponerse en pie y Normand la sujetó por un codo de inmediato para ayudarla.

Sam se levantó al instante y, sin pensárselo dos veces, estiró un brazo para atrapar una de las manos femeninas.

—¿Quieres que busquemos una cafetería con terraza, Livi? —preguntó con su tono más autoritario—. Excúsenos, por favor, Normand.

Ella vaciló un instante y lo miró con el ceño fruncido.

—Por supuesto —replicó Normand, que soltó el codo de su jefa en un santiamén.

El francés no perdió la sonrisa, pero Sam tuvo la impresión de que se había vuelto suspicaz y pensativo de repente.

En su frente aparecieron unas ligeras arrugas mientras retrocedía un paso para que Olivia pudiera apartarse del escritorio. Ella se recogió las faldas y, sin mirar a ninguno de ellos, caminó hacia la salida de la tienda.

—Hace un día precioso, cariño, y estoy muerta de hambre —señaló con un extraño tono alegre.

—Normand —se despidió Sam antes de situarse al lado de Olivia, que lo aguardaba contemplando la ajetreada calle a través del cristal de la puerta.

La tomó del codo, tal y como había hecho el francés, pero la mantuvo pegada a él mientras abría la puerta para que pasara, a sabiendas de que Normand tenía la mirada clavada en ellos mientras salían a la calle.

8

Normand guardaba un secreto. Un secreto maravilloso. Un secreto muy, muy importante y potencialmente lucrativo. Y sería de lo más divertido fastidiar a la condesa con él... Solo fastidiarla, por supuesto, ya que no deseaba desvelarlo todo y permitir que tuviera más control sobre toda aquella estratagema del que ya tenía. Quería ser él quien estuviera al mando, para variar. Y, *mon Dieu*, la información le había caído encima como llovida del cielo.

Tras esbozar la primera sonrisa genuina en muchas semanas, Normand tiró del cordel de la campanilla de la suite de la condesa Renier, situada en el último piso del hotel Emperatriz. Se alojaba allí solamente cuando visitaba París y, hasta donde él sabía, aún no había regresado al campo desde la última vez que habló con ella, hacía más de tres semanas.

Segundos después, la puerta se abrió con un crujido y su mayordomo, René, lo invitó a entrar con un gesto formal del brazo.

—Madame se encuentra en el tocador, monsieur Paquette, pero estoy seguro de que lo recibirá si la espera.

¿Si la esperaba? Esperaría allí hasta el segundo advenimiento de Cristo si hacía falta para poder ver la expresión de su rostro cuando le contara lo que sabía. La vida no podría darle una satisfacción mayor que esa.

—La esperaré —le informó con insolencia al hombre alto y canoso—. Y me gustaría tomar un café.

—Desde luego —replicó René de manera educada—. Por aquí.

Normand siguió al corpulento mayordomo hasta la sala de estar de la condesa, una estancia saturada que ella había adornado con un alarde de brillantes tonos rosados y rosas rojas. Aunque la condesa aún conservaba su belleza después de tantos años y se cuidaba mucho para mantener ese aire de sofisticación y elegancia en todo lo que hacía y lucía, a Normand le provocaban náuseas los lugares en los que vivía, tanto en París como en el campo, siempre que se veía obligado a sentarse con ella para cotillear en medio de toda aquella esplendorosa estridencia.

Ese día, la dama había dejado las ventanas entreabiertas para permitir la entrada de la brisa y había colocado rosas rojas en un jarrón de cristal sobre la mesita de té, así que era evidente que esperaba recibir visitas. Los muebles se aglomeraban en la pequeña sala, ya que la condesa había añadido un nuevo canapé rosa tapizado de terciopelo desde que él la visitara por última vez. Era algo del todo innecesario, en su opinión, y sin duda pretendía hacer juego con el enorme sofá que ocupaba el centro de la habitación y cuyo tapizado estaba compuesto por las rosas rojas más grandes y horrorosas que había visto jamás. Distintos paisajes florales ocupaban casi el total del espacio disponible en las paredes, todos enmarcados en el mismo tono rosa que las gruesas borlas que sujetaban las cortinas de terciopelo rojo. Y todo el conjunto se hallaba sobre un kilómetro al menos de gruesa alfombra rosa.

Como de costumbre, Normand tomó asiento en uno de los sillones tapizados a rayas rosas y blancas que había frente al sofá y comenzó a tamborilear con los dedos en un gesto de impaciencia. René regresó pasados un par de minutos y depositó una bandeja plateada frente a él, en la mesita de té, antes de coger el recipiente de porcelana y servir su hirviente contenido en una de las dos tazas de color rosa; luego, con una rígida reverencia, abandonó la sala. Normand añadió azúcar y leche a su gusto. Sabía con certeza que la condesa lo haría esperar; siempre lo hacía. La mujer jamás se levantaba antes del mediodía y pasaba casi dos horas en el tocador, un hecho que Normand conocía porque en una ocasión había tenido la audacia de visitarla a las once y había sido informado bruscamente de que la señora estaba dormida y de que jamás recibía visitas antes de las tres.

Bueno, ese día había llegado bastante antes de las tres, ya que desde que comenzaron a trabajar juntos (si uno podía utilizar esa palabra para describir su peculiar colaboración) le habían otorgado privilegios de los que otros no gozaban, sobre todo cuando disponía de información vital, como era el caso.

Sin embargo, esa tarde estaba esperando más de lo habitual. Tras considerar la idea de tomarse una tercera taza de café y decidirse a no hacerlo, ya que pedir permiso para utilizar su cuarto de baño privado sería un motivo de vergüenza, se metió la mano en el bolsillo izquierdo de la chaqueta y sacó el reloj dorado que le había regalado su abuela. La una y media. Llevaba allí casi cuarenta y cinco minutos. Se sentía de lo más irritado, pero llegó a la conclusión de que la encantadora condesa se reprendería por haberlo hecho esperar cuando descubriera la importancia crucial de su visita. Normand tuvo que reprimir el impulso de frotarse las manos a causa del regocijo.

Por fin se escucharon pasos en el pasillo que había a su espalda. Normand dejó la taza y el platillo sobre la bandeja y se puso en pie de inmediato antes de volverse hacia la entrada. Se estiró la chaqueta del traje justo en el momento en que René entró en la sala de estar y anunció en tono formal a la condesa, como si el invitado fuera un maldito dignatario y no un simple vendedor de perfumes. Aunque había que admitir, se dijo con orgullo, que nadie que frecuentara la tienda describiría Nivan y su establecimiento como simples.

Enlazó las sudorosas manos a la espalda, irguió los hombros con aplomo y compuso una expresión seria y agradable mientras la condesa de Renier entraba en la estancia como si flotara en una ráfaga de aire cálido y perfumado, con su habitual sonrisa arrogante plantada en esos labios pintados de rojo. A decir verdad, estaba tan hermosa como siempre: ataviada, maquillada y perfumada de la manera apropiada para recibir una visita en una tarde primaveral.

Normand entrechocó los talones, concentrado en su propia pose, en su expresión y, sobre todo, en mantener las manos unidas tras la espalda para no molestarla; la condesa le había explicado la última vez que estuvieron juntos que él hablaba demasiado con las manos. Por lo general, Normand detestaba a esa mujer, sobre todo por ese aire de superioridad con el que lo trataba. Sin embargo, era ella quien llevaba las riendas de su inusual relación, y no había podido hacer nada para cambiarlo. Al menos hasta ese momento.

—Normand —lo saludó la dama, que inclinó la cabeza mientras se acercaba a su lado con expresión agradable.

Él le hizo una reverencia y después tomó la mano suave y de manicura perfecta que le ofrecían para llevársela a los labios.

—Madame *comtesse*, esta tarde está deslumbrante, como de costumbre.

—*Merci* —replicó ella ladeando la cabeza.

Normand se apartó.

—Traigo noticias.

—¿De veras? En ese caso, siéntese, siéntese.

Le señaló el sillón a fin de darle permiso para volver a tomar asiento.

Normand se acomodó de nuevo, aunque permaneció erguido y con los hombros tensos a causa de la anticipación.

La condesa siguió su ejemplo y se sentó con elegancia en el sofá que había enfrente. Se alisó las amplias faldas de seda del vestido hasta que quedaron perfectamente situadas alrededor de sus tobillos y después enlazó las manos sobre el regazo para prestarle toda su atención.

—Bien, mi queridísimo Normand —dijo con un exagerado suspiro—, ¿cuáles son esas... noticias que tiene para mí?

Gracias a un riguroso autocontrol, Normand consiguió esbozar una sonrisa distinguida y mantenerse callado el tiempo necesario para aclararse las ideas... y ser él quien la hiciera esperar por una vez.

—Esta mañana he tenido una conversación de lo más interesante con monsieur Carlisle, en Nivan.

Durante algunos segundos, la dama pareció confusa y sus perfiladas cejas se unieron brevemente. Luego se relajó contra el respaldo del sofá y alzó la barbilla en un pequeño gesto de beligerancia.

—Se equivoca. Edmund está en Grasse —replicó ella con un tono autoritario algo más frío—. Recibí una carta suya hace tan solo tres días, y no decía nada de regresar. Al menos, no tan pronto.

Normand no había pensado en eso, y casi se dio de patadas por no haber considerado siquiera la posibilidad de que ellos dos mantuvieran una comunicación constante. Aun así, podía sacar ventaja de aquello si ella llegaba a sospechar de las intenciones de su querido Edmund.

Se reclinó en el asiento, tal y como había hecho la condesa, y descansó los codos en los brazos del sillón antes de entrelazar los dedos por delante del abdomen.

—Disculpe, madame, pero no estoy equivocado. Edmund está aquí, en París, en Nivan. Regresó ayer, con Olivia. —Hizo una pausa con la única intención de enfatizar sus palabras y después se encogió de hombros para añadir—: Es evidente que ha dado con él.

—¿Y qué? —le espetó la condesa de inmediato—. ¿Lo ha obligado a regresar con ella?

—No tengo la menor idea —dijo.

Y era cierto. Pero sabía, o al menos sospechaba, que había algo más relacionado con el regreso del hombre, algo que no le mencionaría a la mujer que estaba sentada frente a él. Guardarse ciertas cosas le proporcionaría una ventaja que sin duda podría utilizar en un futuro próximo.

Era evidente que ella trataba de asimilar la información,

debatiéndose entre varias posibilidades: la de creer o no en su palabra; la de echarlo de allí de inmediato o indagar en busca de respuestas. No sabía si marcharse de allí al instante para ir en busca de Edmund, pillarlo desprevenido y coserlo a preguntas sobre su inesperado regreso con Olivia o tomarse su tiempo para reflexionar sobre las opciones que tenía y pensarse bien las cosas, como haría una dama inteligente y culta que no se sintiera en absoluto intimidada.

Como era de esperar, ganó la buena educación.

—Bien, ¿y qué le dijo? —inquirió unos instantes después.

Normand dejó escapar un largo suspiro, casi alborozado ante la posibilidad de desordenarle las plumas a la condesa.

—Muy poco. Apenas pasé cinco minutos con la feliz pareja en la tienda esta mañana, mientras monsieur Carlisle elegía un nuevo perfume para esta primavera.

Ella sonrió con ironía.

—¿Feliz?

Esa era la pregunta que esperaba. Frunció el ceño deliberadamente y asintió.

—En realidad, ahora que lo pienso, yo no diría que parecieran exactamente felices —comentó con tono pensativo—. Más bien... —Alzó la mirada un momento hasta el techo dorado y vulgar antes de volver a clavarla en ella—. Parecía que hubieran llegado a una especie de... nuevo acuerdo entre ellos. O quizá para ellos.

Era obvio que la condesa no tenía ni idea de lo que quería decir.

—Un acuerdo —repitió, mirándolo como tuviera un cerebro de mosquito y no supiera explicarse con claridad.

Normand sabía que disfrutaría recordando ese momento el resto de su vida.

—Algo ha cambiado entre ellos. No podían quitarse los ojos de encima. —Se lamió los labios y añadió con mordacidad—: O, para ser más preciso, él no podía apartar los ojos de ella.

La condesa no se movió, no cambió su expresión, ni siquiera parpadeó. Se limitó a mirarlo en absoluto silencio mientras pasaban los minutos. Normand aguardó sin saber muy bien qué reacción debía esperar; no obstante, sabía que ella había digerido y procesado la información, todas sus posibles facetas e implicaciones.

—Me pareció que usted debía saberlo —dijo con voz grave y seria.

Por fin, la condesa respiró hondo y sus labios rojos esbozaron una sonrisa, aunque Normand sabía que era falsa por la rigidez de su mandíbula... y por el hecho de que su mirada seguía siendo dura, implacable y calculadora.

—Por más interesante que sea esta noticia, Normand, me cuesta mucho trabajo creer que la pequeña y adorable Olivia, si bien es muy hermosa, haya logrado atrapar el interés de Edmund. Si no lo consiguió antes de la boda, ¿por qué iba a hacerlo ahora? —Sacudió la cabeza como si quisiera convencerse a sí misma de lo absurda que era semejante posibilidad—. No, lo que usted... sugiere es imposible.

Normand enfrentó las yemas de los dedos de ambas manos y asintió con la cabeza.

—Me consta que tiene usted razón, madame *comtesse*.

—Por supuesto que tengo razón —replicó ella con una exasperación evidente bajo sus secos modales.

—Con todo... —continuó Normand—, pasaron la noche juntos en su casa.

Eso la enfureció; Normand pudo ver cómo se contenía a fuerza de autocontrol y cómo su rostro, perfectamente empolvado, se ruborizaba hasta las raíces de su brillante y trenzado cabello rubio. Aun así, no podía estar seguro de si ese súbito arranque de furia se debía a la delicada información que le había proporcionado o al hecho de que hubiera tenido la audacia de decirle algo así a sabiendas de lo que ella sentía por Edmund. De cualquier forma, la reacción de la dama lo complació en extremo, y eso era suficiente.

—No soy ninguna estúpida, Normand —le dijo ella a modo de advertencia, desafiándolo con la mirada.

Él se llevó la mano al pecho y compuso una falsa expresión de consternación.

—Jamás se me ocurriría pensar tal cosa. Solo he venido para contarle lo que sabía.

—Y es obvio que no es mucho.

Un comentario de lo más ridículo, ya que había ido a verla con lo que ambos sabían que eran noticias extraordinarias. Sin embargo, haciendo gala de su acostumbrada sagacidad, Normand se mordió la lengua y dejó pasar esa grosera observación.

La condesa cogió la jarra de porcelana para servirse una taza de café, que ya debía de estar frío. Normand vio cómo añadía dos cucharaditas de azúcar y habría podido jurar que le temblaban las manos. Ver a la condesa de Renier nerviosa era toda una novedad, y una experiencia de lo más satisfactoria.

—Bien, ¿y qué cree que debemos hacer al respecto? —preguntó la dama segundos más tarde.

Esa pregunta lo sorprendió. La condesa tenía por costumbre no solicitar jamás su opinión sobre cualquier cosa que no estuviera relacionada con una nueva fragancia para sus saquitos. Y no recordaba ninguna ocasión en la que le hubiera pedido consejo. En ese preciso instante, Normand fue consciente de lo alarmada que se sentía la dama.

Se inclinó hacia delante en el sillón y enlazó las manos antes de apoyar los codos en las rodillas.

—Yo diría, madame *comtesse*, que si él ha venido aquí sin que usted lo sepa es que oculta algo.

—Tonterías —espetó ella antes de dejar la taza y el platillo sobre la bandeja con tal descuido que se produjo un estrépito.

—De cualquier forma, él está aquí con su esposa, quien al parecer sigue creyendo que están casados de verdad, y usted no ha sido informada de ello. —Se calló de nuevo para estudiar su reacción con detenimiento—. Algo anda mal.

La condesa tragó saliva con fuerza y cogió de nuevo su taza, aunque no bebió.

—Sabemos que fue a buscarlo —continuó Normand en

voz más baja—. ¿No se le ocurrió pensar que podría buscarlo en Grasse?

—Por supuesto que sí —señaló la dama, que frunció el ceño al bajar la mirada para observar el contenido de la taza antes de deslizar el pulgar por el borde del platillo—. Pero jamás imaginé que Edmund respondería a su súbita e inesperada aparición siguiéndola de vuelta hasta aquí. ¿Por qué iba a hacer algo así?

Era el comentario más sincero y franco que había expresado delante de él. Era evidente que en su mente bullían muchas posibilidades y que ninguna de ellas era positiva; en caso contrario, habría mantenido la pose de sofisticado cinismo mucho mejor que en esos momentos.

—La verdad es que no lo sé —respondió él al tiempo que se frotaba las palmas—. Pero creo que deberíamos averiguar por qué no se ha puesto en contacto con usted. Podría haber una buena razón…

—Estoy segura de que la hay —interrumpió ella, que recuperó el aire distinguido de inmediato—. Pero no quiero que usted le diga nada. De momento.

—Desde luego —accedió Normand con una sonrisa—. Ni siquiera le hice saber que encontraba algo extraño en su regreso, y él no me dio razón alguna para cuestionar sus intenciones.

—Por supuesto que no. Es demasiado inteligente para eso —replicó la condesa al tiempo que depositaba la taza de café frío sobre la bandeja una vez más.

Normand se esforzó por no mostrar la intensa furia que lo había invadido de repente ante la calculada insinuación de la dama sobre su inteligencia… o más bien, sobre su intuición, que funcionaba tan bien como siempre. Y algún día, de algún modo, la utilizaría contra ella. Sin embargo, por desgracia, ese día no llegaría demasiado pronto.

—Creo que debería verlos juntos —señaló con un nudo en la garganta—. Ver qué dice Edmund cuando ella está a su lado y cómo reacciona Olivia ante él. De esa manera descubrirá más cosas que enviándole un mensaje para reunirse con él en privado.

La condesa respiró lo bastante hondo para alzar los hombros y llenar su busto; después sonrió de nuevo y recuperó su pose arrogante como si jamás hubiera albergado la menor duda con respecto a nada.

—Ya había pensado en eso, Normand —explicó mientras deslizaba la yema de los dedos por la cintura del vestido—. El sábado por la noche acudiré a la fiesta de compromiso de la *comtesse* Brillon. Olivia estará allí, y si su «marido» se encuentra en la ciudad, seguro que la acompaña.

Normand sabía que eso era cierto. La condesa de Brillon era una de las más ricas y devotas clientas de Nivan. Olivia recibiría una invitación y, puesto que había vuelto a la ciudad, asistiría sin lugar a dudas.

—Pero seguro que ella espera verla a usted allí, y lo mismo puede decirse de Edmund —sugirió con pies de plomo.

La dama sonrió de oreja a oreja.

—¿Qué podría hacer o decir Edmund delante de una multitud de personas? —Se encogió de hombros y sacudió la mano en un gesto que pretendía descartar sus preocupaciones—. No puede esconderse de mí para siempre. Y si no asistieran, yo tendría la seguridad de que algo anda mal. No puedo sacar conclusiones precipitadas acerca de este nuevo... giro de los acontecimientos basándome únicamente en su palabra y su buen juicio.

La mujer tenía razón, como de costumbre, y Normand sintió un nuevo ramalazo de furia. Zorra condescendiente...

La condesa se puso en pie de repente en una clara señal de despedida, y a Normand no le quedó más remedio que seguir su ejemplo; aunque, por extraño que pareciera, no pudo evitar fijarse en que su vestido verde lima parecía desentonar en extremo en una habitación llena de tonos rosas y rosas rojas. No habría sido capaz de crear una mezcla de esencias apropiada para ella en ese momento ni aunque su vida hubiera dependido de ello.

—Debería marcharme ya —dijo con una sonrisa educada.
—Desde luego, querido Normand.

Bajó la vista hasta el servicio de café y se frotó la mejilla con la palma de la mano, vacilante por primera vez esa tarde; con todo, al final decidió que esa mujer ya lo había enfurecido lo suficiente. Le daría un poco de su propia medicina.

—¿Sabe? —dijo en voz baja—, siempre existe la posibilidad de que Edmund haya conseguido el dinero de alguna forma y que crea que la Casa de Govance está al alcance de su mano.

Olvidó mencionar que su querido y adorado Edmund podría estar guardando el dinero, y los beneficios cosechados de la joven heredera a la que trataba de estafar esa vez, para sí mismo. Una deducción razonable si se tenía en cuenta que el hombre había regresado a París sin notificárselo a la condesa.

Sin embargo, no necesitaba mencionar ese aspecto. Volvió a observar el rostro de la dama y percibió en su mirada que estaba furiosa de nuevo... después de notar un breve titubeo. Una vez más, contuvo el regocijo del triunfo. Ella no había pensado en eso.

Sus adorables ojos azules se entrecerraron; las sospechas y la irritación que la embargaban se convirtieron de pronto en una fuerza casi palpable.

—Ya ha dicho suficiente por hoy, Normand —le advirtió la dama con suavidad, ya sin rastro de sonrisa alguna.

Él le dio la razón con un asentimiento de cabeza.

—Le pido disculpas. Mi única intención era informarle de mis pensamientos y...

—Así lo ha hecho. Se lo agradezco. Ahora estoy cansada y quiero tumbarme un rato.

¿Cansada? Al parecer, el paseo por el tocador había resultado agotador.

La condesa extendió la mano para que se la besara y Normand la complació depositando un breve beso sobre sus nudillos antes de volver a ponerse en pie con los brazos a los costados.

—Bien, pues si me entero de algo más...

—Vendrá a contármelo de inmediato, lo sé —terminó por él al tiempo que se recogía la falda para dirigirse con toda elegancia hacia la puerta de la sala de estar—. Gracias, Normand. René lo acompañará hasta la salida.

Normand se quedó donde estaba unos instantes más, escuchando los pasos femeninos que se alejaban y apretando los puños sin darse cuenta. Sin embargo, mientras caminaba hacia la puerta donde lo esperaba el obediente e inexpresivo mayordomo con su bombín en la mano, Normand rió por última vez para sus adentros. Por Dios, si ella hubiera sido un poco más amable, un poco más generosa en términos económicos, le habría contado todo. Tal y como estaban las cosas, habría renunciado a un año de salario para poder asistir a la fiesta de compromiso de la *comtesse* de Brillon el sábado siguiente, donde esa mujer altanera y calculadora que creía poder controlarlo todo se enfrentaría no con su queridísimo Edmund, sino con su hermano: el auténtico Samson Carlisle, duque de Durham. La última persona en la tierra a la que esperaría ver en Francia; la única persona a la que no querría volver a ver jamás.

Dejó atrás el sendero del jardín para adentrarse en el ajetreo de la calle y se detuvo cerca del carro de un vendedor de flores, donde cerró los ojos y respiró hondo para inhalar el fresco y dulce perfume. Luego, alzó el rostro hacia el sol.

A decir verdad, aquel era un día maravilloso.

9

Olivia adoraba casi cualquier tipo de fiesta. Por lo general, las galas proporcionaban un ambiente perfecto para ver y ser visto, en el que podía promocionar su negocio y las nuevas esencias de la temporada. La velada de esa noche, sin embargo, no se parecería en nada a ninguna de las anteriores. No solo porque tendría que actuar delante de diferentes conocidos, clientes y la élite de la sociedad, sino también porque su compañero de farsa era el hombre más exasperante que había conocido en su vida.

Los últimos días juntos habían sido de lo más interesantes. Habían conversado en varias ocasiones, casi siempre sobre temas triviales, aunque había logrado aclarar lo que más la había desconcertado de cuanto le había contado: tenía una hermana. O, para ser más precisa, Edmund y él tenían una hermana; una hermana cuya existencia su marido jamás había mencionado. Aunque llevaba días dándole vueltas, aún no entendía por qué lo había hecho. Se lo había comentado a Sam, y según él, Edmund se lo había ocultado porque no quería compartir su pasado con ella. Eso la había dejado muy frustrada, pero debía admitir que cuanto más conocía a Sam, más convencida estaba de que su esposo era un embustero y un embaucador que solo deseaba su dinero. Decir que se sentía humillada, engañada y, sí, también estúpida por haber caído en las redes de semejante estafador, habría sido quedarse muy corta. Desde el principio, desde el momento en que Edmund la abandonó, había albergado la esperanza de estar equivocada.

Aunque le había explicado que su hermana Elise, de veintisiete años, se había casado con un importante terrateniente y vivía en el campo dedicada a cuidar de sus cuatro hijos, Sam había eludido cualquier cuestión personal y no le había formulado ninguna pregunta mientras ella trabajaba en la tienda. Sin embargo, se negaba a apartarse de su lado y esa atención constante había empezado a agobiarla; no porque hiciera o dijera algo particularmente irritante, sino porque su mera presencia la distraía muchísimo.

El instinto le decía que seguía sin confiar en ella. Además, no le quitaba los ojos de encima, como si esperara que alguno de sus actos o palabras revelaran de forma inadvertida sus malas intenciones. Sin embargo, Olivia no le había dado motivos para sospechar de sus argumentos y tenía la impresión de que en los últimos días habían conseguido alcanzar cierto grado de compañerismo. Esa noche, no obstante, sería una prueba crucial. Muchos de los asistentes a la fiesta darían por hecho que él era Edmund, le harían preguntas y, tal vez, revelarían información importante sobre su hermano que ella desconocía. La interpretación que tendrían que llevar a cabo para descubrir el paradero de Edmund estaba a punto de comenzar. Al menos, eso esperaban.

Sam la seguía de cerca en esos momentos, mientras descendían las escalerillas del carruaje de alquiler y comenzaban a caminar en silencio hacia las enormes puertas principales de la fabulosa propiedad de la condesa Louise de Brillon, localizada a varios kilómetros al oeste de París. El nerviosismo que la embargaba se incrementaba con cada paso que daban por el sendero adoquinado que serpenteaba a través del césped recién cortado, los coloridos rosales y las buganvillas, que despedían un seductor aroma floral. El ambiente de la noche estaba cargado de expectación y calidez. Las estrellas del cielo apenas se distinguían sobre la brillante iluminación de la casa;

las risas, la música y el murmullo de las conversaciones aumentaban conforme se acercaban a las puertas.

Olivia se había ataviado con uno de sus mejores vestidos de noche, una costosa creación de satén bordado en tonos escarlata y oro. El traje llevaba unos aros enormes, un corpiño muy ajustado y un escote bajo y cuadrado que resaltaba el tamaño de su busto, aunque una delgada franja de encaje dorado transparente ocultaba la mayor parte del valle entre los senos. Los bordados de flores que adornaban el bajo del vestido y las mangas tres cuartos iban a juego con los detalles del abanico de marfil que llevaba. Para completar su apariencia, se había puesto un conjunto de colgante y pendientes largos de rubíes, y se había hecho un suave recogido de rizos en la coronilla.

Sam la había observado detenidamente para evaluar cada uno de los aspectos de su apariencia con calculada deliberación cuando por fin se había presentado ante él antes de salir. Olivia sabía que le había dado su aprobación, aunque no había dicho nada en particular acerca de la elección del vestido ni sobre su apariencia en general. Por su parte, él estaba magnífico con el atuendo formal de noche. Se había puesto un traje negro azabache de corte impecable que destacaba aún más gracias a la camisa blanca de seda con chorreras, al cuello y los puños blancos de la chaqueta y al chaleco cruzado que delineaba los músculos de su pecho. No recordaba haber visto a Edmund tan guapo jamás. No obstante, el corte de cabello de Sam le daba un aire distinguido; lo llevaba más corto que su marido y se lo había peinado hacia atrás, lejos del rostro, lo que proporcionaba una vista perfecta de sus rasgos cincelados, de sus oscuros ojos castaños y de su expresión perspicaz. Eso también la preocupaba un poco, ya que Edmund siempre parecía de buen humor, sobre todo en público. Para que su plan funcionara, sería necesario recordar a Sam que debía hacer lo mismo.

Había estado en casa de la condesa en varias ocasiones, la mayoría relacionadas con el suntuoso gusto en perfumes de la dama y su deseo de probar las últimas fragancias en la comodidad de su lujoso salón. Olivia siempre había complacido a la mujer, en parte porque le caía bien, pero también porque era una de las mejores clientas de Nivan y su influencia entre los aristócratas franceses despertaba un continuo interés por su establecimiento. Las adquisiciones de la condesa de Brillon rivalizaban con las de la emperatriz Eugenia. Era muy probable que esas dos mujeres compraran los más caros perfumes, saquitos, sales de baño y aceites en mayor cantidad que el resto de la clientela en su conjunto.

Esa noche, Olivia notó de inmediato que la condesa había embellecido el interior de su propiedad para la fiesta añadiendo adornos dorados y lazos verdeazulados alrededor de los arreglos florales y los manteles que encajaban a la perfección con el estilo neorrenacentista de los muebles y con las gruesas y coloridas alfombras orientales.

Muchos de los invitados se encontraban ya allí cuando Sam y ella se adentraron por fin en el gigantesco salón de baile. A través de una neblina de humo y risas, del olor de la comida y el intenso aroma de los perfumes, Olivia divisó a la condesa y a su prometido al pie de la escalera, saludando a la élite de la sociedad parisina a su llegada.

Sam la sujetó con suavidad por un codo para guiarla hacia la fila de entrada en un intento por apresurar las presentaciones antes de mezclarse con la multitud. Ella lo siguió sin rechistar, aunque comprendió en ese preciso momento que llevar a cabo esa farsa les resultaría mucho más difícil de lo que habían planeado. Durante los últimos días, le había proporcionado a Sam una breve descripción de las personas que estarían allí, de la apariencia y las excentricidades, tanto usuales como no, de aquellos con quien tendría que conversar. Aun así, el hombre distinguido e increíblemente apuesto, que en esos instantes permanecía tras ella con aire frío y decidido, no se comportaba en absoluto como su marido. Los invitados de esa noche lo tomarían por Edmund, pero cuanto más lo conocía Olivia, más fácil le resultaba advertir las diferencias entre ambos. Su apariencia era idéntica, pero eran casi opuestos en todos los demás aspectos. Sam tendría que demostrar una capacidad de interpretación notable a fin de no levantar sospechas y chismorreos. Olivia solo rezaba para que pudieran mezclarse con los demás sin despertar mucha atención o especulaciones.

Descubrió de inmediato que eso no iba a ocurrir. En el momento en que pisaron la alfombra roja de la escalera que conducían al salón de baile, colmado de conversaciones y de parejas que bailaban, la atmósfera pareció congelarse a su alrededor. Las cabezas se volvieron y comenzaron los susurros, que se escuchaban incluso por encima del vals de Chopin interpretado por el excelente sexteto de la orquesta. El ambiente se volvió súbitamente tenso a causa de la expectación.

—Se han fijado en nosotros —susurró Olivia apretando el abanico cerrado que llevaba a la cintura.

Sam sujetó su codo con firmeza mientras bajaba la vista hasta su rostro.

—Se han fijado en ti, y todos esos hombres que miran con la boca abierta se mueren de envidia al ver que te llevo del brazo. —Hizo una pausa antes de añadir en tono pensativo—: Ojalá mis amigos estuviesen aquí para presenciar este momento.

—¿Amigos?

Él estuvo a punto de soltar un resoplido, pero volvió a centrar su atención en la multitud mientras descendían los escalones.

—Sí, Olivia, por más escandaloso que sea mi pasado, sigo teniendo amigos.

Olivia parpadeó, un tanto sorprendida por la irritación que destilaba su tono y por la intrigante alusión a un escándalo que no le había mencionado. No obstante, podía referirse sin más a las vergonzosas temeridades de su hermano. De cualquier forma, lo más importante era que ella no había pretendido insultarlo y necesitaba que él lo supiera.

—Por supuesto que tienes amigos —se burló en voz baja

al tiempo que se inclinaba hacia él—. Yo conocí a uno de ellos, ¿recuerdas? Además, jamás habría pensado lo contrario.
—¿No? —inquirió él sin mirarla.
A Olivia le dio la impresión de que el duque estaba pensando en otra cosa cuando se detuvo dos escalones por encima del salón de baile para inspeccionar a los invitados de la condesa de Brillon. Ella, sin embargo, estaba más interesada en centrar la atención del hombre en ella y en la conversación que mantenían en esos momentos.
—¿Qué escándalo podría ser tan grande para hacerle perder a sus amigos?
Él volvió la cabeza de inmediato para mirarla y la estudió con el ceño fruncido.
Olivia aguardó sin quitarle la vista de encima, a sabiendas de que pronto tendrían que hablar con la condesa.
—¿Qué escándalo? —preguntó de nuevo segundos más tarde, con la esperanza de no haber parecido demasiado apremiante.
De repente, el duque bajó la mirada hasta sus pechos y la observó el tiempo suficiente para que ella empezara a sofocarse. Luego volvió a mirarla a los ojos.
—Esta noche estás muy hermosa, Livi —murmuró con una expresión más suave—. El escándalo es que mi hermano estafara a una dama tan extraordinaria en todos los aspectos. Edmund es un estúpido.
Olivia notó que se le ruborizaban las mejillas y que se le secaba la boca. El sofoco que había sentido instantes atrás se convirtió en un fuego que se extendió entre ellos y la dejó sin aliento antes de transformarse en un extraño nerviosismo, casi en anticipación. La había halagado y desconcertado a un tiempo, y en algún recóndito lugar de su mente surgió la idea de que no solo lo había hecho con toda deliberación, sino también con la mayor honestidad. Se dio cuenta en ese preciso momento de que jamás la había cortejado un hombre que le hiciera sentir lo que el duque de Durham conseguía con una simple mirada y un par de palabras. Tardó unos segundos

en controlar el deseo de inclinarse hacia él y besarlo allí mismo en el salón de baile, delante de todo el mundo. Una idea de lo más indecorosa, se mirara como se mirase.

La boca masculina se curvó una vez más en una sonrisa elocuente.

—También hueles muy bien.

Tras decir eso, se volvió para guiarla hacia la anfitriona.

Olivia se reprendió para sus adentros en un intento por recuperar la compostura con rapidez.

—Sinvergüenza —susurró después de acercarse a él.

Sam se echó a reír por lo bajo, pero no dijo nada más. Y un momento más tarde, como si fuera la cosa más natural del mundo, tiró de ella hacia delante y la presentó como su esposa a la condesa de Brillon, haciendo gala de la elegancia y la pericia de un actor consumado. Su interpretación de Edmund era más que perfecta. Era absolutamente brillante.

—¡Olivia, querida! —exclamó Louise Brillon, que extendió los brazos enguantados para abrazarla y darle un beso en cada mejilla antes de mirarla a los ojos—. Me alegro mucho de que hayas regresado. Y veo que has traído contigo a tu elegante marido. Una sorpresa maravillosa.

Sam tomó con delicadeza la mano extendida de la dama y se inclinó en una solemne reverencia mientras se la llevaba a los labios.

—Madame *comtesse,* esta noche está deslumbrante —dijo con una sonrisa arrebatadora—. Le doy mi más sincera enhorabuena por su inminente matrimonio. Debe de sentirse muy feliz.

Olivia observó cómo la condesa, ataviada con un hermoso vestido de satén azul marino, se hinchaba de orgullo y se aferraba al brazo de su prometido.

—Este hombre es una joya —replicó con calidez—. Permítame que le presente a monsieur Antonio Salana, mi futuro esposo.

Y de ese modo, Sam y ella conocieron al rico exportador italiano que estaba a punto de convertirse en el tercer marido de la condesa de Brillon, un hombre de alta alcurnia que le doblaba la edad y que sin duda poseía la riqueza que la dama exigía en un matrimonio.

—Por favor, diviértanse mucho esta noche —dijo el hombre en francés antes de poner su atención en el siguiente invitado de la cola.

—Ah, Olivia, tesoro —añadió la condesa cuando ambos dieron un paso hacia la pista de baile—, tu tía llegará de un momento a otro. Se quedó encantada al enterarse de que habías regresado a la ciudad con tu marido. —Apoyó una mano enguantada sobre un hombro de Olivia—. Y, por supuesto, todos sabemos que ella nunca se perdería una de mis fiestas.

Olivia gruñó para sus adentros. Detestaba a la hermana de su difunto padrastro, una mujer a la que le gustaba mucho beber y que codiciaba la fortuna de su herencia familiar. Sin embargo, era su obligación fingir todo lo contrario, y jamás mencionaría lo mucho que despreciaba a la dama delante de nadie.

—¡Espléndido! —replicó con alegría—. Estoy impaciente por verla, madame *comtesse*. —Alzó la vista hacia Sam, que la estaba mirando con un gesto interrogante—. ¿Vamos a por una copa de champán, querido?

Él asintió y esbozó una sonrisa llena de encanto, tal y como habría hecho Edmund.

—Desde luego. Y después, bailaremos.

Olivia apoyó la mano en su brazo y juntos se abrieron camino entre la multitud de invitados en dirección al muro este, donde las enormes ventanas ovaladas permanecían abiertas para que la brisa de la noche refrescara el abarrotado salón. Había criados ataviados con librea escarlata frente a ellas, sirviendo platos de entremeses y una inagotable oferta de champán. Sam la condujo hasta el rincón, cogió un par de copas altas de una bandeja plateada y le ofreció una de ellas.

Olivia dio un par de sorbos para calmar los nervios y saboreó la bebida, que estaba deliciosa. Él, en cambio, se limitó a sujetar la copa y a observarla con detenimiento, como si no hubiera nadie más en el salón de baile.

—¿Quién es tu tía? —preguntó después de un rato.

Temía que quisiera saberlo.

—La hermana de mi difunto padrastro. Una dama de lo más pesada a quien le gustan demasiado el vino y los caballeros. —Dejó escapar un suspiro—. Estoy segura de que la conocerás esta noche, y... —Lo miró de arriba abajo—... de que le caerás muy bien.

Sam enarcó las cejas con una sonrisa irónica.

—¿De veras? En ese caso será un placer conocerla.

—No, no lo será. Puedes creerme.

El hombre volvió a reírse por lo bajo, y Olivia descubrió que la fascinaba su risa.

—Entonces ¿por qué crees que le gustaré?

Ella cerró los ojos y se mordió los labios durante un instante. La estaba fastidiando a propósito, pero supuso que no podía ocultárselo. Lo descubriría tarde o temprano.

—Porque flirteó abiertamente con mi marido delante de todo el mundo, incluyéndome a mí —replicó después de tomar otro largo trago de champán.

Semejante declaración la dejó avergonzada, así que desvió la mirada hacia la pared norte de la estancia para contemplar sin interés alguno la hilera de espejos con marcos dorados que reflejaban el variopinto despliegue de colores y la luz de un millar de velas.

—Quiero bailar contigo —dijo Sam un instante después con un tono grave y casi afectuoso.

Aliviada por el cambio de tema, Olivia plantó una sonrisa en sus labios y respiró hondo antes de mirarlo de nuevo a los ojos.

—Sabes que eso me encantaría.

La intensidad de la mirada masculina atrapó la suya.

—A mí también, Livi.

Ella se estremeció por la forma en que había pronunciado su nombre y la extraña manera en que la miraba, como si compartieran un secreto íntimo que solo ellos conocían. Sin embargo, eso también le recordó cuál era la razón por la que habían acudido al baile esa noche.

Dio un paso hacia delante para acortar la distancia que los separaba con el abanico en una mano y la copa de champán en la otra. Él no se movió; no le quitó los ojos de encima.

—Tengo que contarte algo que probablemente debería haberte dicho antes —le dijo, alzando la voz para hacerse oír sobre los ruidos de la fiesta—. Por mucho que... me guste oírte llamarme Livi, Edmund se negaba a hacerlo, y todo el mundo lo sabe. —Se aclaró la garganta—. Me llamaste así delante de Normand el otro día, aunque dudo que él notara semejante detalle, ya que no se relacionaba mucho con mi esposo. Sin embargo, no deberías llamarme de esa forma cuando haya otras personas delante. Por si acaso.

Sam no reaccionó en forma alguna, lo que significaba que o bien no la había entendido o bien todavía intentaba hacerlo. Cada vez más incómoda, Olivia se removió con nerviosismo entre las ceñidas ballenas del corsé y después tomó otro sorbo de champán.

—Deberías habérmelo dicho antes —replicó él tras unos instantes.

Ella dejó escapar un breve suspiro.

—Lo sé... Lo que ocurre es que a mí... —Tragó saliva—. A mí...

—Te gusta que te llame así —terminó en su lugar, repitiendo lo que le había dicho antes.

Olivia sintió un desagradable calor y abrió el abanico por primera vez esa noche para agitarlo con suavidad delante de su rostro.

—Sí, lo admito. Así es como me llamaban mi madre, mi padre y mis amigos íntimos. A Edmund no le gustaba. Pero cuando te oigo decirlo... —Miró a su alrededor para comprobar si había alguien escuchando la conversación íntima que compartían y descubrió con alivio que los invitados se comportaban como si ellos no estuvieran allí—. No lo sé. No puedo explicarlo.

—Yo sí. Te resulta íntimo.

Olivia volvió a mirarlo a los ojos.

—No —explicó al tiempo que negaba con la cabeza—. Es solo más... informal, más familiar, y puesto que tú y yo somos... parientes, tiene mucho más sentido que me llames así.

Sam esbozó una sonrisa irónica.

—Pero también es más íntimo, y a mí me gusta. Por esa razón.

—Creo que me gustaría bailar ya —dijo Olivia, obligándose a sonreír con dulzura.

—De cualquier forma —continuó él, que pasó por alto el intento de cambiar de tema—, puesto que me lo has pedido amablemente, dejaré de llamarte Livi cuando haya otras personas delante. Del mismo modo, desde ahora en adelante nunca, jamás, volverás a llamarme «cuñado».

Eso la dejó desconcertada. Era su hermano político.

—¿De acuerdo? —insistió Sam.

Olivia se mordió el labio inferior durante un instante antes de acceder.

—De acuerdo.

—Y... —añadió él en voz más baja al tiempo que se acercaba a ella lo suficiente para que la falda del vestido rozara sus piernas—... cuando se dé una situación íntima en la que pueda llamarte Livi, tú me llamarás Sam. Nada de «cuñado», «milord» o «Excelencia», y jamás «Edmund». Solo Sam.

Olivia solo pudo mirarlo con la boca abierta.

—A menos —señaló él mientras se encogía de hombros y se echaba un poco hacia atrás— que prefieras dirigirte a mí con algún término cariñoso, en cuyo caso me sentiría de lo más... complacido.

¿Término cariñoso? ¿Complacido?

De pronto, Sam sonrió... esbozó una sonrisa arrebatadora que hizo que le temblaran las piernas.

—Bailemos, mi hermosa Olivia —dijo casi en un susurro.

Sin darle la más mínima oportunidad de protestar o decir nada, le quitó la copa de champán y la dejó junto a la suya, que ni siquiera había tocado, sobre una mesa que había a su derecha. A continuación le ofreció el brazo, y Olivia lo aceptó sin pensárselo dos veces.

La condujo hacia el centro de la pista de baile mientras ella plegaba el abanico. Instantes después se encontraba entre sus brazos y giraba al compás de un hermoso vals interpretado a la perfección.

Apenas era consciente de que había muchas personas observándolos, aunque supuso que debían de resultar una pareja bastante llamativa, en especial dada la estatura de su supuesto marido, a la cual, por suerte, podía ajustarse sin sentirse demasiado abrumada. Samson no apartaba la vista de ella mientras la guiaba al ritmo de la música. Era un bailarín maravilloso, y eso puso una vez más de manifiesto las diferencias entre ese hombre y su esposo. Edmund bailaba tan bien como cualquiera, pero Sam estaba concentrado, absorto en ella; su marido a menudo parecía pensar en otras cosas, como si hubiera preferido alternar con otras personas. Cuanto más conocía a ese hombre, más le preocupaba la relación que había mantenido con Edmund.

—Háblame de tu familia —le susurró Sam al oído.

Ella se echó un poco hacia atrás, sorprendida.

—¿De mi familia?

El hombre esbozó una sonrisa pícara.

—Digamos que estoy mucho más interesado en tu pasado que en los efluvios del perfume de la temporada.

Olivia sonrió.

—No son efluvios, querido, sino esencias.

—Ah. Sí, desde luego.

La hizo girar al compás de la música, aunque Olivia se dio cuenta de que cada vez se acercaban más a las puertas de la terraza, algo que la alegró sobremanera. Necesitaba con desesperación un poco de brisa fresca.

—Bueno, ya que hablamos del tema, ¿qué perfume llevas esta noche? —preguntó él momentos después.

Olivia sabía que le importaba un comino, pero se sintió agradecida por el cambio de tema y satisfizo su curiosidad.

—Llevo una base especiada de vainilla con un ligero toque cítrico para darle color.

—Mmm... Suena delicioso.

Ella se echó a reír y echó la cabeza hacia atrás, lo que la hizo quedar un poco más cerca de él: sus pechos se aplastaron contra su torso y los aros empujaron el vestido hacia atrás. Era indecente estar tan cerca, pero se negaba a apartarse de su poderoso abrazo. No tenía ninguna gana de moverse.

—Dime, Olivia, ¿te... bañas también con esas fragancias? —preguntó él con voz ronca.

Parpadeó con rapidez, escandalizada por el hecho de que él imaginara esas cosas, y lo golpeó levemente en el hombro con el abanico.

—Eso, querido «esposo», no es asunto tuyo —replicó con timidez. Estaba disfrutando muchísimo de su compañía y no podía borrar la sonrisa de sus labios—. Y me niego a permitir que me mordisquees el cuello para comprobarlo.

Tardó un momento en darse cuenta de lo que había dicho, y cuando lo hizo, fue como una bofetada en pleno rostro. Se quedó rígida y abrió los ojos de par en par en un gesto preocupado. Había ido demasiado lejos.

—Siento mucho...

—Limítate a bailar conmigo, Olivia —la interrumpió él con un tono pensativo, casi distante.

Sam había dejado de sonreír, pero no se había apartado de ella. A decir verdad, la sujetó con más fuerza mientras recorría con la mirada su rostro, su cabello, sus hombros y sus labios antes de volver a sus ojos. Parecía increíblemente poderoso, con músculos grandes y sólidos, mucho más fuertes de lo que ella había imaginado. Sus marcados rasgos faciales tenían un toque tosco, aunque en extremo atractivo. Irresistibles. Olivia se quedó sin aliento.

Sus movimientos se hicieron más lentos y se detuvieron al fin cuando el vals acabó minutos después, pero Olivia no pudo apartarse de él. Todavía no. Tomó aire para calmar los acelerados latidos de su corazón, pero siguió aferrada a él. Notaba el brazo que le rodeaba la cintura y la fuerte palma que apretaba su mano contra el pecho masculino. Descubrió que se había puesto el perfume que había creado para él y que le sentaba a las mil maravillas.

—¿Quieres que tomemos un poco de aire fresco? —preguntó él, interrumpiendo sus pensamientos con una delicada muestra de realidad.

Olivia se apartó al instante con las mejillas sonrosadas, el cuerpo acalorado y los sentidos agudizados hasta un punto que no lograba comprender. Cuando Sam le soltó la mano, parpadeó con rapidez, bajó la vista hacia el vestido y se alisó la falda, aunque más por librarse de ese instante de incomodidad que por cualquier otro motivo.

Entonces, como si las luces se hubieran apagado durante horas y brillaran en ese momento más que nunca, se dio cuenta de que estaban en la pista, rodeados de invitados que trataban de bailar a su alrededor.

—¿Damos un paseo, cariño? —inquirió a su vez, con la cabeza hecha un lío.

Con todo, enderezó los hombros para recuperar la compostura que no había llegado a perder del todo y estrujó el abanico contra el corpiño con ambas manos.

Habría jurado que Sam parecía a punto de partirse de risa. Lo veía en sus ojos.

—¿Vamos a la terraza, lady Olivia? —preguntó él con un consumado encanto.

Olivia esbozó una sonrisa tensa mientras se aclaraba las ideas.

—Desde luego. —Hizo una pausa antes de añadir en voz más baja—: A mi tía le encanta llamar la atención a su llegada, así que imagino que no tardará en aparecer... y preferiría demorar el momento de los saludos tanto como me sea posible.

Era una excusa de lo más pobre, pero él pareció aceptarla. Sam esbozó una sonrisa atractiva y llena de buen humor.

—¿Temes que no esté a la altura de lo que se espera de un marido?

Ella le tomó del brazo y se volvió hacia las puertas de la terraza.

—Me niego a responder a eso.

Sam soltó una carcajada mientras la acompañaba al exterior.

10

Sam no tenía ni idea de qué demonios le pasaba, aunque esperaba que el aire fresco de la calle le despejara la cabeza lo bastante para aclarárselo. Después de una semana en la que lo único que le había salvado del aburrimiento habían sido la vibrante personalidad de Olivia y su deseo de explicarle las operaciones rutinarias de Nivan (que no le interesaban ni lo más mínimo), estaba impaciente porque llegara esa noche y poder empezar a hacer algo de verdad, o al menos descubrir cualquier cosa que pudiera conducirlo hasta Edmund. Debería haber hablado con las personas que conocían a su hermano como el marido de la propietaria de Nivan, tanto social como profesionalmente, y evaluar sus reacciones y sus respuestas a la espera de cualquier tipo de desliz. Y no haberse dedicado a bailar. Detestaba bailar, y eso hacía que su deseo de compartir un vals con ella le resultara aún más sospechoso. En lugar de actuar de manera racional y aprovechar esa noche como era debido, hasta el momento se había comportado como un colegial caprichoso. Y habida cuenta de que tenía casi treinta y cinco años y de su vasta experiencia con las mujeres, eso era totalmente inaceptable. En ese momento tendría que estar dentro, charlando y relacionándose con los demás; puede que incluso debiera alejarse de Olivia durante buena parte de la noche para averiguar lo que pudiera sin interferencias, por más inocentes que fueran.

Sin embargo, debía admitir que la mujer de su hermano lo había dejado mudo de asombro en varias ocasiones durante las últimas horas. En primer lugar, cuando se plantó delante de él en su casa como la elegancia personificada y lo deslumbró con tan extraordinaria combinación de belleza y aplomo; después, cuando se había reído de algo que había dicho, como si disfrutara de veras de su compañía; y por último cuando había mencionado la idea de mordisquearle el cuello, provocándole una incontenible tormenta de emociones. Le había costado un esfuerzo enorme sacarse de la cabeza la imagen de Olivia acercándose a él, todavía mojada tras el baño perfumado, e invitándolo a saborear todas y cada una de las deliciosas curvas de ese cuerpo cálido y suave.

Con todo, lo que más lo había desconcertado había sido su forma de aferrarse a él mientras bailaban, lo bien que encajaba entre sus brazos y la mirada cargada de confusión y deseo que le había dirigido sin darse cuenta siquiera, o eso prefería pensar él. No lograba acostumbrarse a esa mujer inocente y seductora a un tiempo, sobre todo porque jamás había conocido a ninguna que no quisiera algo de él. Era posible que Olivia deseara, o más bien necesitara, su ayuda para encontrar a Edmund y salvar su negocio, pero estaba claro que la dama quería mantener una relación inocente y fraternal. No era de extrañar que se sintiera confusa.

La cálida brisa nocturna le acarició la piel y lo ayudó a relajarse, a asimilar esas nuevas apreciaciones, a volver a la realidad. En esos instantes ella caminaba en silencio a su lado, aunque se había detenido en un par de ocasiones para hablar con unas parejas conocidas que salían del salón. Sam había seguido su ejemplo y se había comportado tal y como lo habría hecho Edmund, y debía admitir que Olivia lo había ayudado bastante al decirle: «Recuerdas a monsieur Levesque, ¿verdad, querido?» o «Creo que cenamos en casa de madame Valois en septiembre, ¿no es así?», a lo que él había respondido con el falso encanto de Edmund: «Desde luego, madame Valois, y está tan adorable como siempre». Sí, no era un mal actor.

Solo habría deseado no tener que fingir que era el hermano que había arruinado su reputación y le había robado a su amante tantos años atrás. Además, en esos momentos tenía a Olivia colgada del brazo; a la esposa de Edmund, o eso creía ella. Por Dios, qué iba a hacer con ella...

—¿En qué estás pensando?

Le había hecho la pregunta en voz baja, pero la voz femenina penetró en sus reflexiones cuando ella se detuvo al borde de la terraza para mirarlo a la cara y se apartó un mechón de la frente con los dedos.

Sam se inclinó sobre la barandilla de hierro y apoyó los codos encima antes de enlazar las manos por delante y volver la cabeza para mirarla.

—Creo que soy un actor magnífico. Debería trabajar en el teatro.

Ella rió por lo bajo y se volvió un poco para contemplar también la colina llena de hierba y flores que se extendía hacia el este durante kilómetros, como si quisiera alcanzar la luna que comenzaba a alzarse en el cielo.

—De alguna extraña manera perversa resulta divertido, ¿verdad? Me refiero a lo de fingir que estamos casados para encontrar a tu hermano y recuperar mi herencia. —Respiró hondo y bajó la vista hasta la fuente iluminada por la luz de las antorchas que gorgoteaba justo por debajo de la terraza—. Es probable que debamos alternar más con la gente si queremos descubrir algo esta noche.

Sam pensó que ya habían descubierto muchas cosas, aunque ninguna de ellas relacionada con Edmund.

—Creo que estoy preparado para el desafío —aseguró al tiempo que se frotaba las palmas de las manos.

—¿De veras? —inquirió ella, aunque era más bien una pregunta retórica pronunciada con cierto toque de humor—. Aun así —prosiguió con tono amable—, me parece que no deberías abandonar Durham para vivir con una compañía itinerante de actores.

Sam se dio una palmada en el pecho con fingido desaliento.

—Eso ha dolido, señora mía. ¿Crees que no tengo el talento necesario?

—¡No, por Dios!, te sobra talento. —Lo miró de reojo con una sonrisa traviesa—. Lo que quiero decir es que está claro que tu... mayor destreza reside en otras cosas.

—Sí, eso es cierto —convino él, observándola con detenimiento.

Después de una breve pausa, Olivia se relajó y apartó la mirada, con lo que su rostro quedó medio oculto por las sombras.

—Creo que tu mayor destreza consiste en provocar a damas desprevenidas.

Tamaña agudeza lo intrigó tanto como lo sorprendió.

—Debo decirte, Olivia Shea, anteriormente Elmsboro, que jamás, en toda mi vida, he sido acusado de provocar a una mujer con zalamerías. Me han acusado de ser demasiado serio con ellas o de ignorarlas por completo. Pero jamás de provocador. —Se acercó muy despacio a ella, hasta que notó la falda del vestido contra las espinillas—. Así que supongo que a ese respecto eres la primera.

—¿La primera? —Olivia sonrió, pero se negó a mirarlo—. Lo dudo bastante, Sam. Estoy segura de que atraes a muchas mujeres, sin importar lo que digas o hagas. Tienes una personalidad demasiado carismática. Es en esa provocación donde reside tu mayor encanto.

Sam no lograba recordar una ocasión en la que un cumplido lo hubiese halagado tanto como ese, y ella lo había dicho como si no fuera más que una idea que se le había pasado por la cabeza.

—Edmund y yo no nos parecemos en nada —murmuró; sentía la imperiosa necesidad de enfatizar lo que ambos sabían con absoluta certeza.

Ella asintió y volvió la cabeza para mirarlo de nuevo con expresión pensativa.

—Sí, pero Edmund es como la mayoría de los caballeros: ostentosamente encantador cuando espera conseguir algún tipo de favor; jovial aun cuando no se siente de humor para serlo; y también halagador, pero no porque desee compartir su apreciación por algo, sino porque quiere algo a cambio. Lo triste es que todo eso es falso y egoísta. —Deslizó el dedo índice a lo largo de la barandilla—. Lo que más admiro de ti, Sam, es que eres honesto. Puede que seas serio hasta límites insospechables, pero eso en sí mismo resulta encantador, porque es genuino. Si hay damas que no lo entienden, que no perciben ese encanto especial que posees, ellas se lo pierden.

Su voz había tomado un cariz reflexivo, pero a Sam no le cabía duda de que ella hablaba en serio. No supo qué decir. A decir verdad, encontraba sus ideas de lo más halagüeñas. Ninguna otra mujer había conseguido jamás que se sintiera apreciado por lo que era.

Olivia permaneció callada durante un buen rato y él permaneció a su lado, compartiendo ese agradable silencio. La música del salón de baile llegaba hasta ellos desde las muchas ventanas abiertas y, de vez en cuando, se escuchaba una conversación animada o alguna carcajada a lo lejos. Sin embargo, ellos dos estaban prácticamente a solas, algo que él había previsto cuando eligió ese punto de la terraza, tan alejado de las puertas como permitía el decoro.

—Has preguntado por mi familia —dijo ella a la postre.
—Sí —replicó él.
Por extraño que pareciera, estaba disfrutando de la intimidad y de la disposición de Olivia a revelarle ciertas cosas.
—Bueno, veamos… —comenzó—. Soy hija única. Conocí a mi madre mucho mejor que a mi padre, aunque por aquel entonces no era más que una niña y supongo que él pensaría que no teníamos muchas cosas de las que hablar.

Sam no se sentía sorprendido en absoluto, pero decidió no mencionarlo. Permaneció en silencio para permitir que continuara a su propio ritmo.

Olivia giró el abanico entre las manos sin dejar de mirarlo y esbozó una pequeña sonrisa mientras recordaba.

—Cuando mi padre murió, hace siete años, mi madre

(francesa de nacimiento y con una enorme familia en este país) decidió que quería regresar a Francia. Casi de inmediato estábamos a bordo del barco que nos llevaba de vuelta a París. Poco después de nuestro regreso, conoció a monsieur Jean François Nivan.

—El propietario de la tienda.

Olivia asintió con la cabeza.

—Sí, el establecimiento había pertenecido a su familia durante tres generaciones. Era un buen hombre, un buen padrastro y un buen comerciante, y supongo que a mi madre le gustaba de verdad, aunque él casi le doblaba la edad y no gozaba de buena salud. Con todo, su matrimonio nos proporcionó estabilidad económica. A su muerte, mi madre se convirtió en la propietaria de Nivan, pero aunque a ella le gustaba el ambiente social que le proporcionaba la tienda, carecía de instinto para los negocios. Cuando murió hace un par de años, yo tomé el control del establecimiento, logré que volviera a ser rentable y popularizar su nombre en toda Francia. Esa es precisamente la razón por la que Eugenia compra solo nuestros productos, aunque creo que eso puede cambiar gracias a tu hermano.

—¿Cómo murió tu madre? —preguntó Sam un momento después.

Olivia suspiró con suavidad.

—A causa de una gripe muy fuerte. Al menos, eso fue lo que dijo su médico.

—Y te dejó sola.

Ella inclinó la cabeza hacia un lado.

—No exactamente. Tengo familia aquí, aunque está diseminada por todo el país. —Frunció el ceño antes de añadir—: Mis parientes más cercanos son mi tía y los muchos primos de monsieur Nivan que viven y trabajan en Grasse, el lugar que se ha convertido en el centro mundial de la industria del perfume en los últimos años. Los veo de vez en cuando, ya que viajo hasta allí al menos dos veces al año para mantenerme al tanto de cuáles son las últimas esencias y las novedades dentro del negocio. —Bajó la voz hasta convertirla casi en un susurro—. Estaba utilizando parte del dinero de la herencia en crearnos un nombre, pero Edmund me arrebató esa posibilidad. Si te soy del todo sincera, Sam, cuanto más te conozco y comprendo las malignas y siniestras intenciones que tenía mi esposo para conmigo desde un principio, más difícil me resulta no odiarlo.

Al ver lo mucho que la habían herido los actos de cobardía de su hermano, Sam notó que el resentimiento que sentía hacia Edmund cobraba vida de nuevo. Cuanto más conocía a Olivia, más convencido estaba de que ella era inocente en todo aquello. La precaución lógica que guardaba con ella comenzaba a disiparse, que Dios lo ayudara.

—Supongo que también sentirás curiosidad por saber por qué permanezco al cargo del negocio, ¿verdad?

Sam no estaba pensando en eso en esos momentos, pero pasó por alto ese hecho.

—No es usual que una dama de tu riqueza y tu posición social sea... trabajadora, por decirlo de alguna manera.

Ella volvió a sonreír.

—El hermano de mi padrastro, Robert, era el beneficiario, y hasta el momento sigue siendo el dueño, aunque también vive en Grasse. Confía plenamente en mis capacidades y, puesto que adoro mi trabajo, me dedico en cuerpo y alma a mantener a Nivan entre las casas de perfume más importantes de toda Francia.

—Y esa reputación está en peligro a causa de tu matrimonio con Edmund —intervino Sam con voz suave.

Ella respiró hondo y alzó el rostro hacia el cielo mientras cerraba los ojos.

—Edmund jamás comprendió mi dedicación. Para él, Nivan no era más que un establecimiento que vende perfumes a damas consentidas. Pero pensaba eso porque nunca se molestó en tratar de entender el funcionamiento del mercado y porque, a buen seguro, jamás me entendió a mí. —Abrió los ojos una vez más y se volvió un poco para observarlo—. Nivan ha sido la única y verdadera alegría de mi vida. Mi mayor logro personal ha sido conocer todos y cada uno de los detalles de mi negocio, hasta las más pequeñas excentricidades de las clientas habituales, y utilizar esos conocimientos para dirigir la tienda con maestría. Nivan y yo somos famosos en todo el país por ser los mejores en lo que hacemos y en cómo lo hacemos. Ninguno de los éxitos que haya podido lograr en mi vida puede compararse con ese. Y mucho menos mi matrimonio, aunque debo confesar que en cierto momento albergaba esperanzas de lo contrario.

Sam se quedó callado; la admiraba por semejante capacidad de compromiso, aunque lo invadió una desagradable frustración al darse cuenta de que él nunca había dedicado tanto empeño a nada que no fuera dirigir su propiedad como era debido. Por primera vez desde que se conocieron, comprendió que tenía delante a una mujer extraordinaria. Jamás había conocido a nadie como ella. Edmund no solo había sido un imbécil por rechazar el regalo que le había tocado en suerte; también se había mostrado de lo más despiadado al robarle esa inocencia que, junto con su astuta personalidad, hacía de ella una mujer única.

—¿Olivia? —murmuró con tono ronco y suave.

Ella se irguió con decisión y enderezó los hombros al tiempo que aferraba el abanico.

—Siento haberme extendido tanto. ¿Quieres regresar al salón ya?

Sam sacudió la cabeza muy despacio antes de alargar el brazo y sujetarle la barbilla entre el índice y el pulgar.

Ella se puso tensa y abrió los ojos tanto que podía verse la luna reflejada en sus oscuras profundidades.

—Deberíamos hablar con los demás. No… no descubriremos mucho aquí solos.

Se quedó sin voz, y Sam habría jurado que temblaba un poco. Lo maravilló descubrir que, si bien parecía saber lo que iba a ocurrir y percibir el deseo que lo invadía, Olivia no hacía intento alguno por alejarse de él.

—Creo que estamos descubriendo muchas cosas —susurró con voz ronca.

Después, bajó la cabeza con agonizante lentitud y cubrió su boca con los labios.

Sam no sabía muy bien qué reacción debía esperar de ella, pero ambos comprendieron de inmediato que ese beso era muy diferente del primero que habían compartido en Inglaterra. En lugar de mostrarse sorprendida o tratar de liberarse, Olivia permaneció muy, muy quieta y dejó que él explorara sus labios con suavidad. Y Sam se tomó su tiempo, a sabiendas de que tendría que instigar su respuesta, de que tendría que esperar para abrazarla hasta que ella se diera cuenta de lo mucho que deseaba hacerlo.

Pasaron horas, o eso le pareció, hasta que Olivia comenzó a responder a la urgencia del beso. Cuando por fin empezó a sucumbir, Sam bajó poco a poco el brazo y le rodeó la espalda antes de extender la palma sobre su columna para estrecharla contra sí. Ella se apoyó contra su cuerpo y se entregó a las sensaciones mientras inclinaba la cabeza a un lado para devolverle el beso.

Y besaba como los ángeles. O quizá eso imaginaba él, ya que hacía una eternidad que no lo besaba una mujer que lo deseara tanto como él a ella. Podía escuchar los latidos de su propio corazón en las sienes y sentir lo rápido que le corría la sangre por las venas. También percibió la inseguridad que invadía a Olivia, incluso cuando dejó caer el abanico al suelo sin darse cuenta y alzó los brazos para rodearle el cuello.

Cada vez más confiado, apoyó la mano libre en su cintura. Olivia suspiró y enredó los dedos en su cabello para acariciarlo con suavidad. Sam sentía sus pechos aplastados contra el torso, y esa plenitud incrementaba su deseo de acariciarla, de hacerle saber el efecto que tenía en él, de mostrarle hasta dónde llegaba su necesidad. Le recorrió el labio superior con la lengua antes de volver a apretar su boca contra la de ella para exigirle más, para tentarla y saborearla.

Olivia dejó escapar un pequeño gemido y se dejó llevar, se

entregó al momento mientras le acariciaba la cara con la palma de la mano y le recorría la mejilla con el pulgar. Sam siguió su ejemplo y la estrechó con fuerza antes de alzar una mano hasta su cabeza para enredar los dedos en la suavidad de su cabello; después, acercó la otra mano a la delicada curva de su pecho. No podía, no debía acariciarla allí todavía. Aún no. No hasta que ella dejara claro que lo necesitaba.

La respiración de Olivia se volvió tan rápida como la suya, acelerada por la creciente pasión que los embargaba, y Sam se permitió por fin separarse un poco para recorrer con los labios la suave piel de su barbilla, de su garganta y de la línea de la mandíbula. Ella jadeó entre sus brazos y le sujetó la cabeza al tiempo que alzaba el rostro hacia el cielo para proporcionarle un mejor acceso.

Su impaciencia quedó clara. De forma impulsiva, Sam elevó la mano para cubrirle el pecho por encima del vestido y notó el encaje dorado bajó la palma.

Olivia volvió a gemir, pero esa vez con un incuestionable deseo de que la tocaran, así que Sam buscó sus labios una vez más mientras introducía los dedos por debajo de la franja de encaje para cubrir la parte superior del suave montículo de carne. Ella ni siquiera pareció notarlo. Se aferraba a él, saboreándolo, y Sam la estrechó contra su torso. Sentía los músculos tensos y sabía que perdía el control, tanto de su cuerpo como de su mente, con cada segundo que pasaba.

Y entonces, antes de que pudiera comprender lo que ocurría, Olivia se apartó un poco y retiró el brazo de su cuello para sujetar la mano que le cubría el pecho.

Sam se vio obligado a echar mano de su fuerza de voluntad para apartar los dedos de esa suavidad prohibida; le daba vueltas la cabeza, le ardía la piel y su corazón martilleaba desaforado en el pecho. Tardó lo que le parecieron horas en darse cuenta de que ella había retrocedido un paso y que sujetaba su mano entre las suyas mientras le daba pequeños besos en los nudillos y recorría la yema de sus dedos con la mejilla y los labios.

Por fin, abrió los ojos para contemplarla y supo de inmediato que aquel sería un momento crucial en su vida. Ninguna mujer lo había tratado jamás con tanta ternura en mitad de un arrebato de deseo. Decir que se sentía desconcertado habría sido un eufemismo. Olivia temblaba, respiraba con tanta dificultad como él, y sin embargo lo acariciaba como si fuese algo hermoso y delicado, casi apreciado.

Muy despacio, mientras recuperaba el juicio, Sam cobró conciencia de dónde estaban, de la música y el alborozo que los rodeaban, del aroma de la cálida brisa nocturna mezclado con la tentadora fragancia de la piel femenina, que aún invadía sus sentidos.

Olivia seguía con los ojos cerrados, pero Sam casi podía percibir la intensidad del deseo que emanaba de ella. Con un rápido movimiento, extendió los brazos para sujetarla por los hombros y arrastrarla contra su cuerpo. La joven guardó silencio cuando la rodeó con un brazo para estrecharla y utilizó la otra mano para colocarle la cabeza bajo su cuello, a fin de que la mejilla descansara sobre su pecho.

Por Dios, debía de pasarle algo malo. Jamás se había mostrado tan protector con una mujer con la que solo había compartido un beso apasionado; jamás había sentido una necesidad tan acuciante de experimentar un placer que no le pertenecía. Esa mujer lo confundía y lo asombraba a un tiempo; se había entregado a él, pero no en un arrebato de lujuria, sino como una persona desesperada por sentir la pasión, por sentirse deseada. Todavía podía saborear la dulzura de los labios femeninos en los suyos; todavía le daba vueltas la cabeza al pensar en su piel, en su perfume, en esa atracción mutua que invadía la atmósfera que los rodeaba.

La abrazó hasta que notó que su respiración se normalizaba y dejaba de temblar, pero no pudo dejar de preguntarse con cierto fastidio y una pizca de desesperación qué habría ocurrido si hubieran estado lejos de allí.

—Creo que me ocurre algo extraño —dijo Olivia.

Ese comentario pronunciado con voz ronca mostraba una preocupación tan semejante a la suya que le llegó al alma.

—No te ocurre nada extraño, Livi —le aseguró en voz baja, sonriendo para sus adentros.

Olivia permaneció inmóvil unos segundos más, contemplando la noche a la luz de la luna. Él se inclinó hacia delante para darle un beso en la coronilla e inhalar ese perfume especiado de vainilla que siempre asociaría con ella y con su incomparable belleza. Al final, muy despacio, ella apoyó las palmas en su pecho y se apartó de él.

Sam permaneció erguido, con las manos a los costados, aunque no le quitó la vista de encima. Sin embargo, ella no se atrevía a mirarlo, de modo que le concedió unos momentos para que recuperara la compostura.

—Esto... esto no está bien —susurró Olivia. Tomó una profunda bocanada de aire antes de intentarlo de nuevo—. No ha estado bien, ha sido...

—Perfecto —terminó Sam.

Ella sacudió la cabeza y se cubrió la boca con los dedos.

—Estoy casada, Sam.

Él tragó saliva, enfurecido por la vergüenza que denotaba ese desesperado intento de convencerlo de algo que lo carcomía por dentro.

—Lo que tuviste con mi hermano jamás fue un matrimonio —le aseguró después de una larga pausa al tiempo que se metía las manos en los bolsillos del traje.

—Eso es irrelevante.

No tienes ni idea de lo que dices, pensó Sam para sus adentros.

—Tenemos trabajo que hacer, Olivia —dijo con una determinación que lo sorprendió incluso a él—. Hasta que encontremos a Edmund, nos tomaremos cada día como venga.

Por primera vez desde que se besaran, ella levantó los párpados y lo miró a la cara. Sam sintió que se le retorcían las entrañas al ver las lágrimas que trataba de ocultar con todas sus fuerzas. Por mucho que deseara abrazarla en esos momentos, por mucho que anhelara estrecharla entre sus brazos de nuevo y protegerla del dolor y la consternación que tanto él como su hermano le habían causado, no se atrevía a hacerlo. Esa atracción explosiva y poco convencional que sentían provocaba en ella emociones de lo más volátiles… y también en él.

—Todo saldrá bien —dijo en un intento por tranquilizarla al tiempo que le acariciaba la línea del nacimiento del pelo con la yema de los dedos—. Las cosas volverán a su lugar.

Ella se limitó a observarlo durante un buen rato con los ojos abiertos de par en par, preocupada. Después, irguió los hombros con decisión.

—Siento que haya ocurrido esto.

Sam esbozó una sonrisa irónica.

—No lo sientes, y yo tampoco. Ambos sabíamos que ocurriría tarde o temprano.

—No sucederá de nuevo.

Le entraron ganas de soltar una carcajada al escucharla.

—Como vos deseéis, milady —replicó en cambio.

Olivia lo miró de reojo.

—Aunque debo confesar que me ha gustado…

Sam no pudo creer que admitiera algo así. Y eso dio al traste con su esfuerzo por controlar la excitación que lo embargaba.

—A mí también. —Tanto su expresión como su voz se volvieron más serias—. Creo que nunca había disfrutado tanto de un beso. Y lo digo en serio, Livi.

Ella aspiró con fuerza.

—¿Por qué? —susurró con voz trémula.

No había esperado que le preguntara eso, y lo cierto era que no estaba preparado para responder. Con todo, la verdad salió a la luz por sus propios medios.

—Nunca he conocido a una mujer como tú. Eres única en todo lo que haces y lo que dices, y también cuando besas.

—Yo puedo decir exactamente lo mismo de ti, Sam —replicó en un murmullo, mirándolo con el asomo de una sonrisa en los labios—. Jamás he conocido a un hombre como tú.

—¿Ni siquiera Edmund? —preguntó sin poder evitarlo.

Olivia respondió con absoluta certeza.

—Edmund menos que nadie.

Lo inundó una arrolladora marea de sensaciones. Nadie lo había considerado diferente a su hermano. El hecho de que Olivia fuera la primera en hacerlo debía de ser la mayor ironía del mundo.

—Deberíamos regresar a la fiesta —dijo ella tras un largo suspiro.

—La fiesta puede irse al infierno.

Ella sonrió, y su sonrisa fue ensanchándose con cada instante que pasaba.

—Vaya, aquí estáis. ¿Cómo demonios habéis conseguido llegar hasta este lugar?

Olivia se apresuró a apartarse de él y se volvió hacia la oscura silueta de una mujer que los observaba desde la distancia. Pero a Sam fue esa voz lo que más lo desconcertó.

La voz de ella.

Notó cómo su sangre se convertía en un río helado que inundaba todo su cuerpo y lo dejaba petrificado. Lo envolvió una peculiar sensación de irrealidad que le provocó un sudor frío y su corazón comenzó a latir con fuerza dentro del pecho.

—Parece… que has dejado caer el abanico, querida.

Olivia se recuperó con rapidez.

—Vaya, es cierto. —Se agachó para recuperarlo—. Mi esposo y yo estábamos hablando, tía Claudette.

—Claro, claro… ¿Qué otra cosa podríais hacer aquí fuera? —replicó la otra mujer.

Fue entonces cuando se acercó a ellos, y la imagen que Sam había intentado desterrar de sus pensamientos, de sus recuerdos, de su pasado, regresó con fuerza para abofetearlo en pleno rostro.

Santa madre de Dios…

—Hace una noche preciosa, tía, y Edmund y yo…

—Estabais charlando a la luz de la luna. Sí, ya me lo has dicho. Qué enternecedor.

Sam no podía moverse. Se había quedado petrificado, reviviendo una pesadilla que acababa de empezar una vez más.

Claudette... Por el amor de Dios, Edmund, ¿qué es lo que has hecho?, se preguntó.

Olivia se acercó a ella, apoyó las manos en sus hombros y le dio un beso en cada mejilla.

—Me alegro mucho de verte —dijo con tono alegre—. Edmund, la condesa de Renier ha llegado.

Había mencionado el título de su tía en su beneficio, lo que le dio a entender que Olivia no tenía ni la menor idea de hasta dónde llegaba el engaño de su hermano.

Claudette volvió la cabeza en su dirección y Sam pudo sentir la intensa mirada de la mujer y la multitud de emociones que emanaba de ella, ninguna de ellas agradable.

Santa madre de Dios...

—Veo que has encontrado a tu marido —bromeó Claudette al tiempo que avanzaba para que la luna iluminara finalmente los rasgos de su rostro. Un instante más tarde, le cubrió las mejillas con las manos y le dio un rápido beso en la boca—. Edmund, querido, me alegro mucho de que hayas regresado a casa. Olivia te ha echado muchísimo de menos.

Por un brevísimo instante, Sam no supo qué hacer. Pero después su mente cobró vida y, por mucho que detestara hacerlo, se transformó en su hermano una vez más.

—Nos preocupaba un poco que no vinieras esta noche —comentó con una sonrisa diabólica—, pero luego comprendimos que nunca te perderías una fiesta como esta. —Hizo una pausa antes de añadir—: Olivia y yo te conocemos muy bien, ¿no es así, Claudette?

Ella lo miró a la cara y arrugó el ceño por un instante.

—Sí, desde luego.

Se produjo un momento de extrema incomodidad. La tensión era palpable, y amenazaba con igualar la rigidez de los músculos de su cuerpo. Sam apretó las manos hasta convertirlas en puños antes de estirar los dedos de nuevo. Olivia lo observaba, preocupada sin duda por su falta de diplomacia, pero ella no podía imaginarse lo difícil que le resultaba permanecer allí y no marcharse sin decir siquiera una palabra más.

Por más vergonzosa que fuera la idea, era consciente de que aún no había descartado por completo que Olivia formara parte de la farsa que había presenciado hasta el momento. El hecho de que lo hubiera besado y de que lo deseara físicamente no significaba que no pudiera engañarlo. Había aprendido muy bien esa lección años atrás gracias a su embaucadora tía Claudette. Le costaba mucho creer que la intimidad que acababan de compartir fuera otra cosa que un genuino despliegue de sentimientos por parte de Olivia, pero quedaba la posibilidad de que ellos tres trataran de tomarlo por tonto... y de arrebatarle su dinero.

Con todo, si de verdad no era más que una persona inocente en manos de dos víboras, se merecía justicia, y no había nadie más adecuado para proporcionársela que el hermano del hombre que había planeado su ruina.

Se aclaró la garganta y asintió con la cabeza antes de ofrecerle el brazo a la mujer que lo había traicionado hacía tantos años.

—Bien, queridísima tía, ahora que has llegado para deleitarnos con tu adorable compañía, sería para mí un placer inenarrable que aceptaras bailar conmigo.

Sintió la mirada perpleja de Olivia sobre él, pero ese increíble giro de los acontecimientos lo había dejado tan aturdido que no se atrevió siquiera a mirarla. Y eso lo asustó más que ninguna otra cosa en el mundo.

Claudette sonrió con aire satisfecho ante la sugerencia y colocó una mano de uñas perfectas sobre la manga de la chaqueta.

—El placer será todo mío, queridísimo sobrino. —Mientras tiraba de su brazo para alejarlo de allí, añadió por encima del hombro—: Tal vez quieras utilizar este tiempo para refrescarte un poco, Olivia. Pareces algo cansada. Me llevaré de aquí a tu marido y lo mantendré entretenido durante un rato.

Con eso, Claudette, siempre dueña de la situación, lo guió por el sendero de la terraza hacia las puertas del salón de baile mientras Olivia los seguía a corta distancia, taladrándole la espalda con la mirada.

11

La impresión que le había causado verla de nuevo comenzaba a disiparse; algo de lo más conveniente, ya que necesitaba concentrarse para seguir adelante con la farsa. Claudette aún no había descubierto su identidad, o al menos eso creía. No obstante, era imposible predecir cuándo lo averiguaría. A decir verdad, no la había visto en diez años, pero dejando a un lado su innegable inteligencia, Claudette era una mujer astuta y manipuladora por naturaleza que siempre esperaba cierta hipocresía por parte de las demás personas y se jactaba de descubrirla sin problemas. En esos momentos, mientras caminaba con ella del brazo, el recogido de rizos rubios que se había hecho en la coronilla le rozaba la barbilla y su intenso perfume de rosas le llenaba las fosas nasales.

Rosas. Claudette siempre olía a rosas, y siempre relacionaría esa esencia con ella. El aroma le resultó nauseabundo, en especial mezclado con la densa neblina de humo y el calor agobiante que reinaban en el salón de baile. Había mucha más gente que cuando llegaron y eso dificultaba en gran medida el trayecto hacia la pista, pero la dama esperaba que charlara con ella, que la cortejara. Y con tanto en juego, Sam decidió que era preciso ser algo más que convincente. Esa noche necesitaba ser Edmund.

—Hueles de maravilla —le susurró al oído después de inclinarse hacia ella.

Claudette levantó la cabeza y le sonrió con picardía.

—Mi querido Edmund, siempre tan halagador…

—Solo cuando se merece —admitió con jovialidad y una sonrisa natural que lo dejó perplejo hasta a él.

La mujer soltó una carcajada.

—Bailemos, cielo. Tenemos mucho de lo que hablar.

Sam sabía que esa actitud alegre expresaba un estado de ánimo que no era real. Habían pasado muchos años, pero recordaba su temperamento a la perfección. Su aparición esa noche la había puesto furiosa, y también sentía celos de Olivia, algo que él encontraba extrañamente divertido y sospechoso a un tiempo. Era obvio que mantenía algún tipo de relación con su hermano, aunque no sabía cuál ni hasta dónde llegaba.

Alcanzaron por fin el centro de la pista de baile y, sin vacilar ni mediar palabra, Sam se volvió y tomó entre sus brazos a la mujer que en cierta época fuera su amante, la mujer que había convertido su vida en un escándalo muchos años atrás. Ella no tardó en ir al grano.

Plantó una falsa sonrisa en sus labios pintados y lo fulminó con la mirada.

—¿Por qué has vuelto a París? Es imposible que hayas terminado ya con la heredera Govance.

Sam deseó saber quién era la «heredera Govance» y dónde vivía, pero la pregunta de Claudette le dio a entender que Edmund se había marchado de la ciudad para cumplir sus órdenes y que probablemente estaría cortejando a otra incauta mujer para hacerse con su fortuna. Algo que no lo sorprendía ni lo más mínimo.

—Olivia me encontró —respondió con aire despreocupado—. Y como podrás suponer, no podía explicarle que aún no había acabado con… mi obligación, por decirlo de alguna manera.

Ella dejó escapar un resoplido que agitó el cabello de su frente.

—¿Y qué le dijiste? Debía de estar furiosa contigo.

Sam esbozó una sonrisa torcida.

—En realidad, le dije muy poco.

—Pero ¿qué le dijiste con exactitud?

Aunque había utilizado un tono amargo y cortante, no había perdido la sonrisa. Si había algo que recordaba de Claudette era que siempre, en todo momento, necesitaba llevar las riendas de la situación. Que se mostrara tan irritada ante sus evasivas, sin mencionar que había regresado sin dárselo a conocer, significaba que se retorcía de furia por dentro. Sam podía percibir su ira en la forma en que le clavaba las uñas en el hombro y en el hecho de que le apretaba la otra mano hasta un punto rayano en el dolor.

En beneficio de todos aquellos que bailaban a su alrededor, rió por lo bajo como si ella hubiera dicho algo divertido y deseó que su explicación sonara plausible.

—Le dije que, siendo tan estúpido como soy, perdí la mayor parte del dinero en las mesas de juego y temía regresar a su lado. Le dije que semejante flaqueza era un defecto de familia, pero que seguía adorándola. Y después le pedí que me perdonara.

Claudette soltó un bufido muy poco femenino y, por primera vez, su rostro se arrugó en un gesto de desagrado. Por sorprendente que pareciera, después de todo ese tiempo seguía considerándola una mujer hermosa, aunque en esos momentos no se sentía en absoluto atraído por sus encantos.

—¿Y te creyó?

Sam le guiñó un ojo.

—Estoy aquí, ¿verdad? —murmuró.

Ella no apartó la vista de su rostro y sus ojos se entrecerraron en un gesto de sospecha.

—¿Sigue enamorada de ti? —inquirió con tono suave, aunque no logró evitar que su voz revelara un cierto matiz de inseguridad.

Sam notó el martilleo de su corazón en el pecho. Deseaba gritarle con furia, explicarle con enorme regocijo que Olivia, su queridísima sobrina, no podía estar enamorada de su supuesto marido y besarlo a él de la forma en que acababa de hacerlo. Y por raro que pareciera, darse cuenta de ello lo calmó por dentro, lo tranquilizó de tal manera que pudo ofrecerle una sonrisa genuina a la dama.

—Eso creo, madame *comtesse*. Pero ¿no era eso lo que querías?

Durante algunos segundos, mientras la hacía girar con maestría por la pista al compás del vals, Claudette se negó a responder, aunque él sabía que su mente hervía con distintas ideas y preocupaciones. Parecía más vieja; las finas líneas de su rostro se veían más pronunciadas, casi flagrantes bajo la brillante luz, a pesar de que los cosméticos que se había aplicado lograban ocultar en parte algunos de los delatadores signos de su edad. No obstante, quizá él la observase con un ojo demasiado crítico. Sin duda, los ingenuos infelices que la miraban veían en ella a una mujer rubia de generoso busto y con el rostro de un ángel. Eso mismo había visto él el día que la conoció.

—No me gusta nada que hayas regresado sin consultármelo, querido —ronroneó al fin, devolviéndolo a la realidad con sus palabras.

Sam frunció el ceño y le acarició la espalda con la yema de los dedos.

—Claro que no... Siento muchísimo haberlo hecho.

—¿Por qué no me lo dijiste?

El famoso lloriqueo de Claudette. Eso sí que no lo había echado de menos en todos esos años. Tras tomar una profunda bocanada de aire, replicó:

—Porque Olivia no se ha apartado de mi lado desde nuestro regreso, y está claro que no podía decirle que iba a hacerte una visita. Sin duda, eso habría despertado sus sospechas.

Ella suspiró y comenzó a aminorar el ritmo de los pasos de baile cuando la pieza, expertamente interpretada por la orquesta, llegó a su fin.

—De cualquier modo, me gustaría que me aclararas qué hacías hace un momento en la terraza con mi adorable sobrina, Edmund. Parecíais absortos en una... conversación íntima. —Muy despacio, aceptó el brazo que le ofrecía para dirigirse a la mesa del bufet—. Me dio la impresión de que algo había cambiado entre vosotros dos.

Ese sí que es el eufemismo del siglo, se dijo Sam.

—Bobadas... Bailamos y ella tenía calor, así que la llevé fuera para que tomara un poco de aire fresco. ¿Por qué lo preguntas?

Era estupendo poder ponerla a la defensiva por una vez.

Ella le dio un apretón en el brazo y entornó los párpados mientras aceptaba la copa de champán que le ofrecía.

—Estoy celosa, cariño.

Sam sintió que parte de la tensión de su espalda cedía y se echó a reír. Con que celosa... Solo cuando algo interfiere con tus calculados planes, pensó. Se inclinó hacia ella y le susurró:

—Zorra astuta...

Claudette soltó una carcajada.

—No sabes hasta qué punto.

Sam la miró a los ojos.

—¿No? Te conozco muy bien, ¿o acaso lo has olvidado, queridísima tía?

Insegura, Claudette perdió la sonrisa y parpadeó con rapidez unas cuantas veces antes de apurar el contenido de su copa de champán y coger otra. Sam se mantuvo firme, a la espera, deseando poder ser más directo con ella sin despertar sus recelos.

Al final, Claudette se acercó un poco más y lo agarró de un codo para arrastrarlo lejos de la multitud, hacia las ventanas abiertas.

—He oído que duermes con ella en su casa —murmuró. Luego, con un suspiro exasperado, añadió—: Creí que teníamos un acuerdo, Edmund.

Sam no llegaba a imaginarse cuál era ese acuerdo, pero lo más importante era que al parecer Olivia y él estaban siendo vigilados por alguien que le pasaba información a Claudette. Eso le resultó un tanto turbador, aunque nada sorprendente.

—¿Edmund?

—Por ahora duermo en su habitación de invitados —admitió con un encogimiento de hombros. «Por ahora.» No pudo evitar sonreír ante la fascinante idea de cambiar esa circunstancia—. No creo que Olivia esté dispuesta a aceptar un tipo de relación más íntima.

Claudette pareció relajarse.

—No puedes consumar tu relación con ella, Edmund —confesó con el primer signo de verdadera preocupación—. Ya hemos hablado de las posibles consecuencias, y creo que estas serían incluso peores ahora que has regresado. Olivia querrá meterte en su cama, pero debes mostrarte firme. ¿Seguimos estando de acuerdo en este tema?

Sam se sintió como si le hubieran dado una patada en el estómago y le hubieran sacado el aire de los pulmones con la fuerza de un millar de caballos.

Su hermano no se había acostado con Olivia. O al menos Claudette creía que no lo había hecho. ¿De verdad Edmund podía ser tan imbécil? ¿O tan inteligente? Parecía lógico, tanto para uno como para otro, mantener abierta la opción de la anulación en caso de que presentaran su licencia matrimonial como legítima, y en ese sentido Edmund le había hecho un tremendo favor a Olivia. Si uno podía llamarlo así. También podía darse el caso de que su hermano se mantuviera fiel a Claudette por amor, aunque dadas las pasadas experiencias Sam dudaba de que eso fuera cierto. Quizá Edmund solo quisiera evitar el riesgo de dejar embarazada a Olivia, una posibilidad mucho más probable. En lo que a Claudette se refería, o bien no quería que consumaran el falso matrimonio porque sentía cierto afecto familiar por su sobrina o bien tenía razones de tipo mucho más personal, algo que a Sam le parecía mucho más factible. Lo que más le había sorprendido era que Edmund no hubiese querido acostarse con la mujer que lo consideraba su esposo. Olivia se habría entregado a él de buena gana; si no por el placer, sí porque era su obligación. Debía de haber sido su hermano quien rechazara las relaciones íntimas. Edmund y Claudette estaban juntos en esto. Edmund y Claudette, como siempre.

Aun así, no podía deshacerse por completo de la irritante idea de que Olivia estaba involucrada en la farsa y de que ellos tres estaban tratando de engañarlo para hacerse con su dinero y llevarlo a la ruina. Existía la posibilidad de que Olivia le hubiera dicho a su tía quién era él antes de la fiesta de esa noche. El recelo que le despertaban su hermano y Claudette siempre le había llevado a considerar la peor de las posibilidades. Y lo molestaba en extremo no conocer a Olivia lo bastante bien para confiar en ella. Lo había besado con pasión, pero ¿sería capaz de actuar tan bien? No lo sabía.

Por el amor de Dios, ¿qué diablos debo creer?, se preguntó.

La incertidumbre provocada por el millar de implicaciones posibles debió de reflejarse en su expresión.

—Veo que te he dejado perplejo —comentó Claudette con una mueca torcida en los labios que no la favorecía en absoluto—. Me lo esperaba. Sé que jamás deseaste hacerle el amor antes, pero al veros esta noche en la terraza... bueno... —Se recogió las faldas de satén rosa y las sacudió un poco—. Supongo que me he dejado llevar por la imaginación.

Sam estaba bastante seguro de que no los había visto besarse ni había escuchado la conversación, ya que de lo contrario se habría puesto mucho más histérica.

—Sabes que no la deseo —dijo en voz baja, aunque le resultó difícil no atragantarse con semejante afirmación—, pero hay que guardar las apariencias.

—Por supuesto. —Sus ojos se iluminaron mientras daba cuenta del contenido de la segunda copa de champán con tres enormes tragos—. Cielos, parece que tú también necesitas un poco de champán, cariño —dijo con tono afectuoso al tiempo que le daba un golpecito en la mejilla. Después se puso de puntillas para susurrarle al oído—: Me quedaré a pasar la noche en la habitación de huéspedes de la segunda planta, en la esquina del ala este. Te veré allí más tarde. —Y sin esperar respuesta, se separó de él—. Estoy segura de que tu adorable esposa ya te echa de menos, Edmund, y yo debo relacionarme con los demás. —Se pasó la mano por la nuca—. Ya charlaremos con más calma en otro momento. Estoy impaciente por oírte hablar de tus últimos viajes —le aseguró.

Luego, tras recogerse la falda, se dio la vuelta y se marchó.

Sam no dejó de contemplar su espalda hasta que ella desapareció entre la multitud. Después, presa de una súbita desesperación, fue en busca de un trago de whisky.

12

Olivia no se había sentido tan confusa en toda su vida. Aquella había sido una noche memorable, desde luego, y no solo por el hecho de haber compartido un beso extraordinario con alguien a quien jamás había soñado besar. Desearlo como hombre estaba mal por un millar de motivos sobre los que aún no había reflexionado con detenimiento. Sam había tejido a su alrededor un incuestionable, despiadado y delicioso hechizo del que no conseguía librarse por mucho que lo intentara, aunque debía admitir que hasta ese momento no había rechazado con mucha convicción sus avances, ya fueran físicos o no. ¿Cómo demonios podía albergar esos... sentimientos por el hermano de su esposo? ¿Y por qué, en nombre de Dios, seguía provocándola él, como si sus actos no pudieran tener consecuencias negativas? Lo que habían hecho esa noche iba mucho más allá de una relación entre amigos, aunque entendía que no podía culpar solo a Sam de tamaña indiscreción. También ella había reaccionado de una manera totalmente impropia de una dama, al menos fuera de la privacidad del dormitorio matrimonial. Pero por encima de todo, por encima de cualquier otra consideración, ambos debían comprender que no existía ni la más mínima posibilidad de un futuro romántico para ellos. La atracción que sentían el uno por el otro tenía que acabar; debía acabar de inmediato. El único problema era que no sabía muy bien cómo ponerle fin.

Intentó no mirarlo mientras bailaba con su tía, y se reprendió a sí misma en más de una ocasión por ser incapaz de controlarse y seguirlos con los ojos durante la charla que mantenía con dos de las clientas de Nivan frente a la mesa del bufet. Parecían felices el uno en brazos del otro, pero detectaba cierta rigidez en la postura y la expresión de Sam que no había mostrado con ella. Aunque la irrupción de Claudette en la terraza los había sorprendido a ambos, había sido Sam quien la había dejado perpleja al pedirle un baile a su tía, sobre todo después del momento íntimo que acababan de compartir. No esperaba que la abandonara de una manera tan brusca después de haberle advertido lo mucho que a Claudette le gustaban los encantos de su marido. No obstante, tal vez Sam hubiera mostrado interés en ella por esa precisa razón. Aun así, Olivia habría preferido no haber sentido ese aguijonazo de celos en la boca del estómago cuando los vio juntos. No tenía derecho a sentirse celosa, y eso era lo que más la fastidiaba. Pero lo más importante de todo era que la farsa seguía teniendo éxito. Según parecía, Claudette no se había percatado de que no estaba con Edmund, algo que Olivia había temido desde un principio.

En esos momentos viajaban juntos de vuelta a Nivan; Sam estaba sentado enfrente con los ojos cerrados, pero ella sabía que no estaba dormido. No había dicho más de dos palabras desde que abandonaran la fiesta. Ella no quería marcharse del baile y, según el plan original, no deberían haberlo hecho. No obstante, Sam había insistido, aduciendo sin más que era imperativo que no volviese a ver a su tía esa noche. Se había negado a decirle por qué, o de qué habían hablado Claudette y él en los pocos minutos que habían pasado juntos, y a Olivia la enfurecía que guardara silencio incluso ahora que estaban a solas. Quería respuestas y comenzaba a hartarse de esperar a que hablara.

—¿Por qué estabas tan impaciente por marcharte del baile, Sam? —preguntó cuando el cochero abandonó el sendero de la propiedad Brillon para dirigirse a la ciudad.

Él se limitó a gruñir sin alzar los párpados.

—Hablaremos de ello cuando estemos de vuelta en Nivan.

—¿Has descubierto algo que me estás ocultando? —insistió con un suspiro exasperado—. ¿De qué hablaste con mi tía?

—Ten un poco de paciencia, Olivia.

Había cierto matiz en su tono que no había escuchado con anterioridad. Con todo, las evasivas y ese empeño en hacerla esperar no conseguían más que incrementar su enfado. Habían planeado quedarse a dormir en casa de la condesa; sin embargo, tan pronto como acabó de bailar el vals con su tía, Sam había ido a buscarla con un whisky doble en la mano y prácticamente la había obligado a salir por la puerta mientras apuraba la bebida con un par de tragos. Eso también la había sorprendido, ya que él parecía algo más perturbado de lo que la situación merecía. A decir verdad, se moría por saber qué le había dicho Claudette para alterarlo tanto... o qué había hecho.

—¿Te sientes mareado por la bebida? —preguntó con cautela.

Él esbozó una sonrisa irónica.

—No he bebido lo suficiente.

Olivia no estaba segura de si quería decir que no había bebido lo suficiente para notar los efectos del alcohol o si no había bebido suficiente para calmarse después de las emociones de la noche. Apenas podía ver los rasgos de su rostro, ya que el interior del carruaje permanecía casi a oscuras, iluminado tan solo por la luz de la luna y la de las escasas farolas que dejaban atrás en el camino.

Olivia se colocó la falda del vestido, la alisó sobre los muslos, abrió el abanico y comenzó a deslizar la yema del dedo por el borde.

—¿Podrías dejar de moverte un rato? —dijo él con brusquedad.

Eso la enfadó aún más.

—Siento molestarte, milord, pero ¿de verdad esperas que me calme después de todo lo que ha pasado esta noche? Ni siquiera me has contado qué te ha dicho Claudette...

—Hablaremos de ello cuando lleguemos a casa. —Levantó los párpados un poco, lo justo para que Olivia supiera que la estaba mirando—. En estos momentos necesito pensar, así que será mejor que te relajes un poco.

¿Relajarse? ¿Cómo iba a relajarse? Cuando vio que él cerraba los ojos de nuevo, soltó un bufido exagerado y muy poco femenino. Luego llegó a la conclusión de que si seguía importunándolo solo conseguiría que se enfadara con ella y que guardara silencio incluso cuando llegaran a casa. Con eso en mente, se hundió en el asiento y se echó hacia atrás para apoyar la cabeza en el respaldo, tal y como había hecho él, antes de cerrar los ojos.

Debió de adormecerse, porque le pareció que solo habían pasado unos segundos cuando el carruaje aminoró la marcha y se detuvo frente a la tienda. Parpadeó con rapidez para despejarse, se incorporó en el asiento al mismo tiempo que Sam, y después se recogió la falda con una mano mientras aceptaba con la otra la ayuda que le ofrecía el cochero para bajar hasta la calle.

Sam la siguió sin mediar palabra mientras ella sacaba la llave del bolsillo del vestido, atravesaba la tienda a oscuras, subía la escalera y recorría el pasillo que conducía a su hogar. Una vez dentro, se acercó de inmediato al escritorio de pino, encendió la lámpara de gas y se volvió hacia él con los brazos cruzados sobre el pecho.

—¿Te parece bien que empecemos a hablar ya?

Supuso que eso había sonado un tanto brusco, si no absolutamente grosero, pero estaba cansada y enfadada, y le importaba un comino lo que él pensara.

Sam se tomó su tiempo para cerrar la puerta con suavidad y asegurar el cerrojo. Después se enfrentó a ella y se pasó los dedos por el pelo; el agotamiento era evidente en sus ojos entrecerrados y en la dureza de sus rasgos.

—Te sugiero que te cambies primero —señaló con frialdad mientras comenzaba a quitarse la chaqueta con movimientos pausados.

Olivia se quedó donde estaba con la espalda erguida.

—¿Cambiarme? ¿Cambiarme para qué?

La irritación ensombreció los rasgos masculinos.

—Para ponerte algo más cómodo.

—Ya estoy comodísima.

—No, no lo estás, y yo tampoco. —Se encaminó hacia la habitación de invitados—. Reúnete conmigo en la cocina cuando estés lista.

Olivia odiaba que los hombres le dieran órdenes que no le apetecía cumplir. El problema era que esa noche él tenía razón. Llevaba puesto un corsé muy ceñido desde hacía varias horas y eso no ayudaba en absoluto a suavizar su temperamento. Además, cambiarse de ropa le daría tiempo suficiente para aclarar sus ideas, algo que evidentemente no había hecho durante el viaje de vuelta a casa.

Tardó unos veinte minutos, ya que no tenía a nadie que la ayudara a quitarse el vestido, las joyas y las horquillas del peinado, pero cuando por fin entró en la cocina con la bata atada a la cintura y el cabello suelto a la espalda, lo descubrió sentado en la silla que había ocupado la primera noche que hablaron, aunque la había girado para poder apoyar la cabeza contra la pared.

Olivia rodeó sus piernas extendidas y se fijó en que él no se había cambiado: se había limitado a quitarse la chaqueta y la corbata, de modo que solo llevaba los pantalones y la camisa arrugada, con el cuello y los puños desabotonados y las mangas enrolladas hasta los codos. Imaginó que estaba lo bastante cómodo y decente para estar en compañía de una dama que no era su esposa.

Olivia tomó asiento en la silla de enfrente, enlazó las manos sobre la mesa y lo miró fijamente para darle a entender que quería sinceridad y que la quería ya.

Sam permaneció callado durante un rato, pero no la miraba a ella, sino hacia delante, hacia el reloj que ella había situado junto a los fogones.

A la postre, Olivia decidió romper el silencio.

—Son más de las dos.

Sam no dio muestras de haberlo notado.

—No creo que estés muy cansada, ya que has dormido durante todo el camino hasta casa.

Olivia suspiró.

—Yo no lo llamaría dormir... Estaba pensando con los ojos cerrados, igual que tú.

Sam volvió la cabeza en su dirección y la miró con una mueca burlona en los labios

—Roncas, Olivia.

Ella lo miró con la boca abierta.

—¡No ronco en absoluto!

—Aunque debo decir —continuó él haciendo caso omiso de su exclamación— que es un ronquido de lo más delicado y femenino. Uno que encaja a la perfección con una dama hermosa y atractiva como tú.

Lo dijo con tono despreocupado, como si se hubiesen reunido en mitad de la maldita noche para conversar sobre la calidad del té y los beneficios de su comercio. Parecía disfrutar mucho desconcertándola, algo que, teniendo en cuenta lo que había ocurrido esa noche, hacía que se sintiera un poco incómoda a solas con él. Lo mejor sería dejar pasar el irritante comentario y encarar el asunto que se traían entre manos.

—¿Te importaría contarme de una vez por qué estabas tan impaciente por marcharte del baile? —preguntó sin rodeos—. Y no me digas que fue debido a que yo parecía cansada.

Sam estuvo a punto de sonreír.

—Eso fue bastante cruel por parte de Claudette.

Olivia se encogió de hombros.

—Me avergüenza admitir que Claudette suele hacer ese tipo de comentarios, en especial cuando se dirige a mí.

Él apoyó un antebrazo sobre la mesa y recorrió su rostro con la mirada.

—No son más que celos.

Olivia frunció el ceño, perpleja.

—¿Celos? Lo dudo mucho. Mi tía es una belleza, todo el mundo lo sabe. Y ella también.

—Cierto.

Cambió de posición en la silla, algo molesta por el hecho de que él no se hubiera dignado a negarlo... o a decirle que ella era mucho más bella, como habría hecho su marido sin pensárselo dos veces. No obstante, tal vez él no lo creyera así, y debía confesar que eso la preocupaba de una forma que no debería.

—¿Edmund la consideraba hermosa? —preguntó Sam poco después.

Ella inclinó la cabeza hacia un lado.

—Supongo que sí, aunque a decir verdad nunca me dijo lo que pensaba de ella. Ahora que lo pienso, resulta un poco extraño.

—¿Por qué?

Su curiosidad parecía genuina, así que Olivia dejó escapar un suspiro antes de responder.

—Como ya sabrás a estas alturas, Claudette se sentía físicamente atraída por Edmund, aunque me atrevería a decir que ella nunca llegó a hacer nada del todo indecente en compañía de otros. Es mi tía, después de todo, y es una dama educada y respetada. —Quizá había exagerado un poco, pero al ver que él no decía nada, continuó—: Era evidente para todo el mundo que Edmund parecía disfrutar de cierta... armonía con ella, pero que yo recuerde, jamás mencionó lo que pensaba o sentía con respecto a ella, ni en un sentido ni en otro. Al menos, a mí no.

—Entiendo —murmuró él después de una larga pausa en silencio.

Olivia no creyó que entendiera nada, pero Claudette carecía de importancia en su conversación. Si Sam sospechaba que Edmund y su tía mantenían un romance, estaba equivocado, ya que de ser cierto Edmund estaría en París, y ella estaba segura de que era así. Volvió de nuevo a lo que había ocurrido esa noche.

—¿Vas a decirme por qué me sacaste prácticamente a rastras del baile?

Sam la estudió a la luz de la lámpara con una expresión seria y pensativa.

—Porque tu tía esperaba que me reuniera con ella en su dormitorio más tarde —explicó por fin con tono grave y apacible—. Yo no estaba interesado y no quería estar allí cuando ella descubriera ese hecho.

Olivia se quedó inmóvil; su mente y su cuerpo se quedaron petrificados cuando una extraña sensación de miedo e incredulidad le recorrió las venas.

—Mi tía... —Ni siquiera era capaz de repetirlo. Semejante pensamiento, semejante idea, pasaba de lo inverosímil a lo despreciable—. Eso es imposible —consiguió susurrar con voz ahogada al tiempo que bajaba la mirada.

Sam respiró hondo y giró la silla para poder mirarla de frente; después enlazó las manos y extendió los brazos sobre la mesa.

—Lo siento.

—Tal vez la hayas malinterpretado —balbuceó con la boca seca; de pronto, sentía mucho frío en la caldeada cocina. Se arrebujó bajo la bata y se rodeó con los brazos.

—No malinterpreté nada, Olivia.

No, lo más seguro era que no lo hubiera hecho. Además, sabía que Claudette era muy capaz de sugerir algo semejante. Aun así... Lo miró de inmediato a los ojos.

—¿Creyó que eras Edmund?

Él respondió sin la menor vacilación.

—Sí. Lo creyó.

Con un estremecimiento, Olivia alzó los hombros y se abrazó con fuerza mientras parpadeaba para evitar echarse a llorar delante de él. La idea de que Edmund pudiera haber mantenido una... relación con su tía le daba ganas de vomitar, la ponía físicamente enferma.

—Pero eso no tiene sentido —murmuró con voz trémula—. Edmund jamás mostró el más mínimo interés en ella, al menos estando yo presente.

Sam se limitó a mirarla sin decir nada, y a ella le llevó casi un minuto darse cuenta de que no era necesario que respondiera. Al fin comprendió las implicaciones de sus propias palabras: su marido no había mostrado interés alguno en su tía cuando los tres estaban juntos.

—Es bastante posible —añadió en un susurro después de humedecerse los labios— que Edmund la rechazara. Es conocida por mostrarse un poco… agresiva cuando quiere conseguir algo.

Él aguardó un poco antes de responder.

—¿De verdad crees eso, a pesar de todo lo que te ha hecho mi hermano?

Su voz tenía un tono molesto, como si deseara con desesperación que ella comprendiera lo que había ocurrido pero no pudiera explicárselo sin más. Olivia necesitaba asimilar los detalles, concentrarse en lo que Edmund había dicho y hecho, en cómo era su tía. Cuando lo pensó de ese modo (su insistencia en un matrimonio apresurado, la noche de bodas que no fue tal, su execrable estratagema para robarle la herencia), la conclusión obvia fue la que Sam le había dado a entender.

No pudo controlarse más y los ojos se le llenaron de lágrimas.

—¿Cómo pudo mi esposo traicionarme de ese modo? —Se sintió invadida por un arrebato de furia—. Está claro que tú lo conoces mucho mejor que yo, Sam —señaló, mirándolo a los ojos—. ¿Acaso sugieres que planeó casarse conmigo y robarme el dinero con la ayuda de mi propia tía?

Él permaneció callado unos instantes y la miró con los ojos entrecerrados. Después se frotó la cara con la palma de la mano.

—Olivia, creo que hay muchas cosas en esta situación de las que no estás enterada.

Ella sonrió con amargura.

—Eso es bastante obvio. Ni siquiera voy a fingir que sigo entendiendo algo.

Con eso, se puso en pie de repente y se rodeó con los brazos antes de comenzar a pasearse por la cocina. No lo miraba, aunque notaba sus ojos puestos en ella, controlando todo lo que hacía en un intento por averiguar qué se le pasaba por la cabeza. Por fin, se detuvo delante del fregadero y contempló la pila sin ver nada en realidad.

—De modo que, al contrario que a tu hermano, a ti no te interesaba ni lo más mínimo su invitación, ¿no? —preguntó en voz un poco más alta.

—Si quieres saber la verdad —replicó él muy despacio—, no. No me interesaba en lo más mínimo.

—¿Por qué?

El silencio de la estancia se volvió denso y opresivo.

—Creo que ya te han hecho bastante daño, Olivia —contestó después de un rato.

Era una respuesta bastante evasiva, pero ¿qué esperaba? ¿Devoción eterna? En realidad, ni siquiera debía habérselo preguntado. Esa situación no tenía nada que ver con él y estaba en su derecho de mantener una relación con quien le diera la gana, incluso con una de sus familiares. Con todo, Olivia no podía negar que su sinceridad y su preocupación la habían hecho sentirse mucho mejor.

—¿No vas a decirme dónde crees que está tu hermano? ¿Qué crees que está pasando? —inquirió con una voz serena aunque cargada de furia.

Oyó que Sam respiraba hondo una vez más y reunió el coraje necesario para levantar la cabeza y darse la vuelta a fin de enfrentarse a él. La luz de la lámpara proyectaba sombras sobre los hermosos rasgos de su rostro y se reflejaba en sus ojos oscuros, que permanecían fijos en ella; también iluminaba el cabello que le caía sobre la frente, la línea firme de su mandíbula y la mueca seria de sus labios. Sintió un mariposeo en el estómago al contemplar su extraordinario atractivo, pero aguardó a que respondiera a esa pregunta crucial con una postura decidida y una mirada agobiada, rogando que le dijera la verdad.

—Te diré lo que pienso si tú también eres sincera conmigo.

Reaccionó sorprendida:

—¿Sincera con respecto a qué?

Sam ladeó la cabeza un poco.

—Ya llegaremos a eso. Primero hay algo que debo saber: ¿qué es Govance?

Olivia frunció el ceño y sacudió la cabeza, confundida.

—¿Dónde has oído hablar de Govance?

—Claudette lo mencionó.

Eso era bastante extraño, ya que ni su tía ni Edmund tenían nada que ver con las otras casas de perfumes. Se apoyó contra el borde del fregadero y cruzó los brazos a la altura del pecho.

—Govance es una importante y respetada casa de perfumes, aunque abastece a una industria más amplia, sobre todo al mercado asiático. Solo tienen una pequeña tienda en París, pero... ¿por qué quieres saberlo?

Sam se quedó callado un momento sin dejar de mirarla.

—¿Quién es su heredera?

La mente de Olivia comenzó a funcionar a toda prisa, llena de posibilidades.

—¿La heredera de Govance? Lo más probable es que sea Brigitte Marcotte. Es la nieta del propietario.

Él se miró los dedos mientras los golpeaba contra la mesa.

—¿Qué edad tiene?

Olivia empezó a entender hacia dónde se dirigían sus preguntas, pero eso no hizo más que aumentar la confusión y el miedo que sentía.

—No sé qué edad tiene exactamente —dijo—, pero debe andar por los diecinueve o veinte años. Han pasado al menos cinco desde la última vez que la vi.

Sam se enderezó un poco en el asiento.

—¿No vive aquí?

—No, vive en Grasse, donde el mundo comercial del perfume... —Abrió los ojos de par en par y bajó muy despacio los brazos a los costados cuando las piezas del rompecabezas empezaron a encajar—. Crees que Edmund...

—Está en Grasse, cortejando a la ingenua Brigitte para arrebatarle su fortuna —terminó en su lugar—. Igual que hizo contigo.

Olivia intentó concentrarse todo lo posible, digerir las implicaciones, asimilar el significado de semejante idea.

—Pero si averiguaste eso hablando con Claudette, entonces... entonces ella sabe dónde está, dónde ha estado todo este tiempo. Ella forma parte del engaño.

—Edmund es un embaucador y tiene cerebro propio, pero seguro que no sabe quiénes son las partes interesadas en la industria del perfume. Creo —admitió con voz seria— que tu tía no solo pretende obtener beneficios, sino que también lo ha planeado todo, incluido tu matrimonio con Edmund.

Olivia ya no tenía ganas de llorar, solo deseaba romper algo. De repente, se sentía incapaz de respirar; no podía entender tamaña indecencia, no podía creer que la gente a la que amaba, la gente que creía que la amaba a ella, estuviera dispuesta a arruinar su futuro para conseguir dinero. Jadeó en busca de aire y se dio la vuelta para mirar por la ventana; después se volvió de nuevo y dejó los brazos muertos a los costados mientras se movía en semicírculos por la cocina sin ver nada, conmocionada.

Sam debió de percibir la intensidad de su estupefacción, ya que se puso en pie de inmediato y arrastró la silla hacia atrás sin el menor miramiento para acercarse a ella.

—Claudette... —Tragó saliva y enterró los dedos de ambas manos en su cabello para recogérselo hacia atrás—. Claudette fue quien me lo presentó, quien quiso que me casara con él. Quien me recomendó encarecidamente que lo hiciera —masculló con furia.

—Olivia —dijo Sam con un tono tranquilizador al tiempo que le apoyaba las manos en los hombros para impedir que se moviera.

Ella no podía soportar el contacto; necesitaba aire. Le apartó los brazos al instante y se acercó a toda prisa a la pared opuesta para contemplar las preciosas teteras de porcelana que había coleccionado a lo largo de los años y que estaban colocadas en un estante de la alacena. Luchó contra el intenso impulso de hacerlas añicos contra el suelo.

Todo empezaba a quedar claro: las mentiras, las artimañas, el astuto fraude. Y los motivos.

—Claudette quería hacerse cargo de Nivan cuando Jean François murió —declaró con amargura—, porque sabía que mi madre carecía de la habilidad necesaria para hacerlo y todos los demás vivían en Grasse. Y tenía razón. —Se estremeció—. Pero de haber conseguido el control, Claudette se habría embolsado cada penique y habría llevado a Nivan a la bancarrota, y todo el mundo lo sabía. Todo el mundo. Esa es la razón por la que incluso su hermano, Robert Nivan, le negó la oportunidad de hacerlo y me dejó a mí la dirección de la tienda. —Miró a Sam por encima del hombro con expresión cáustica—. Según parece, al ver que no conseguiría lo que deseaba, trazó un plan para arruinar a su propia sobrina con la ayuda de un canalla encantador y espectacularmente atractivo.

—Recuperaremos tu dinero —dijo Sam con voz tensa.

Una risa histérica burbujeó en su garganta.

—¿Mi dinero? ¿Crees que todo esto es por la herencia?

Se volvió bruscamente para enfrentarse a él.

—¿Qué pasa con mi dignidad, con mis sentimientos? Sé que me han utilizado. Hasta tú lo dijiste, Sam. Edmund me utilizó. Los dos me utilizaron.

Sam cruzó los brazos sobre el pecho y se limitó a mirarla con el cuerpo rígido y una expresión tensa.

—Lo sé. Y lo siento —admitió con calma—. Pero tendrás que confiar en mí.

—¿Confiar en ti? —Se irguió en toda su estatura y lo fulminó con la mirada antes de preguntar—: Dime una cosa, Excelencia, ¿por qué me has besado esta noche?

Esa pregunta lo pilló desprevenido. Abrió la boca un poco mientras la miraba de arriba abajo. Después, apretó los dientes, entrecerró los párpados y comenzó a acercarse a ella muy despacio.

—Creo que tú también me besaste a mí, milady, aunque no logro hacerme una idea de por qué ha salido a colación ese maravilloso momento de pasión, ni qué tiene que ver con esta conversación.

Olivia negó con la cabeza en un gesto desafiante, ignorando el hormigueo de regocijo que le habían provocado sus palabras.

—Tiene mucho que ver —aseguró con voz temblorosa en un intento por no perder el hilo—. Me besaste, y besar a una mujer casada de esa manera no es algo que engendre confianza. ¿Besas a todas las damas casadas que conoces?

—Casada... —repitió él en un susurro.

Olivia se mantuvo en sus trece, con la espalda contra la pared y la mano apoyada en el estante de las teteras. Se preocupó un poco al notar que la voz masculina se había vuelto tan fría como su expresión.

—¿Qué ocurriría si te dijera que creo que no estás legalmente casada con mi hermano?

Ella sonrió con desprecio.

—Te diría que has perdido la cabeza. O que eres un embustero y tratas de confundirme para que me rinda ante tus encantos, como hizo Edmund.

Sam dio un paso más hacia ella mientras apretaba la mandíbula con furia.

—¿Crees que por eso te besé esta noche? ¿Para que te enamoraras de mí? —Esbozó una sonrisa sarcástica—. Créeme, encanto, no necesito mentir a una mujer para conseguir su interés.

Puesto que eso era bastante cierto, a Olivia no se le ocurrió nada que decir.

—Entonces ¿por qué lo hiciste?

—Dime una cosa, mi hermosa y encantadora lady Olivia —murmuró él, pasando por alto su pregunta—, ¿Edmund te hizo el amor alguna vez?

Horrorizada, Olivia ahogó una exclamación y guardó silencio mientras él se situaba justo delante de ella. Sus ojos, que parecían brillantes bolas de cuarzo a la luz de la lámpara, destilaban furia.

—¿Te hizo el amor? —susurró una vez más—. Y no me refiero a hacerte el amor con palabras y halagos, sino a hacerte el amor como un marido se lo hace a su esposa, físicamente, en la cama de matrimonio.

Ella parpadeó con rapidez, asustada tanto por su postura intimidante como por la pasión que parecía haberse encendido entre ellos.

—El grado de intimidad que yo haya compartido con Edmund no viene al caso —consiguió balbucear.

Eso no lo disuadió en absoluto.

—Fuiste tú quien abrió la puerta con tu pregunta sobre el beso que compartimos —masculló él con voz ronca— y tus inquietudes con respecto a la confianza. Quizá yo tema confiar en ti. Respóndeme, y sé sincera.

Aún no la había tocado, pero ya no podía acercarse más sin hacerlo. Olivia sintió que se le doblaban las rodillas.

—Me voy a la cama.

—Responde primero.

—No.

Las oscuras cejas masculinas se enarcaron un poco.

—¿Quieres decir que Edmund no te hizo el amor como debería hacerlo un marido?

Las lágrimas llenaron sus ojos de nuevo, aunque en esta ocasión se debían a la frustración más absoluta.

—Eres despreciable.

—Me han llamado cosas peores —reconoció él sin más—. ¿Edmund te hizo el amor?

¿Por qué no dejaba de preguntarle eso?

—Es mi marido —dijo ella al tiempo que apretaba los puños—. ¿Tú qué crees?

Sam se apartó un poco, lo justo para poder mirarla de arriba abajo y comérsela con los ojos. Olivia se sintió desnuda y vulnerable.

—Creo que cualquier mujer con tu aroma, tu aspecto y tu

forma de besar se está perdiendo lo que más necesita de un marido.

Olivia ardió de furia y levantó la mano para abofetearlo con fuerza. Sin embargo, jamás llegó a tocarle la mejilla, ya que él reaccionó con la misma rapidez y le sujetó la muñeca.

—¿Te... hizo... el amor, Livi? —susurró, retándola a desafiarlo.

Olivia sintió una lágrima en la mejilla, pero se negó a acobardarse, a doblegarse ante las emociones que la embargaban.

—No —susurró con los dientes apretados.

Sam pareció tambalearse ante semejante admisión, como si jamás se hubiera esperado algo así. Aspiró el aire entre dientes mientras aflojaba la mano con la que le sujetaba la muñeca y daba un paso atrás. Olivia observó cómo cambiaba su expresión en cuestión de segundos, pasando de una determinación férrea a una extraña incredulidad. Y luego dejó escapar un suspiro cálido que le acarició la piel y la estremeció por dentro.

—Me abandonó la noche de bodas —añadió con la voz rota mientras lo recordaba—. Me besó como me besaste tú y después me humilló, igual que tú en estos momentos. —Alzó la barbilla antes de señalar con desprecio—: Eres igual que él.

Eso transformó al instante el enfado de Sam en una furia de primera categoría, tal y como ella había previsto. Pero en lugar de soltarla con desagrado como ella esperaba, le colocó la mano libre sobre el pecho, justo por debajo de la base de la garganta, y la empujó contra la pared antes de que pudiera parpadear.

—No me parezco a Edmund en nada, Olivia, y tú lo sabes —señaló con un tono grave cargado de amenazas—. Yo jamás te habría dejado, y jamás te dejaré, atormentada y anhelante. Mi dignidad está por encima de eso.

Al percibir la honestidad que destilaban sus palabras y la angustia que mostraban sus ojos, Olivia notó que se derretía por dentro y empezó a temblar sin poder contener las lágrimas.

—Lo sé... —admitió en un murmullo apenas audible.

Esa tierna claudicación lo hizo titubear un instante. Después, la expresión de su mirada cambió de la furia más absoluta a un deseo intenso y abrasador. Sam se apoderó de su boca con un beso impetuoso y devastador, acallando el grito que se formó en su garganta ante un contacto tan súbito... y tan necesitado.

La besó con un anhelo reprimido que iba más allá de toda lógica; su lengua buscaba, arrasaba, suplicaba una respuesta. Olivia gimió y luchó por respirar cuando la inmovilizó contra la pared con el peso de su cuerpo. Sentía la tensión de sus poderosos músculos, la increíble fuerza que la atraía y la envolvía... esa fuerza que le impediría escapar en el caso de que quisiera hacerlo.

Cuando escuchó el gemido gutural que salió de la garganta masculina, el sonido del deseo en su más pura forma, Olivia se excitó como nunca antes.

Las lágrimas corrían por sus mejillas cuando comenzó a devolverle el beso con avidez, sin pensar con claridad. Su mente, su cuerpo y sus buenas intenciones habían sido asaltados y conquistados por un deseo tan intenso como el de él. Apoyó una mano en su hombro, pero, invadido por una ferocidad que ella no comprendía ni esperaba, Sam le aferró ambas muñecas con la mano izquierda y se las sujetó por encima de la cabeza, contra la pared, mientras seguía atormentando su boca con esa dulce agonía.

Después, Olivia notó vagamente que tironeaba del lazo de la bata con la mano libre. Forcejeó un poco, pero él hizo caso omiso de sus protestas y perseveró en el deseo de avivar su pasión. La besó de manera implacable hasta que, en un momento dado, atrapó su lengua y la succionó.

Olivia estalló en llamas. No podía detener los estremecimientos que la sacudían ni los gemidos que escapaban de su boca hacia ese mundo de súbito placer. Fue entonces cuando él le cubrió el pecho con la mano a través del delicado algodón del camisón, y ella no pudo soportarlo más.

Consciente de su vulnerabilidad, Sam no le soltó las muñecas mientras introducía la rodilla entre sus piernas para ayudarla a mantenerse en pie. Olivia jadeó con fuerza cuando él empezó a acariciarle el pezón con el pulgar, animándolo a continuar con una lujuria que ya no podía controlar.

Cuando Sam se apartó de su boca por fin, ella pudo apoyar la cabeza en la pared. Cerró los ojos con fuerza y respiró en busca de aliento mientras él besaba sus pómulos, su barbilla y su cuello y le acariciaba los pechos con ardiente determinación.

Olivia apenas podía respirar. Y a Sam le ocurría lo mismo: podía sentir su respiración cálida e irregular sobre la garganta, las mejillas y la oreja. Cuando le mordisqueó el lóbulo, Olivia dejó escapar un gemido gutural y se frotó de manera instintiva contra su muslo, demostrándole con esa incontrolable respuesta lo mucho que le gustaba. Sam inhaló con fuerza y le pellizcó los pezones antes de frotarlos con el pulgar, acariciándola con maestría con una de sus enormes manos.

—Por Dios, Livi —le susurró al oído con un tono cargado de agonía—. Déjame darte lo que necesitas. Déjame...

Olivia se apretó contra él mientras sus jadeos resonaban en la oscura cocina en una silenciosa súplica de satisfacción. Hambriento, Sam se apoderó de su boca de nuevo para inflamar su deseo. Apartó la mano del pecho para llevarla más abajo; tiró del bajo del camisón y lo levantó poco a poco hasta que consiguió dejar libres sus piernas. Y luego hizo lo que no había hecho ningún hombre: trazó una exquisita y abrasadora línea ascendente por su muslo hasta que encontró el núcleo de su deseo, su placer oculto.

Olivia comenzó a retorcerse; tenía miedo, aunque deseaba esas caricias con desesperación. Cuando notó cómo rozaba el vello rizado de su sexo, la invadió un ramalazo de culpabilidad, pero este pasó rápidamente al olvido cuando Sam deslizó los dedos entre los suaves pliegues de carne y empezó a tocarla muy despacio, con suavidad, aprovechando la humedad que mojaba su piel.

Apartó la boca de ella.

—Siénteme aquí —susurró con voz ronca y entrecortada contra su mejilla—. Esto es lo que necesitas.

Sus movimientos provocaban sensaciones exquisitas dentro de ella, que ya no escuchaba otra cosa que los atronadores latidos de su propio corazón. Tras cerrar los ojos con fuerza, emitió un suave gemido y se apretó contra sus dedos. Después, echó la cabeza hacia atrás y permitió que él sostuviera el peso de sus brazos por encima de su cabeza.

Sam la acarició con deliberada lentitud, deslizando un dedo dentro y fuera de ella una y otra vez antes de acelerar el ritmo para satisfacer sus demandas. Con la mejilla apoyada sobre la suya y la frente contra la pared, le besaba la oreja y le frotaba el cabello con la nariz. A pesar de que su mente le gritaba que se detuviera, Olivia siguió el ritmo de las manos masculinas entre jadeos, rogándole sin palabras que indagara con los dedos más a fondo y le diera todo.

De pronto, todo su cuerpo se tensó contra él. Al percibir que se acercaba a la culminación, Sam introdujo un dedo en su interior mientras ella se frotaba contra los demás.

—Dios, no... —susurró ella contra sus labios—. Dios, no...

—Sí —replicó él con vehemencia—. Deja que sienta cómo te corres...

Olivia abrió los ojos de inmediato.

—No...

Él se apartó un poco para observarla y apretó la mandíbula al mirarla a los ojos.

—Claro que sí...

De repente, una marea de éxtasis prohibido estalló en su interior y la hizo gritar, logrando que su cuerpo se estremeciera con cada cresta de intenso placer, con cada una de las contracciones que apretaban el dedo masculino y la dejaban sin aliento.

Jadeó con fuerza.

—Sam...

—Estoy aquí —susurró él para tranquilizarla—, observándote, sintiéndolo todo.

Olivia volvió a apretar los párpados, incapaz de mirarlo, incapaz de comprender lo que acababa de hacer con él, lo que él le había hecho. Sam siguió acariciándola para mantener las sensaciones vivas y movió los dedos con suavidad, casi con cariño, como si disfrutara de la humedad que manaba de ella con cada espasmo de placer.

Por fin, Olivia se quedó quieta y se obligó a calmarse mientras él le soltaba las muñecas para que pudiese bajar los brazos a los costados. La mantenía pegada a la pared con el peso de su cuerpo y, por primera vez, Olivia fue consciente de la rígida necesidad que se apretaba contra su vientre. Cerró los ojos en un intento por ignorarla y se concentró en suavizar el ritmo de su respiración, de los latidos de su corazón. Debía asimilar lo que acababa de ocurrir.

Ninguno de ellos dijo nada durante un rato, aunque Olivia podía sentir la tensión y el calor que emanaban del cuerpo masculino. Supo que él intentaba mantener el control cuando apoyó la frente en la pared y sintió el calor de su mejilla contra la de ella. Movió una rodilla contra su muslo para hacerle entender que se sentía incómoda con la mano que aún permanecía entre sus piernas y Sam la retiró por fin, dejando que su camisón cayera hasta el suelo.

Cuando se le despejó la cabeza y comprendió lo que ese hombre acababa de hacerle... y con cuánto descaro había respondido ella a sus caricias, estuvo a punto de morirse de vergüenza.

—No —dijo Sam con voz débil al percibir su repentino deseo de huir—. No te vayas todavía.

Olivia no podía hablar, no quería hacerlo, pero se quedó quieta como él le había pedido, sin saber muy bien qué hacer ni qué esperaba de ella en esos momentos.

Sam seguía jadeando, pero echó su cuerpo a un lado a fin de permitirle que respirara profundamente y dejara de temblar.

En su cabeza bullían emociones que no lograba comprender... un millar de emociones que la paralizaban y le provocaban sentimientos contradictorios: se sentía sola y vulnerable, apreciada y respetada, atemorizada y afligida, y más que ninguna otra cosa, maravillada.

Sam no debería haber hecho algo así y en cierto modo lo odiaba por haberse aprovechado de ella. Pero a pesar de que lo odiaba, confiaba en él y lo necesitaba; necesitaba todo lo que hacía por ella.

En esa ocasión no pudo contener las lágrimas que se acumulaban tras sus párpados cerrados: lágrimas de frustración, de furia, de dolor y de sueños perdidos. Sam podría haberla tomado; deseaba estar con ella de un modo más íntimo y sin embargo no la había obligado a hacer nada más que traicionarse a sí misma. En ese momento, pese a que aún se encontraba entre sus brazos y no se había recuperado del todo de la deliciosa tormenta de sensaciones, lo despreciaba en la misma medida que lo deseaba.

—Me preguntaste por qué te besé esta noche —murmuró él por fin para romper el silencio.

Olivia sacudió la cabeza de una manera casi imperceptible, incapaz de contestar.

—Livi —murmuró al tiempo que le rozaba la oreja con la nariz—, te besé porque todo lo que hay en ti me rogaba que lo hiciera.

—No —replicó ella con un hilo de voz.

Sam respiró hondo antes de apartarse poco a poco de ella, que aun con los ojos cerrados pudo sentir el calor de su mirada sobre el rostro. Y después notó cómo las yemas de sus dedos se deslizaban sobre la frente antes de pasar a las mejillas y retirar una lágrima.

—Eres tan dulce, tan hermosa... —masculló él con un tono ronco y ausente—. Por favor...

Pero Olivia ya se había apartado. En su prisa por escapar, golpeó con la cadera el estante de la porcelana e hizo tintinear sus hermosas teteras. Se dirigió hacia la puerta, lejos de la vergüenza y la confusión. Lo dejó solo en el silencio y la penumbra de la cocina.

13

Claudette se paseaba por su sala de estar, completamente furiosa. Furiosa. Edmund nunca la había tratado con tanto desdén como la noche anterior. Se había comportado como de costumbre mientras bailaban... quizá un poco distante, aunque ella lo había achacado al hecho de que había regresado a París sin avisarla y se mostraba como un cachorrito malo con el rabo entre las piernas. Pero desatender una invitación nocturna a su habitación era lo peor que había hecho nunca. No le había negado los placeres del dormitorio ni una sola vez en todos los años que habían pasado desde que lo conocía. Descubrir a la una de la madrugada, después de una concienzuda búsqueda en el salón de baile, que se había marchado con su mujercita poco después de la medianoche la había enfurecido en extremo. No podía dormir ni comer, de modo que había vuelto a la suite del hotel poco antes de las ocho de esa misma mañana, algo que dejó boquiabiertos a los miembros de su personal de servicio.

Lo cierto era que debía de tener un aspecto espantoso, ya que el delicado peinado se había aflojado durante el viaje de vuelta en el carruaje y todavía llevaba el vestido de baile, ahora lleno de arrugas. Pero ¡tenía todo el derecho del mundo a enfadarse! Primero se había enterado de que Edmund había regresado a París sin consultárselo y luego lo había descubierto en la terraza a solas con su esposa, ¡charlando como dos tortolitos, como si no existiera nadie más en el mundo! Si bien en alguna ocasión había sentido celos de Olivia, no eran nada comparable con el torbellino de emociones que la había embargado al descubrirla junto a Edmund, con las cabezas unidas como si mantuviesen una conversación de lo más íntima. Nunca había visto a Edmund tan interesado en nada de lo que Olivia tuviera que decirle, y cuando los encontró a la luz de la luna tuvo que reprimir el impulso de despellejar a esa pequeña zorra con las uñas. Le habían dado tentaciones de acercarse a Edmund y besarlo apasionadamente delante de los hermosos e inocentes ojos de su sobrina para reclamarlo y hacerle saber de una vez que el hombre con quien se creía casada tenía dueña desde hacía muchos años. Por desgracia, los buenos modales se impusieron y logró contenerse, recordándose con eufórica satisfacción que Edmund podía fingir interés por Olivia, pero que era en su cama donde se despertaría al amanecer.

La estocada final había sido averiguar que él no tenía la menor intención de satisfacer sus exigencias sexuales esa noche.

En ese momento, después de lo que no podía tomarse más que como un rechazo deliberado y cruel, no sabía qué hacer. Necesitaba hablar con él, descubrir cómo le habían ido las cosas en Grasse hasta la llegada de Olivia y qué había ocurrido exactamente entre ellos durante esos días para que la tratara con tanta desconsideración. La explicación que le había dado sobre hacer las paces con su supuesta esposa y regresar con ella a París tenía sentido, pero... resultaba extraña. Edmund nunca hacía nada sin su consentimiento o sin informarla primero al menos, en especial algo tan importante y delicado como eso. Pero lo más significativo era que Claudette sabía sin el menor género de dudas que era imposible que hubiera terminado con el cortejo de la heredera Govance.

Después de varias horas de cuidadosa reflexión, decidió que no tenía más remedio que enfrentarse a él en Nivan, donde a buen seguro estaría en esos momentos, acurrucado en la cama de su sobrina. Por Dios, no sabía cómo hacer las cosas sin contárselo todo a Olivia, sin revelar que formaba parte de aquel extraordinario fraude. Deseaba hacerlo, pero ¿qué ocurriría después? ¿Dónde la dejaría eso? En prisión, lo más seguro; y se negaba en rotundo a acabar en esa situación. Con todo, Olivia necesitaría alguna prueba de su participación, y su sobrina aún se creía casada con Edmund, ya que en caso contrario no se habría mostrado tan cordial ni tan afectuosa con él la noche anterior.

Aun así, a partir de ese momento tendría un solo objetivo en mente: reunirse con Edmund y cerciorarse de que no había decidido acostarse con la pequeña y encantadora Olivia. Y la única forma de estar segura de ello era aparecer de improviso en casa de su sobrina.

Una vez tomada la decisión, cogió la sombrilla del perchero situado junto a la puerta principal y se encaminó a toda prisa hacia Nivan.

La tienda estaba sospechosamente vacía cuando llegó. Normand se encontraba en su puesto habitual, junto a la vitrina delantera, repasando las facturas o algo por el estilo. El hombre levantó la vista cuando se abrió la puerta y la miró de hito en hito, tan estupefacto al parecer como sus criados por el hecho de verla despierta y paseándose por la ciudad antes de la hora del almuerzo.

—He venido a visitar a la feliz pareja —dijo con una sonrisa arrogante.

El hombre cerró la boca de inmediato, y también el libro de contabilidad. Después de echar un rápido vistazo a su alrededor para asegurarse de que estaban solos, se alejó de la vitrina para caminar hacia ella.

—Madame *comtesse,* hoy está maravillosa —dijo al tiempo que honraba su presencia con una pequeña reverencia.

Claudette soltó un bufido; sabía que tenía un aspecto horroroso debido a la falta de sueño y de su aseo matinal, pero no tenía tiempo para discutir ese ridículo comentario. Plegó la sombrilla con furia.

—Sé cómo llegar hasta sus dependencias, Normand.

—Oh, por supuesto, madame —masculló el vendedor, que se enderezó de inmediato y enlazó las manos a la espalda—. Pero me temo que no los encontrará aquí.

Claudette dio un respingo y clavó la vista en el hombre.

—¿Qué es lo que ha dicho?

Normand se encogió de hombros.

—Ella no está aquí. Cuando llegué esta mañana, madame Carlisle ya había salido.

—¿Ha salido? —Claudette entrecerró los párpados con aviesas intenciones—. ¿Para qué ha salido? ¿Dónde?

El hombre frunció el entrecejo.

—No tengo ni la menor idea, aunque era bastante obvio que tenía prisa. Además, pidió que le bajaran el equipaje y llevaba una maleta bastante grande.

La frente de Claudette se llenó de arrugas.

—¿El equipaje? ¿Y a qué hora fue eso, querido Normand? —inquirió con exagerada dulzura.

—Bueno, pues sobre… las nueve o así.

—Las nueve —repitió ella. Al ver que Normand no añadía más, preguntó—: ¿Su marido está solo arriba, entonces?

Él negó con la cabeza.

—No, en realidad salió justo después que ella.

¿Se le había escapado? Sin hacer el menor intento ya por ocultar su irritación, Claudette extendió los brazos a los lados y golpeó la vitrina de cristal con la sombrilla.

—Bien, no me haga esperar, ¿adónde fueron?

Normand soltó una exclamación ahogada de fingido horror y después colocó la palma de su mano sobre la carísima camisa de lino.

—Como comprenderá, madame *comtesse*, no tenía derecho alguno a preguntárselo.

Claudette notó que su rostro se ruborizaba con renovada furia. Nada le habría proporcionado más satisfacción que estrangular a ese hombre para arrancarle la información. Esa pequeña hormiga... No obstante, antes de que pudiera dar comienzo a la retahíla de comentarios mordaces, la puerta principal se abrió a su espalda y entraron dos damas, madre e hija, charlando y riendo, lo que interrumpió su delicado interrogatorio.

Normand compuso una expresión agradable y centró su atención en ellas.

—Madame y mademoiselle Tanquay. Es un enorme placer verlas esta encantadora mañana. Estaré con ustedes en un momentín.

Claudette no tenía tiempo que perder.

—Normand...

—Madame *comtesse* —la interrumpió al tiempo que se volvía de nuevo hacia ella—, ¿puedo hablar con usted un instante en el salón?

Durante un segundo, Claudette se quedó muda de asombro, pero después se recuperó y sonrió con aire satisfecho al darse cuenta de que tal vez quisiera compartir con ella alguna información importante.

—Por supuesto —contestó con la barbilla en alto y los hombros erguidos antes de encaminarse hacia allí.

Normand le pisaba los talones y, tan pronto como entraron en el salón, Claudette se volvió hacia él con aire majestuoso y expresión impaciente.

—¿Qué tiene que contarme, Normand? —inquirió con tono brusco.

El hombre se tomó su tiempo. Se frotó la mandíbula con la palma de la mano mientras echaba un vistazo por encima del hombro hacia las cortinas de terciopelo rojas, parcialmente abiertas, para vigilar a las clientas, que en esos momentos estaban absortas en los saquillos perfumados colocados en el estante situado detrás de la vitrina.

Claudette aguardó con creciente irritación. Sabía que la aparente renuencia a hablar de Normand era deliberada y que estaba destinada a provocarle cierta expectación... A buen seguro esperaba recibir una recompensa. Era un hombre detestable.

Por fin, Normand le concedió toda su atención.

—Tengo cierta información... —dijo en voz baja.

—De eso no me cabe duda —le espetó ella—. No creerá que he accedido a venir a este espantoso salón rojo para conseguir una copa de champán o para charlar con usted sobre las fragancias de la temporada...

Ese comentario arrogante no lo amedrentó ni lo más mínimo.

—... por la que tendrá que darme una compensación económica, desde luego —finalizó con una sonrisa complaciente.

Normand la hormiga. Siempre tan predecible...

—¿De qué se trata?

El hombre cruzó los brazos sobre el pecho y se acercó un paso a ella.

—Me gusta especialmente el brazalete de diamantes que lleva puesto.

Claudette siguió la mirada del vendedor hasta su muñeca izquierda, donde la pulsera de exquisitas piedras de veinte quilates que le había regalado su primer marido quince años atrás brillaba en todo su esplendor. Era con mucho su mejor joya, y solo se la ponía en ocasiones elegantes, como el baile de la noche anterior. Esa insinuación, el hecho de que Normand creyera que consideraría siquiera la idea de entregársela, la dejó sin palabras.

—No puede hablar en serio —señaló, estupefacta—. Debe de haber perdido la cabeza si cree que voy a entregarle los diamantes... estos diamantes nada menos... a cambio de un poco de información, Normand.

El hombre soltó un suspiro exagerado y sacudió la cabeza mientras bajaba la vista hasta la punta de uno sus brillantes zapatos negros, que no dejaba de mover sobre la alfombra.

—Creo que yo me lo pensaría mejor si estuviera en su lugar, madame. La... información... que poseo es muy, muy valiosa. —Volvió a mirarla a los ojos—. Al menos para usted.

Por primera vez desde que lo conocía, Normand consiguió desconcertarla por completo. Claudette no lo había visto nunca tan arrogante, tan seguro de llevar las riendas, como en ese instante.

—¿Qué es lo que quiere, Normand? —preguntó con mucha cautela, dejando claro con la seriedad de su voz y la rigidez de su postura que no permitiría que jugara más con ella.

El hombre volvió a echar un vistazo por encima del hombro, evasivo. Después, se inclinó hacia delante y murmuró:

—Creo que preferiría que me entregara el brazalete primero.

Claudette no podía dar crédito a semejante insolencia. Ladeó la cabeza antes de esbozar una sonrisa desdeñosa.

—Dígame dónde están y adónde han ido y tal vez me lo piense.

Normand se echó a reír por lo bajo y comenzó a rascarse las patillas.

—Ay, madame *comtesse*, sé mucho más que eso.

Atónita una vez más, Claudette parpadeó con rapidez y lo miró de arriba abajo con una mueca de desprecio e incredulidad.

—¿El brazalete? —pidió de nuevo el hombre, que extendió el brazo hacia ella con la palma abierta.

Deseaba asesinarlo... pero no antes de haber descubierto lo que sabía; su sonrisa satisfecha revelaba por sí sola la importancia de la información que tenía en su poder, y eso era de lo más significativo. Jamás le habría pedido algo de tanto valor personal para ella sin una buena razón. Tal vez fuera un asqueroso bastardo, pero no era estúpido.

Tras arrojar el parasol al sofá de terciopelo que había a su espalda, Claudette se arrancó los diamantes de la muñeca.

—Sabe que lo recuperaré —le advirtió, fulminándolo con la mirada—. Y haré que lo arresten por robo.

—No, creo que no —replicó él de inmediato con tono despreocupado—. Lo habré desmontado y vendido por piezas antes del mediodía. Tengo... conocidos, digámoslo así, que se encargan de esas cosas. Por una pequeña cantidad de dinero, desde luego.

Lo odiaba. Lo odiaba de verdad. Con los rasgos tensos a causa de la furia, Claudette le arrojó el brazalete con fuerza y le dio en el pecho, aunque él lo atrapó sin problemas con una mano.

—Empiece a hablar —exigió entre dientes al tiempo que apretaba los puños a los costados.

El hombre aguardó, desafiándola a propósito mientras alzaba la joya para inspeccionarla; cada diamante reflejaba la luz del sol que entraba por una ventana cercana mientras él lo hacía girar entre el dedo índice y el pulgar.

—Normand, le juro que...

El vendedor cerró la mano en torno al brazalete y sonrió.

—Tal vez quiera sentarse.

Claudette se inclinó hacia él.

—Dígamelo ahora mismo, pequeño sapo, o le juro por Dios que le atravesaré la garganta con la sombrilla y dejaré que se desangre hasta la muerte sobre esta horrible alfombra roja.

La amenaza ni siquiera lo hizo parpadear.

—Apostaría esta preciosa pieza de orfebrería a que ambos están ahora de camino a Grasse.

Claudette soltó una exclamación ahogada y lo miró con la boca abierta.

—¿Eso es todo?

—Nooo...

Estaba a punto de explotar, y el hecho de que él fuera consciente de ello no hacía sino empeorar las cosas.

—Piénselo, madame *comtesse* —continuó en voz baja; entrecerró los ojos mientras y se metió las manos en los bolsillos de la chaqueta del traje—. ¿Por qué cree que viajan hacia Grasse?

Algo extraño comenzó a roerle las entrañas y la hizo vacilar; algo que todavía no lograba definir.

—¿Por qué cree usted que van hacia allí, Normand? —replicó con voz tensa.

Él respiró hondo y se meció sobre los pies.

—Creo que van de camino hacia allí para enfrentarse al hombre al que Olivia considera su marido y que en estos momentos trata de seducir a Brigitte Marcotte de Govance.

Claudette se limitó a mirarlo y sacudió la cabeza muy despacio, perpleja. Luego, como si del estallido de un trueno cercano se tratara, la verdad penetró en su cabeza. Se apartó del hombre de un salto con los ojos abiertos como platos y estupefacta más allá de toda explicación, atrapada en una tormenta de la más pura incredulidad.

—Ay, Dios mío... —susurró mientras la habitación comenzaba a dar vueltas a su alrededor.

—¿Quiere sentarse ahora? —preguntó Normand con tono afable.

Claudette no podía respirar, no podía hablar. Sintió que se le doblaban las piernas y, cuando dio un paso atrás, se pisó el dobladillo del vestido y cayó sobre el sofá. La carísima sombrilla quedó aplastada bajo su trasero, pero ella ni siquiera se dio cuenta.

Tardó largos y dolorosos segundos en asimilar ese giro tan inesperado y peligroso de los acontecimientos. Clavó la vista en la alfombra, presa de los temblores, y comenzó a sudar cuando empezó a entender lo que había ocurrido a su alrededor sin su conocimiento, sin que se diera cuenta; cuando comenzó a comprender lo que ocurriría en Grasse mientras ella permanecía allí sentada en la ignorancia, encajando las piezas de aquella terrible revelación.

Samson estaba allí. Había ido a Francia en secreto a petición de Olivia, o puede que incluso con ella. La joven había ido sola en busca de su descarriado marido, pero no a Grasse como ella había supuesto, sino a Inglaterra, y había regresado con Sam en vez de con él.

Samson y Olivia.

Santa madre de Dios...

Alzó la vista hacia Normand, que seguía igual que antes, tamborileando en el suelo con las puntas de los pies y con una sonrisa satisfecha en su despreciable boca.

—Usted lo sabía.

Él se encogió de hombros.

—Lo suponía.

Jamás había experimentado una mezcla de sensaciones como la que la embargaba en esos momentos: confusión, frustración, miedo y pura rabia. Sobre todo rabia, en especial contra sí misma por haber sido tan mema para no percatarse de lo que había ocurrido delante de sus narices en los últimos días.

Debería haber descubierto la farsa, tal y como lo había hecho Normand, y mucho más rápido. Debería haberlo sabido. Todas las señales estaban presentes: las excelentes aptitudes de Sam para el baile, el cabello más corto, su falta de interés cuando flirteaba con él y el momento íntimo que había compartido con su sobrina en la terraza. Por Dios, ¡si hasta lo había invitado a su habitación! No era de extrañar que hubiera huido. Estaba claro que había quedado como una estúpida delante de todo el mundo, y sin duda Samson lo había disfrutado más que nadie.

—¿Cuándo? —consiguió pronunciar con voz rota—. ¿Cómo se dio cuenta, Normand?

—*Monsieur? Le parfum, s'il vous plaît?*

Normand se volvió hacia la voz que los había interrumpido y se quedó tan sorprendido al ver a las dos damas que se hallaban tras él como ella misma.

Una furia irracional se apoderó de Claudette.

—Está ocupado —señaló con un tono airado que pareció traspasar las paredes.

Las mujeres la miraron de hito en hito. Normand se interpuso entre ellas para solucionar el asunto.

—Denme un momento, por favor, señoras. Elijan cualquier fragancia o artículo que quieran y, a cambio de su paciencia, yo les restaré la mitad del precio de venta.

No le dieron las gracias por su generosidad, pero tampoco se marcharon de la tienda. Claudette hizo caso omiso de su presencia cuando las damas titubearon unos instantes antes de acercarse de nuevo a las vitrinas sin dejar de susurrar.

Normand volvió a clavar la vista en ella con los ojos entrecerrados en un gesto de fastidio.

Claudette tampoco le prestó atención a eso.

—¿Cómo lo adivinó? —repitió, aunque ya había recuperado un poco de sensatez.

El hombre suspiró.

—En primer lugar, la llamó Livi...

—Edmund detesta los sobrenombres cariñosos —intervino ella al tiempo que aferraba la falda del vestido con ambas manos.

—Sí, lo sé —le aseguró Normand con tono frío—. Eso despertó mis sospechas de inmediato. Pero también había algo más... «sutil» entre ellos.

—¿Qué? —lo presionó Claudette con la frente arrugada.

El vendedor sonrió con malicia, disfrutando en extremo con toda aquella situación.

—Su forma de mirarla.

—¿Su forma de mirarla?

—Yo diría —comenzó con regocijo al tiempo que se inclinaba hacia ella—, que parecía hechizado por su sobrina. Y Olivia por él.

Claudette notó que se ruborizaba, que el sudor humedecía su labio superior y que su corazón comenzaba a latir más aprisa.

Esto no puede estar ocurriendo, pensó.

Por primera vez en su vida, creyó que se desmayaría de verdad. El salón rojo comenzó a girar a su alrededor en un torbellino carmesí que le produjo náuseas. Se sentía mareada en medio de aquel calor agobiante, dentro del ceñido y pesado vestido.

Cerró los ojos para respirar tan profundamente como le fue posible un par de veces e intentó concentrarse, recuperar el control de sus sentidos y de sus pensamientos, digerir aquella inesperada revelación y las posibles consecuencias que tendría para ella e incluso para Edmund. Para ambos como pareja. Todo había cambiado y necesitaba pensar, tomar una buena decisión ahora que Sam y Olivia estaban al tanto de la mayor parte de su estratagema, si no de toda ella. Todo había cambiado, y no podía reflexionar acerca de las opciones que tenía en ese lugar, con la pequeña hormiga observando cada uno de sus movimientos.

Haciendo gala de un gran aplomo, levantó los párpados para mirar a Normand una vez más. Él no había apartado la mirada de ella, aunque su expresión en ese momento era de curiosidad y no de insolencia, como la que mostraba instantes atrás. Le sonrió con cinismo mientras recuperaba la compostura. Después, se puso en pie muy despacio para enfrentar su mirada atrevida con una similar de cosecha propia y se alisó la falda antes de apartarse el cabello de la frente, todavía cubierta de sudor.

—Bueno —dijo con tono práctico—, supongo que tendré que prepararme para un viaje a Grasse.

Normand sonrió con desdén y comenzó a mover las puntas de los pies una vez más.

—Me consta que monsieur Carlisle estará encantado de verla.

Claudette enarcó una ceja.

—De eso no me cabe la menor duda —replicó.

—Además, tengo clientas que precisan mi atención —añadió el hombre—. Más tarde buscaré a alguien que se encargue de vender los diamantes.

Lo había dicho por puro despecho, para recordarle cuánto le había costado conocer los detalles que le permitirían estar un paso por delante de todos los demás. A decir verdad, había sido un precio pequeño a pagar por semejante información: Samson y la encantadora y dulce Olivia no tenían ni la más mínima idea de que ella estaba al corriente de todo.

Claudette estiró el brazo hacia atrás para coger su parasol. Luego, se acercó hasta Normand con un par de pasos.

—Disfrute del dinero que consiga con la venta de la pulsera, Normand. Tengo la certeza de que lo gastará con prudencia.

El hombre asintió con la cabeza.

—De eso puede estar segura, madame *comtesse*. Le deseo un viaje tranquilo y fructífero.

Con absoluto regocijo, Claudette le clavó la sombrilla en la punta del pie y apretó con fuerza sobre sus dedos.

—Eres un cabrón, Normand.

Y tras eso se alejó de él. Pasó por alto el atormentado jadeo del hombre y el enrojecimiento de su rostro mientras atravesaba el salón de Nivan en dirección a la puerta principal.

14

Lo último que Sam deseaba era viajar a Grasse. Por Dios, ¿la costa mediterránea en junio? Ya hacía bastante calor, y la temperatura abrasadora del sur de Francia seguramente lo mataría. No obstante, allí era donde vivía su hermano, y puesto que no iba a permitir que Olivia fuera hasta ese lugar sola, su opinión sobre el clima era del todo irrelevante.

Había aguardado a Olivia esa mañana a sabiendas de que ella intentaría marcharse a Grasse sin él después de la sorprendente noche de pasión que habían compartido. Y cuando sus sospechas se vieron confirmadas, estaba preparado: la siguió fuera de Nivan y la agarró del brazo antes de que subiera al carruaje que la esperaba.

Por supuesto, Olivia se había enfurecido con él por haber descubierto su intención de abandonar París sola en busca de Edmund, pero Sam se había dado cuenta de que la verdadera razón por la que quería huir de él estaba justo delante de sus narices. No debería haberla besado, no debería haberla llevado hasta el orgasmo sin su consentimiento, sin tener en cuenta las consecuencias y, en especial, sus sentimientos. Y aplastándola contra la pared de la cocina, nada menos. Por todos los santos, ¿en qué estaba pensando? Lo había embrujado, había utilizado con él una especie de... poder misterioso. Un poder que solo Olivia poseía, ya que en las relaciones que había mantenido con anterioridad ninguna mujer, ni siquiera

Claudette, le había hecho experimentar los extraños y conflictivos sentimientos que ella le provocaba: una lujuria irrefrenable, fastidio, y una acuciante necesidad de seducir, dominar y proteger.

No podía quitársela de la cabeza. No había dejado de pensar en ella ni un solo minuto desde la noche que la conoció en Inglaterra, y le parecía que había pasado una eternidad desde entonces. Olivia lo asombraba y lo fascinaba en todos los sentidos imaginables: con su inteligencia y su peculiar aptitud para los negocios; con esa risa dulce y seductora; con su resuelta determinación; y sí, también con su inocencia. Y para dificultar aún más las cosas entre ellos, tenía que ser la mujer más bella que hubiera visto jamás. Sin embargo y por encima de todo, Olivia lo confundía hasta un punto rayano en lo irracional; y la irracionalidad no solo era algo impropio de él, sino que lo molestaba más que todas las demás cosas juntas.

La había deseado con desesperación la noche del baile y, por mucho que lo negara, ella había respondido con pasión a esa urgente e inexplicable necesidad de tocarla. Conocía al género femenino y sus reacciones demasiado bien, y no creía haber estado nunca con una mujer tan húmeda y tan dispuesta; no había estado nunca con ninguna que hubiese llegado al clímax con apenas unas simples caricias. Observar su orgasmo lo había llevado al borde del abismo, y sin duda ella había notado su reacción cuando se apretó contra su cuerpo para que supiera cómo lo había afectado físicamente.

Pero ¿era virgen? No podía dejar de preguntárselo. Había reaccionado a sus caricias, pero eso no significaba que tuviera alguna experiencia real. Además, el hecho de que no se hubiera acostado con Edmund no quería decir que no lo hubiera hecho con otro antes. Después de todo, era una francesa de casi veinticinco años, y todas las francesas que había conocido a lo largo de su vida eran bastante promiscuas. Con todo, tal vez no fueran más que prejuicios asociados con ese pasado que en ocasiones regresaba para atormentarlo, como había ocurrido al ver a Claudette de nuevo después de tantos años.

Al menos ya se encontraban cerca de Grasse, en el tramo final del viaje a través de la Provenza. Iban solos en el carruaje de alquiler, aunque había tenido que pagar una suma considerable a fin de asegurarse un paseo privado. El viaje había transcurrido con bastante lentitud, ya que había caído una llovizna constante desde que abandonaran la ciudad para adentrarse en el campo. El sol no había hecho su aparición hasta el día anterior, cuando dejaron atrás Gorges Du Loup y comenzaron a atravesar un campo tras otro de aromática lavanda.

Esa misma mañana, mientras desayunaban café y bollos, Sam se había dado cuenta de que ambos habían comenzado a ponerse nerviosos ante la inminente llegada. Eso no quería decir que Olivia le hubiera dirigido la palabra, porque de hecho se negaba a hablar a menos que fuera estrictamente necesario. Él había accedido a alquilar cuartos separados cuando se detuvieron a pasar la noche, pero solo después de advertirle que la perseguiría hasta darle caza si se le ocurría marcharse de allí en medio de la noche sin su conocimiento. Tenía la certeza de que Olivia se atendría a lo acordado, ya que viajaban al mismo lugar con un propósito muy particular, y ella lo necesitaba en muchos sentidos, lo que sin duda la enfurecía aún más.

En ese momento se dedicó a observarla. Estaba sentada frente a él en el asiento acolchado del carruaje, con los ojos cerrados a fin de aliviar el traqueteo constante del vehículo y el abanico de marfil aferrado entre las manos, sobre el regazo. Ese día se había recogido el cabello trenzado en la coronilla y llevaba puesto un típico vestido de mañana de seda azul verdoso; era la primera oportunidad que tenía de ponerse algo distinto al traje de viaje azul marino, que según ella era bastante cómodo a pesar de que iba abotonado hasta el cuello. Lo cierto era que el vestido de viaje no le sentaba muy bien, pero Sam sabía que habría apreciado sus deliciosos encantos con cualquier prenda que llevara puesta. Sin embargo, ese día era diferente. Pronto se enfrentarían al hombre que la había arruinado económicamente, el hombre que solo se parecía a él en el plano físico, y era obvio que Olivia deseaba tener el mejor aspecto posible. El vestido azul verdoso, con un escote cuadrado y bajo, realzaba su figura, sus mejillas ruborizadas y el vibrante azul de sus ojos, y debía de resultarle más fresco ahora que el calor del verano había regresado para acompañarlos durante el último día de viaje.

No había hablado mucho con él ese día y se negaba en rotundo a conversar sobre el encuentro íntimo que habían mantenido la otra noche. No había mucho que decir a ese respecto, supuso Sam, aunque esperaba que Olivia pensara en ello tan a menudo como él. Sin embargo, debían hablar antes de llegar a Grasse para intercambiar ideas y organizar sus planes. Debían llegar a un acuerdo y seguir adelante. Con eso en mente, Sam decidió que había llegado el momento de romper el hielo y ponerse manos a la obra.

—¿Qué vas a decirle a mi hermano cuando lo veas?

Olivia parpadeó varias veces antes de abrir los ojos.

—No lo sé —replicó tras un brevísimo titubeo—. Todavía no sé muy bien cómo enfrentarme a él.

Eso lo sorprendió, teniendo en cuenta la determinación y el coraje que solía mostrar.

—¿Quieres que me reúna primero con él?

—No —contestó ella de manera brusca.

Sam apoyó la cabeza sobre el respaldo, pero no le quitó la vista de encima.

—No puedes seguir enfadada conmigo para siempre, Olivia.

Eso captó su atención. Sus mejillas se sonrojaron y su mandíbula se tensó.

—No estoy enfadada; estoy cansada.

—Ya... —Entrelazó los dedos de las manos—. Bueno, puesto que no estás enfadada conmigo, ¿te importaría hablar de lo que ocurrió la otra noche entre nosotros?

Olivia guardó silencio durante unos momentos. Después cerró los ojos de nuevo.

—Ya he olvidado ese incidente.

¿Incidente? Sam tuvo que apretar los labios para no soltar una risotada.

—Pues yo no lo he olvidado, Olivia —dijo arrastrando las palabras—. Lo revivo una y otra vez a cada minuto del día. —Sabía que la estaba atosigando, pero por alguna razón deseaba que supiera cuánto lo afectaba a nivel sexual.

Olivia compuso una mueca indignada y levantó los párpados una vez más para fulminarlo con la mirada.

—Si yo lo reviviera una y otra vez, como tú afirmas hacer —reveló con voz ronca—, estaría traicionando a mi marido. Y por mucho que desprecie lo que me ha hecho, pronuncié mis votos y tengo la intención de mantenerlos. Al parecer, lo único que me queda es mi palabra.

Esa respuesta lo dejó atónito. No estaba acostumbrado a la fidelidad en el matrimonio ni en ningún otro tipo de relación, así que no se le había ocurrido pensar que ella pudiese sentirse molesta por lo que consideraba una debilidad de la carne. En ese instante comprendió lo mucho que la había perturbado el momento de pasión que habían compartido, y en cierto sentido, se sintió admirado por su devoción... aunque lo irritaba en extremo que ella pudiera olvidar sin más lo que habían compartido.

La miró a los ojos durante varios segundos, indeciso. Luego decidió mandar al infierno las dudas y quiso que ella conociera la verdad; debía conocerla antes de enfrentarse a su hermano.

—Olivia —comenzó al tiempo que se enderezaba un poco en el asiento y se pasaba los dedos por el cabello—, tengo que contarte algo que no va a hacerte ninguna gracia.

Ella estuvo a punto de soltar un resoplido.

—No sé si podré soportar otra de tus sorpresas, Excelencia.

—Deja de llamarme así —se quejó, exasperado—. Me parece que ya hemos dejado atrás las formalidades, ¿no crees?

Ella contempló una colina cuajada de lavanda a través de la ventanilla antes de volver a dirigirse a él con expresión decidida.

—No quiero seguir con los jueguecitos, Sam.

—Yo tampoco —dijo él en voz baja mientras estiraba las piernas para poder meter los pies bajo las faldas de su vestido—. Nada de juegos. No más mentiras.

Ella se dio unos golpecitos en el regazo con el abanico y entrecerró los párpados en un gesto suspicaz.

—¿Quieres decir que me has mentido?

Sam detectó cierto matiz de dolor en su pregunta, y eso le provocó un nudo en las entrañas. Esbozó una leve sonrisa.

—No, nunca te he mentido, Livi; pero tampoco te he contado toda la verdad.

A Olivia se le llenó la frente de arrugas mientras lo recorría con la mirada.

—¿Qué es lo que no me has contado?

—Cierta información importante, puede que incluso crucial. Y que te va a enfurecer.

Olivia tragó saliva con fuerza, pero se mantuvo erguida, preparándose sin duda para la tormenta que estaba por llegar. Sam deseó que hubiera algún modo suave y fácil de explicarle todo lo que sabía sobre su matrimonio, pero no se le ocurría ninguno. Tras respirar hondo, decidió decantarse por la sinceridad.

—Tengo que decirte algo Olivia, y sin importar cómo te sientas, quiero que sepas que es la verdad tal y como yo la conozco.

Esperó a que ella dijera algo, pero solo se limitó a mirarlo.

Sam se inclinó hacia delante y apoyó los codos en las rodillas antes de entrelazar las manos por delante.

—¿Recuerdas a Colin Ramsey, el hombre al que conociste en el baile de Londres?

Olivia ladeó la cabeza un poco.

—Sí, por supuesto que sí. Es un hombre bastante difícil de olvidar.

No sabía si debía tomarse eso bien o mal, aunque el aguijonazo de celos que sintió en el pecho lo molestó sobremanera. Colin, el preferido de las damas: sociable, encantador y galante. Todo lo que él no era.

—Te cayó bien, ¿verdad? —inquirió, aunque se arrepintió de querer saber algo tan estúpido e irrelevante en el preciso momento en que formuló la pregunta.

Ella sonrió con sorna.

—Es muy apuesto.

¿Apuesto? ¿Eso era todo? Lo que quería oír era que ella jamás se interesaría por un hombre como él, pero no tenía modo de conseguir que Olivia le hiciera una descripción más extensa de su amigo.

Asintió con la cabeza, decidiendo que sería mejor continuar.

—Lo que voy a decirte debe quedar entre nosotros, ¿comprendido?

—¿Vas a decirme que ese hombre está involucrado en algo ilegal? —preguntó ella tras una larga pausa.

—Sí —murmuró Sam sin vacilar.

Olivia frunció el ceño y abrió el abanico antes de comenzar a agitarlo muy despacio delante de su rostro.

—No logro imaginar qué tienen que ver conmigo las... actividades de tus amigos, milord.

Ese tono frío y formal empezaba a irritarlo.

—Que Dios me ayude, Livi, amor mío, pero si me llamas «milord» o «Excelencia» otra vez cuando estemos a solas y en privado, te besaré hasta dejarte sin aliento.

El abanico se detuvo en seco y ella lo miró con la boca abierta. Después, apretó los dientes y aspiró de manera brusca.

—No me llames «amor mío» —exigió mientras comenzaba a abanicarse de nuevo—. No soy tu amor, y ese tipo de familiaridad entre nosotros resulta de lo más indecorosa.

Había vuelto a decir algo que él no había previsto, y ese súbito y descarado comentario le dolió mucho más de lo esperado.

—Está claro que no eres el amor de Edmund —dijo en voz muy baja—, y de eso es de lo que quiero hablar.

Olivia parpadeó con vacilación antes de volver a desviar la vista hacia la ventanilla.

—No haces más que andarte con rodeos, Sam.

—Supongo que eso es cierto —reconoció él con un suspiro. La observó durante unos instantes y tomó nota de su postura rígida, de la tensión que irradiaba su expresión impasible. Aquello iba a hacerle mucho daño, pero no se le ocurría otra forma de contarle las cosas más que revelarle los hechos tal y como los conocía—. Deja que vaya directo al grano.

—Por favor —dijo ella con tono cortante.

Sam unió las yemas de los dedos.

—Colin Ramsey es un agente del gobierno británico.

Al parecer, Olivia tardó unos segundos en asimilar esa información. Luego, apartó la vista de la ventana con el ceño fruncido y lo miró como si se hubiera vuelto loco. Sam continuó antes de que ella pudiera expresar su incredulidad.

—Su especialidad son las falsificaciones —añadió con voz seria—, los documentos falsificados que se encarga de realizar y de identificar a instancias del gobierno. Se le da muy, muy bien su trabajo, y tiene mucha experiencia; le pagan sumas exorbitantes por sus servicios. Hasta la fecha, jamás ha errado a la hora de identificar un trabajo de falsificación. —Hizo una pausa para observarla con detenimiento y después preguntó—: ¿Lo entiendes?

Olivia se quedó callada mientras lo estudiaba al detalle, aunque ya no parecía enfadada, sino nerviosa. No dejaba de retorcer el abanico entre las manos.

—¿Qué tiene eso que ver conmigo? —inquirió a la postre.

Sam no sabía cómo exponerlo de manera delicada, de modo que se limitó a revelar:

—Hice que revisara y analizara la licencia matrimonial que me entregaste.

Olivia sacudió la cabeza muy despacio, sin tener muy claro el significado que se ocultaba tras esas palabras.

—Pero te entregué el original —dijo con tono grave y controlado—, no una copia. Si lo tomó por una falsificación, está equivocado.

—No está equivocado —señaló Sam con amabilidad—. El documento matrimonial que firmasteis Edmund y tú, el documento original, no es legal.

Olivia permaneció inmóvil, con los ojos desorbitados a causa de la incredulidad.

—Eso no es posible. —Tomó aliento de forma entrecortada—. Pronuncié los votos; nos casó un sacerdote...

—Olivia —la interrumpió Sam con voz solemne—. Sospecho que pronunciaste esos votos frente a un actor contratado.

No podía apartar la vista de ella. La mujer parpadeó varias veces seguidas con una expresión que delataba la mezcla de estupefacción y confusión que sentía, la angustia y los recelos que la embargaban. Sam había esperado ese tipo de dolor, pero experimentó la extraña necesidad de compartirlo con ella. Edmund le había hecho mucho daño, y ese mero hecho avivó el desprecio que sentía por su hermano.

—No... no te creo —murmuró ella después de un rato; tenía los ojos llenos de lágrimas que intentaba no derramar delante de él.

—Dime una cosa —la presionó después de tomar una honda bocanada de aire—, ¿te pareció que Edmund estaba impaciente por anunciar vuestro matrimonio en sociedad?

La pregunta la sorprendió y titubeó antes de responder.

—No. Puesto que nos habíamos casado muy poco tiempo después de habernos conocido, me dijo que sería mejor esperar para anunciarlo, y yo estuve de acuerdo con él.

—Ya veo. Así pues, es muy posible que nadie conozca vuestro supuesto matrimonio salvo la gente de París que se mueve dentro de tus círculos sociales...

—Es muy probable, sí.

Sam se frotó la cara con la palma de la mano.

—Yo diría que se hace pasar por soltero. ¿Por qué crees que está en Grasse, cortejando a otra heredera incauta? Porque puede hacerlo. ¿Por qué crees que no se acostó contigo la noche de bodas? Porque hacerte el amor no solo complicaría sus planes de mantenerse alejado de ti sentimentalmente; no podía permitirse el riesgo de dejarte embarazada, ya que tenía pensado abandonarte desde el preciso momento en que te conoció. No tenía intención de enfrentarse el obstáculo que supondría un niño no deseado, algo que, de alguna retorcida manera, sería probablemente lo más honorable que hubiera hecho en su vida. —Se quedó callado unos segundos antes de añadir con vehemencia—: Todos los hechos de esta sórdida farsa indican que no estás casada con Edmund, Olivia. Y por mucho que me alegre esa idea personalmente, jamás te mentiría sobre algo así. Jamás.

Al parecer, Olivia necesitó varios minutos para digerir su declaración, sus explicaciones y razonamientos, y lo que significaban para ella y para la relación que la unía a su hermano. Bajó los ojos y clavó la vista en su regazo mientras respiraba con regularidad, casi sin hacer ruido.

—¿Por qué? —preguntó al fin.

Al igual que él, Olivia podía comprender el porqué de semejante escarnio, las razones por las que su hermano la había engañado de esa forma.

—Edmund es un cabrón embustero, siempre lo ha sido. La única explicación de las cosas que hace es su propio egoísmo.

Olivia levantó la vista una vez más. Tenía la cara pálida y una expresión ausente; clavó los ojos en él como si reflexionara sobre las mentiras en busca de una respuesta.

—Y mi tía estaba enterada de todo; lo planeó con él.

—Sí —replicó Sam, que tuvo que luchar contra el impulso de estirar un brazo para acariciarla, a sabiendas de que si lo hacía, ella lo rechazaría de inmediato—. De eso estoy seguro.

Finalmente, Olivia irguió los hombros y recuperó un poco el control antes de frotarse los ojos y enjugarse la mejilla con la palma de la mano.

—¿Crees que…? —Se aclaró la garganta y retorció el abanico con ambas manos—. ¿Crees que son amantes?

A Sam se le hizo un nudo en las entrañas. Ella había clavado la vista en su regazo, incapaz de mirarlo a la cara, y tenía un aspecto tan dulce que le derritió el corazón.

—Olivia...

Ella sonrió con amargura.

—Lo crees, ¿no es así?

Sam volvió a reclinarse en el asiento.

—Creo que han sido amantes durante años —admitió con ternura.

Olivia meneó la cabeza antes de apoyar la sien contra el lateral del carruaje y contemplar el paisaje que dejaban atrás a través de la ventanilla.

No tenía ni idea de qué decirle, así que Sam también guardó silencio y apoyó la cabeza en el respaldo. El día había pasado muy deprisa y ya casi estaban en las afueras de la ciudad. Debían encontrar un lugar donde pasar la noche, pensar bien las cosas, trazar un plan de acción y enfrentarse por fin al enemigo, a su hermano.

—¿Por qué no me has contado esto antes, Sam?

Volvió la cabeza para observarla una vez más. Seguía mirando por la ventana.

—No sabía si me estabas mintiendo —contestó después de pensarlo unos segundos—, si Edmund y tú habíais planeado toda esta farsa juntos para haceros con mi herencia. —Respiró hondo antes de añadir con tono vacilante—: No sabía si podía confiar en ti.

Ella sacudió la cabeza.

—¿Y qué te hace pensar que puedes confiar en mí ahora?

—No lo sé —replicó de inmediato—. En realidad no sé por qué confío en ti, pero lo hago. Y esa es la respuesta más sincera que puedo darte.

Olivia cambió de posición en el asiento y lo miró de soslayo.

—Te odio por no habérmelo dicho hasta ahora —susurró con una voz cargada de ira.

Sam se sintió como un gusano.

—Lo sé —dijo tras un largo suspiro—. Lo siento.

Ella se limitó a mirarlo con expresión reservada mientras acariciaba el suave marfil del abanico con la yema de los dedos. Después, para su más absoluto asombro, dejó el abanico a su lado en el asiento y se levantó de su asiento para situarse a su lado, dejando que la falda del vestido le cubriera las piernas. Escudriñó cada rasgo de su rostro, su pecho y sus hombros. A continuación le rodeó el cuello con los brazos y lo abrazó con fuerza mientras acurrucaba la cabeza bajo su barbilla.

—Te odio, Sam —le susurró al oído. Le dio un beso en la mandíbula antes de acurrucarse de nuevo contra él—. Te odio... pero te necesito con desesperación. Que Dios me ayude, pero eres la única persona en el mundo en la que confío.

Sam se sintió envuelto por una curiosa sensación de irrealidad que le nubló el juicio y la sensatez con una bruma de sentimientos desconcertantes que no lograba identificar ni dominar. No sabía qué decir, qué se esperaba que hiciera; no sabía nada. Olivia olía a las mil maravillas y parecía muy dulce entre sus brazos; si mal no recordaba, era la primera vez que disfrutaba de la proximidad de una mujer sin ningún tipo de intención sexual. Se acomodó en el asiento para poder rodearla con los brazos y estrecharla con facilidad.

Ella aflojó el abrazo un poco.

—Gracias —murmuró tras unos momentos de silencio.

Sam se moría por besarla allí mismo; por librarla de las preocupaciones, del miedo y de la angustia con besos; por explorar a conciencia cada una de las emociones que provocaba en él y demostrarle lo mucho que se preocupaba por ella y por su futuro.

Como si le hubiese leído los pensamientos, Olivia se inclinó hacia él sin previo aviso y posó los labios sobre los suyos con suavidad, sin moverse, solo rozándolos. Sam sintió un nudo en la garganta al percibir el anhelo y la soledad que destilaba ese cálido contacto. Sin embargo, no se movió, no la presionó en busca de más, ya que sabía que el momento de pasión llegaría más tarde. Todas las dudas sobre el deseo que sentía por esa mujer, sobre su necesidad de formar parte de su vida, se aclararon de inmediato; de hecho, se habían desvanecido en el preciso momento que admitió que confiaba en él. La esperaría, pero no volvería a cuestionarse si sería suya o no.

Poco a poco, Olivia se alejó y se enderezó en el asiento; apartó los brazos de él y apoyó las manos en el regazo. Le recorrió el rostro con la mirada, demorándose en los labios, el cabello y los ojos, y después frunció el entrecejo en un gesto de curiosidad... o tal vez de desconcierto.

—Sé lo que estás pensando —dijo Olivia finalmente.

Sam sonrió para sus adentros, muy consciente de que ella no tenía ni la menor idea.

—¿De veras?

Olivia asintió muy despacio, con los párpados entornados, como si lo estuviera pensando con detenimiento.

—Quieres representar un papel, hacerle creer a Edmund que tú y yo estamos casados.

A decir verdad ni siquiera se le había pasado por la cabeza esa idea, pero por un instante se preguntó si daría resultado. Aunque fingirse casado con ella complicaría un poco las cosas, sin duda le proporcionaría unos momentos de lo más satisfactorios. En realidad, podría ser la mejor manera de enfrentarse a su hermano y pillarlo desprevenido.

—¿Serías capaz de actuar tan bien, lady Olivia? —preguntó en tono de broma.

Ella se apartó de él a toda prisa para ocupar su asiento una vez más y lo miró con picardía mientras se colocaba la falda con una sonrisa ladina. Luego se inclinó hacia él para ofrecerle una vista clara de su escote.

—Ni siquiera tendré que actuar, querido mío —murmuró con voz ronca—. Creo que a estas alturas ya te sientes fascinado.

Sam esbozó una mueca burlona.

—Se te da muy bien...

225

—Solo cuando es necesario —replicó ella antes de reclinarse por fin en el asiento y abrir de nuevo el abanico.

Sam cerró los ojos y apoyó la cabeza en el respaldo.

—¿Sam? —susurró ella segundos más tarde.

—¿Mmm?

Hizo una pausa antes de admitir en voz baja:

—En realidad no te odio.

Él sonrió y la observó con los párpados entornados.

—Lo sé. Yo tampoco te odio, Livi.

15

Aunque sus familias siempre habían estado bastante unidas, Olivia no había visto a Brigitte Marcotte desde hacía años. Aun así, no tuvo el más mínimo problema para reconocer a la joven cuando entró en el comedor del Maison de la Fleur de Grasse, el hotel en el que Sam y ella se habían alojado dos días atrás. Pese a que Sam opinaba que no era buena idea, quería reunirse a solas con Brigitte en un lugar de la ciudad en el que fuera difícil que Edmund apareciera para interrumpirlas y, tal y como habían comprobado a su llegada, su supuesto marido no estaba hospedado en ese hotel. Se sentía más que preparada para enfrentarse a él, pero decidió que sería mejor dejar que la heredera Govance conociera con exactitud las deshonestas intenciones de su pretendiente. Con todo, era muy probable que Brigitte ya le hubiese entregado su corazón a ese canalla, y eso complicaría mucho la reunión de esa tarde. De cualquier forma, Olivia sentía la obligación moral de informar a la joven.

En un principio, Sam había sugerido que ambos se enfrentaran a Edmund en primer lugar; de ese modo, podrían pillarlo desprevenido e informarle de que estaban al tanto de su infame comportamiento y de su relación clandestina con Claudette. Sin embargo, después de un día y medio de averiguaciones en la ciudad, no habían descubierto nada sobre su paradero. Sabían que estaba allí, así que llegaron a la conclusión de que debía de estar alojado en la propiedad Govance, y la situación podía volverse mucho más complicada si Edmund había entablado una buena relación con la familia. La única forma de asegurarse era hablar con Brigitte.

Así pues, Olivia había enviado una nota a Brigitte el día anterior para invitarla a tomar el té en el hotel a las cuatro de la tarde. El comedor encajaba en el ambiente de la ciudad, con sus pequeñas muestras de arte local y los jarroncitos hechos a mano llenos de flores que ocupaban todas y cada una de las mesas blancas de estilo provenzal. Olivia había elegido una al lado de la ventana donde podrían hablar en privado, ya que no tenía claro cómo reaccionaría Brigitte al descubrir que el hombre apuesto y encantador que la cortejaba solo quería su fortuna.

En el momento en que Brigitte hizo su aparición en el comedor, Olivia se puso en pie para llamar su atención. Le hizo un gesto con la mano y Brigitte se encaminó hacia ella con una sonrisa.

A pesar de que tenía casi veinte años, la joven heredera Govance apenas había cambiado desde la última vez que la viera. Siempre había sido una muchacha bastante alta y desgarbada, con el cabello rubio, la piel clara y unas cuantas pecas en la nariz. En esos momentos solo parecía algo mayor: seguía delgada, pero se había trenzado el cabello en lo alto de la coronilla y su rostro, aunque nunca había sido hermoso o llamativo, había adquirido cierto toque de feminidad que a Olivia le pareció atractivo, incluso bonito. Ya no brincaba como una chiquilla; caminaba con elegancia hacia ella ataviada con un vestido de día de color lavanda oscuro, cuyos amplios aros mejoraban mucho su delgada figura.

Olivia le devolvió la sonrisa cuando la muchacha se acercó a la mesa.

—Me alegro mucho de verte después de tantos años, Brigitte —dijo con sinceridad.

—¡No puedo creerlo! —La joven apoyó ambas manos en los hombros de Olivia y se inclinó para darle un beso en cada mejilla, dejando que el ridículo a juego con el vestido quedara colgado de su muñeca—. Tu nota fue una auténtica sorpresa.

Olivia señaló con un gesto la silla que tenía enfrente antes de tomar asiento en la suya. De inmediato, el *garçon* trajo té para ambas, tal y como ella le había pedido, y colocó entre ellas dos platos individuales con *tarte aux myrtilles* antes de excusarse con una inclinación de cabeza.

—Me consta que debió de sorprenderte, ya que no había vuelto a Grasse desde que murió monsieur Nivan —comenzó Olivia, que deseaba ir al grano antes de perder el coraje—. Pero tengo una razón de peso para estar hoy aquí.

Brigitte se apresuró a servirse el té en la delicada taza de porcelana con incrustaciones doradas; después añadió dos cucharadas de azúcar y lo removió con suavidad.

—Bueno, ya me lo esperaba —replicó la joven mientras centraba su atención en la tarta de arándanos—. Supongo que me has invitado hoy aquí para hablar de Edmund, ¿no es así?

Olivia estuvo a punto de caerse de la silla. Tal y como le había dicho a Sam, su hermano había mantenido los preparativos de su matrimonio en secreto. No obstante, estaba claro que Brigitte sabía que conocía a Edmund y que él era el motivo por el que había viajado de forma tan inesperada hasta el sur de Francia.

Brigitte parecía haber anticipado su perplejidad. Esbozó una sonrisa satisfecha al ver su expresión y se apoyó con aire despreocupado en el respaldo de la silla.

—Edmund me ha contado con todo detalle vuestra debacle romántica —reveló en un tono afable—. Espero de veras que no hayas venido hasta aquí con la esperanza de robármelo, porque si te soy sincera, no creo que él esté interesado.

Olivia debió de mirarla boquiabierta, porque la muchacha soltó una carcajada antes de negar con la cabeza.

—Veo que te he dejado atónita —dijo Brigitte al tiempo que cortaba otro pedazo de tarta—, pero es cierto: Edmund me contó todo lo que ocurrió entre vosotros.

Olivia sintió la boca seca y estiró un brazo en busca de la nata para echarse un poco en la taza de té.

—¿Qué te ha contado Edmund exactamente, Brigitte? —preguntó cuando recuperó por fin el habla.

La joven se encogió de hombros mientras degustaba la tarta de arándanos. Luego, tras dejar la cuchara sobre el plato, se dio unos golpecitos en los labios con la servilleta, enlazó las manos sobre el regazo y la observó desde el otro lado de la mesa con la cabeza inclinada a un lado, como si reflexionara.

—Me dijo que se creía enamorado de ti, pero que después de que le rompieras el corazón se dio cuenta de que no era así. —Tras una pausa, añadió con tono alegre—: Mucho mejor para mí. Espero que no hayas venido a Grasse con la idea de recuperar su amor.

Olivia se percató de que era la segunda vez que Brigitte había insinuado que deseaba recobrar el afecto de Edmund, lo que daba a entender que esa posibilidad la preocupaba bastante. Aunque, por lo que recordaba, Brigitte siempre había sido un poco aprensiva.

Una vez recuperada, Olivia se llevó la taza de porcelana a los labios y decidió que el té era demasiado suave para su gusto, aunque eso resultaba del todo irrelevante ahora que su plan de salvar a la pobre heredera Govance se había ido al traste.

—No tengo ninguna intención de recuperarlo —admitió con cierta dureza. Luego, tras decidir que lo mejor era ir al grano, preguntó por fin—: ¿Qué te contó Edmund sobre nuestra relación, sobre nuestro matrimonio?

Eso debió de tocar una fibra sensible, ya que los ojos gris azulados de Brigitte se entrecerraron y sus labios se convirtieron en una línea muy poco favorecedora.

—Me contó que lo abandonaste cruelmente pocos días antes de la boda y le rompiste el corazón, algo por lo que te estoy agradecida, ya que de ese modo yo he podido curárselo con mi constante devoción.

Olivia se quedó sin habla al escuchar semejante descripción de los acontecimientos. Jamás habría imaginado que

Edmund pudiera ser tan perverso: no contento con cortejar a una dama inocente con falsos pretextos, había añadido también una sarta de mentiras para respaldar su asqueroso plan. Al parecer había pensado en todo, incluso en la posibilidad de que su anterior esposa acudiera a Grasse para «salvar» a la incauta heredera. La única ventaja con la que parecía contar todavía era que Edmund no podía haber previsto que Sam la acompañara. Se quedaría conmocionado al descubrirlo, y de pronto Olivia se sintió impaciente por presenciar ese encuentro cara a cara.

Olvidado el té, se reclinó también en la silla y contempló a la joven con expresión especulativa.

—Sé que no te hará gracia escuchar esto, Brigitte, pero Edmund te ha mentido. Nos ha mentido a ambas...

—Tonterías —la interrumpió Brigitte con un gesto de la mano—. No tiene razón alguna para mentir. —Se inclinó hacia delante y apoyó las manos en el borde de la mesa. Las suaves líneas de su rostro se endurecieron y sus mejillas se tiñeron con un intenso rubor—. Puede que no te guste escuchar esto, Olivia, pero Edmund me ama, y no pienso apartarlo de mi lado basándome en las mentiras que me cuentes sobre él. Me ha propuesto matrimonio y yo he aceptado, así que nos casaremos en menos de un mes. —Se relajó poco a poco en la silla—. Si has venido hasta aquí para recuperar su amor, tienes mis bendiciones para intentarlo. Pero si lo que quieres es poner en marcha algún tipo de plan perverso, te advierto que no funcionará. Es el hombre más bueno que he conocido, y todavía sigue bastante furioso contigo por lo que le hiciste.

Olivia sintió un intenso ramalazo de furia y frustración, sabía que la mujer que estaba sentada frente a ella no tardaría en experimentar la angustia que había padecido ella, aunque tampoco la mereciera.

—¿Te habló de su hermano? —preguntó con un digno autocontrol—. ¿Te dijo que también tiene una hermana?

Brigitte parpadeó, sorprendida, y luego frunció el ceño, como si la pregunta la hubiera desconcertado.

—Por supuesto que sí.

Olivia no sabía si creerlo o no. La respuesta parecía demasiado defensiva, aunque a esas alturas no sabía si Brigitte admitiría desconocer la existencia de los hermanos de Edmund.

Se inclinó hacia delante una vez más.

—Brigitte —dijo en voz baja a modo de advertencia—, creo que Edmund está detrás de tu herencia, de todo lo que será legalmente tuyo cuando tu *grand-père* muera...

La joven se puso en pie de inmediato y la fulminó con la mirada mientras esbozaba una mueca de desprecio.

—Puedes decir lo que te venga en gana, Olivia, pero conozco a Edmund... desde hace meses. Tendría que ser muy buen actor para engañarme tanto a mí como a mi familia confesando un amor que no siente.

Y lo es, pensó Olivia.

Apretó los puños sobre el regazo.

—A mí me engañó.

Brigitte cerró los ojos con fuerza y sacudió la cabeza. Después, separó los párpados una vez más y la miró con los ojos llenos de lágrimas.

—¿Sabes, Olivia? Puede que no sea tan hermosa como tú, y tampoco tan elegante ni encantadora, pero estoy dispuesta a aceptar al hombre con el que decidiste no casarte. Quizá no me ame tanto como te amó a ti, pero eso carece de importancia. Está consagrado a mí, a Govance y a mi familia, y sé que será un buen marido.

Olivia no sabía qué decir ni qué hacer, cómo reaccionar ante una determinación tan firme y ciega. Brigitte era muy terca, y era obvio que estaba hechizada por el encanto y la apostura de Edmund, algo de lo más comprensible. Lo mismo le había pasado a ella, que se había dejado engañar por completo por ese canalla sin escrúpulos. ¿Habría hecho caso de las advertencias de Brigitte si Edmund hubiera actuado primero en Grasse y le hubiera robado el dinero antes de abandonarla la noche de bodas para centrar sus infames intenciones en ella como heredera de Nivan? Era muy probable que no, ya que a Edmund se le daba muy bien seducir a una mujer con sus falsas declaraciones de amor eterno. Por primera vez, Olivia comprendió que había sido un error reunirse con Brigitte en primer lugar, aunque no podía saber que Edmund había hundido bien las garras en el cuello de la joven.

—Lo siento —dijo con un suspiro al tiempo que colocaba la mano sobre el antebrazo de Brigitte—. Yo... no pretendía molestarte. Nunca tuve esa intención. —Decidió que había llegado el momento de poner en marcha su propio plan—. Si Edmund es el hombre de tu elección, os deseo muchos años de felicidad, por supuesto. Además, mis sentimientos por él son irrelevantes. Estoy casada con otra persona.

Brigitte pareció hundirse literalmente en el corpiño del vestido, y sus rasgos se relajaron con un alivio que no fue capaz de ocultar.

—Yo también lo siento, Olivia. Siento mucho que decidieras dejarlo con el corazón roto, pero gracias a eso me encontró a mí y ahora soy feliz. —Respiró hondo y trató de sonreír—. Y, puesto que estoy segura del amor de Edmund, te invito a nuestra fiesta de compromiso, que se celebrará este viernes a las siete, y al baile de compromiso que tendrá lugar el sábado por la noche.

Olivia la observó con el corazón desbocado. Esa sería la ocasión perfecta para aclararlo todo.

—Será un honor aceptar tu invitación —replicó con la esperanza de no parecer demasiado contenta.

—La reunión del viernes no tendrá muchos invitados, tan solo unos cuantos conocidos de la localidad —continuó Brigitte, que hablaba más deprisa conforme la invadía el entusiasmo—. El baile del sábado, por descontado, será el mayor acontecimiento de la temporada. Casi todos los clientes de Govance y los miembros de la clase alta local estarán allí. —Cogió el ridículo con ambas manos y se lo apretó contra la cintura—. *Grand-père* siempre os ha querido mucho a tu madre y a ti, Olivia, y estoy segura de que estará encantado de verte después de tantos años. Jamás me perdonaría si se enterara de que estás en Grasse y no te he invitado.

Olivia se puso en pie muy despacio para enfrentar la mirada de la joven.

—¿Conoce lo ocurrido entre Edmund y yo? —preguntó con mucho tiento.

—*Grand-père? Non* —respondió Brigitte con tono desafiante, sorprendida por la pregunta—. No hay razón para ello, y si se lo cuentas, solo conseguirás parecer egoísta y rencorosa.

Era muy probable que eso fuera cierto. Olivia enlazó las manos a la espalda.

—En ese caso, será un placer para mí asistir, tanto a la fiesta como al baile de compromiso. —Luego dijo con voz ahogada—: ¿Podría... llevar a mi marido?

Brigitte pareció entusiasmarse con la idea.

—Por supuesto que sí. Estoy segura de que Edmund se alegrará mucho de conocerlo.

No te haces la menor idea..., se dijo Olivia para sus adentros.

—Estupendo —replicó en voz alta, devolviéndole la sonrisa. Luego, se frotó la mandíbula de forma deliberada y frunció el entrecejo con actitud pensativa—. ¿Podría pedirte que no le menciones que voy a asistir?

—¿A Edmund? Está en Niza, encargándose de los preparativos de nuestra luna de miel, y no regresará hasta el viernes. Además —añadió con cierta brusquedad—, ni se me ocurriría hacerlo. No quiero que se enfade conmigo cuando falta tan poco para nuestro gran día.

Algo que, como Olivia comprendió, significaba que Brigitte albergaba ciertas dudas sobre su prometido y su pasado. Tal vez fuera mejor así, ya que la sórdida verdad se revelaría en la fiesta de ese fin de semana. Y sería mucho más apropiado que dicha revelación tuviera lugar antes de la boda, y no después.

Brigitte se inclinó hacia delante para darle el par de besos de rigor.

—Hasta el viernes, querida Olivia. Y *merci* por el té.

Se dio la vuelta, lista para marcharse, pero de pronto se detuvo y echó un vistazo por encima del hombro.

—¿Por qué has venido a Grasse? No es posible que hayas viajado hasta aquí con el único fin de enfrentarte a Edmund y a mí, ya que estás casada con otro hombre.

Olivia sonrió.

—Debía visitar Govance y ver por mí misma qué fragancias habéis elegido para la temporada. Solo me enteré de tu compromiso cuando llegamos.

Eso pareció satisfacer a la joven, que alzó la barbilla en un gesto casi triunfal.

—No se habla de otra cosa en toda la ciudad.

Después, tras despedirse con un gesto de la mano, se volvió y salió del comedor como si flotara.

16

Decidieron de mutuo acuerdo que solo ella asistiría a la fiesta esa noche. Después de mucho hablar, Sam y ella habían llegado a la conclusión de que lo mejor sería que se reuniera con Brigitte y Edmund en compañía de otros para poder presenciar cómo reaccionaba su supuesto esposo al verla y la relación que mantenía con la familia de su prometida. Además, en la propiedad Govance estaría a salvo, y era poco probable que Edmund la atacara verbalmente allí. No podía delatarla como su «anterior esposa», ni hacerse la víctima delante de la familia Govance y sus conocidos en la industria del perfume, que a buen seguro estarían invitados esa noche. Edmund no podía hacerle nada; tampoco podría decirle nada de importancia, pero la reacción que mostrara al verla sería de lo más significativa. Así pues, habían decidido sorprenderlo, confundirlo y desconcertarlo. Esa noche echarían el cebo; la noche siguiente emprenderían la batalla.

Su mayor deseo era ver cómo se retorcía Edmund delante de su futura familia política. Anhelaba más que ninguna otra cosa bailar un vals con él, actuar como si solo estuviera allí por Brigitte, y ver lo que él hacía. Se lo iba a pasar en grande.

Ataviada con un vestido de noche de satén escarlata con mangas abullonadas y escote bajo, con sus mejores pendientes de rubíes y el pelo rizado y recogido en lo alto de la cabeza, Olivia dejó a Sam en el hotel y le prometió que iría a la fiesta, haría su aparición estelar, presentaría sus excusas y se marcharía pronto para subirse al carruaje de alquiler a las siete en punto, tal y como él había insistido en que hiciera.

Se sentía inquieta; su corazón latía a toda velocidad y tenía los nervios a flor de piel. En los tres días transcurridos desde que se reuniera con Brigitte para tomar el té había luchado contra una extraña mezcla de emociones, no todas ellas buenas. Sam y ella no habían hablado mucho, y parecía que el humor de su compañero también había decaído un poco. Olivia se había tomado un día para visitar la boutique que Govance tenía en el centro de la ciudad, y también su almacén, a fin de descubrir todo cuanto le fuera posible sobre sus nuevas fragancias y sus expectativas para la temporada y el año venideros. Sam no había querido acompañarla, algo que Olivia se tomó como una simple falta de interés. Al menos, eso esperaba. A ella, por su parte, le resultaba sumamente difícil concentrarse en el negocio, ya que su mente regresaba una y otra vez a él, al encuentro con Edmund y al fin de semana. Compartían la misma suite del hotel, pero dormían en habitaciones separadas. Imaginaba que Sam no había hablado mucho con ella porque estaba trazando sus propios planes para presentarse ante un hermano al que hacía más de diez años que no veía.

No comprendía muy bien el resentimiento que Sam albergaba por Edmund, y él no le había mencionado el motivo, o los motivos, que lo habían originado. No lo había presionado para que le contara lo que pensaba, pero su curiosidad había ido en aumento conforme se acercaba el enfrentamiento. A esas alturas, Olivia estaba más que impaciente por que se revelara todo.

No habían llevado el plan de acción más allá de las ideas generales, aunque se habían mostrado de acuerdo en seguir fingiendo que eran una pareja casada, sobre todo porque compartían la habitación del hotel, y todos aquellos que se enteraran se cuestionarían su decencia, si no su cordura, por hacer algo así sin estar debidamente casada. Debía mirar por su negocio y, en ese momento de su vida, Nivan importaba más que ninguna otra cosa. Lo único que la preocupaba era lo que sería de su reputación una vez que todos descubrieran la verdad, algo que, mucho se temía, ocurriría con el tiempo. Pero no podía pensar en eso ahora. Lo único que importaba esa noche era enfrentarse al hombre que había intentado destruirla.

El viaje hasta la propiedad Govance fue rápido y muy pronto se encontró en la escalera de ladrillo situada frente a la casa de color beige oscuro que, a la luz de las antorchas, parecía fundirse con la colina salpicada de flores y los viñedos que había al fondo. Los dos criados de librea situados junto a las enormes puertas de madera para recibir a los invitados la saludaron con una simple inclinación de cabeza antes de permitirle el paso.

Hacía muchos años que no pisaba esa casa, pero lo primero que se le vino a la cabeza cuando entró en el vestíbulo, lleno de luces y engalanado para la fiesta, fue que nada había cambiado. Con tres plantas de altura, el interior de la casa, decorado en tonos castaños, dorados y púrpuras, encajaba a la perfección con las colinas de lavanda y el paisaje del exterior, y lo mismo podía decirse de las lámparas de araña de bronce, de los candelabros de pared de hierro forjado y de las alfombras y los tapices florales diseminados por las estancias de la primera planta.

Olivia solo llevaba un ridículo de color rubí y su abanico de marfil con incrustaciones de oro, de modo que no tuvo que dejarle nada al mayordomo cuando este la condujo hacia el salón, donde los invitados tomarían unos aperitivos y champán antes de la cena.

Tras respirar hondo para calmarse, se dio cuenta de que tenía el momento de la revelación al alcance de la mano; así pues, enderezó la espalda con aplomo, irguió los hombros y entró en el salón. El murmullo de las conversaciones cesó de inmediato cuando algunas personas, la mayoría conocidas, se quedaron mudas al verla aparecer.

Recorrió el gentío con la mirada para echarle un primer

vistazo al hombre que una vez creyó su marido. Sin embargo y para su enorme decepción, descubrió que todavía no se encontraba entre la multitud. Tampoco vio a Brigitte, así que no tuvo más remedio que alternar con la familia y los conocidos, en su mayoría gente que trabajaba para la industria del perfume en la Casa de Govance, hasta que los dos invitados de honor hicieran sus respectivas apariciones.

Sonrió al ver a Ives-François Marcotte, el padre de la difunta madre de Brigitte, el patriarca de la propiedad Govance y de su fortuna, y el único miembro superviviente de la familia aparte del padre de la joven, que vivía en Bélgica con su segunda esposa y sus hijos.

El hombre la divisó en cuanto comenzó a dirigirse hacia él. Sus ojos se iluminaron con una sonrisa mientras se apartaba de la chimenea apagada y de un caballero al que Olivia no conocía para reunirse con ella a mitad de camino.

—*Grand-père* Marcotte —lo saludó con auténtica alegría al tiempo que se ponía de puntillas para darle un par de besos en las mejillas—. Me alegro muchísimo de verte.

—Ay, Olivia —replicó él, que le puso las manos en los hombros y la sujetó durante un momento para recorrerla de arriba abajo con la mirada—. Tienes el mismo aspecto que tu madre hace veinticinco años, y eres igual de hermosa.

—Tú también tienes un aspecto maravilloso, y estás tan apuesto como siempre.

Y era cierto, pensó Olivia, ya que a pesar de que rondaba los setenta y cinco años, tenía un cabello abundante, si bien totalmente blanco, y sus vibrantes ojos azules irradiaban inteligencia y buena salud.

El hombre sonrió y sacudió la cabeza.

—Soy un anciano, pero supongo que mis paseos diarios por la colina me mantienen feliz y contento.

—¿Como el buen vino? —inquirió ella con una sonrisa pícara en los labios.

—Por supuesto que sí —respondió el anciano con una risotada—. La vida no merece la pena sin un buen vino.

Olivia le dio unos golpecitos cariñosos en la mano que seguía apoyada en su hombro.

—En ese caso, me consta que seguirás feliz y contento otros treinta años más.

—Dios lo quiera, querida muchacha, Dios lo quiera. —Dejó caer los brazos a los costados—. Estoy seguro de que conoces a la mayoría de los invitados. La fiesta de esta noche no es más que una pequeña reunión para presentar a monsieur Carlisle a los amigos; mañana será el gran baile, aunque supongo que Brigitte ya te lo habrá dicho. Parecía muy feliz de haberte visto después de tantos años, así que espero que vengas también al baile.

Olivia no pudo evitar preguntarse si Brigitte le había mencionado que conocía a la perfección al prometido de su nieta o que ahora estaba casada, pero decidió no comentar ninguna de esas cosas por el momento.

—No me lo perdería por nada del mundo, *grand-père* Marcotte. —Echó un vistazo a la estancia—. ¿Y dónde está Brigitte?

El anciano se metió las manos en los bolsillos de la chaqueta de color gris oscuro.

—Bueno, creo que aún no ha terminado de vestirse; ya sabes cómo son las jovencitas…

Olivia rió por lo bajo y asintió con la cabeza.

—Desde luego que sí.

—Pero monsieur Carlisle está por aquí… en algún sitio. —También él miró a su alrededor—. Brigitte me ha dicho que lo conoces, ¿es cierto?

Era una pregunta, no una afirmación, así que Olivia decidió ofrecerle la respuesta que tenía preparada.

—Sí, claro. Es un buen amigo de mi tía Claudette.

Las gruesas cejas blancas del abuelo Marcotte se arquearon con aparente sorpresa.

—Edmund nunca me ha mencionado a la *comtesse* de Renier, pero supongo que no es algo extraño, ya que solo te conoce de sus viajes a París.

—Estoy segura de que allí es donde se conocieron ellos también.

—¿Y cómo va Nivan? —inquirió en voz más baja.

Olivia se encogió de hombros, agradecida por el cambio de tema.

—Nos va bastante bien, supongo. Le doy las gracias a Dios por poder contar con Normand y su olfato para los negocios. Nos ha prestado una inestimable ayuda a la hora de mantener el patrocinio de muchos de los miembros de la aristocracia, incluyendo el de la emperatriz Eugenia.

—Ah, muy bien, muy bien. —Se inclinó hacia delante con un brillo especial en los ojos—. Es una dama de lo más fastidiosa en lo que a los perfumes se refiere, ¿no crees? Aunque por supuesto, jamás admitiré haberte dicho algo así.

Olivia se echó a reír de buena gana.

—¡Jamás!

El hombre se apartó un poco y vio a alguien que llamaba su atención detrás de ella.

—Debo atender a los demás, querida mía. Pero por favor, Olivia, pásate por la tienda y prueba alguna de las nuevas colecciones que hemos traído de Asia mientras estés en Grasse. Me gustaría mucho conocer tu opinión.

O venderme alguna, se dijo ella con una sonrisa.

—Ya lo he hecho, *grand-père* Marcotte, y he encargado que me envíen algunas a Nivan a finales de año, ya que la temporada lo merece.

—Magnífico —replicó el anciano, de lo más complacido. Tomó las manos enguantadas de Olivia entre las suyas con delicadeza—. Me alegro mucho de verte, Olivia. Disfruta de la fiesta, ¿quieres?

Más de lo que te imaginas, *grand-père*, pensó ella.

—Desde luego que sí.

—Bien.

Y con eso, le soltó las manos, le dio unas palmaditas en la mejilla y se alejó de ella.

Apostada cerca de la chimenea situada en la pared sur,

Olivia desvió la vista hacia la parte central de la estancia en busca de Edmund. Debía admitir que, aunque se sentía más que preparada para enfrentarse a él, jamás había estado tan nerviosa en toda su vida. Vio a varias personas a quienes conocía de vista o de oídas, y después de intercambiar algunos cumplidos con dos damas que compraban perfumes en Grasse para su boutique de París, se abrió paso hacia el extremo opuesto de la sala, donde se encontraba la entrada al comedor adyacente, y se situó junto al *buffet de chasse* de madera de nogal tallada, desde donde tenía una visión mucho más clara de ambas entradas.

Como se sentía demasiado nerviosa para comer, optó por coger una de las muchas copas llenas de champán que había sobre la mesa del bufet con cubierta de mármol y tomó tres o cuatro tragos rápidos para mantener la ansiedad a raya. Aunque Sam se había mostrado de acuerdo con su plan de ataque, Olivia sabía con certeza que no le hacía ninguna gracia que fuera sola a la fiesta esa noche. No había dicho nada al respecto, pero a esas alturas ella conocía sus expresiones faciales bastante bien, y había percibido la renuencia escrita en los rasgos duros de su rostro y en la mirada que le había dirigido cuando lo dejó en el vestíbulo del hotel para encarar a Edmund sin él. Incluso en ese instante, ya en la fiesta, mientras intentaba concentrarse en la oportunidad que había imaginado durante meses, no lograba alejar su mente del hermano que la distraía con una simple mirada, con un beso, con una caricia. No podía quitarse de la cabeza el recuerdo de lo que había ocurrido aquella noche en la cocina, algo de lo más inapropiado por parte de Sam, horrible e inmoral por parte de ella, y total e inexplicablemente... maravilloso.

Sam. Sam. Sam...

De pronto, enderezó los hombros y sintió que se le aceleraba el corazón. Sus ojos se clavaron en el objeto de su ira y de su angustia. Desde el lugar que ocupaba junto al pasillo del comedor, localizó a la serpiente que se había convertido en el objetivo de su misión, tan alto e imponente como siempre en toda su apuesta gloria, mirando a una Brigitte radiante que le clavaba sus diez dedos de uñas perfectas en el codo mientras caminaba con él del brazo.

Notó que se le secaba la boca y retrocedió un par de pasos para esconderse entre la mesa del bufet y una corpulenta dama ataviada con un vestido de aros amplios, a fin de tomarse unos segundos de respiro y observar a ese canalla antes de que la viera.

Esa noche vestía un traje de color azul marino, un chaleco azul claro, una camisa de seda blanca y una corbata a rayas azules y blancas. Tenía el pelo tan largo como ella lo recordaba, aunque se lo había recortado un poco por detrás de las orejas y se lo había peinado hacia atrás, como Sam.

En ese momento se le ocurrió que aunque los dos hombres eran físicamente idénticos, Sam tenía una presencia mucho más autoritaria que su hermano menor; quizá se debiera a que había recibido una educación basada en las expectativas de su título, pero a Olivia le daba la impresión de que era más una cuestión de discrepancia entre sus personalidades. Sam parecía siempre atractivo y distante; Edmund tenía un aspecto jovial y… pícaro. Pícaro y feliz, como parecía en esos momentos, mientras sonreía a su prometida.

Brigitte levantó la vista para contemplar su rostro con adoración cuando los invitados a la fiesta rompieron en aplausos al verlos llegar juntos y se acalló el rumor de las conversaciones. La futura novia parecía radiante y era obvio que no le preocupaba en absoluto que alguno de los asistentes pudiera arruinarle la fiesta. Edmund también parecía despreocupado, lo que significaba que o bien Brigitte había mantenido su palabra y no le había hablado del té que habían tomado juntas, o bien que ese hecho no le importaba en lo más mínimo porque confiaba en la devoción de su dama y en su propio plan de ataque.

Una vez que el *grand-père* de Brigitte realizó una breve presentación y ofreció un brindis para desearles lo mejor, la pareja comenzó a mezclarse con la multitud mientras los invitados volvían a degustar el champán y los aperitivos entre risas y charlas. Olivia estudió a los prometidos desde su posición y se dio cuenta de que Brigitte había elegido un vestido de noche en satén de color celeste, con volantes de encaje blanco que armonizaban con el atuendo de Edmund. Llevaba aros de amplitud media y el cabello rubio trenzado y peinado en dos rodetes alrededor de las orejas. Lucía pocas joyas y no se había maquillado, aunque estaba bastante bonita, casi resplandeciente, debido sin duda a la excitación de la noche y al entusiasmo por la futura boda.

Por un segundo, Olivia sintió un ramalazo de culpa al saber que iba a interferir en tan dichosa ocasión... hasta que recordó por qué había acudido allí en primer lugar, cuánto daño le había hecho ese hombre y el hecho de que pretendía hacerle exactamente lo mismo a Brigitte. Con ese pensamiento en mente, decidió que ya había llegado la hora de acercarse a la feliz pareja para darles la enhorabuena.

Tras reunir todo el coraje que poseía, dejó lo que le quedaba de bebida en la mesa auxiliar de nogal que había a su derecha, se recogió la falda y caminó con decisión hacia Edmund, que en ese instante se encontraba en el centro del salón con una copa de champán en la mano.

Brigitte la vio primero y la miró de arriba abajo con una expresión calculadora. Después tiró de la manga de Edmund hasta que consiguió que dejara de prestar atención a la conversación que mantenía con dos hombres mayores y se inclinara hacia ella para poder susurrarle algo al oído. De pronto, Edmund levantó la cabeza y posó la mirada en ella por primera vez.

A decir verdad, fue un momento de valor incalculable. La típica sonrisa falsa de Edmund se desvaneció de su rostro y su tez palideció al verla caminar con aire despreocupado hacia él. En lo único que pensaba Olivia en ese instante era en lo mucho, muchísimo, que deseaba que Sam estuviera allí para poder presenciarlo.

Con una enorme sonrisa de satisfacción, se acercó a ellos

con el ridículo y el abanico en la mano izquierda a fin de ofrecerle la derecha a Brigitte.

—Queridísima Brigitte, esta noche estás radiante —dijo con tono alegre mientras se inclinaba para darle un beso.

Después se apartó un poco y concentró su atención en Edmund, la Serpiente.

Brigitte fue la primera en hablar.

—Cariño, ¿recuerdas a lady Olivia Shea, de la Casa de Nivan?

Edmund parpadeó unos instantes, como si se sintiera del todo confundido, y después la observó de la cabeza a los pies, como si tratara de asimilar el hecho de que la tenía delante de sus narices, compuesta, educada y desafiándolo a reaccionar en primer lugar. Olivia extendió una mano con la palma hacia abajo para que se la besara.

—Buenas noches, monsieur Carlisle —lo saludó con voz amable y una sonrisa inocente.

El canalla se recuperó por fin al darse cuenta de que lo mejor sería saludar, ya que ella no iba a dejarlo en ridículo ni a ponerse a despotricar en ese instante.

—Desde luego que sí. Lady Olivia... —Carraspeó un par de veces mientras le cogía la mano para llevársela a los labios—. Tiene... muy buen aspecto.

Olivia notó su mano fría y húmeda; estaba claro que el pánico le hacía sudar. Esbozó una sonrisa mientras atesoraba ese instante de bochorno para él.

—Es un placer verlo de nuevo en tan... extraordinarias circunstancias.

Edmund estuvo a punto de perder la sonrisa y frunció ligeramente el entrecejo.

—Ya lo creo. No tenía ni idea de que conocía a los Marcotte ni la Casa de Govance.

Serpiente mentirosa...

—Bueno, es una sorpresa maravillosa para todos, ¿no cree? —Abrió el abanico y comenzó a agitarlo con lentitud ante su rostro—. Estoy segura de que usted sabe que mi tía Claudette tiene familia en Grasse, aunque es cierto que yo no había vuelto aquí desde hace años. Es una suerte que haya venido a tiempo para celebrar su futuro matrimonio.

Tras mirarla con suspicacia y con una sonrisa pizpireta en los labios, Brigitte preguntó con descaro:

—¿Y dónde está tu marido, Olivia? Creí que vendría contigo esta noche.

Justo en el momento oportuno. Edmund no podría haberse sentido más atónito ante semejante revelación. Se echó hacia atrás de pronto y comenzó a ruborizarse.

—Me temo que hoy se sentía un poco indispuesto —contestó Olivia de inmediato para no darle la oportunidad de intervenir—, pero me ha pedido que os transmita sus mejores deseos.

—Lo siento mucho —replicó Brigitte mientras frotaba la manga de Edmund con la palma de la mano, aunque obviamente no era cierto.

Olivia suspiró.

—Sí, bueno, ya sabes que aquí hace mucho calor.

Brigitte sacudió la cabeza.

—Sí, la verdad es que acostumbra a hacerlo.

—Y por supuesto, como es inglés no está acostumbrado a que el sol brille tanto.

—Cierto —convino la joven con un leve gesto de preocupación—. Creo que no ha llovido desde hace más de una semana.

Olivia le siguió la corriente.

—No ha caído ni una gota desde que estamos aquí, me temo.

Edmund había entrecerrado los párpados para observarla con detenimiento.

—Te has casado —dijo de repente.

Fue un comentario absurdo, pero al parecer a su falso marido le estaba costando mucho digerir la información.

—Sí —respondió sin más al tiempo que clavaba la vista en él.

—Y con un inglés como tú, cariño —añadió Brigitte, que le dio un apretón en el brazo al que seguía aferrada.

—Sí, ahora que lo pienso se parece bastante a usted, monsieur —dijo Olivia con regocijo al tiempo que inclinaba la cabeza a un lado para examinarlo de la cabeza a los pies—. Aunque creo que es un poco más alto, tal vez más de medio centímetro.

—Pero es imposible que sea tan guapo —ronroneó Brigitte, que alzó la mirada hasta el rostro de su prometido.

Edmund le dedicó una sonrisa... una sonrisa de lo más falsa, en opinión de Olivia, pero su mente debía de ser como un hervidero en el que bullían comentarios y cuestiones que no podía pronunciar. Olivia no podría haber disfrutado más de ese momento.

—La verdad es que creo que es también igual de guapo —aseguró mirando a Brigitte mientras cerraba el abanico para sostenerlo con ambas manos delante de su regazo—. Pero ¿no es eso lo que creen todas las esposas de sus maridos?

—Claro que sí —convino Brigitte.

—Imagino que su esposo y usted se hospedan en el hotel Maison de la Fleur, ¿verdad? —inquirió Edmund con tono frío y calculador, algo más recuperado.

—Desde luego que sí —contestó ella con aire ingenuo tras decidir que lo descubriría de todos modos, se lo dijera o no—. Nos parece el lugar más bonito de Grasse, y no deseaba importunar a la familia, ya que llegamos sin avisar.

—Desde luego... —repitió él sin dejar de estudiarla. Esbozó una sonrisa ladina antes de añadir—: Dado que es de Inglaterra, quizá conozca a su marido. ¿Cómo se llama, si puedo preguntarlo?

Olivia se reprendió para sus adentros por no haber previsto las posibles preguntas sobre su marido; con todo, aquella era una pregunta estúpida, teniendo en cuenta que Edmund había permanecido muchos años lejos de su país natal y que estaba claro que no conocía ni a una pequeña fracción de la población inglesa. Sin embargo, lo más importante era que si mencionaba el nombre de Sam, Edmund acudiría al hotel esa misma noche para enfrentarse a ellos, y eso era algo que no podía permitir, al menos hasta que estuviesen preparados. No, deseaba que la gran revelación tuviera lugar la noche del día siguiente, en el baile, donde todos pudieran presenciarla.

—Se llama John —murmuró sin pensárselo—. John Andrews. Es un banquero de Londres.

Edmund arqueó un poco las cejas mientras la examinaba con meticulosidad en busca de mentiras ocultas.

—¿Un banquero? —preguntó.

Olivia sonrió de oreja a oreja, muy orgullosa de su capacidad de invención.

—La verdad es que sí. Me está ayudando a llevar las finanzas.

Habría jurado que Edmund soltaba un resoplido.

Brigitte la miró con la boca abierta.

—¿Nivan atraviesa dificultades financieras? —preguntó, aunque en esa ocasión su interés era genuino.

Olivia compuso una mueca de despreocupación e hizo un gesto con la mano para restarle importancia.

—No, no, por supuesto que no. Nuestras ventas han ido más que bien hasta ahora. —Echó un vistazo a Edmund antes de volver a dirigirse a Brigitte—. No, en realidad monsieur Andrews ha sido una verdadera joya a la hora de ayudarme a reestructurar mi herencia. Al parecer —añadió en voz baja con una sonrisa cínica—, después de examinar los papeles se dio cuenta de que había... «desaparecido» parte de ella de algún modo.

—Ah, entiendo —murmuró Brigitte segundos después con tono distante.

Edmund, rígido y con un semblante inexpresivo a excepción de las ventanas de la nariz dilatadas, parecía a punto de estallar. O de abalanzarse sobre su garganta. Su inocente prometida no era consciente de la furia que lo embargaba, aunque frunció el ceño, probablemente porque se había dado cuenta de que, al tocar el tema de las herencias, Olivia podía dar a entender que Edmund pretendía hacerse con la fortuna de Govance a través del matrimonio. A pesar de que estaba disfrutando de la situación, Olivia no estaba preparada todavía para una batalla verbal, y tampoco para un estallido de lágrimas.

Se apresuró a desechar el tema con un movimiento de cabeza y un leve encogimiento de hombros.

—Supongo que nadie debería exigir a una dama que esté al tanto de su fortuna. Al menos, eso es lo que piensa mi esposo.

Edmund no podía decir nada al respecto, pero sus rasgos parecieron petrificarse; Brigitte se limitó a asentir.

—En fin, creo que no debería reteneros más —dijo con jovialidad mientras miraba a su alrededor—. Por el amor de Dios, no debería haberos acaparado durante tanto tiempo cuando hay tantas personas que han venido a celebrar vuestro compromiso. —Volvió a mirarlos con una sonrisa—. Quizá podamos charlar después.

Brigitte sonrió con evidente alivio.

—Sí, supongo que deberíamos alternar con otras personas, ¿no te parece, cariño?

En ese preciso instante, dos damas mayores a las que Olivia no conocía personalmente los interrumpieron con abrazos y felicitaciones, y ella retrocedió un paso para darles espacio.

Tras clavar una última y significativa mirada en los ojos de Edmund, le dio la espalda y se acercó a la mesa de bufet en busca de otra copa de champán; la necesitaba con desesperación, ya que sus manos habían empezado a temblar.

Debía marcharse de allí lo antes posible, presentar sus excusas y regresar a la seguridad que le proporcionaban los brazos de Sam y los sólidos muros del hotel. Allí se sentía vulnerable y Edmund no le quitaría los ojos de encima, buscando quizá una oportunidad para enfrentarse a ella; con todo, Olivia no lograba imaginar qué pretexto podría dar a Brigitte para separarse de ella el tiempo necesario para una discusión privada.

Con la mente hecha un lío y los nervios de punta, estiró la

mano para coger una copa de champán. No se dio cuenta de que Edmund estaba a su lado hasta que la cogió del brazo con la fuerza suficiente para derramar parte del líquido sobre su vestido de noche y la gruesa alfombra floral que tenía a los pies.

Aterrorizada, Olivia fue incapaz de moverse. Puesto que se encontraban en una de las esquinas de la sala, estaban apartados de todo el mundo.

—Te reunirás conmigo mañana a las diez, en el cenador del jardín del hotel —le dijo él desde atrás con voz grave y tensa—. Ve hasta allí sola. Tenemos que hablar, Olivia.

Antes de que pudiera mediar palabra, Edmund se apartó y se alejó tan rápido que en el momento en que pudo volverse ya había desaparecido entre la multitud de joviales invitados, que seguían disfrutando del ambiente festivo y charlando como si nada. Al parecer no se habían fijado en ella ni en los pocos segundos que había pasado con Edmund.

Olivia respiró hondo; estaba más enfadada que asustada, aunque sabía que debía marcharse de allí de inmediato. Tras tomar un largo trago de champán, colocó la copa vacía sobre la mesa y enlazó las manos temblorosas por delante de la cintura mientras iba en busca de *grand-père* Marcotte para decirle *au revoir*.

Sam no había dejado de pasearse de un lado al otro del vestíbulo del hotel desde que ella se marchara. Estaba más preocupado de lo que recordaba haberlo estado en toda su vida, aunque sabía que el plan que habían trazado serviría muy bien a sus propósitos y que ella estaría a salvo en compañía de otras personas. Aun así, le irritaba no estar con ella para observarla en acción, para ver la expresión del rostro de Edmund cuando le pusiera la vista encima por primera vez. No le quedaba más remedio que esperar a que le diera los detalles, y puesto que ya habían pasado más de dos horas desde que se marchara, su paciencia comenzaba a agotarse.

Ya había caído la noche, y apenas había terminado de decidir que la esperaría dentro cuando vio que su carruaje se detenía frente al hotel y que el cochero se apeaba del asiento para abrirle la portezuela.

Corrió hacia el vehículo, pero Olivia sonrió de oreja a oreja en cuanto puso los ojos en él, deteniéndolo de inmediato.

—Pareces un poco nervioso —comentó ella con una sonrisa satisfecha que no logró disimular.

Sam entrelazó las manos a la espalda y la observó con interés mientras ella se acercaba.

—No tenía otra cosa mejor que hacer que esperarte, lady Olivia.

—Como debe ser —señaló ella con expresión pícara.

Estaba hermosa; resplandecía con una sonrosada vitalidad que no tenía cuando se marchó.

—¿Y bien? —preguntó él con las cejas arqueadas después de un largo silencio.

En ese instante, ella soltó un grito y saltó a sus brazos.

—Ay, Dios, Sam, ¡fue maravilloso! ¡Sencillamente maravilloso! —exclamó en un estallido de regocijo al tiempo que lo estrechaba con fuerza y enterraba la cara en su cuello.

Sam se sentía tan aturdido por su comportamiento, por semejante familiaridad, que por un momento no pudo responder. Luego, como si fuera la cosa más natural del mundo, la rodeó con los brazos y la apretó contra él. Le levantó los pies del suelo mientras ella reía y depositaba un millar de pequeños besos en su cuello.

Esa mujer lo fascinaba. Inhaló el aroma a vino y a flores que emanaba de ella y se deleitó con la suavidad del cabello que le rozaba la mejilla mientras se tomaba un momento, un momento robado, para saborear sus sutiles curvas y el contacto de sus labios sobre la piel, para sumergirse en la inocencia de su risa. Su felicidad lo embriagaba, y cuando sintió por fin que Olivia le ponía las manos en los hombros para intentar liberarse, pensó en lo solitario que sería su mundo sin ella.

Algo preocupado, la soltó poco a poco y la bajó al suelo.

Olivia retrocedió un paso sin dejar de sonreír y lo miró a los ojos.

—Tengo que contártelo todo, pero vayamos dentro.

—Muy buena idea —replicó él sin apartar todavía las manos de su cintura.

Olivia tomó una de ellas y, sin decir una palabra más, lo arrastró hasta la tercera planta.

La suite que compartían poseía comodidades modestas, entre las que se contaban dos dormitorios separados y una sala central. Esta última era una pequeña estancia con las paredes empapeladas, un sofá de cerezo tapizado con un diseño floral y una sencilla mesa a juego con dos sillas. Olivia se situó cerca de la mesa, sobre la cual había una lámpara que ella había encendido al entrar, y se quitó los pendientes antes de arrojarlos, junto con el abanico y el ridículo, sobre la superficie de madera.

Luego se volvió para mirarlo sin perder la sonrisa.

—Fue maravilloso.

Sam cruzó los brazos a la altura del pecho.

—Eso ya lo has dicho.

—Estaba desconcertado, absolutamente desconcertado. —Entrelazó las manos por delante del regazo—. Ay, Sam, fue tan divertido...

Él se dirigió al sofá y se dejó caer en él antes de extender las piernas y cruzar los brazos sobre el abdomen, mirándola con diversión.

—Lo has pasado bien, ¿eh?

—Ni te lo imaginas. —Tiró de una de las sillas y tomó asiento con delicadeza antes de colocarse la falda del vestido rojo alrededor de los tobillos—. Se puso pálido cuando me vio por primera vez. Luego, después de hablar unos momentos con Brigitte y con él, se enfadó muchísimo, aunque eso logró ocultarlo con más éxito que su desconcierto. Su reacción fue mucho mejor de lo que habría podido imaginar, y lo más divertido fue que no pudo decir una palabra sin delatarse ante su prometida, ya que ella no se apartó de su lado ni un momento. Lo tenía en mis manos. —Se cubrió la boca con la mano durante unos segundos para acallar las risillas—. Le dije que estaba casada con un tal señor John Andrews, un banquero londinense que me estaba ayudando con mis finanzas porque parte de mi herencia había «desaparecido». —Dejó caer los brazos sobre el regazo—. Ay, Dios, Sam, ojalá hubieras estado allí para verlo. Ese momento no tuvo precio.

Su entusiasmo era contagioso y Sam se descubrió riendo por lo bajo, con la cabeza apoyada sobre el respaldo del sofá.

—Me encantaría haber estado allí para verte en acción, encanto. He tenido que echar mano de toda mi fuerza de voluntad para no coger un caballo y acercarme hasta allí a mirar.

Ella inclinó la cabeza a un lado y le dedicó una sonrisa.

—No dejé de pensar en ti ni un instante.

Esa revelación pronunciada en voz baja le hizo un nudo en la boca del estómago.

—Eso espero —murmuró en respuesta, aunque se dio cuenta de que quizá el comentario no significara lo que él deseaba.

—No dejaba de pensar en lo bien que lo habríamos pasado enfrentándonos a él juntos —continuó—, con la pobre Brigitte colgada de su brazo, completamente cautivada y aferrada a él como si temiera que fuera a robársalo delante de sus narices. —Soltó un resoplido exagerado y puso los ojos en blanco—. Una idea de lo más absurda.

En ese instante, Sam quiso besarla hasta dejarla sin sentido.

—¿Ocurrió algo más? ¿Te dijo algo sobre Nivan o sobre tu dinero?

Olivia se removió un poco y manoseó la falda de su vestido con el ceño fruncido.

—No, nada en particular, pero la verdad es que no tuvo oportunidad de hacerlo. Creo que lo dejé muy confundido, en especial porque no actué en absoluto como una mujercita con el corazón roto. Sin embargo, Brigitte y yo charlamos en cierto momento sobre las diferencias entre Edmund y mi marido. —Le dirigió una mirada traviesa y sonrió una vez más—. Les dije que mi marido no solo era casi medio centímetro más alto, sino que también era tan guapo como él.

Sam se dio cuenta de que no podría escuchar mucho más sin cogerla en brazos y hacerle el amor allí en la alfombra, mandando todas las incertidumbres y los recelos al infierno. El hecho de que Olivia hubiera notado que una de las escasas diferencias que existían entre Edmund y él era que su estatura era ligeramente superior tenía mucha más importancia para él de la que ella podía imaginarse.

—¿Hablaste mucho tiempo con él? —preguntó, buscando cualquier posible detalle que ella hubiera podido olvidar.

Olivia se encogió de hombros mientras lo pensaba.

—No mucho, tal vez cinco minutos, aunque supongo que fue mejor así. Había alrededor de… bueno… tres docenas de personas allí, y todo el mundo quería darle la enhorabuena, así que no pude entretenerlo mucho. Con todo, no dijo una sola palabra de ti… ¡Ay! Mencioné a la tía Claudette, aunque solo de pasada. —Se inclinó hacia delante con un brillo especial en los ojos—. Me habría encantado oírle hablar de ella, pero, si te digo la verdad, Sam, lo que más me gustó de la noche fue saber que él no podía hacer comentario alguno respecto a lo que yo decía. No podía hacer otra cosa que retorcerse y rogar que yo no le revelara demasiadas cosas a su querida Brigitte.

Esa mujer lo deslumbraba: tanto por su inteligencia y su encanto, como por su belleza, exterior e interior. En ese preciso instante, Sam decidió que lo más estúpido que Edmund había hecho en su vida había sido dejar que esa extraordinaria mujer se le escapara de las manos.

—¿Qué sentiste por él, Olivia? —preguntó con cierta vacilación al tiempo que se inclinaba hacia delante para apoyar los codos sobre las rodillas.

—¿Qué sentí por él? —repitió ella, perpleja—. ¿A qué te refieres?

Sam se frotó las palmas de las manos y eligió las palabras con mucho cuidado.

—Me has dicho cómo te sentías al enfrentarte a él esta noche, que te encantaba estar al mando de la situación, pero una vez me dijiste que lo amabas. Siento curiosidad por saber si todavía sientes lo mismo. ¿Sentiste celos de la atención que le prestaba a Brigitte? —Hizo una pausa y, tras mirarla a los ojos, le preguntó sin rodeos—: ¿Sigues enamorada de él?

Ella se limitó a permanecer sentada y a mirarlo con semblante inexpresivo durante muchos minutos… o al menos eso le pareció a él. Pero en un momento dado, se puso en pie de repente.

—Edmund es un estúpido —le aseguró con un tono cargado de certeza—. Jamás podría amar a un estúpido.

Sam apoyó las palmas en las rodillas y se levantó para situarse al lado de ella, abrumado por un alivio que ni siquiera entendía del todo.

—¿Sabes, Olivia?, yo estaba pensando exactamente lo mismo.

Ella entrecerró los ojos y puso los brazos en jarras.

—¿De veras?

Sam se acercó un paso más y bajó la vista para contemplar su rostro.

—De veras.

Olivia empezó a sacudir la cabeza muy despacio y recuperó la expresión de regocijo y expectación.

—El baile de mañana por la noche será una revelación para todos, Sam, y estoy impaciente por entrar en ese salón contigo.

—Yo también —murmuró él, reprimiendo el impulso de acariciarla.

Durante algunos instantes, se miraron el uno al otro en silencio. La tensión del ambiente se incrementó tanto que incluso Olivia se dio cuenta. Abrió los ojos de par en par al entender lo que ocurría; separó los labios un poco y se los lamió con vacilación. Después retrocedió un paso para romper el hechizo.

—Creo... creo que es hora de retirarme —dijo.

La comezón que sentía en las entrañas, el acuciante deseo que no podía saciar, amenazó con abrumarlo. Si ella supiera lo que le hacía sentir...

—Date la vuelta —le ordenó con un tono algo más brusco de lo que pretendía.

Olivia movió la cabeza, confundida.

—Yo... yo no...

—Solo quiero desabrocharte el vestido —dijo con suavidad.

Puesto que carecía de doncella, la había ayudado a abotonarlo esa misma tarde, y entonces ella había considerado que el corsé y las enaguas eran prendas suficientes para mantener el decoro. Las situaciones desesperadas precisaban medidas desesperadas y todo eso. No obstante, en esos momentos parecía poco dispuesta a dejar que la ayudara.

Sam estiró una mano y deslizó los dedos por su mejilla.

—No pasa nada, Olivia. Deja que te desabroche el vestido y podrás irte a la cama.

Tras un segundo de indecisión, ella bajó las pestañas y se dio la vuelta sin mediar palabra para dejarle hacer lo que le había pedido.

Comenzó por la parte superior, cerca de sus omóplatos. Sam notó cómo se erizaba la piel femenina cuando empezó a desabrochar los botones uno a uno, descendiendo sin problemas por la espalda cubierta por el corsé hasta la cintura. Después la sujetó por la parte superior de los brazos con el fin de que se diera la vuelta de nuevo.

La mirada de Olivia lo dejó destrozado. Sus ojos estaban llenos de aceptación, de comprensión, de confianza y de devoción.

Con el vestido apretado contra su pecho para evitar que se cayera, colocó la mano libre sobre su mejilla y dijo con voz ronca:

—Gracias, Sam. Por todo.

Él le alzó la barbilla con los dedos.

—Haría cualquier cosa por ti —susurró con tono serio; la intensidad de su mirada encerraba esperanzas y significados ocultos.

Olivia tragó saliva con fuerza.

—Buenas noches, Sam.

Él suspiró para sus adentros.

—Buenas noches, Livi.

Ella se volvió una vez más y se encaminó hacia su dormitorio sin volver la vista atrás. Una vez dentro, cerró la puerta con suavidad.

17

Esa mañana, por primera vez desde que conoció a Sam tantas semanas atrás, le había mentido deliberadamente. No solo le había ocultado que se reuniría con Edmund a solas en el jardín del hotel a las diez, algo que ya había hecho la noche anterior, sino que había inventado una excusa razonable para su ausencia a fin de poder escabullirse. Lo extraño era que al hacerlo se había sentido como la serpiente con la que iba a reunirse. Sin embargo, no se le ocurría otra manera de librarse de su constante presencia. Si Sam se hubiera enterado de su plan, no le habría permitido ir; o peor aún, habría insistido en acompañarla, lo que le impediría en última instancia enfrentarse a Edmund como quería.

Así pues, después de desayunar café y panecillos untados con mermelada de limón en el comedor del hotel, había sacado a colación el tema de lo que tenía pensado hacer, haciendo hincapié en la necesidad de salir unos minutos antes de las diez para ir a examinar unas muestras en una de las tiendas de Govance. Él la había mirado con suspicacia desde el otro lado de la mesa, pero no había dicho nada. En un momento de inspiración ella le había preguntado si quería acompañarla, a sabiendas de que se negaría si eso implicaba tener que oler perfumes de nuevo, aunque le había dado a entender que serían esencias muy distintas de las que había probado en Nivan. Se puso un poco nerviosa al ver que él no rechazaba su oferta de inmediato, y durante un par de segundos se preguntó si descubriría su engaño... hasta que dijo que prefería esperar en su habitación y leer el periódico.

El cielo llevaba nublado toda la mañana, y cuando se despidió de Sam y salió a la calle diez minutos antes de las diez, la oscuridad presagiaba una tormenta.

Olivia caminó a toda prisa por la acera y dejó atrás las ventanas del comedor sin mirar hacia el interior con la esperanza de que Sam la viera tomar la dirección de la boutique que había a tres manzanas de allí; sin embargo, tan pronto como llegó al final de la calle giró para rodear el edificio.

El hotel Maison de la Fleur se había construido en forma de «U», y el jardín de flores estaba situado justo en el medio, para que los clientes pudieran acceder con facilidad a él desde el vestíbulo de la planta principal y contemplar su belleza desde las habitaciones superiores.

Puesto que se vio obligada a recorrer el largo camino que rodeaba la parte posterior del edificio de piedra, debían de haber pasado unos minutos de la hora de la cita cuando llegó a la entrada del jardín, situada frente a la parte central del hotel. La puerta blanca de hierro forjado que protegía el recinto se abrió fácilmente con un suave crujido y Olivia se adentró con rapidez en el sendero de grava.

El cielo estaba cada vez más oscuro, la brisa se intensificaba con la llegada de la tormenta y, estremecida, Olivia se rodeó con los brazos. De pronto, el vestido de mañana de seda lavanda con mangas cortas parecía insuficiente para el fresco de la mañana.

Miró a su alrededor; no estaba muy asustada, pero sentía la necesidad instintiva de mostrarse cauta. Siguió el sendero en dirección hacia el enrejado central sin fijarse apenas en la elaborada forma de los arbustos y en los cuidados parterres con flores de todos los colores.

La zona proporcionaba bastante intimidad y en ese instante se le ocurrió que cualquiera que los viera allí juntos creería que compartían un momento romántico, nada nuevo para los franceses. A menos, por supuesto, que Edmund quisiera hacerle daño.

Descartó ese pensamiento de inmediato. Tal vez Edmund fuera un canalla calculador, pero estaba segura de que no era peligroso. De cualquier forma, la simple idea de que pudiera tratar de herirla físicamente le puso los nervios de punta. Avanzó a través del sendero con los sentidos alerta, más inquieta con cada paso, hasta que el enrejado quedó por fin a la vista.

Una repentina ráfaga de viento agitó unos mechones de pelo contra sus mejillas y sus ojos, y Olivia maldijo la brillante idea que le había hecho sujetarse el cabello en la nuca con una sencilla cinta. Se detuvo un momento para apartarse el pelo de la cara, y fue entonces cuando lo vio.

Sintió una opresión en el estómago al verlo de pie en el interior de la estructura de hierro forjado pintado de blanco, con la parte superior del torso y la cabeza ocultos por las buganvillas en flor que colgaban de los enrejados. Tenía una postura relajada, con la cadera apoyada contra la cerca, los brazos cruzados sobre el pecho y las piernas cruzadas a la altura de los tobillos.

Tras tomar aire para darse ánimos, Olivia se irguió, enderezó los hombros y enlazó las manos a la espalda antes de empezar a caminar con aire despreocupado hacia los tres pequeños escalones de entrada. Se detuvo un instante para que él pudiera apreciar la determinación de su barbilla alzada y su sonrisa.

—Edmund —saludó con voz seria.

Él clavó la mirada en sus ojos con la intención de intimidarla. Olivia intentó ignorarla con todas sus fuerzas.

—Olivia —la imitó él con un tono grave y gélido.

Muy despacio, Olivia subió los tres escalones que conducían al cenador propiamente dicho y se situó a la izquierda, enfrente de él, de espaldas a la cerca.

—Parece que nos encontramos una vez más… —dijo ella con amabilidad.

—Así es. —Edmund esperó un poco antes de preguntar—: ¿Por qué has venido a Grasse?

Olivia arrastró la punta del zapato sobre el suelo de madera, abrumada por la excitación que le provocaba ese momento con el que había soñado durante meses. Levantó los párpados para fulminarlo con la mirada.

—Quiero recuperar mi dinero de inmediato. ¿Te acuerdas de mi fortuna, Edmund, la que me robaste de un modo tan cruel?

Él permaneció en silencio durante un buen rato, mirándola con la cabeza ladeada, los ojos entrecerrados y los dientes apretados. Después, bajó los brazos a los costados y se irguió antes de caminar lentamente hacia ella.

Olivia se quedó donde estaba, aunque perdió la sonrisa.

—No irás a matarme, ¿verdad? —preguntó con tono sarcástico.

Los labios masculinos se curvaron en una sonrisa burlona.

—Tan insolente como siempre...

—Una se vuelve insolente cuando la pisotea un canalla embustero —señaló ella, dejando que saliera a relucir parte de la ira que sentía.

Edmund levantó la mano para rascarse la mandíbula sin dejar de vigilarla. Seguía acercándose a ella, aunque tan despacio que resultaba casi imperceptible.

—¿Dónde está tu marido? —preguntó con tono indiferente.

—Esperándome en la entrada —replicó ella de inmediato—. Por seguridad, ya sabes, por si me viera obligada a gritar.

Él se echó a reír y sacudió la cabeza.

—¿Y ahora quién es la embustera?

Olivia tragó con fuerza para deshacerse del nudo de miedo que tenía en la garganta, aunque se aferró sin darse cuenta al borde de la cerca de madera que tenía a la espalda.

—Supongo que nunca lo sabrás con seguridad —repuso al tiempo que alzaba una ceja.

En ese momento él estaba a un par de pasos de distancia, con los brazos a los costados y una expresión implacable.

—¿Qué es lo que esperas que haga, Olivia? ¿Que te entregue una bolsa llena de monedas?

Olivia clavó en él una mirada furiosa.

—Espero que me devuelvas cada centavo que me robaste, preferiblemente con un cheque bancario —dijo al tiempo que se inclinaba hacia él—. Y no se te ocurra decirme que te lo has gastado todo en mi tía Claudette.

El comentario sarcástico pareció desconcertarlo de verdad. Por un momento, su expresión implacable se vino abajo y la recorrió de arriba abajo con la mirada. Después, esbozó una mueca desdeñosa.

—Eres una zorra.

Era obvio que trataba de desconcertarla, incluso asustarla. Pero ella había esperado ese momento durante demasiado tiempo para permitir que ese tipo de intimidación la hiciera retroceder.

Se apartó un poco y se encogió de hombros.

—Si soy una zorra, soy una zorra muy lista, ¿no te parece? Y estoy segura de que ya te habrás dado cuenta, puesto que es evidente que has tratado con unas cuantas zorras a lo largo de tu vida.

Olivia nunca se había mostrado tan grosera con él, y la forma en que Edmund negaba con la cabeza y fruncía el entrecejo demostraba su asombro.

Con un resoplido de absoluto desprecio, Olivia se apartó de la cerca y comenzó a caminar en torno a él con los dedos entrelazados a la espalda. Lo miró de arriba abajo como si no fuera más que una cucaracha.

—¿Qué creías que haría cuando me abandonaste? ¿Que lloraría sobre la almohada y aceptaría la pérdida? ¿O quizá que iría a ver a mi tía y lloraría sobre su hombro mientras tú escuchabas y te reías de mi ingenuidad desde la habitación de al lado?

Dejó de moverse cuando estuvo a su espalda, en medio

del cenador. Cruzó los brazos a la altura del pecho mientras observaba cómo Edmund se volvía para enfrentarse a ella con el semblante endurecido a causa de la furia contenida.

—¿Qué esperabas, Edmund? —preguntó de nuevo, sintiendo que su propia ira se acrecentaba—. ¿Nunca se te ocurrió pensar que te perseguiría? ¿Creíste que me limitaría a aceptar el hecho de que un bastardo pérfido y embustero se hubiese casado conmigo por mi fortuna y me hubiese robado todo por lo que he trabajado en Nivan antes de abandonarme en lo que yo creía que era mi noche de bodas? —Sonrió con desprecio—. Por Dios, Edmund, ¿de verdad puedes llegar a ser tan estúpido?

Él apretó los puños a los costados con tanta fuerza que se le pusieron blancos los nudillos, pero no dijo una palabra durante varios e intensos segundos de incertidumbre.

—Ten cuidado, Olivia —le advirtió por fin con voz grave y tensa.

Puesto que había alardeado de su inteligencia, Olivia optó por ser lista y seguir su consejo. Parecía a punto de explotar: tenía la cara enrojecida y los ojos vidriosos a causa de la ira.

—¿Tienes planeado tratar a Brigitte de la misma forma? —le preguntó con frialdad, aunque lo cierto era que no esperaba que él lo admitiera sin más.

No la decepcionó.

—¿Cómo descubriste que nuestro matrimonio no era real? —inquirió él con las ventanas de la nariz dilatadas; por lo visto, pensaba pasar por alto su pregunta.

—¿Acaso no hemos dejado claro eso ya? —Sonrió con desdén antes de señalar—: Soy inteligente, Edmund.

Edmund no hizo ni dijo nada durante al menos un minuto; se limitó a mirarla mientras trataba de encajar todas las piezas del rompecabezas. Y entonces, de repente, su táctica cambió por completo. Abrió los puños y estiró los dedos antes de pasárselos por el pelo, tal y como lo hacía Sam. Por un instante, eso la dejó perpleja.

Comenzó a pasearse delante de ella con la cabeza gacha y un asomo de sonrisa en los labios.

—Así que quieres que te devuelva el dinero —dijo con un tono algo menos serio.

Aunque el miedo que le inspiraba se había aplacado un poco, un comentario tan repetitivo despertó sus sospechas. Lo conocía mucho mejor de lo que él se creía.

—Y tú quieres algo a cambio —comentó Olivia, una idea que parecía haber salido de la nada pero que tenía todo el sentido del mundo. Al fin y al cabo estaba hablando con Edmund.

Él se echó a reír por lo bajo y cruzó los brazos sobre el pecho al tiempo que se detenía para mirarla.

—Te devolveré al instante hasta el último penique si...

La dejó esperando a propósito, en un intento por mostrarse provocador. Era el Edmund de siempre.

—¿Si...?

—Si me juras que jamás le mencionarás nada de esto a nadie, en especial a Brigitte.

Lo que sugería era del todo indignante y carente de escrúpulos; si accedía, se convertiría en alguien tan falso como él. No obstante, eso era lo que él deseaba: colocarla en una posición en la que se sintiera obligada por sus actos. Su silencio a cambio de su herencia. Y sabiendo lo mucho que le importaba Nivan, Edmund estaba seguro de que la tenía atrapada entre sus sucias y grasientas manos.

—¿De veras crees que me rebajaría a tu despreciable nivel y permitiría que le robaras a otra mujer no solo su futuro sino también su dignidad? —preguntó con más indecisión de la que habría deseado.

—Amo a Brigitte —aseguró él con tono práctico—, y jamás le haría daño.

Olivia sacudió la cabeza y entrecerró los ojos.

—No me hagas reír, Edmund. Ni siquiera sabes lo que significa amar.

Él se encogió de hombros.

—El hecho de que no sea tan hermosa como tú, Olivia, no significa que no pueda sentir nada por ella.

Olivia no pudo creer que tuviera tanto descaro.

—Eres despreciable.

Edmund hizo caso omiso del comentario y dio un paso hacia ella.

—Ya me he acostado con ella —comentó con aire despreocupado—. Estoy seguro de que no querrás arruinar su reputación...

El estallido de un trueno lejano la sobresaltó... casi tanto como esa increíble revelación.

—Eso es imposible —dijo mientras una ráfaga de viento hizo que el pelo le cubriese de nuevo la cara. Se lo apartó casi sin pensar—. Brigitte nunca permitiría que te aprovecharas de ella de semejante forma antes de la boda.

Él sacudió la cabeza muy despacio, con los rasgos desfigurados por una repugnancia que no se dignó en ocultar.

—A diferencia de ti, Olivia, Brigitte no es una mujer fría e insensible a las necesidades de su futuro marido.

Olivia dejó escapar una exclamación ahogada cuando Edmund se acercó un poco más para contemplar su rostro atónito.

—Me consta que no querrás verla arruinada —repitió con tono siniestro y admonitorio a fin de dar énfasis al comentario—, así que te sugiero que mantengas esa boquita insolente cerrada y no cuentes nada de lo que sabes. A cambio, te enviaré un cheque bancario a Nivan en menos de una semana.

Olivia lo miró fijamente y se rodeó con los brazos para protegerse del frío; la enfurecía tanta audacia, aunque a esas alturas ya no le tenía ningún miedo.

—Eres un ser repugnante.

Edmund recorrió su rostro con la mirada.

—Solo para aquellos que no me conocen bien, y tú jamás llegaste a conocerme de verdad, Olivia.

Olivia lo observó de la cabeza a los pies.

—Es imposible que puedas ser más arrogante.

Edmund le ofreció su acostumbrada sonrisa encantadora y le cubrió la mejilla con la palma de la mano.

—Te aseguro que puedo serlo mucho más.

Olivia apartó su brazo de un manotazo.

—No lograrás asustarme ni engañarme, Edmund. Sé muy bien cómo eres.

La expresión jovial de él se desvaneció los ojos de Olivia. Tras inclinarse hacia delante para colocarse a escasos centímetros de su rostro, entrecerró los párpados y apretó los labios antes de murmurar:

—Estoy seguro de que ese marido tuyo... «banquero» no podrá manteneros a ti y a Nivan tan bien como tu herencia. Eso siempre que no me hayas mentido y estés casada de verdad, algo que para ser sincero dudo mucho... —Se echó a reír por lo bajo—. Yo también soy inteligente, y sé que necesitas que te devuelva el dinero. Piénsatelo bien, Olivia. —Se echó hacia atrás sin apartar su gélida mirada de ella—. Jamás volveré a molestarte —continuó en voz baja, con expresión seria—, siempre y cuando no menciones nada de esto a Brigitte o a cualquier otra persona. —Hizo una pausa para observarla con detenimiento antes de añadir—: ¿Crees que podemos llegar a un acuerdo?

Edmund sabía cuál sería su respuesta, aunque no tenía la menor idea de que Sam y ella le llevaban un paso de ventaja.

—Sí —aceptó en un susurro.

—Estupendo —dijo con tono satisfecho. Se pasó las palmas por la camisa y la parte delantera de los pantalones—. En ese caso, me marcho, porque parece que va a llover. —Se dio la vuelta y, tras realizar un gesto por encima del hombro, dijo—: *Au revoir.* Hasta esta noche.

A Olivia le costó un verdadero esfuerzo contener un grito de triunfo hasta que él se perdió de vista. Luego, mientras las gotas de lluvia empezaban a mojarle las mejillas, se alejó casi flotando del cenador.

«Hasta esta noche, sí...»

18

Sam nunca había estado más furioso en su vida. Furioso por el hecho de que Olivia lo había engañado y por el enorme riesgo que había corrido al encontrarse con Edmund a solas en un recinto aislado sin su protección; furioso por no haberla seguido cuando le pareció que esa excusa de visitar una tienda de perfumes por tercer día consecutivo era de lo más sospechosa y, sobre todo, furioso consigo mismo por sentir los celos más absurdos e irracionales que había experimentado jamás. La había visto de inmediato al mirar por la ventana de la suite, ya que la habitación del segundo piso que ocupaban daba al jardín y al cenador central. Era imposible pasar por alto ese vestido lavanda entre la vegetación y solo le había llevado unos segundos pasar de la confusión a la perplejidad cuando vio a su hermano por primera vez en una década... acercándose a ella, atormentándola, tocándola con la mano. Cierto era que ella lo había apartado de un manotazo, pero el contacto, las palabras susurradas, la idea de que estuvieran juntos de nuevo y esa vez sin su conocimiento lo dejaron estremecido, incrédulo y aterrorizado ante la posibilidad de perderla.

La sobresaltó cuando la sujetó del brazo en el instante en que Olivia se adentró en el vestíbulo después de su breve cita, pero Sam hizo caso omiso de su asombro y la arrastró de vuelta a la suite sin mediar palabra. Olivia no se había molestado en protestar, seguramente porque se sentía culpable, aunque más que nada porque habría tenido que estar inconsciente para no detectar la intensidad de la furia que lo consumía.

Ni siquiera eran las once de la mañana, pero en el instante en que la vio con Edmund tomó una decisión final e irrevocable. Iba a llevársela a la cama. En ese mismo momento.

Cerró la puerta con llave a toda prisa y luego se apartó de Olivia para cerrar las ventanas y asegurarlas también. El cielo estaba casi negro y la lluvia caía cada vez con más fuerza: una atmósfera perfecta para pasar la tarde haciendo el amor. Tras respirar hondo para aliviar la tensión que lo invadía, se dio la vuelta para enfrentarse a ella.

Olivia hervía de cólera. Tenía las mejillas sonrosadas a causa de la indignación y permanecía junto al sofá con estampado floral mirándolo con expresión desafiante, con las manos en las caderas en una pose que pretendía intimidarlo. Sam casi se echó a reír.

—¿Qué estás haciendo? —preguntó ella, suspicaz.

La miró a los ojos unos instantes antes de empezar a desabotonarse la camisa.

—Voy a hacerte el amor.

Ella soltó un jadeo y retrocedió hasta que sus piernas toparon con el borde del sofá; tenía los ojos abiertos como platos, cargados de mortificación.

—¡Desde luego que no!

—Oh, sí —replicó él con voz ronca al tiempo que iniciaba un lento avance en su dirección y se concentraba en los puños de la camisa.

En su favor había que decir que Olivia no gritó ni intentó huir, una indudable manifestación de lo asombrada que la había dejado su declaración... o de lo mucho que lo necesitaba, aunque todavía no lo supiera.

Olivia se deslizó a lo largo del borde del sofá para alejarse de él.

—Yo... me niego a entregarme a un hombre que no sea mi marido.

Supuso que era un argumento razonable, pero eso no lo desalentó en lo más mínimo.

—Se acabaron los juegos, Olivia —dijo con contundencia.

Ella lo miró de arriba abajo mientras se acercaba y clavó la vista en su torso desnudo mientras se llevaba las manos al pecho, presa de un pánico que no lograba ocultar.

—Estás loco —susurró con lentitud.

—Sí, es probable que lo esté —convino Sam con una sonrisa satisfecha—. Completamente loco por ti.

Olivia parpadeó, sorprendida.

—Gritaré —masculló con voz trémula.

Sam meneó la cabeza muy despacio.

—No, no lo harás.

—El primer día que pasamos en París me dijiste que nosotros nunca… —señaló ella tras pensar con rapidez.

—Mentí —le aseguró él sin más.

En ese momento estaba justo delante de ella. Olivia tenía la espalda apoyada contra la puerta y sus ojos se habían convertido en estanques de consternación, de preocupación y de un anhelo que a buen seguro ni siquiera comprendía.

—Ha llegado el momento, Livi —murmuró con una voz grave cargada de certeza.

—Tú… —Se lamió los labios—. No te atreverías a forzarme.

Sam no supo si echarse a reír o sentirse insultado.

—Me consta que sabes que nunca haría nada parecido —dijo al tiempo que le acariciaba los labios con el pulgar—. Pero eso carece de importancia, porque no tendré que hacerlo. —Deslizó la yema del dedo de un lado a otro de sus labios—. Me deseas tanto como yo a ti.

Olivia comenzó a temblar.

—Tú no sabes lo que yo deseo —susurró.

Ese comentario lo torturó por dentro y desgarró la minúscula parte de sí mismo que temía que ella aún prefiriera a Edmund.

—No voy a perderte ahora —murmuró con una voz ronca y ahogada contra sus labios.

Después la besó, no con dulzura, sino con una intensa y acuciante necesidad. No le preocupaba su respuesta, porque sabía que llegaría.

En un principio, Olivia luchó contra él y trató de apartarlo colocándole las manos sobre el pecho.

Sam ya había tenido suficiente. Sin decir palabra, interrumpió el beso y la observó para examinar el deseo que ella trataba de ocultar, el deseo que le sonrojaba las mejillas y brillaba en las profundidades de sus ojos. Luego se inclinó hacia ella y se la echó al hombro como si se tratara de un saco de cereales.

—¿Qué demonios crees que estás haciendo? —gimió ella mientras apoyaba las manos en su espalda y lo empujaba con fuerza en un vano intento por liberarse.

Sam hizo caso omiso de esa débil tentativa por resistirse y se encaminó con ella hacia la cama de su habitación. Una vez dentro, cerró la puerta de una patada, se dirigió hasta la cama y dejó caer la pila de encaje y seda lavanda que transportaba sobre el edredón de tonos púrpuras y verdes.

Bajó la mirada para contemplarla y observó con cierta diversión cómo ella soplaba para quitarse el cabello de la boca y se lo apartaba de la mejilla con la yema de los dedos.

—Esto es del todo indecoroso —espetó, aunque no hizo el menor ademán de huir.

—¿En qué sentido? —quiso saber Sam, reprimiendo una sonrisa.

Olivia lo miró como si fuera estúpido.

—Estamos a plena luz del día, pedazo de idiota —dijo con los dientes apretados.

—Estupendo. —Se mordió los labios para no bromear con su adorable inocencia y se deshizo del calzado de una patada antes de quitarse la camisa—. Quiero ver cada delicioso centímetro de tu cuerpo, así que no podría haber elegido un momento mejor.

Olivia ahogó una exclamación y lo miró con la boca abierta, absolutamente desconcertada.

Muy despacio, sin apartar la mirada de sus ojos, Sam colocó una rodilla sobre la cama y después comenzó a acercar las manos hasta ella.

Olivia reaccionó al instante y retrocedió hasta la hilera de gruesos almohadones apoyados contra el cabecero de hierro forjado de la cama.

—No te acerques más a mí, Samson. Te lo advierto.

Él no dijo nada; se limitó a mirarla con una sonrisa ladina mientras se sentaba a horcajadas sobre sus pies y apoyaba las rodillas sobre las amplias faldas del vestido para mantenerla inmóvil.

—Sam, por favor, no te estás comportando de forma racional —dijo Olivia con un tono práctico a fin de intentar razonar con él.

Sam cogió uno de sus pies y tiró del suave zapato de cuero hasta que consiguió quitárselo; luego lo arrojó al suelo y empezó a hacer lo mismo con el otro.

—¿Sabes una cosa, Livi? Creo que no me he comportado de una forma tan racional en toda mi vida.

Ella sacudió la cabeza con movimientos breves y rápidos e intentó retroceder hacia los almohadones un poco más.

—Esto no está bien —dijo, aunque su voz comenzó a titubear cuando se dio cuenta de que no podría convencerlo.

Una vez que se deshizo del otro zapato, Sam empezó a deslizar las palmas de las manos por el arco de los pies cubiertos de medias en dirección a los tobillos. La acarició en círculos y se detuvo unos instantes antes de volverse más atrevido y ascender con los dedos bajo el vestido, todo sin apartar la mirada de ella.

—¿Qué... qué es lo que estás haciendo?

—Te estoy desnudando —murmuró él.

—No, de eso nada.

Sonrió de nuevo.

—¿Y ahora quién se muestra irracional?

Olivia no dijo nada; se limitó a mirarlo, mortificada.
Sam le acarició las pantorrillas con las palmas.
—¿Llevas corsé?
—¡Eso no es asunto tuyo!
—Supongo que eso significa que no.

No había hecho intento alguno de huir, no había luchado contra él físicamente, pero estaba claro que pondría a prueba su paciencia a cada paso del camino. Un esfuerzo, pensó Sam, que sin duda tendría una maravillosa recompensa.

Se inclinó hacia delante y le besó con dulzura los dedos de los pies, aún cubiertos por las medias. Depositó pequeños besos en la punta de cada uno de ellos antes de pasar hacia el talón.

—No puedes hacer esto —exclamó ella al tiempo que intentaba ocultar las piernas bajo las faldas del vestido, algo que no podía conseguir, ya que Sam las mantenía bien sujetas con las palmas.

Solo había estado con una mujer virgen cuando tenía diecisiete años, y había sido ella quien lo había seducido. En esta ocasión, una ocasión mucho más importante, tendría que ser él quien lo iniciara todo, y pensaba disfrutar de ese papel cada segundo; utilizaría toda la resistencia de la que disponía para retrasar lo máximo posible el momento de hundirse dentro de ella.

—Incluso tus medias están perfumadas —murmuró mientras deslizaba los labios por la planta del pie.

Ella lo miraba con los ojos desorbitados y una expresión aturdida.

—Eso se debe a que las guardo en un cajón con saquillos de esencia de lila y...

—Deja de hablar, Olivia —le ordenó en un susurro mientras le recorría las piernas con las manos y le mordisqueaba los dedos de los pies.

Un momento después, se alzó sobre ella y colocó las rodillas a ambos lados de sus caderas antes de inclinarse para besarla.

Esa vez, Olivia no protestó. No se movió, no reaccionó, con la esperanza de que la encontrara fría e indeseable, supuso Sam. Lo único que consiguió en cambio fue que se sintiera impaciente por conseguir su aceptación, su corazón y su mente.

La engatusó con dulzura para que se rindiera mientras disfrutaba del sabor de sus labios, de la suave esencia especiada de su piel, de la agilidad de ese cuerpo que apenas rozaba con el torso desnudo. La besó una y otra vez, tentándola con la promesa de lo que estaba por venir, sin presionarla, sin exigir una respuesta, hasta que por fin sintió que se acomodaba en la cama y empezaba a relajarse.

Sam se apartó un poco para contemplar su rostro sonrojado, sus labios rojos y húmedos, y el brillo de sus ojos, cargados de un deseo cada vez mayor.

Sin apartar la mirada de ella, se movió un poco hacia un lado y estiró el brazo para apartar una de las mangas de encaje lavanda de su hombro.

—Sam...

Fue su último intento, y Sam debía reconocer que se había resistido con fuerza.

—Chist. —Se inclinó hacia delante y posó los labios sobre la piel cálida y sedosa de la clavícula para recorrerla de un lado a otro—. Eres tan suave...

—Por favor... —susurró ella, anhelante.

Y en ese momento, se entregó a él.

Sam alejó la cabeza de su hombro y se apoderó de su boca una vez más para besarla sin restricciones; notó que ella la abría y le devolvía el beso por fin. Le permitió saborear su dulzura mientras exploraba su boca cálida y húmeda con la lengua antes de atrapar la suya y succionarla con suavidad. Deslizó la palma de la mano desde su hombro hasta su cuello, acariciándole la piel con la yema de los dedos mientras le frotaba la mandíbula con el pulgar.

El beso se intensificó a medida que su deseo crecía, a medida que sentía que Olivia respondía, presa de su propia necesidad, y comenzaba a respirar con jadeos. Muy despacio, Sam movió la mano desde su garganta, pasando por la clavícula, hasta llegar a la zona del escote y luego la bajó aún más, hasta que la introdujo por debajo de la línea del escote del vestido y la camisola. Después, cubrió por fin uno de sus grandes pechos.

Olivia jadeó, y ese leve sonido procedente de sus labios avivó el fuego que lo consumía e intensificó su determinación. Comenzó a masajear la carne bajo el tejido y a mover el pulgar sobre el pezón endurecido antes de acariciarla con los dedos en lentos y pequeños círculos.

Ella se retorció un poco, pero no para protestar, sino porque necesitaba que él no se detuviera.

Tenía los ojos cerrados, respiraba de manera irregular y sus mejillas estaban ruborizadas. Sam siguió acariciándole el pecho mientras la observaba con detenimiento, deleitándose con su respuesta.

—Livi...

Las pestañas de Olivia temblaron mientras abría los ojos para enfrentarse con su mirada con una expresión cargada de puro deseo.

Sam alzó la mano hasta su rostro para cubrirle la mejilla.

—Voy a desnudarte.

Una leve vacilación atravesó su rostro antes de que asintiera con la cabeza y cerrara los ojos de nuevo.

Sam estiró el brazo para desatar la sencilla cinta lavanda que le apartaba el cabello de las sienes y la frente. Los mechones se liberaron con facilidad y él enterró los dedos entre las sedosas hebras para que el hermoso cabello negro cayera en cascada sobre la piel suave del rostro y el cuello femeninos.

Tras apoyarse sobre un codo, la sujetó del hombro y la empujó con delicadeza.

—Ponte de lado —le pidió con ternura.

Ella obedeció sin mediar palabra y le dio la espalda para que él pudiera desabrochar los seis botones que sujetaban el corpiño al vestido de seda.

Sam no tardó en finalizar la tarea y después introdujo la mano bajo el tejido para acariciarle la espalda con la yema de los dedos, justo por encima del borde de la camisola de algodón.

Olivia dejó escapar un largo suspiro de placer, y esa dulce provocación fue suficiente para alentarlo a seguir adelante. Bajó la boca hasta su piel y la besó de arriba abajo, deslizando los labios y la punta de la nariz de un lado a otro mientras exhalaba bocanadas de aliento cálido y húmedo que consiguieron ponerle la piel de gallina. Luego, con toda deliberación, deslizó la lengua poco a poco por su columna, desde el punto más bajo hasta el cuello.

Olivia gimió con suavidad, cautivada por las sensaciones, y Sam introdujo por fin la mano por debajo de la parte superior del vestido a fin de bajárselo por el hombro y cubrir con la mano la carne desnuda de su pecho.

Con la cabeza contra su cabello, Sam gimió e inhaló su esencia al tiempo que golpeaba el lóbulo de su oreja con la lengua. Dejó un rastro de pequeños besos por su cuello y su mejilla mientras comenzaba a masajearla de nuevo, a deslizar la punta de los dedos sobre el pezón erecto para después pellizcarlo con delicadeza y rodearlo suavemente con la palma.

—Sam... —murmuró ella, presa del deseo.

—Jamás había tocado nada tan suave como tú —le susurró al oído, casi sin aliento—. Déjame amarte...

Olivia dejó escapar un gemido ronco y gutural antes de volverse para colocarse de frente a él y buscar su mirada. Sus hermosos ojos azules le rogaban que hiciera realidad sus sueños, su mayor deseo.

Tragó saliva con fuerza, temblando; su expresión mostraba un océano de emociones tiernas y sensuales cuando él levantó la mano para acariciarle el rostro y cubrirle la mejilla con la palma antes de deslizar el pulgar por sus labios.

Sam cerró los ojos un instante para saborear su entrega. Luego, muy despacio, abrió los ojos y la observó con detenimiento mientras colocaba la mano de manera que el dorso presionara sobre la parte superior del vestido; después, comenzó a bajárselo centímetro a centímetro.

No dejó de mirarla ni un solo instante. La respiración de

Olivia se aceleró y sus mejillas se ruborizaron de nuevo cuando él aferró por fin el escote del vestido y de la camisola y tiró de ellos hacia abajo para liberar primero un brazo y luego el otro, hasta que quedó desnuda hasta la cintura.

Sam examinó cada parte de su cuerpo, desde la línea esbelta del cuello hasta el vientre plano. Su mirada hambrienta se demoró en los pezones rosados y endurecidos, en el diminuto lunar que tenía en la base del seno derecho.

Ella se quedó quieta, mirándolo, anhelando su contacto. Luego, tras un mero segundo de vacilación y haciendo gala de un enorme autocontrol, Sam bajó la boca hasta uno de los senos y se metió el pezón en la boca.

Olivia aspiró con fuerza, estremecida, y hundió los dedos en su cabello para acercarle la cabeza a su pecho.

Sam succionó la delicada carne con mucho cuidado y agitó la lengua sobre la punta cálida, esperando su reacción; se sintió invadido por una súbita oleada de deseo cuando ella gimió y comenzó a mecerse contra él.

Aceleró los movimientos y recorrió su pecho con la lengua para explorarla, para inhalar la esencia de su piel, para saborearla, acariciarla y mostrarle lo mucho que le gustaba proporcionarle placer.

Olivia jadeó con satisfacción mientras él le daba lo que le suplicaba con su cuerpo; la provocó con cada caricia, con cada roce de su lengua, con cada suave apretón de su palma, hasta que comenzó a mover las piernas y las caderas bajo las faldas del vestido.

Al percibir esa respuesta instintiva, Sam cambió ligeramente de posición a fin de dejar un último reguero descendente de besos a lo largo de su abdomen; hizo una pausa para pasar la lengua por el lunar que había bajo el pecho y se detuvo solo al llegar al ombligo.

Olivia gimoteó, hambrienta, y él cogió por fin los bordes del vestido y de la camisola para deslizarlos juntos por sus caderas.

Al contemplar su rostro, se dio cuenta de que Olivia tenía

los ojos cerrados y de que se había llevado el dorso de la mano a los labios mientras se preparaba mentalmente para que él contemplara la belleza de su cuerpo desnudo.

Alzó las caderas para facilitarle las cosas mientras él tiraba del vestido hasta que por fin dejó al descubierto la parte más íntima de las curvas femeninas.

Sam tragó saliva con fuerza en un intento por controlarse; debía regular su respiración y los latidos de su corazón.

Había visto muchos cuerpos femeninos a lo largo de su vida adulta, pero ninguna de las mujeres de su pasado podría haberlo preparado para la incomparable visión que tenía ante sí en esos momentos.

Esa mujer era extraordinaria, desde el largo y suave cabello negro y los pechos redondos y excitados, hasta la esbelta cintura y los suaves rizos oscuros que había entre sus piernas. Esos rizos que ocultaban la parte de ella que con tanta desesperación deseaba besar y estimular; esa parte de ella en la que deseaba enterrarse en cuerpo y mente para siempre.

Tomó una trémula bocanada de aire, impaciente por acariciarla allí, por incrementar la pasión que la consumía. En ese instante crucial, Sam se dio cuenta de que jamás podría permitir que algo tan perfecto, tan hermoso, fuera acariciado por nadie más.

Olivia pareció percatarse de que él había dejado de hacerle el amor y bajó los brazos de manera instintiva en un intento por cubrirse. Sam sonrió; ese gesto inocente le había provocado una extraña sensación de serenidad. Luego apartó el último resquicio de ropa de sus largas y esbeltas piernas y la arrojó al suelo, junto a la cama.

Ella seguía con los ojos cerrados; su timidez lo fascinaba, a pesar de que lo que más deseaba era su pasión. Pero eso llegaría después.

Se colocó a su lado una vez más y se inclinó para besarle los labios, el rostro y el cuello mientras volvía a acariciarle los pechos a fin de reavivar su deseo.

—Olivia —susurró contra la suave piel de su rostro—, eres mucho más hermosa de lo que había imaginado...

Ella gimoteó de nuevo y Sam se apartó un poco para contemplarla; siguió acariciándole un pecho con una mano mientras apoyaba la otra en su frente para deslizar el pulgar por la línea de sus cejas. Olivia no lo había mirado aún, pero a él se le formó un nudo en las entrañas al darse cuenta de que tenía las pestañas cubiertas de lágrimas.

—No llores —murmuró, preocupado de pronto por la posibilidad de que ese intento de seducción pudiera fracasar.

Ella sacudió la cabeza muy despacio.

—No puedo evitarlo —replicó, cerrando los ojos con más fuerza todavía—. Te deseo, pero tengo mucho miedo.

La absoluta perplejidad que lo inundó en ese instante quedaría grabada para siempre en su memoria.

Santa madre de Dios...

Con un estremecimiento, Sam apartó la mano de su pecho y colocó la yema de los dedos sobre sus labios. Luego observó maravillado cómo los besaba ella.

Olivia había admitido que lo temía, que temía el acto sexual que estaba por llegar. Pero lo que más temía él, lo que lo aterrorizaba, era que se estaba enamorando de ella.

Por Dios...

Se sintió arrollado por una intensa tormenta de emociones que lo sorprendió más allá de toda explicación. Después se inclinó y le besó los párpados para no revelarle unos sentimientos que ni siquiera él comprendía del todo.

Ella respondió al contacto y respiró hondo antes de rodearle el cuello con la mano libre para impedir que se alejara.

Sam se apoderó de su boca de nuevo y la besó con ferocidad, con toda la pasión que sentía, entregándole todo lo que tenía dentro, dándole todo lo que ella anhelaba sentir.

Luego, bajó la mano hasta los rizos de su entrepierna y deslizó los dedos en el paraíso que ocultaban.

Ella tensó las piernas de manera instintiva.

—Chist... ábrete para mí, encanto —susurró contra sus labios.

Olivia hizo lo que le pedía y separó las rodillas muy despacio. Antes de que cambiara de opinión, Sam introdujo los dedos entre los pliegues suaves y húmedos; sintió una opresión en el pecho cuando escuchó cómo pronunciaba su nombre y percibió que arqueaba las caderas para darle un acceso más profundo.

La humedad que la inundaba lo envolvió. Sam apretó los dientes y contuvo la respiración en un intento por controlarse, por no dejarte ir antes incluso de quitarse los pantalones y satisfacerla.

Olivia jadeó cuando comenzó a acariciarla y balanceó las caderas para seguir su ritmo. Llegaría al orgasmo en un instante. Estaba tan mojada, tan preparada…

—Livi, amor, sabes que voy a introducirme en tu interior, ¿verdad? —preguntó con los labios pegados a su oreja antes de succionarle el lóbulo; rogó a Dios no tener que explicarle el acto antes de hacerlo.

Ella asintió.

—Sí… —susurró.

Lo inundó el alivio, acompañado de una sensación de aliento y una nueva oleada de deseo.

Continuó acariciándola muy despacio y consiguió que empezara a respirar con bocanadas rápidas mientras él alzaba las caderas y se afanaba con los botones de los pantalones. Se los bajó más rápido que en toda su vida y terminó de quitárselos con los pies. Luego, volvió a situarse junto a Olivia otra vez, tan desnudo como ella.

El cuerpo de Olivia ardía y su deseo estaba a punto de culminar cuando se inclinó sobre sus pechos para succionarlos y estimularlos. Introdujo un dedo ligeramente en su interior antes de retirarse de nuevo, y utilizó los demás para realizar caricias circulares sobre el núcleo de su placer hasta que ella estuvo a punto de gritar.

Al final, con un único y rápido movimiento, cruzó una pierna sobre las de ella para que el extremo de su erección descansara sobre la cadera femenina.

Olivia jadeó y se retorció un poco al notarlo, pero Sam la

mantuvo a su lado para que percibiera la intensidad de su necesidad y se acostumbrara a ese contacto íntimo.

Después, con una velocidad que revelaba el anhelo creado por la prolongada excitación, retiró los dedos de su entrepierna y se alzó sobre ella al tiempo que se apoderaba de sus labios en un ardiente arrebato. Introdujo la lengua en la suavidad de su boca buscando, succionando, respirando de una forma tan irregular como ella. Empujó sus muslos con la rodilla para conseguir que separara las piernas y colocó las caderas entre ellas antes de apoyar los antebrazos en la almohada que había junto a su cabeza.

Le cubrió las mejillas con las palmas de las manos y deslizó los labios por su boca, su nariz y sus pestañas. Luego, muy despacio, alzó la cabeza para contemplar su rostro.

—Mírame, Livi —le exigió en un susurro, casi sin aliento.

Ella hizo lo que pedía, y sus arrebatadores ojos azules, nublados por el deseo, lo observaron una última vez antes de que él comenzara a introducirse en la tensa calidez de su interior para hacerla suya.

—No tengas miedo —le suplicó en un murmullo ronco.

Olivia asintió con la cabeza e inhaló de manera brusca mientras le acariciaba la piel del cuello con la yema de los dedos sin darse cuenta.

Tras eso, Sam colocó el extremo de su erección en la entrada húmeda y cálida de su feminidad y se detuvo un segundo para relajarse un poco.

—Sam... —susurró ella, mientras cerraba los ojos y se alzaba un poco para besarlo.

Esa dulce aceptación era todo lo que Sam necesitaba. Comenzó a hundirse en ella con mucha lentitud, pero se detuvo cuando notó que jadeaba y se ponía rígida.

Se quedó inmóvil al percibir su incomodidad. Siguió besándola mientras esperaba a que Olivia se relajara, pero no con frenesí, sino rozando sus labios con delicadeza y apartándose un poco a fin de poder meterle la mano bajo la rodilla y alzarle la pierna para conseguir un acceso más fácil.

Ella introdujo los dedos en su cabello y le devolvió el beso entre gemidos que delataban su creciente necesidad.

—Relájate, Livi, amor mío —susurró contra su boca con una voz ronca que revelaba lo mucho que le estaba costando controlarse.

Sabía que ella intentaba hacer lo que le había pedido, que trataba de aflojar la tensión que notaba en sus caderas y en sus piernas.

Empezó a penetrarla una vez más, aunque en esa ocasión se hundió más profundamente y sintió que las paredes cálidas y húmedas de su interior cedían un poco para permitirle el paso. Sabía que le estaba haciendo daño, y a él le dolía tanto o más saber que no había ninguna manera de evitarlo. Las lágrimas silenciosas que se deslizaron por las mejillas femeninas le mojaron los labios mientras la besaba, mientras se introducía cada vez más en su interior en un ascenso constante hacia el paraíso.

—Es maravilloso estar dentro de ti... —susurró con voz atormentada.

Sentía el cuerpo rígido debido al esfuerzo de retener el clímax que estaba a punto de alcanzar.

Olivia gimoteó y arqueó la espalda cuando él se hundió en ella una última vez hasta el fondo. Luego, Sam se quedó inmóvil, dándole unos segundos para que se acostumbrara a la sensación de plenitud y para que el dolor remitiera.

Ella jamás sabría lo importante que era ese momento, lo que suponía para él estar dentro de una mujer por primera vez en diez años. Abrumado, tragó saliva con fuerza antes de cerrar los ojos para controlar las emociones, para disfrutar del delicioso poder que ella ostentaba sobre él sin saberlo siquiera.

En ese preciso instante, Olivia lo besó. Recorrió con los labios sus mejillas, su frente, su boca y su mandíbula, y la dulzura del gesto expresó todo aquello que no podía decirle con palabras, reveló cuánto había deseado ese momento, cuánto había anhelado sentirlo en su interior por primera vez.

—Por Dios, Livi...

—Dámelo todo... —murmuró contra su piel.

Sam contuvo un sollozo de puro éxtasis. Con los dientes apretados, se retiró un poco y apoyó el peso de su cuerpo en un brazo a fin de elevar las caderas e introducir una mano entre sus cuerpos para acariciarla con los dedos.

Olivia arqueó la espalda y le clavó las uñas en los hombros mientras los músculos de su interior lo instaban a continuar, empapándolo con su ardiente humedad.

Ella comenzó a relajarse, a gemir, y apoyó la cabeza contra la almohada mientras se rendía al placer. Sam la acarició sin cesar y aceleró el ritmo para llevarla cada vez más cerca de la cima.

Permaneció inmóvil en su interior, a sabiendas de que si la embestía aunque fuera una vez más olvidaría la decisión de verla llegar al orgasmo en primer lugar y acompañarla después. Su cuerpo se cubrió con una película de sudor mientras tensaba la mandíbula para concentrarse en ella, en sus necesidades.

Con los dedos clavados en sus hombros, Olivia se retorció bajo su cuerpo para instarlo a continuar. Sam contemplaba su hermoso rostro sintiéndolo todo, sintiendo la proximidad de su clímax.

De pronto, ella jadeó y se sacudió bruscamente. Abrió los ojos de golpe para mirarlo.

—Sí, amor mío... Córrete para mí...

Ella gritó y le hundió las uñas en la piel al tiempo que se arqueaba y saltaba al abismo.

Sam ni siquiera tuvo que moverse. Las contracciones de placer, las palpitaciones que apretaban su miembro lo llevaron de inmediato hasta la cima del paraíso.

Se deleitó con la belleza de esa mujer, de su mujer... y el momento llegó.

Explotó en su interior y echó la cabeza hacia atrás mientras apretaba los dientes y la embestía sin poder controlarse, embargado por una sensación de satisfacción que sacudió su cuerpo, que unió su corazón al de ella y le produjo un estallido de felicidad que hizo realidad todos sus sueños.

19

Olivia abrió los ojos. Todavía adormilada y sin saber muy bien dónde estaba, contempló los diminutos racimos de frutas y piñas de pino que adornaban el papel de las paredes del dormitorio. El dormitorio de él.

Ay, Dios mío, ¿qué he hecho?, se dijo.

Gimió para sus adentros y se cubrió los ojos con la palma de la mano mientras el recuerdo de lo que habían hecho y del increíble placer que había experimentado regresaba a su cabeza. Se preguntó qué demonios podría decir a Sam después de eso...

Debían de haberse quedado dormidos, ya que en ese momento percibió el cuerpo desnudo que había a su lado. Sam tenía la cabeza acurrucada en su cuello y su aliento, cálido y regular, le rozaba la piel. Había apoyado un brazo sobre su vientre, justo por debajo de sus pechos, y una de las pantorrillas sobre sus piernas.

Se dio cuenta de que no podría moverse sin molestarlo, aunque sentía el impulso de saltar de la cama y huir de allí... después de vestirse como era debido, por supuesto.

Quizá Sam no esperara que hiciera o dijera nada. Quizá se limitara a levantarse y a vestirse, sin mencionar jamás ese... contratiempo. Sin embargo, no creía que él considerara un «contratiempo» el hecho de hacer el amor, y lo mismo le ocurría a ella.

Pese a que su mente era un hervidero de incertidumbres y posibilidades, supo que había compartido con ese hombre la experiencia más dolorosa, maravillosa, excitante y... extraordinaria de toda su vida.

Sam era un hombre impresionante. Impresionante, generoso y amable. La había tratado como si ella le importara de verdad, como si le importara lo que pensaba y lo que sentía. Ningún hombre se había comportado así con ella, y mucho menos Edmund.

—¿En qué piensas? —inquirió él con un tono lánguido y satisfecho.

A pesar de lo avergonzada que estaba, Olivia sabía que debía hablar con él. Sacudió la cabeza y se apartó la mano de los ojos antes de apoyarla en la cama.

—No tiene importancia.

Sam rió por lo bajo y el sonido reverberó en su pecho, que se encontraba muy cerca del de ella.

—Olivia, ¿sabes cuántos hombres formulan esa pregunta mientras sueñan que la mujer que los acompaña responda exactamente eso mismo?

Eso la dejó desconcertada.

—No entiendo qué quieres decir.

Él levantó un poco la cabeza para poder mirarla, pero ella mantuvo los ojos clavados en el techo.

—La mayoría de las mujeres no para de hablar —explicó con un gruñido—. Lo único que quieren es parlotear sin cesar.

Olivia se echó a reír, muy a su pesar.

—Eso es ridículo.

—No, no lo es, y tú lo sabes muy bien, ya que eres un ejemplar perfecto del género femenino.

Sin perder la sonrisa, cerró los ojos y pensó que Sam tenía una aguda capacidad para comprender a las mujeres y que era maravilloso tenerlo a su lado.

—Bien —comenzó una vez más al tiempo que se apoyaba en un codo para mirarla a la cara—, ¿en qué pensabas?

Olivia suspiró y abrió los ojos para mirarlo por fin. Se le

derritió el corazón al observar su expresión divertida, su cabello enredado y sus espectaculares ojos oscuros.

—¿En qué crees tú que pensaba? —preguntó a su vez con voz suave.

Sam sacudió la cabeza ante tanta obstinación y esbozó una sonrisa ladina.

—Pensabas que soy un amante maravilloso.

Olivia se limitó a mirarlo boquiabierta mientras el rubor de la vergüenza le teñía las mejillas.

—Eso es absurdo.

Él encogió un hombro, aunque sus ojos brillaban con perverso humor.

—No, no lo es. Es lo normal.

Ella fingió sentirse indignada.

—Si de verdad quieres saberlo, pensaba que eres... de lo más adecuado.

Sam se apartó un poco y frunció el ceño; la miraba como si se hubiese vuelto loca.

—¿Adecuado? ¡¿Adecuado!?

Ella se encogió de hombros.

—Es evidente que crees que eres maravilloso, así que ¿qué más da lo que opine yo?

Le estaba tomando el pelo, por supuesto, y él lo sabía.

—En ese caso, supongo que tendré que hacerlo mejor la próxima vez —dijo al tiempo que meneaba la cabeza y contemplaba su cuerpo desnudo.

No podía hablar en serio.

—Sam —comenzó con voz seria—, no podemos hacer esto de nuevo. Está... mal.

Para su más absoluto asombro, Sam se echó a reír y deslizó la mano libre sobre su vientre, erizándole la piel.

—Ay, Olivia... hay tantas cosas que tengo que enseñarte... Y la primera de ellas es que nunca, jamás, debes decirle eso a un hombre. —La miró con intensidad a los ojos—. Con eso solo consigues desesperarlo, y aumentar su determinación.

Ella se echó a reír, a pesar de que había tomado la decisión de mostrarse firme.

Sam sonrió antes de volver a tumbarse de espaldas a su lado para contemplar el techo.

—Lo que de verdad me gustaría saber es qué demonios hacías con Edmund ahí fuera.

Eso la pilló completamente desprevenida.

—Si te lo digo —dijo con un suspiro—, ¿prometes que nunca más me obligarás a compartir tu cama?

Él soltó una carcajada y eso la molestó, ya que no parecía haberse tomado en serio su petición.

—Te juro que jamás te obligaré a compartir mi cama —replicó, mirándola de reojo—. Ahora, quiero todos los detalles.

Olivia respiró hondo, a sabiendas de que esa promesa no tenía ningún valor. No podía decirse que ese día la hubiera obligado y, sin embargo, había conseguido desnudarla y que estuviera a punto de suplicarle que la tomara, cuando era lo último que deseaba en el mundo.

Se tumbó de costado para verlo mejor y apoyó la cabeza en la palma de la mano, aunque mantuvo la mano libre entre ellos para cubrirse los pechos, al menos en parte.

—Quería reunirse conmigo. Se acercó a mí en la fiesta y me exigió que me encontrara con él en el cenador a las diez.

Sam la observó con una expresión en la que ya no había ni rastro de humor.

—Deberías habérmelo dicho.

Lo que en realidad significaba que le había dolido que le mintiera.

—Lo sé. Lo siento.

Él soltó un gruñido de fastidio y después se pasó los dedos por el pelo.

—No creo que hubiese sido capaz de herirte físicamente, pero reunirte con él a solas después de pillarlo desprevenido en la fiesta no fue algo muy inteligente, Olivia.

El comentario, o más bien la preocupación y el cariño que

revelaba, le llegó al alma. Con una leve sonrisa en los labios, Olivia estiró la mano para deslizar los dedos por su frente.

—¿Estabas celoso? —murmuró con malicia.

Él entrecerró los ojos al tiempo que componía una expresión un tanto divertida.

—Tal vez.

Olivia sonrió de oreja a oreja.

—¿Tal vez?

—Estaba demasiado cerca de ti.

—Así que estabas celoso... —ronroneó.

Él respondió con un gemido ronco.

—No me hizo ninguna gracia.

—A mí tampoco —replicó ella con una expresión de radiante satisfacción—. Olía a colonia barata.

Sam dejó escapar una carcajada gutural. Después, sin previo aviso, le cubrió un pecho con la palma de la mano.

—A decir verdad, lo más acertado sería decir que me embargó un extraño sentimiento de posesividad y que me preocupó mucho no poder salir corriendo a rescatarte, porque para eso habría tenido que quitarte la vista de encima durante varios minutos. Minutos en los que podía suceder cualquier cosa.

Su pezón se endureció cuando él lo acarició con el pulgar, y Olivia notó que la pasión la inundaba de nuevo y recorría todo su cuerpo. Retiró el brazo y apoyó la cabeza en la almohada para observarlo, alborozada por los sentimientos que despertaba en él.

—¿Qué sentías en esos momentos, Livi? —le preguntó en voz baja mientras la miraba con intensidad.

Ella suspiró.

—Me puso furiosa, pero creo que a Edmund le gusta enfurecerme. Lo cierto es que pienso que no se tomó en serio nada de lo que le dije, aunque me dio la impresión de que lo asustaba que estuviera aquí.

—¿Mencionó tu herencia?

Olivia se apartó los mechones de cabello que le caían sobre la mejilla.

—Dijo que está enamorado de Brigitte, aunque me resulta increíble.

Sam enarcó las cejas.

—¿De veras?

Olivia lo observó con expresión seria.

—No creo que sea capaz de amar, Sam. Me dijo que ya se había acostado con ella... pero no puedo creerlo.

—¿Por qué? —inquirió él con una sonrisa burlona—. Tal vez ella lo desee físicamente y lo ame lo suficiente para entregarse a él antes del matrimonio.

La mención de semejante posibilidad hizo que se sintiera incómoda, ya que tocaba una fibra muy sensible.

—Las damas de buena cuna no hacen ese tipo de cosas, Samson —señaló, aunque sentía que el calor de la culpabilidad invadía su rostro.

De manera inesperada, Sam tomó su mano y se la llevó hasta los labios para besarle la muñeca y el dorso de los dedos.

—Creo que eso ocurre mucho más a menudo de lo que tú te imaginas —explicó con voz grave.

Olivia no podía pensar en eso ahora. Sam le había arrebatado la virginidad, pero no quería pensar en lo que aquello supondría para su futuro..., para el futuro de ambos, si acaso tenían alguno.

Tras decidir que era mejor volver al tema anterior, comentó:

—Me dijo que me devolvería el dinero que me robó, hasta el último penique, si no decía una palabra de lo que me había hecho ni de lo que sabía a nadie, en especial a Brigitte.

Sam le apretó la mano y se la llevó hasta su pecho.

—Eso tiene sentido, sobre todo si siente afecto por ella o quiere hacerse también con su herencia.

Olivia se tendió de espaldas para clavar la vista en el techo.

—Pero no entiendo cómo logrará hacerse con su dinero, independientemente de si el matrimonio es real o no. Es su *grand-père* quien controla la fortuna, y tiene una salud de hierro. —Se volvió de repente hacia él—. A menos...

Sam meneó la cabeza con firmeza.

—No creo que llegue tan lejos como matar a alguien, Livi. Y si damos por hecho que jamás recurriría al asesinato, la única conclusión posible es que tendrá que casarse con ella de verdad y esperar la muerte natural del anciano. Está claro que entretanto vivirá con toda clase de comodidades. —Resopló con fuerza—. Eso encaja mucho mejor con la personalidad de Edmund.

Olivia deslizó los dedos sobre la colcha y frunció el ceño mientras pensaba.

—Pero él sabe que puedo decir lo que me venga en gana, y es obvio que he venido a Grasse para dejarlo al descubierto.

—No si te devuelve el dinero —le recordó Sam—. Al parecer, según sus planes, el dinero que te robó servirá para mantener tu boca cerrada. Lo necesitas, y él lo sabe.

Eso la enfureció al instante.

—Esa serpiente perfumada con colonia barata va a utilizar mi dinero para chantajearme. Si te digo la verdad, estoy impaciente por ver la cara que pone esta noche. Te juro que me dan ganas de matarlo. O de propinarle una patada con todas mis fuerzas.

De pronto, Sam volvió la cabeza hacia ella y la cogió por la cintura para colocarla encima de su cuerpo desnudo, firme y... perfecto.

—¿Qué estás haciendo? —preguntó mientras intentaba apartarse el pelo de los ojos.

—Quiero sentirte —contestó él con una sonrisa pomposa.

—¿Sentirme? ¿Estás chiflado?

—¿Sabes que lo más fascinante de ti es tu inocencia, Livi?

Eso hizo que se sonrojara. Comenzó a retorcerse para librarse del delicioso contacto de ese cuerpo duro y masculino que tenía debajo, pero fue en vano, ya que él la inmovilizó con sus fuertes brazos. Al final, dejó de intentarlo.

—Jamás me he considerado inocente, Sam —señaló con dureza—. Cuido de mí misma y de Nivan; llevo una vida respetable en una ciudad moderna...

Él se echó a reír, y Olivia pudo sentir su risa hasta en los dedos de los pies.

—Deja que te aclare unas cuantas cosas, encanto —dijo él con un tono práctico aunque divertido—. Te casaste con un hombre al que apenas conocías, un hombre que te arrebató tu herencia sin que te dieras cuenta siquiera. Te dirigiste a mí creyendo que era Edmund y sin comprobar tu información. Diriges la tienda mientras alguien que trabaja para ti informa a tu tía de todos tus movimientos...

Olivia soltó una exclamación incrédula, pero él la pasó por alto.

—Accediste a viajar a solas conmigo, otro hombre al que apenas conocías, confiando en que mis intenciones fueran honorables. Te quedaste estupefacta al descubrir que Claudette y Edmund son amantes y que, muy probablemente, lo han sido durante todo el tiempo que habéis pasado juntos. Me mentiste al no contarme que pensabas reunirte con Edmund a solas y después te encontraste con él en un jardín solitario en el que nadie podría ayudarte si surgía algún problema. Para terminar, debo decirte que eres la mujer más hermosa, testaruda e inocente que he conocido, y que tu forma de hacer el amor desafía cualquier tipo de descripción. —Hizo una pausa para contemplar sus ojos desconcertados—. Ni siquiera sabías que podían besarte la planta de los pies. ¿Quieres que continúe?

Olivia se quedó sin habla. Jamás se había parado a pensar en esas sencillas cosas sobre ella ni en lo que había hecho estando en su compañía, y la dejó un poco perpleja saber que él la había estudiado con tanta atención, que la viera de esa forma. Sin embargo, cuando por fin recuperó la capacidad de hablar, lo único que se le ocurrió preguntar estaba relacionado con su vanidad.

—¿De verdad crees que soy hermosa? —inquirió con voz tímida.

Esperaba que él se echara a reír y le tomara el pelo de nuevo, pero la sorprendió cuando la miró a los ojos con una expresión de lo más seria.

—Creo que eres exquisita —replicó a la postre con voz ronca— en todos los aspectos: tu mente, tu cuerpo, los dedos de tus pies, tu risa... hasta el modo en que me haces el amor. Y nunca, jamás, dejaré que te apartes de mi lado.

Las palabras, su significado y la intensidad de su voz la conmovieron hasta lo más hondo. Comenzó a temblar y se le hizo un nudo en la garganta. La asustaba demasiado la posibilidad de echarse a llorar allí mismo, delante de él. Así pues, se inclinó hacia delante y lo besó con toda la pasión que sentía, revelándole todos y cada uno de los sentimientos que albergaba por él, amándolo con cada aliento y con cada caricia.

Sam tardó un instante en responder, pero cuando lo hizo comenzó a acariciarle la espalda con la yema de los dedos y a devolverle los besos con una necesidad inconmensurable.

Olivia hundió sus manos entre los suaves mechones de su cabello; sentía cómo se contraían los músculos del torso masculino bajo sus pechos y cómo se endurecía su masculinidad, algo que ya no temía y que deseaba sentir en su interior más que ninguna otra cosa en el mundo.

Por fin y sin apartar los labios de los suyos, Sam la hizo volverse muy despacio para tenderla de espaldas y apoyarle la cabeza sobre la almohada. La besó hasta que el fuego se avivó de nuevo, hasta que el deseo la consumió entre sus llamas, hasta que comenzó a jadear y a arquearse con frenesí. Le acarició las piernas con las suyas sin darse cuenta, incapaz de reprimir los diminutos gemidos que escaparon de sus labios cuando le acarició los pechos e hizo girar los pezones entre el índice y el pulgar. Sam abandonó sus labios para dejar un abrasador sendero de besos por su garganta, su torso y la parte lateral de los senos; después, se metió uno de ellos en la boca y comenzar a succionarlo.

Olivia creyó que moriría de placer. Lo deseaba más y más con cada roce, con cada caricia exquisita de sus manos.

Finalmente, Sam la liberó y se incorporó un poco para mirarla.

—Quiero hacerte el amor otra vez, Olivia.

Ella sonrió y separó los párpados muy despacio para observar la sinceridad que brillaba en sus ojos.

—Tienes mi permiso, tontorrón —ronroneó en un susurro ahogado—. Ni siquiera tendrás que forzarme.

Sam le devolvió la sonrisa mientras ella deslizaba los dedos por su rostro. Después recorrió sus labios con la yema del pulgar hasta que él le dio un pequeño beso.

—Pero estarás un poco dolorida de la primera vez —añadió él a regañadientes—, así que tendremos que hacerlo de otra manera.

Loca de deseo, con el cuerpo en llamas y la piel ardiendo por sus caricias, Olivia no sabía si había escuchado correctamente.

—¿Hay…? —Jadeó cuando él metió la mano entre sus piernas—. ¿Hay otra manera?

Sam soltó un gemido antes de besarla de nuevo.

—Mi dulce e inocente Olivia… —susurró contra sus labios después de recorrerlos con la lengua.

Luego, sin previo aviso, se alejó de su boca y se trasladó a los pies de la cama para colocar la cabeza en el mismo lugar que instantes antes había ocupado su mano.

Olivia no apartó los ojos de los suyos y dio un respingo cuando él le levantó las rodillas y comenzó a deslizar la lengua de arriba abajo por los pliegues suaves y húmedos ocultos entre los rizos de su entrepierna.

El sobresalto duró poco, ya que en cuestión de segundos Sam consiguió que empezara a darle vueltas la cabeza con esas caricias maravillosas y prohibidas que buscaban la protuberancia oculta entre los pliegues. Después aceleró el ritmo, concentrándose en el núcleo de su deseo, moviendo la lengua en círculos cada vez más rápidos y más fuertes, hasta que ella se relajó y cerró los ojos para dejarse llevar.

Olivia supo casi de inmediato que estaba a punto de alcanzar la cima y comenzó a mover las caderas arriba y abajo para acompañar el ritmo de sus caricias. Soltó un gemido y hundió los dedos en su cabello mientras se imaginaba su boca sobre ella, esa lengua en su interior, su erección grande y dura lista para tomarla.

—Sam... —susurró, buscando el momento de la liberación mientras respondía a cada movimiento de su lengua con un envite de caderas. La tensión que crecía en su interior estaba a punto de estallar—. Sam... Dios mío, Sam...

Él estiró los brazos para entrelazar los dedos con los suyos en el preciso instante en que llegó al orgasmo.

Olivia gritó y le apretó las manos mientras mecía las caderas y se entregaba al exquisito placer gimiendo su nombre. Mantuvo los ojos cerrados, sacudida por una oleada tras otra de placer.

Tan pronto como Sam percibió que sus movimientos comenzaban a reducirse, se incorporó y se colocó sobre ella; apoyó el peso de su cuerpo sobre la mano que tenía colocada junto a su cabeza y la miró a los ojos al tiempo que situaba su erección entre los pliegues húmedos. Pero no la penetró. En su lugar, comenzó a mover las caderas con mucha suavidad para dejar que el extremo de su masculinidad le frotara el clítoris.

Olivia jadeó ante la intensidad de la sensación y abrió los ojos para mirarlo, para observarlo, para deleitarse con el placer de verlo llegar al clímax.

Sam mantuvo su cuerpo sobre ella apoyándose sobre la palma; tenía el brazo flexionado a causa del peso y los músculos del pecho y de los hombros, tensos por el esfuerzo. Con la otra mano sujetaba la base de su erección a fin de acariciarla de arriba abajo, cada vez más rápido a medida que se acercaba al orgasmo.

Olivia jamás había imaginado algo tan erótico en toda su vida. Lo contempló fascinada y deseó con toda su alma que se hundiera en ella y la llenara como lo había hecho antes, aunque aquello le resultaba incluso más embriagador, más estimulante.

Sam soltó un gruñido. Los músculos de su rostro se contrajeron y tensó la mandíbula. Entre jadeos, cerró los ojos para dejarse llevar por las sensaciones.

Y entonces, de repente, algo creció en el interior de Olivia. Sintió una súbita marea de éxtasis, más rápida esta vez, que la arrastró hasta la cumbre de la pasión en cuestión de segundos.

Sam abrió los ojos al escuchar su gemido y la miró con una expresión algo sorprendida.

—Dios, Livi... Sí, córrete para mí otra vez. Córrete, cariño...

Su voz sonaba atormentada, ronca, pero comenzó a moverse cada vez más rápido contra ella.

Olivia levantó la mano para acariciarle la cara. Y después, con un gimoteo, llegó al orgasmo por segunda vez y susurró su nombre. Jadeó con cada una de las deliciosas pulsaciones de placer, que fueron aún más perfectas porque sabía que lo arrastrarían con ella.

—Dios... —murmuró él—. Dios, Olivia...

Instantes después, Sam soltó un gruñido mientras su poderoso cuerpo se sacudía contra ella a causa del estallido de intenso placer. No dejó de frotarse contra su sexo con los ojos cerrados, la mandíbula apretada y la cabeza echada hacia atrás, mientras gemía y aceptaba todo lo que ella le daba.

Cuando por fin aminoró el ritmo de sus movimientos y se tendió junto a ella, la rodeó con los brazos y la estrechó con fuerza.

Olivia notó que empezaba a relajarse y disfrutó de la sensación de tenerlo a su lado mientras sentía los latidos de su corazón bajo la mejilla.

Lo que había experimentado ese día con él, gracias a él, quedaría grabado a fuego en su memoria para siempre. Ese hombre maravilloso había convertido su mundo en un lugar más hermoso y le había dado sentido a su vida.

Fue en ese instante cuando comprendió la verdadera naturaleza del amor. Cuando se dio cuenta de que lo amaba.

20

Iba a ser una noche memorable. Olivia estaba sentada frente a Sam en el que debía de ser el carruaje más caro y lujoso en el que había viajado en toda su vida.

Había estado muy ocupado toda la semana, y ella supo en ese momento en qué había invertido el tiempo. Era obvio que había adquirido ese hermoso y enorme vehículo, con su escudo de armas pintado en dorado sobre las portezuelas lacadas en negro, para el baile de esa noche. El interior era increíblemente cómodo, con asientos tapizados en terciopelo rojo rubí, cortinillas para las ventanas y alfombras para el suelo.

También había encargado el espectacular traje a medida que lucía esa noche y que le daba un aspecto magnífico. Estaba confeccionado en seda negra italiana e iba acompañado de una camisa blanca, con el cuello y las solapas ribeteados en seda, y de un chaleco negro cruzado.

Ambos habían solicitado un baño antes de vestirse, ya que el servicio del hotel preparaba la bañera y el agua caliente en menos de una hora. Olivia había utilizado el jabón con esencia de vainilla que había comprado en Govance la semana anterior y después se había aplicado el agua de colonia especiada con base de vainilla en todo el cuerpo.

Tras cepillarse el cabello para secarlo, se lo había trenzado con una cadena dorada y una sarta de perlas y después se lo había recogido en la coronilla, dejando que unos cuantos mechones le rodearan el cuello y la cara para suavizar el efecto.

Después de ponerse la ropa interior y el ceñido corsé, que se abrochaba en la parte delantera y le alzaba los pechos, se atavió con el mismo vestido dorado que llevaba la noche que conoció a Sam. Era su mejor vestido de noche, con ese brillo despampanante, la cintura ajustada y el escote bajo que permitía una seductora vista de sus pechos. Había pedido a Sam que le abrochara los botones de la espalda sin pensárselo dos veces. Después de la tarde que habían compartido, no sintió la más mínima vergüenza al sentir su contacto o el beso que le dio en la nuca al terminar.

Abandonaron el hotel justo después de las siete y media, lo que les daba tiempo de sobra para llegar a las ocho en punto. Se habían puesto de acuerdo en los detalles, ya que ambos deseaban hacer su aparición cuando la mayoría de los invitados ya estuvieran allí, lo que les proporcionaría la oportunidad de mezclarse con la gente antes de que repararan en Sam. Y a decir verdad, Olivia quería llegar lo bastante tarde para que Edmund se cociera a fuego lento mientras aguardaba a verla llegar con su marido.

Sam, que en esos momentos iba sentado frente a ella, tenía un aspecto sofisticado y espectacular, y estaba mucho más apuesto de lo que lo había visto jamás. Después del baño y el afeitado, se había peinado el cabello hacia atrás e incluso se había puesto un toque de colonia... no porque le gustara, sino porque se trataba de la mezcla única que ella había elegido y creado para él.

Olivia había comenzado a ponerse nerviosa en cuanto vio el carruaje y Sam la ayudó a subir. En ese instante, cuando ya estaban a punto de llegar a la propiedad, apenas podía contenerse. Habían hablado muy poco durante el trayecto. Sam estaba absorto en sus cavilaciones sobre la noche que tenían por delante, aunque parecía hacerle gracia su inquietud y había comentado algo sobre que no debería retorcer el abanico de marfil sobre el regazo.

El carruaje aminoró la velocidad para detenerse detrás de la fila de vehículos, tanto privados como de alquiler. La casa estaba tan iluminada como la noche anterior, aunque de un modo incluso más espectacular, si eso era posible.

Impaciente, Olivia se inclinó hacia delante para echar un vistazo por la ventanilla mientras aferraba con la mano la delgada cadena del ridículo bordado en oro.

—¿Estás preparada para esto? —preguntó Sam en voz baja, rompiendo el silencio.

Ella lo miró y sonrió.

—Jamás he deseado tanto asistir a un baile en toda mi vida.

Pudo ver que él le devolvía la sonrisa gracias a la iluminación de la mansión, que en esos momentos se reflejaba en su cara.

—Estás arrebatadora —murmuró.

Olivia estuvo a punto de derretirse sobre el asiento mientras lo observaba con absoluta adoración.

—Tú también, Excelencia.

Los labios masculinos se curvaron en una mueca burlona.

—Además, hueles muy bien.

—Es una fragancia especiada con base de vainilla, una nueva adquisición de Govance.

—Así que compras en la competencia, ¿eh? —bromeó él.

En una decisión totalmente desconcertante por su parte, Olivia bajó la voz hasta convertirla en un susurro y se inclinó hacia él para preguntarle:

—¿Te gustaría conocer uno de los secretos de seducción de los perfumistas?

Sam enarcó las cejas, interesado.

—¿Ahora?

Ella se encogió de hombros.

—¿Por qué no?

—Cierto, por qué no... —repitió él con ironía.

—A lo largo de los años —comenzó con tono travieso— muchas grandes seductoras han utilizado una única fragancia embriagadora, exótica y almizclada para... atraer a los caballeros que querían ver en su cama.

Sam se quedó boquiabierto, pero no dijo nada; se limitó a mirarla.

Olivia se echó hacia delante en el asiento para colocarse justo al borde.

—Introducían los dedos en su entrepierna para recoger el flujo que humedecía su sexo —explicó en un susurro ronco sin dejar de sonreír— y después se lo aplicaban detrás de las orejas, en la garganta y entre los pechos, lugares en los que los hombres suelen fijarse bastante. —Se enderezó un poco—. La esencia del almizcle siempre ha sido una de las preferidas por el género masculino. Y, como es natural, a los maridos les encanta, ya que no les cuesta ni un penique.

Lo había dejado desconcertado y eso le provocó una carcajada. Sam meneó la cabeza muy despacio.

—Livi, amor, has puesto mi mundo patas arriba.

El carruaje se detuvo en ese preciso instante y, justo cuando uno de los lacayos quitaba el seguro de la portezuela, Olivia se inclinó hacia delante para darle un rápido beso en la boca.

—Para desearte suerte, cariño.

Después, aceptó la mano que le ofrecía el criado y se apeó del magnífico vehículo.

Subieron juntos los escalones que conducían a la enorme puerta principal detrás de otros invitados cuyos carruajes habían precedido al suyo. Iban agarrados del brazo y Olivia se aferraba a él con más fuerza de la que la situación requería. Sam parecía calmado, aunque ahora que lo conocía lo bastante bien para poder identificar cada una de sus expresiones faciales y sus movimientos, sabía sin la menor duda que la emoción lo invadía.

Los criados solo se fijaron en ellos por un breve instante cuando se adentraron en el vestíbulo junto con otros invitados. La mayoría de los asistentes recién llegados aún no conocían al prometido de Brigitte, de modo que no les prestaron más atención de lo que habrían hecho en circunstancias normales, a pesar de que Sam y ella, con sus magníficos y costosos atuendos, formaban una pareja de lo más llamativa.

En lugar de girar de inmediato hacia la izquierda para dirigirse al salón, tal y como ella había hecho la noche anterior, caminaron muy despacio hacia un amplio corredor que conducía a la parte trasera de la propiedad.

El personal de servicio de los Marcotte había decorado la casa de manera espléndida para esa noche: velas encendidas por todas partes y flores recién cortadas en coloridos jarrones de importación ubicados en todas las superficies disponibles. La fragancia de las flores se mezclaba con los distintos perfumes, el humo de los cigarros y el aroma de los deliciosos alimentos del salón de baile situado justo delante de ellos.

Sam mantenía la vista clavada al frente y justo cuando llegaron a la entrada, Olivia le apretó el brazo con suavidad. Él bajó la mirada y sonrió de una manera que la calmó y la reconfortó al instante. Ella le devolvió una sonrisa de cosecha propia; no la sonrisa de excitación que tenía momentos antes, sino una que revelaba un entendimiento total y la esperanza de que esa noche fuera tan solo un presagio de las cosas maravillosas que estaban por llegar.

Luego, por fin, se adentraron en el salón de baile, iluminado por un millar de velas que se reflejaban en los enormes espejos situados en las paredes y en los intrincados grabados de oropel que cubrían el elevado techo. Los criados, ataviados con libreas de color carmesí, se abrían paso entre el gentío con bandejas doradas llenas de copas altas de champán y entremeses. El sexteto de la orquesta situado en el extremo noroccidental de la sala tocaba una gavota mientras un montón de coloridas faldas giraban alrededor de la pista al compás de la música.

A Olivia le encantaban las fiestas, y el hecho de poder contemplar tanta belleza acompañada por el hombre de sus sueños convertía aquella en una ocasión mágica.

Sam comenzó a dirigirse hacia la derecha para rodear a un grupo de invitados cuyas voces y risas se escuchaban por encima del estrépito.

—¿Vamos a bailar? —preguntó ella con la esperanza de que él le respondiera que sí, ya que una vez que la familia los descubriera, la alegría de la noche llegaría a su fin y comenzaría el drama.

Él agachó la cabeza para que pudiera escucharlo.

—No hasta que toquen un vals. Detesto bailar, y me niego a sufrir cualquier otra pieza.

Olivia echó los hombros hacia delante, de manera que a él no le quedara más remedio que mirarla.

—¿Detestas bailar? —inquirió, sorprendida.

Sam esbozó una sonrisa burlona.

—Solo hay una cosa que deteste más: ir a la ópera.

Ella se echó a reír.

—En ese caso jamás te haré sufrir obligándote a asistir a ninguna que no sea *La flauta mágica*. Me encanta *La flauta mágica*.

Sam resopló.

—Creo que podré mantenerme despierto en una obra de Mozart. Por lo menos durante el primer acto.

—Aaah… será un placer verte sufrir para complacerme —bromeó ella al tiempo que le apretaba el brazo.

—Soportaría cualquier sufrimiento por ti, Olivia —admitió él, que volvió a dirigir su mirada vigilante hacia la multitud.

Lo había dicho en un tono casual, como si no fuese más que una idea que se le había pasado por la cabeza, pero el significado de esas palabras llenó el corazón de Olivia de una extraordinaria e inexplicable felicidad. Fue entonces cuando comenzó el vals y, sin decir palabra, Sam la condujo directamente hacia la pista de baile.

Olivia disfrutó del momento y pensó en lo mucho que le recordaba a la primera vez que bailaron en Londres, cuando iba ataviada con ese mismo vestido y contemplaba con furia los hermosos ojos del hombre que la acompañaba porque creía que era Edmund. En este instante solo veía a Sam, un individuo distinto a cualquier otro, con sus propios anhelos, temores y sueños.

Le dedicó una sonrisa mientras la hacía girar con una maestría que desafiaba su impresionante estatura o su afirmación de que detestaba bailar. Era un bailarín maravilloso.

—Quiero contarte algo que jamás te he dicho antes —confesó Olivia sin dejar de mirarlo a los ojos.

Sam frunció el ceño por un momento y después, en lugar de sonreír, tomarle el pelo o mostrar un poco de curiosidad, compuso una expresión solemne y su mirada tomó una intensidad que Olivia no creía haber apreciado nunca antes.

—Adelante —solicitó con voz seria y grave, apenas audible por encima de la música.

—Ya te conozco casi tanto como a Edmund —dijo con voz trémula—. Y deseo con toda mi alma que sepas que no os parecéis en nada. Eres un hombre maravilloso. —Respiró hondo para reunir coraje—. Si ambos estuvieseis al lado, llevarais la misma ropa, el mismo peinado y tuvieseis la misma expresión, te reconocería con los ojos cerrados, con solo tocarte la cara.

Él se limitó a observarla durante unos instantes. Sus rasgos revelaban una miríada de emociones y sus pasos se hicieron más lentos a medida que el significado de las palabras penetraba en su cerebro.

Sam tragó saliva con fuerza y apretó la mandíbula mientras le rodeaba la cintura con el brazo y oprimía el torso contra sus pechos para acercarla tanto como le fuera posible. Después apoyó la frente sobre la de ella.

—Olivia...

Su voz, el sonido de su nombre en sus labios, la envolvieron como una súplica de toda una vida de sueños.

Cerró los ojos y disfrutó del baile, a sabiendas de que este se había convertido en bamboleo de un solo corazón, de un alma compartida.

—Te amo —susurró Olivia.

Sam se estremeció antes de responder en un murmullo ronco y maravillado:

—Yo también te amo.

Olivia sabía que nada en su vida podría compararse al momento que estaba compartiendo con él, a la asombrosa y exquisita felicidad que le había llenado el corazón al oírle repetir esas palabras con absoluta sinceridad. Recordaría siempre que las había pronunciado mientras la estrechaba en una hermosa habitación llena de gente, mientras la hacía girar al compás de la música de un millar de ángeles que cantaban solo para ellos una oda al triunfo de la felicidad eterna.

Deseaba besarlo, huir con él a una tierra exótica y no regresar jamás, no mirar nunca atrás. Estar con él así para siempre.

Las lágrimas humedecieron sus pestañas cuando sintió que apartaba la frente de la de ella y le daba un suave beso en la frente; un beso que se demoró un par de segundos más de lo necesario.

Olivia alzó la mirada y descubrió la adoración que brillaba en sus ojos oscuros y la sonrisa que elevaba una de las comisuras de sus labios.

De pronto, Sam clavó la mirada en algún lugar por encima de su cabeza y ella pudo ver cómo se transfiguraba su expresión. La sonrisa desapareció de su semblante a medida que sus rasgos se endurecían y sus ojos se entrecerraban.

En ese instante se dio cuenta de que todo había cambiado a su alrededor. La música seguía sonando, pero ya no era un vals, y aquellos que habían bailado en torno a ellos formaban ahora un círculo. Todos los miraban sin dejar de susurrar.

Olivia era consciente de la imagen que debían de presentar, abrazados de una manera indecorosa, como dos amantes perdidos en su propio y diminuto universo.

Notó que Sam la soltaba y colocaba las manos en la parte superior de sus brazos para alejarla un poco. Su rostro se tiñó de un intenso rubor debido a la súbita e intensa vergüenza.

—Ha llegado el momento —susurró Sam.

Fue entonces cuando comprendió que todos tenían la vista clavada en él.

El drama había comenzado.

21

Sam sintió que se le aceleraba el pulso y que sus sentidos entraban inmediatamente en alerta. El momento de la revelación había llegado.

Empujó a Olivia con delicadeza para colocarla a su lado y le dio un suave apretón en la mano antes de soltarla.

Todavía no había visto a Edmund, pero notó que los invitados a la fiesta lo estaban mirando con detenimiento, algunos de ellos con la boca abierta, y sabía que no se debía al hecho de que hubieran bailado tan juntos.

Se hizo el silencio y, con él, la mayor villana de la obra de su vida se abrió paso entre la multitud en medio de un mar de faldas de satén rosa para situarse frente a él. Era curioso, pero no le sorprendía ni lo más mínimo que ella hubiera asistido a la fiesta para dejarlo al descubierto.

—Samson —lo saludó Claudette con una sonrisa, aunque sus ojos revelaban la furia que sentía.

No sabía muy bien qué decir después de todos esos años, en especial delante de la élite de la Riviera. No obstante, Olivia lo salvó de responder, ya que, en una muestra de protección o de posesividad, se situó delante de él con los brazos en jarras para enfrentarse a la condesa.

—¿Qué haces aquí, tía Claudette? —preguntó con voz grave y sorprendida.

Antes de que la mujer pudiera responder, un caballero de

cierta edad al que Sam no conocía se aclaró la garganta detrás de un grupo de damas y avanzó con porte regio y expresión tensa. Trató de sonreír con amabilidad, pero su mirada reflejaba la ira que lo consumía.

Sam comprendió al instante que aquel hombre debía de ser el abuelo y tutor de Brigitte. Era obvio que el anciano se sentía confundido e indignado, y que no tenía ni la menor idea de lo que ocurría en el baile de compromiso de su nieta.

—Monsieur —intervino con tono afable—, ¿tendrían Olivia y usted la bondad de acompañarme?

Por suerte, Olivia respondió en su lugar.

—Por supuesto, *grand-père* Marcotte.

El hombre apenas le dirigió la mirada antes de darles la espalda, dando por hecho que lo seguirían sin rechistar.

Siguieron sus rápidos pasos a través de la multitud, que se apartó al instante para permitirles el paso. Claudette les pisaba los talones, y Sam podía percibir su escrutinio y el intenso odio que manaba de ella como un río helado.

La música comenzó a sonar de nuevo y los bailarines regresaron poco a poco a la pista mientras los cuatro se acercaban a las puertas del salón de baile. Los murmullos y las miradas de reojo no habían cesado, pero se aplacaron un poco cuando los invitados regresaron a sus conversaciones y a sus bebidas para integrarse una vez más en la atmósfera de la fiesta.

Recorrieron en silencio el pasillo que conducía a la parte delantera de la mansión y después giraron hacia lo que debía de ser el salón. Sam oyó la voz de Edmund en el interior antes de entrar.

El momento de la verdad había llegado y, aunque le dolía la cabeza debido a la tensión y estaba hecho un lío después de la confesión de amor de Olivia, se sentía bastante calmado.

Marcotte se adentró en la estancia en primer lugar, seguido de Olivia, él mismo y por último, Claudette.

—Fuera —le ordenó sin más el anciano a una de las criadas, quien tras una rápida reverencia salió de la estancia y cerró las puertas.

Edmund estaba en el extremo más alejado, cerca de la chimenea apagada, hablando con una mujer rubia que debía de ser Brigitte, la heredera de Govance a la que su hermano había ido a cortejar y a estafar. Sin embargo, en el momento en que escuchó el tono brusco de Marcotte, levantó la cabeza y miró a Sam por primera vez en diez años.

Se hizo un lúgubre silencio en la habitación. Nadie dijo una palabra durante un largo y angustioso momento. Después, Marcotte se colocó en mitad de la estancia, se apartó la chaqueta a un lado y apoyó las manos en las caderas.

—¿Haría alguien el favor de decirme qué demonios ocurre aquí?

Su voz sacudió las vigas. De manera instintiva, Sam dio la mano a Olivia, aunque no apartó la mirada de su hermano ni por un instante.

Edmund se había quedado pálido y boquiabierto, y movía los ojos de uno a otro mientras el sudor le cubría la frente y las sienes.

Desconcertada, Brigitte ahogó una exclamación y contempló de manera alternativa el rostro de su prometido y el de Sam.

Como era de esperar, Claudette fue la primera en recuperarse. Se recogió la falda y comenzó a dirigirse muy despacio hacia el centro de la estancia, donde el anciano aún aguardaba una explicación.

—Monsieur Marcotte —ronroneó con altanería—, es evidente que ha habido un terrible malentendido…

—¿Malentendido? —bramó el anciano.

La dureza de su voz la detuvo a media zancada y los aros del vestido se balancearon adelante y atrás debido a lo repentino de la parada.

—¿Quién demonios es usted? —preguntó a Sam.

—El gemelo de Edmund —señaló Claudette, que se comportaba como si fuera el centro de atención, como si sus explicaciones fueran las más importantes.

Marcotte compuso una mueca furiosa.

—Creo que todo el mundo se ha dado cuenta de eso, madame *comtesse*. Resulta bastante evidente.

Claudette pareció dolida; sus ojos se abrieron de par en par y sus mejillas se sonrojaron visiblemente a pesar del maquillaje.

Marcotte dejó escapar un largo suspiro y miró a Sam con suspicacia.

—Así, pues, monsieur, se lo preguntaré de nuevo: ¿quién es usted?

—Soy Samson Carlisle —contestó Sam de inmediato—, duque de Durham. He venido a Francia para enfrentarme a mi hermano menor, Edmund, a quien no he visto desde hace más de diez años.

Decidió que eso bastaría por el momento.

Se hizo el silencio una vez más, aunque la música del salón de baile conseguía colarse en la estancia.

—*Grand-père* Marcotte —comenzó Olivia segundos más tarde—, creo que hay algunas cosas que debes saber con respecto al prometido de tu nieta.

Sam se percató de que, por primera vez desde que hiciera su aparición, Edmund apartaba la vista de él para clavarla en Olivia. El tono de su piel había pasado del blanco fantasmal al grana en cuestión de segundos.

Marcotte cruzó los brazos a la altura del pecho.

—Sigo esperando —señaló.

Olivia tomó una honda bocanada de aire para darse fuerzas. Luego, le soltó la mano y dio un paso adelante con los brazos a los costados para situarse delante de él.

—Conocí a Edmund el verano pasado, en París. Nos presentó mi tía Claudette.

Todos miraron a la condesa Renier, cuyo rostro se había puesto del mismo color que su vestido.

—Yo... Eso no es del todo cierto...

—Por supuesto que lo es. Deja de mentir, tía Claudette —exigió Olivia, que ya había recuperado la compostura por completo.

Claudette ahogó una exclamación y la miró de arriba abajo.
—Yo no miento.
Olivia soltó un bufido.
—No has hecho más que mentir desde el principio.
Marcotte se frotó la cara con la palma de la mano mientras reflexionaba sobre la complejidad de las relaciones que enlazaban a los presentes y, a buen seguro, también sobre el terrible desenlace de la escena.

Brigitte también había empezado a comprenderlo, ya que se había soltado del brazo de Edmund y había dado un paso atrás para alejarse de él.

—¿Es... es Edmund tu marido? —preguntó Brigitte con voz tímida y ronca.

Sus ojos parecían dos estanques llenos de incredulidad.

Claudette hizo un dramático gesto con un brazo antes de colocarse las manos en las caderas.

—Por supuesto que no. Eso es una ridiculez...
—En realidad, su marido soy yo —replicó Sam con un suspiro de fastidio.

La mentira salió de sus labios con tanta naturalidad como el aire que respiraba.

Nadie hizo ni dijo nada durante un instante. Después, Edmund irguió los hombros y tiró de las solapas de su chaqueta en un intento por redimir su más que cuestionable honor.

—Olivia no está casada con él, Ives-François —dijo, concentrando por fin su atención en Marcotte—. Ella miente, y él también. Y conociendo a mi hermano como lo conozco, estoy seguro de que ha venido hasta Grasse con el único fin de arruinar mis planes de matrimonio con tu nieta esgrimiendo medias verdades y tonterías con las que no pretende sino confundir a todo el mundo. —Clavó la vista en Sam, y sus ojos estaban cargados de una intensa hostilidad que no lograba disimular—. Forma parte de su naturaleza.

Sam lo observó desde el lugar que ocupaba y sintió que su furia aumentaba con cada latido de su corazón.

—¿Por qué no explicas a tu futura esposa y a su abuelo

cómo conociste a mi esposa, hermano? —exigió con un tono áspero y duro—. Acláraselo.

—Sí, acláraselo —repitió Olivia, que inclinó la cabeza a un lado y puso también los brazos en jarras—. Me encantaría escuchar tu versión de los hechos.

La tensión, tan densa como una salsa rancia, los envolvió a todos y prendió fuego al ambiente.

—¿Edmund? —le exigió Marcotte.

Edmund contempló a Sam con los ojos entrecerrados.

—No hagas esto, Samson —le advirtió con los dientes apretados, presa de una evidente furia.

Era un momento crucial para todos ellos.

—Se acabaron las mentiras, Edmund —replicó Sam con un tono indiferente y cargado de desprecio—. Todas.

Durante un par de segundos, el rostro de Edmund enrojeció tanto a causa de la frustración y la ira que Sam creyó que se abalanzaría sobre él.

—Voy a casarme con Brigitte Marcotte —aseguró Edmund en un amargo susurro. Tenía los puños apretados a los costados y sus labios se habían convertido en una delgada línea—. Esa es la única verdad que hay que decir.

Olivia enderezó la espalda, indignada, y Sam le puso las manos sobre los hombros para serenarla.

—*Grand-père* Marcotte —comenzó ella con sorprendente calma—, tu futuro nieto político me mintió desde el momento en que nos conocimos. Me dijo que me amaba, me cortejó y arregló un falso matrimonio...

—¡Olivia! —gritó Edmund.

—... y la noche de nuestra supuesta boda —continuó sin amilanarse—, mientras yo lo esperaba para consumar nuestro matrimonio, él me abandonó. Se llevó la licencia matrimonial falsificada, fue a ver a mi banquero y retiró la suma total de mi herencia, tal y como solo mi «marido» podría hacer. Después, se marchó de la ciudad y, según parece, se dirigió hacia aquí para repetir el proceso una vez más y cortejar a la heredera de la fortuna Govance.

Brigitte dejó escapar un gemido horrorizado; parecía a punto de desmayarse. Con piernas temblorosas, se alejó aún más de Edmund y se dejó caer sobre un canapé tapizado en terciopelo, en medio de un montón de faldas de color púrpura.

Marcotte se limitó a contemplar a Olivia, completamente anonadado; Edmund se consumía de furia, a sabiendas de que la farsa había quedado por fin al descubierto; Claudette tenía el aspecto autoritario de siempre y agitaba el abanico por delante de su rostro.

Olivia hizo caso omiso de todos ellos y siguió con su revelación.

—Una vez que me di cuenta de que me había abandonado —continuó con amargura—, situé el dinero reservado para Nivan en lugares que él desconocía y fui a Inglaterra en su busca, asumiendo que había regresado allí para vivir rodeado de lujos y comodidades con mi fortuna. Fue entonces cuando conocí a Sam, el hermano gemelo de Edmund... Un hermano cuya existencia desconocía.

Se echó a reír con una angustia que no pudo ocultar y después volvió la vista hacia el hombre que la había humillado.

—Imagínate mi sorpresa, Edmund. Imagina la humillación que sentí al confundirlo contigo, ya que no tenía ni la menor idea de que tuvieras un hermano gemelo. —Se estremeció y tomó aliento con cierta dificultad—. Él, no obstante, se portó como un caballero conmigo y me ofreció su ayuda para encontrarte y poner al descubierto la clase de persona que eres en realidad.

Puesto que sus palabras iban dirigidas tan solo a Edmund, descartó la presencia de los demás como si no estuvieran presentes.

—Me utilizaste —le acusó con los dientes apretados—. Me utilizaste, me mentiste y me estafaste. No puedo permitir que le hagas lo mismo a otra ingenua, en especial a una dama que conozco y aprecio. —Irguió la espalda y miró a Claudette por fin—. Lo único que aún no sé es si toda esta despreciable farsa fue idea tuya o de mi tía...

Claudette jadeó.

—... una mujer que creí que me quería. Una mujer que, según tengo entendido, ha sido tu amante desde hace años. —Hizo una pausa antes de añadir con absoluto desprecio—: Sois tal para cual.

Durante horas, o eso pareció, nadie dijo una palabra. La furia que embargaba a todos los presentes había impregnado la atmósfera de la estancia hasta un punto increíble, y todo había adquirido un tinte de irrealidad.

—¡Pequeña zorra! —exclamó Claudette antes de arrojarle el abanico, aunque solo consiguió golpear el bajo del vestido.

Sorprendido ante semejante rencor, Sam tiró de Olivia para acercarla a su cuerpo y le sujetó los hombros con más fuerza.

—Si vuelve a hablarle de esa manera, señora —le advirtió con una voz cargada de furia contenida—, le borraré esa sonrisa desdeñosa del rostro de una bofetada.

Su tono era tan frío y sus modales tan bruscos e intimidantes que Claudette dio un paso atrás, muda de asombro.

Marcotte contempló a Edmund con la espalda tan rígida como una columna de acero.

—¿Es eso cierto? —preguntó con voz tensa.

—Por supuesto que lo es —intervino Olivia, exasperada.

El anciano le echó un rápido vistazo de reojo.

—Necesito oírselo decir a él, Olivia.

Edmund clavó la vista en Sam. Su semblante estaba cargado de odio y sus labios se habían curvado en una mueca de desprecio tan tensa que parecían blancos.

—Amo a Brigitte —dijo con los dientes apretados.

—Sé que tratas de resultar convincente, pero eso no es una respuesta —señaló Sam.

Edmund negó muy despacio con la cabeza.

—Siempre has conseguido arruinar todo lo que he deseado en mi vida. ¿Por qué lo haces, hermano? ¿Porque soy tierno con las damas? ¿Porque siempre les he gustado más que tú?

Sam entrecerró los ojos.

—El culpable de todo lo que te ha salido mal en la vida, Edmund, eres tú. —Echó una rápida mirada a Claudette—. Y también ella.

—¿Yo? —repitió Claudette.

—Sí, tú, según parece —señaló Olivia—. Dime, tía Claudette, ¿por qué estás aquí? ¿Qué te ha hecho venir a Grasse esta semana y no cualquier otra?

Claudette pareció confusa durante unos instantes, pero después dejó las preguntas a un lado.

—Fui a Nivan, y Normand me comentó que habíais partido hacia aquí.

—¿Normand? —repitió Olivia, incrédula.

Claudette se encogió de hombros.

—Me lo comentó de pasada, eso es todo.

Al escuchar que Olivia aspiraba el aire entre dientes, Sam le acarició los hombros para mostrarle su apoyo, pero ella se puso rígida de todos modos.

—Bien —dijo con un tono absolutamente autoritario—, en ese caso Normand ya no trabaja para mí. Y tú, mi queridísima tía, jamás volverás a poner un pie en mi establecimiento.

Eso reavivó la furia de Claudette, aunque Sam no sabía con seguridad si se debía a la determinación con la que Olivia le había negado el derecho a entrar en la tienda que había pertenecido a su hermano o al cambio en el comportamiento de su sobrina, tan directo y franco.

Claudette comenzó a dirigirse con mucha lentitud hacia ellos. Sus ojos se habían convertido en dos simples rendijas, las ventanas de su nariz estaban dilatadas, su boca se había curvado hacia abajo y lucía un horroroso ceño fruncido.

—Dime, querido Sam, ¿le has mencionado a Olivia el romance que mantuvimos tú y yo?

Fue un comentario completamente imprevisto que arrancó exclamaciones a todos los presentes. A todos menos a Edmund, que se limitó a reír por lo bajo.

—No eres más que una patética imitación de una dama, Claudette —susurró él con tono gélido.

Eso no la amilanó en absoluto.

—¿De veras? Pues yo creo que merece conocer la verdad. —Echó un vistazo alrededor de la habitación con los brazos abiertos—. Estamos revelando verdades, ¿no es así? Y tú tienes bastantes secretillos sucios que debes compartir.

Ay, Dios... Sam sintió que se le aceleraba el pulso.

—Acaba ya con tanta estupidez. Por supuesto que me contó toda esa sórdida historia —aseguró Olivia con voz trémula fingiendo que lo sabía todo, aunque Sam percibió que había comenzado a temblar bajo sus manos.

Sé fuerte, mi dulce y preciosa Livi..., rogó para sí.

Marcotte comprendió de inmediato que Claudette estaba a punto de sobrepasar los límites de la decencia.

—Me gustaría que se marchara, madame *comtesse* —dijo con firme resolución—. Ahora mismo.

Claudette hervía de furia y lo fulminó con la mirada.

—No voy a irme a ningún sitio hasta que mi sobrina escuche lo del bebé.

Brigitte, a la que todo el mundo parecía haber olvidado, soltó un súbito alarido desde el lugar que ocupaba en el sofá.

Marcotte se quedó pálido.

—¿Qué bebé?

—Márchese ahora mismo, señora —le advirtió Sam con una voz grave que reverberó en los muros—, o lamentará haberme conocido.

—Ya lamento haberte conocido —replicó ella—. No me asustas, Samson.

—¡¿Qué bebé?! —aulló Marcotte.

—El hijo de Samson y Claudette —explicó Edmund con expresión maliciosa.

Olivia trató de alejarse de él sin decir palabra, pero Sam le apretó los hombros con más fuerza para impedírselo.

—Siempre has sido un bastardo, Edmund —dijo a su hermano en un susurro letal.

Claudette aplaudió con perverso regocijo.

—Dios mío, Olivia, querida, veo por la palidez de tu rostro que no sabías que Sam y yo habíamos tenido un hijo. —Enarcó las cejas para mirarlo de nuevo—. Me pregunto por qué no te lo ha contado...

Sam se tragó la furia. De no haber temido que Olivia saliera corriendo, la habría soltado para matar a esa mujer.

—Cierra la boca, Claudette —le advirtió mientras sujetaba a Olivia, que había comenzado a estremecerse.

Claudette se limitó a parpadear con fingido asombro.

—¿Qué? ¿Y no contárselo todo? —Soltó una carcajada—. Según parece, te has callado unos cuantos secretos, querido Sam.

Marcotte ató cabos con rapidez. Enderezó la espalda y, con los brazos a los costados, avanzó hasta colocarse a escasos centímetros de la condesa.

—Esto no tiene nada que ver con mi nieta. Le pido educadamente una vez más que se marche.

Claudette echó un vistazo a Edmund.

—¿Cariño? Te sugiero que les cuentes todo.

Edmund se relajó un poco y miró a la condesa sin rastro de lástima en los ojos.

—Voy a casarme con Brigitte, a pesar de lo que haya podido hacer en el pasado y a pesar de las razones por las que vine a Grasse en primer lugar.

Claudette no dijo nada durante unos instantes.

—No, no lo harás —murmuró segundos después.

—Sí, sí lo haré —replicó él con sequedad.

Claudette parecía confundida y miró a su alrededor para observar el rostro de todos los presentes. Después, una vez recuperada, alzó la barbilla y reveló con amargura:

—Todo lo que ha dicho Olivia es cierto. Edmund y yo hemos sido amantes durante años y planeamos toda esta farsa para engañar a la heredera del imperio Govance y arrebatarle su fortuna. Edmund tan solo afirma amarla para salvar su despreciable trasero y no acabar en prisión por sus deudas.

Brigitte jadeó.

—¿Por qué? —inquirió Sam. Era una cuestión sencilla, pero también el hilo principal de aquella espantosa historia, y aún no lo habían abordado—. ¿Qué sentido tiene elegir a herederas de la industria del perfume si tú jamás has necesitado nada en toda tu vida?

—Porque quiero el control de la industria, de los fondos y de las casas de suministros para poder establecer qué es lo que se vende y lo que no. Debería haber heredado Nivan a la muerte de mi hermano. Yo soy la heredera por derecho. Edmund estaba de acuerdo conmigo y nosotros... decidimos que cortejaría a las herederas de Nivan y de Govance y fingiría casarse con ellas. De esa forma, aunque yo no tuviera el poder absoluto, gozaría del favor de la emperatriz Eugenia y contaría con el prestigio que me merezco. Estaría al cargo de todo aquello que debería haber sido mío.

Marcotte se echó a reír mientras se pellizcaba el puente de la nariz.

—Es lo más ridículo que he escuchado en toda mi vida.

El rostro de Claudette se puso como la grana una vez más.

—Aún así, es la verdad.

—Madame *comtesse* —dijo Marcotte con remarcada calma, mirándola a los ojos—, nada de lo que hubiera podido hacer le habría otorgado el control de la industria del perfume, y desde luego jamás habría conseguido el tipo de favores que espera de la emperatriz. ¿Quién puede asegurar cuáles serán sus preferencias la próxima temporada? Tanto las boutiques como las casas de suministros se venden, se compran o se traspasan a cada momento. O permanecen en la familia, como ocurre con la mía y con Nivan. —Dirigió a Edmund una mirada colérica—. Con respecto a la parte de las herencias robadas, debo decir que la querida Olivia, quien obviamente ha sufrido mucho debido a ustedes dos, puede y debe denunciarlos ante las autoridades, aunque supongo que los títulos que ostentan les granjearán más respeto del que se merecen.

Claudette se limitó a mirarlo; Edmund cerró los ojos y

meneó muy despacio la cabeza, consciente de que acababa de perder todo aquello que había intentado ganar mediante engaños.

Brigitte comenzó a llorar en el canapé.

—¡Estoy enamorado de Brigitte! —gritó Edmund antes de mirar a Olivia—. A pesar de todo lo que he hecho.

—No la mereces —replicó el anciano.

En ese momento, Sam sintió verdadera lástima por su hermano.

Marcotte recuperó su pose autoritaria y clavó la vista en Claudette una vez más.

—Usted ya ha hecho bastante —dijo—. Saldrá de mi propiedad y jamás volverá a poner un pie cerca de Govance, madame. Se marchará ahora mismo si no quiere que la echen de aquí de una patada en su pérfido y embustero trasero.

Claudette retrocedió un paso, horrorizada.

El anciano la sujetó por el brazo.

—¡Ahora mismo!

Después, con una fuerza impropia de su edad, Marcotte la arrastró hasta la puerta y la empujó hacia fuera antes de cerrar.

De no encontrarse en semejantes circunstancias, Sam habría comenzado a aplaudir.

Reinó un silencio atronador. Brigitte lloraba en silencio en el sofá; Edmund lo fulminaba con la mirada de nuevo, aunque ahora parecía un animal herido. Y el amor de su vida, la mejor mujer que había conocido nunca, seguía delante de él, temblando. Se negaba a mirarlo e irradiaba emociones tan intensas que bien podrían haberlo aplastado. Sin embargo, no podía hablar con ella allí, ya que solo conseguiría humillarla aún más delante del patriarca de Govance, de Edmund y de Brigitte.

Respiró hondo e irguió la espalda, dispuesto a romper el silencio.

—Monsieur Marcotte —dijo con toda la formalidad posible—, le ofrezco mis más sinceras disculpas por todo lo acontecido esta noche. Pero me niego a ver cómo mi hermano abusa de otra dama del mismo modo que abusó de mi esposa.

Olivia trató de apartarse de él otra vez, pero la sujetó con rapidez.

—En especial de una muchacha tan encantadora e inocente como su nieta.

Brigitte sorbió por la nariz y le ofreció una pequeña sonrisa.

Marcotte lo observó con los ojos entrecerrados y asintió con la cabeza una única vez.

—Es usted bienvenido en mi casa, Excelencia —replicó sin más.

Sam no lo esperaba, y eso le hizo preguntarse por qué el anciano no había echado también a Edmund «de una patada en su pérfido y embustero trasero».

—Bien —dijo Marcotte con un suspiro al tiempo que se colocaba la chaqueta del traje de noche—, parece que debo tomar una decisión.

Caminó con decisión hacia Edmund, quien tenía un aspecto timorato y ridículo con el costoso traje negro que probablemente había pagado con el dinero que había robado a Olivia.

—¿Te has acostado con mi nieta? —inquirió Marcotte sin andarse por las ramas.

Olivia aspiró con fuerza; Brigitte se levantó de un salto del sofá, con el rostro tan pálido como las azucenas.

—¿Qué? —logró mascullar Edmund.

Aunque era cerca de treinta centímetros más alto que el francés, parecía intimidado por la vehemencia del hombre.

—¿Te has acostado con mi nieta? —repitió Marcotte muy despacio.

Brigitte acudió en su rescate; se colocó al lado de Edmund y le dio la mano.

—*Grand-père,* esa pregunta es del todo inapropiada.

El anciano le echó un breve vistazo.

—No te metas en esto, chiquilla —le advirtió en un susurro.

Ella abrió los ojos como platos y tragó saliva con fuerza. Marcotte volvió a clavar la vista en Edmund.

—¡Respóndeme!

—La amo —contestó con voz grave.

—¿Eso significa que sí?

Edmund no titubeó.

—Sí.

Al escucharlo, Marcotte echó el brazo hacia atrás y después lo lanzó con fuerza hacia delante para estampar el puño en la mandíbula de Edmund.

—*¡Grand-père!* —exclamó Brigitte.

La muchacha observó con la boca abierta cómo Edmund caía hacia atrás con un gruñido y se golpeaba el hombro con el borde de la repisa antes de desplomarse en el suelo.

Sam lo observó todo con estupefacción. Un hombre de casi ochenta años acababa de abatir a su hermano, algo que él había deseado hacer durante años. En ese momento, la admiración que sentía por Marcotte se incrementó de forma extraordinaria.

El anciano se frotó el puño antes de sacudirlo y después bajó la mirada para observarlos a ambos: a Brigitte, mortificada, que se había agachado para levantar los hombros de su futuro esposo del suelo, y a Edmund, que se estremecía de dolor.

—Ahora que hemos aclarado este asunto —continuó Marcotte mientras se colocaba el cuello de la camisa—, te diré una cosa: eres un bastardo consentido, Edmund, pero creo que amas a mi nieta tanto como ella a ti. Te casarás con ella legalmente y yo permaneceré a tu lado como testigo. Después, engendraréis hijos y viviréis en mi propiedad hasta que os dé permiso para marcharos. No tendrás una vida ociosa; trabajarás en Govance en todo aquello que yo te ordene. Jamás mencionarás tu sórdido pasado a nadie, porque si lo haces, si llego a enterarme que has herido a mi nieta tal y como heriste a Olivia, haré que te arresten y gastaré hasta el último penique de mi vasta fortuna para asegurarme de que mueras en prisión. —Resopló con fuerza antes de añadir—: O te mataré yo mismo.

Dio un paso atrás y se sacudió las mangas de la chaqueta; al parecer, no esperaba respuesta alguna del hombre al que acababa de derribar.

—Y ahora, Brigitte, querida, sécate las lágrimas y lávate la cara sin perder más tiempo —le ordenó al tiempo que la señalaba con el dedo. La intensidad de su voz fue aumentando con cada palabra—: Después, tú y ese idiota con el que vas a casarte entraréis del brazo en el salón de baile y os presentaréis ante mis invitados, que han venido a una fiesta que me costará los ingresos de los próximos diez años, como la pareja de prometidos que sois: ¡felices, contentos y enamorados!

Admirado, Sam sacudió la cabeza. Estaba disfrutando de lo lindo viendo el desasosiego de su hermano.

Marcotte se dio la vuelta cuando Edmund logró ponerse en pie; era obvio que intentaba no parecer humillado y no frotarse la mandíbula dolorida mientras se colgaba del brazo de Brigitte y permitía que ella lo consolara.

Sam se quedó donde estaba, con Olivia delante de él. Sintió un vuelco en el corazón cuando estiró el brazo para darle la mano y la notó fría e inerte entre sus dedos. Por Dios, tenían que salir de allí para hablar a solas. Hacer el amor y olvidar.

—Estoy seguro de que vosotros habéis disfrutado de esto casi tanto como yo —dijo Marcotte con un tono jovial y los ojos brillantes mientras se acercaba a ellos por fin.

—Ha estado magnífico —señaló Sam con una sonrisa mordaz—. Ha sido un placer observarlo en acción.

El anciano asintió y luego clavó su mirada en Olivia. Perdió la sonrisa al ver el dolor que reflejaba su rostro, un dolor que Sam aún no había podido observar, ya que ella había estado delante de él todo el rato. De repente, se asustó.

—Mi querida Olivia... —dijo Marcotte al tiempo que apoyaba las manos en sus hombros para besarle ambas mejillas—. Muchas gracias.

—*Grand-père* Marcotte —susurró ella con una voz seria y ahogada.

El anciano suspiró y se apartó un poco antes de entrelazar las manos en la espalda.

—Es un honor para mí invitaros a pasar la noche en mi casa, pero me parece que tenéis muchas cosas de las que hablar. Excelencia, amo a su esposa tanto como amaba a su madre; tanto como a mi propia familia. Ha elegido usted muy bien.

Sam asintió con la cabeza.

—Gracias.

Marcotte realizó una reverencia antes de dirigirse hacia la puerta. Cuando puso la mano en el picaporte, miró a Brigitte y a Edmund por encima del hombro.

—Vosotros dos, salid para la fiesta ahora mismo. Y Edmund, si alguien menciona el cardenal que tienes en la cara, dile que tu hermano te dio un puñetazo. Nadie tendrá problemas para creérselo.

Abrió la puerta y abandonó el salón antes de cerrarla de nuevo.

Por un momento, nadie hizo nada. Sam seguía aferrando la mano inerte de Olivia, desesperado por quedarse a solas.

—Sois... idénticos —murmuró Brigitte cuando Edmund se volvió hacia Sam con una mirada desafiante.

—Ya basta, Brigitte —la interrumpió su prometido, molesto.

Sam empezó a caminar hacia su hermano, pero arrastró a Olivia con él, ya que le daba pánico soltarla.

—Te doy mi enhorabuena —dijo con voz gélida.

Edmund esbozó una sonrisa desdeñosa.

—Lárgate, Samson.

—Eso pienso hacer. —Inclinó la cabeza hacia un lado—. Y no quiero volver a verte en Inglaterra, a menos que vengas a disculparte ante mi esposa.

Edmund soltó un bufido y se frotó la mandíbula antes de mirar a Olivia.

—Así que te has casado con ella de verdad, ¿eh?

La mirada de Sam se oscureció.

—Si no tienes cuidado, Edmund, te arrancaré los dientes de un puñetazo. Ya has hecho bastante daño para toda una vida.

Brigitte se enfureció al instante.

—Callaos los dos. Ya es suficiente.

Sam clavó la vista en ella e intentó sonreír.

—Mademoiselle Marcotte, acepte el dinero que Edmund robó de Nivan como mi regalo de bodas. Yo le devolveré esa misma cantidad a Olivia de mis propios fondos para que solucione sus problemas.

Brigitte parpadeó, asombrada, y después miró a Edmund.

—No puedo creer que hicieras algo así, Edmund. Es despreciable.

—Hablaremos de eso más tarde —farfulló él sin apartar la vista de su hermano.

—Hasta la vista, Edmund —se despidió Sam, que ya tenía la mente puesta en la larga discusión que debía mantener con Olivia.

—Hasta la vista —replicó Edmund con sarcasmo.

Sam dejó escapar un largo suspiro y después miró a Brigitte por última vez.

—Mademoiselle, a usted debo ofrecerle mis más sinceras condolencias.

Tras eso, agarró la mano de Olivia y se volvió para abandonar el salón en dirección al carruaje que los aguardaba.

22

Todavía no le había dicho una palabra. A decir verdad, apenas había emitido un sonido desde que lo defendiera ante Claudette con tanta valentía, mintiendo para salvarlo del ridículo. Para protegerlo.

En ese momento estaba sentada frente a él en el oscuro carruaje y la luz de la luna iluminaba las silenciosas lágrimas que se deslizaban por sus mejillas mientras permanecía con la cabeza apoyada en el respaldo, mirando por la ventana.

Lo destrozaba verla así, saber el daño que le había hecho enterarse de su infame pasado de boca de otra persona. No sabía muy bien cómo sacar el tema a colación, ya que parecía desolada.

Los nervios le habían formado un nudo en el estómago. Cuanto más tiempo pasaba sin que ella dijera nada, lo que fuera, más preocupado se sentía.

Finalmente, una vez que el cochero salió de la propiedad Govance y giró hacia el camino principal que conducía a la ciudad, Sam decidió que su silencio había durado bastante.

—Olivia...

—No me hables —susurró ella con voz tensa.

Esa ira controlada lo hirió en lo más hondo.

—Tenemos que hablar —replicó con suavidad.

—Aquí no —murmuró, negándose a mirarlo.

El aplomo de Sam se desvanecía con cada segundo que

pasaba. Se apoyó en el respaldo y se dedicó a admirar su bello rostro y lo bien que le quedaba el vestido mientras recordaba las intensas e increíbles emociones que lo habían invadido en cuerpo y alma cuando ella le confesó su amor. Jamás había sentido algo tan extraordinario en toda su vida. Y no pensaba renunciar a eso ni que su vida dependiera de ello.

Cerró los ojos y apoyó la cabeza contra el acolchado, dándole tiempo para que reflexionara sobre todas las cosas importantes que les habían ocurrido, que habían ocurrido entre ellos, ese día. Y había muchas. Se había reunido con Edmund a solas y se había mantenido en su sitio; había hecho el amor por primera vez; había bailado y le había confesado sus sentimientos; se había enfrentado a Edmund y a Claudette y había descubierto que el hombre del que se había enamorado tenía un hijo bastardo con una pariente que nunca le había caído bien y que ahora despreciaba. Y además de eso, había descubierto que la persona en la que más confiaba la había engañado y le había ocultado información sin tener en cuenta sus sentimientos.

Sam jamás había odiado tanto a su hermano.

El carruaje frenó por fin delante del hotel Maison de la Fleur. Sam, que se había levantado del asiento antes incluso de que el vehículo se detuviera, abrió la portezuela y extendió la mano hacia Olivia para ofrecerle su ayuda, pero ella la rechazó. La mujer bajó a toda prisa los escalones y entró en el hotel. Sam la siguió de inmediato por miedo a perderla de vista y la alcanzó mientras subían la escalera hacia la suite que ocupaban en la segunda planta.

Una vez abierta la puerta, Olivia entró primero y se encaminó a oscuras hacia su habitación, donde le cerró la puerta en las narices.

Eso lo enfureció en extremo, ya que tenían mucho de lo que hablar. Tenía muchas cosas que decirle, que explicarle, y ella lo sabía muy bien.

Tras respirar hondo y reunir fuerzas, Sam abrió la puerta y clavó la vista de inmediato en la cama iluminada por la luz de la luna, donde Olivia se había sentado, rígida como una vela, con la cabeza inclinada hacia el suelo.

—Olivia...

—Vete.

Sam apretó la mandíbula y puso los brazos en jarras.

—Tenemos que hablar.

—No quiero hablar contigo nunca más.

Mujeres...

Se frotó la cara con la palma de la mano y acortó con un par de zancadas la distancia que los separaba antes de agarrarla de la mano y tirar de ella para ponerla en pie. Después la arrastró hacia la habitación central y la obligó a sentarse en el sofá antes de volverse hacia la mesa para encender la lámpara de aceite.

Olivia trató de ponerse en pie para regresar a su dormitorio. Sam no pensaba permitírselo, de modo que la sujetó del hombro y la empujó con fuerza.

—Siéntate.

—Lárgate, Samson —dijo con un tono duro y autoritario.

Había utilizado la misma frase que Edmund, y eso le dolió mucho.

Retiró una de las sillas de madera y se sentó. Con el cuerpo rígido y los pensamientos bajo control, se desabrochó el cuello y los puños de la camisa.

—Vamos a hablar, Olivia —murmuró con una voz algo más seca de lo que pretendía—. O mejor dicho, yo voy a hablar y tú vas a escucharme y a responderme.

—No —replicó ella, que alzó la cabeza para mirarlo a la cara por primera vez desde que bailaran juntos el vals—. Hemos terminado.

La frialdad que mostraban sus ojos desafiantes estuvo a punto de abrumarlo, pero Sam tragó saliva para no ahogarse delante de ella.

—Necesito explicarte algunas cosas —comenzó con voz suave al tiempo que deslizaba las palmas de las manos por los muslos para ayudarse a controlar el nerviosismo—. Y aunque me consta que no te resultará fácil escucharlas, lo harás de todos modos.

—No quiero hacerlo —replicó ella con tono práctico—. Quiero irme a la cama.

Sam notó que su propia furia se acercaba al punto de ebullición.

—Lo que tú quieras es irrelevante en estos momentos. Me escucharás, aunque tenga que sujetarte para que lo hagas.

Ella lo fulminó con la mirada; sus labios se habían convertido en una línea recta que revelaba la intensidad de la ira que la consumía. Sam supuso que eso era mejor que una completa indiferencia. Aunque no mucho.

Después de tomarse un momento para aclararse las ideas y para reunir coraje, comenzó a narrarle la historia que le había cambiado la vida para siempre.

—Claudette llegó a Inglaterra hace doce años con su esposo, el conde Michel Renier —dijo con tono frío y controlado—. La conocí en un baile, naturalmente, ya que ella no se perdía ninguno. No voy a molestarme en intentar convencerte de que me sedujo, porque no tuvo que hacerlo. Yo estaba bastante encaprichado con ella y la quería en mi cama.

Olivia empezó a llorar de nuevo y eso lo desconcertó, ya que todavía no había llegado a la parte más difícil. De cualquier manera, siguió adelante, puesto que sabía que ella debía oír la verdad de sus labios y escuchar la historia completa.

Se inclinó hacia delante en la silla, apoyó los codos sobre las rodillas y entrelazó los dedos de las manos.

—Mantuvimos una relación durante varios meses, y en aquel entonces creía de verdad que nos amábamos. Sí, estaba casada, pero en esa época no me preocupaba. Era un joven arrogante y ella era una mujer francesa muy hermosa que me resultaba... exótica, diferente de las jovencitas inglesas que siempre se mostraban tímidas conmigo, si es que llegaban a dirigirme la palabra. Claudette parecía desearme desesperadamente y yo estaba más que dispuesto a dar el paso y convertirme en su amante.

Olivia se cubrió la boca con la palma de la mano y cerró los ojos con fuerza mientras negaba con la cabeza. A Sam le destrozaba el corazón ver las lágrimas que resbalaban por sus mejillas.

—Era un ingenuo, Olivia —comentó con voz trémula—. Era ingenuo y estúpido, y me sentía fascinado por una mujer que en realidad solo fingía que yo era el único hombre a quien había amado jamás.

—¿Dónde está el niño?

Apenas logró oír las palabras que ella había pronunciado con la boca tapada, pero su repugnancia impregnó el ambiente de la habitación de una manera casi tangible.

—No hay ningún niño —susurró en respuesta, con una sensación de pánico cada vez más aguda.

Ella bajó la mano hasta el regazo de repente y lo miró con detenimiento. Su expresión era tan dura y fría como el mármol en invierno.

—Bueno, ¿a qué mentiroso se supone que debo creer? —murmuró con sarcasmo.

Tanta hostilidad lo dejó desconcertado. Se le había adelantado, pero Sam debería haber sabido que la enfadaría sobremanera que él hubiera engendrado un bastardo y que desearía escuchar sus explicaciones al respecto en primer lugar. En un intento por mantener la calma, bajó la vista al suelo y juntó las manos para evitar que temblaran.

—No hay ningún niño —repitió con seriedad—. Claudette y yo fuimos amantes durante un año, más o menos. Sabía que no podía casarse conmigo, pero si te soy sincero jamás pensé mucho en ello. Solo estaba… obsesionado con ella, supongo, y no quería que nuestra relación terminara.

Aspiró con fuerza y cerró los ojos al recordarlo.

—Claudette se quedó embarazada y vino a verme para contármelo. Yo me sentí… aturdido, pero luego me di cuenta de que muchos aristócratas tenían hijos bastardos y decidí que aceptaría al niño porque la amaba, o creía hacerlo. En aquel momento pensaba que el bebé no sería más que un estorbo del que tendría que responsabilizarme económicamente durante el resto de mi vida.

—Eso es despreciable —señaló ella.

Sam levantó la cabeza de golpe.

—Sí, lo es —convino de mala gana—, pero era joven y orgulloso, y tenía toda la vida por delante, Olivia. También sabía con certeza que el deber me obligaría a casarme algún día y engendrar herederos legítimos. No podía preocuparme por un hijo bastardo. Era un privilegiado, y la gente privilegiada a menudo hace cosas desagradables de las que más tarde no se siente orgullosa. Yo puedo contarme entre esa gente.

Olivia no dijo nada. Apartó la vista de él y apoyó el codo en el brazo del sofá antes de llevarse el puño a la boca y cerrar los ojos.

Sam se frotó la nuca para aliviar la tensión; le palpitaba la cabeza con cada uno de los rápidos latidos de su corazón. Tras decidir que no podía seguir sentado, se puso en pie a toda prisa y comenzó a pasearse por la estancia.

—Cuando su marido se enteró de que estaba embarazada de un hijo que no era suyo (y estaba seguro de ello porque no se había acostado con ella en muchos meses), se presentó en mi puerta. Su visita no me pilló por sorpresa, por supuesto. Los hombres y las mujeres tienen relaciones extramaritales a todas horas, sobre todo los aristócratas, y creí que quería que lo recompensara económicamente por criar al niño, algo que estaba más que dispuesto a hacer. —Rió con amargura—. Pero no fue eso lo que ocurrió. Me dijo que pensaba abandonarla, que estaba harto de sus excentricidades y que iba a regresar a Francia de inmediato para vivir como soltero. Decirte que me quedé horrorizado sería quedarme corto.

—Pues a mí no me parece que sea más horrible que tus escapadas —dijo ella con ironía.

Sam la miró de reojo por un instante y descubrió que no había movido ni un solo músculo; todavía se negaba a mirarlo. Y lo más difícil para él era saber que no podía acercarse a ella para consolarla, susurrarle lo mucho que la amaba y hablarle de las tormentosas emociones que lo embargaban en esos momentos, ya que ella lo rechazaría a buen seguro. Y el rechazo era lo único que jamás podría aceptar de ella. Eso lo dejaría hecho trizas.

Decidido, se detuvo en medio de la habitación y optó por contarle todo antes de intentar ganarse su confianza de nuevo. Le temblaban mucho las manos, así que se las metió en los bolsillos de la chaqueta.

—Ese fue el día en que perdí la inocencia, Olivia —confesó con una voz apenas audible mientras contemplaba la alfombra—. El marido de Claudette me dijo (con gran orgullo y satisfacción, por cierto) que ella había sido la amante de mi hermano durante casi el mismo tiempo que la mía. Me dijo que nos había utilizado a ambos y que no amaba a nadie salvo a sí misma. Puesto que era un estúpido, no me creí ni una sola palabra y prácticamente lo eché de mi casa. Después fui a ver a Claudette.

Sam tomó aire a fin de mantener la compostura mientras la ira y la humillación que lo habían invadido tanto tiempo atrás regresaban como si todo hubiera ocurrido el día anterior.

—Claudette tenía una casa en Londres por aquel entonces. Subí los escalones que conducían a la puerta principal a media tarde, algo que jamás había hecho con anterioridad en aras de la discreción, y entré en su hogar.

—Y la encontraste en la cama con Edmund —terminó Olivia en su lugar al tiempo que se pasaba una palma por la mejilla.

Sam sufría por ella, por esa dulce inocencia que tanto le gustaba y que estaba a punto de destruir sin poder remediarlo, solo para que entendiera las cosas. Ninguna dama de su belleza y su educación debería verse expuesta a tal degradación de la naturaleza humana, pero no se le ocurriría ninguna otra forma de explicar sus actos sin revelar el lado más oscuro de la vida.

Se acercó a la silla de nuevo y la colocó con el respaldo

hacia delante para poder mirarla y apoyar los brazos en algún sitio. Estiró las piernas un poco y descansó los antebrazos sobre la dura madera que quedaba a la altura de su pecho antes de estudiarla con detenimiento.

—Sí, la encontré en la cama con Edmund, pero no estaban solos. Había otras dos mujeres con ellos, y los cuatro estaban inmersos en el acto sexual mientras otros dos hombres, medio desnudos, los observaban desde un rincón. Me quedé... atónito y horrorizado. Pero sobre todo, me sentí solo, perdido y humillado, no solo porque la mujer a la que creía amar me había mentido, sino porque también se había reído de mí. No solo era la amante de Edmund; según parecía, era la amante de todo el mundo.

Mientras narraba aquella perturbadora situación, ella abrió los ojos lentamente para mirarlo. Su rostro estaba pálido y fruncía el ceño en un extraño gesto de estupefacción. Sam esperó a que asimilara sus palabras, a que comprendiera lo que él había sentido en esos momentos.

—No te creo —dijo en voz baja con un tono cargado de repugnancia.

Él la miró a los ojos fijamente.

—Eso fue lo que sucedió, Olivia. Ocurre muchas veces, en todos los países y en todas las condiciones sociales. Hay gente en el mundo con pasiones desagradables y promiscuas a la que le importa un comino la verdadera naturaleza del amor. Y una vez más, los miembros de las clases privilegiadas poseen a menudo el tiempo y el dinero necesarios para satisfacer sus fantasías sexuales. Algunos de ellos están dispuestos a hacer cualquier cosa con cualquiera. —Suspiró antes de añadir en un susurro arrepentido—: Uno de los mayores peligros para el amor entre un hombre y una mujer, especialmente en el matrimonio, es la lujuria descontrolada y el deseo de autosatisfacerse a cualquier precio. Y yo solo lo descubrí cuando me golpeó en plena cara.

Olivia se estremeció y negó con la cabeza.

—Todo esto me da náuseas —murmuró.

Sam se frotó los ojos cansados con los dedos.

—Así debe ser —replicó.

—Y tú... te acostabas con ella todo ese tiempo.

Lo dijo sin más, con tan poca emoción que Sam no supo muy bien cómo reaccionar. En lugar de pronunciar palabras sin sentido que no servirían para tranquilizarla, se limitó a asentir con la cabeza.

Se produjo un largo momento de silencio. Después, Olivia subió las piernas al sofá y las escondió bajo el vestido para abrazarse las rodillas contra el pecho.

—¿Alguna vez has hecho eso? —preguntó sin levantar la mirada de la alfombra.

Debería haber esperado esa pregunta.

—No, nunca lo he hecho y nunca he deseado hacerlo.

—Pero te has acostado con otras mujeres... —dijo, aunque era más una afirmación que una pregunta.

No pensaba mentir a esas alturas. De cualquier forma, no le habría creído. No obstante, sí que podía darle los detalles con delicadeza.

—Olivia, es complicado...

—¡Respóndeme! —gritó, angustiada.

Se le llenaron los ojos de lágrimas cuando clavó la mirada en él.

Sam se quedó desconcertado, con un nudo de miedo en la garganta. De repente le preocupaba venirse abajo delante de ella.

—Sí —respondió en voz baja.

Ella se limitó a mirarlo.

—¿Cuántos hijos bastardos tienes, Excelencia? —preguntó con ironía instantes después.

Sam apretó los dientes.

—Ninguno.

Olivia soltó un bufido.

—Eso no lo sabes.

—Sí, lo sé. Es lo único que sé con absoluta certeza.

Ella vaciló, como si no estuviera segura de si decía la verdad. Lo miró de arriba abajo mientras se enjugaba una lágrima de la mejilla.

—¿Qué pasó con el bebé de Claudette, con el que ella y tú ibais a tener juntos? ¿O vas a decirme ahora que jamás se quedó embarazada?

—Estaba embarazada, sí —le aseguró él, que trataba por todos los medios de no estallar en cólera—. Empezó a dar muestras de ello muy poco tiempo después de que la dejara con su grupo de amantes. A decir verdad, se rió de mí cuando lo hice, Olivia. Le parecía muy divertido que la hubiera descubierto así, y nada menos que con mi hermano, cuyo aspecto era idéntico al mío. —Bajó la voz, ya que sentía la garganta seca y dolorida—. Desde ese momento, me negué a reconocer al niño. Quizá me equivocara, pero me quedé tan asqueado por lo que vi, tan destrozado al saber que me habían traicionado de esa manera, que no me importó.

Olivia apartó la vista de él una vez más y cerró los ojos.

—Edmund y yo nunca hemos podido vivir en paz juntos; somos demasiado diferentes. Pero lo que me hizo despreciarlo fue su indiferencia hacia mis sentimientos por Claudette y que me ocultara el hecho de que se habían convertido en amantes ante mis propias narices. Cuando descubrí la verdad, cuando descubrí que había estado con ella el mismo tiempo que yo, pensé que aun en el caso de que el niño fuera idéntico a mí, también podría ser de Edmund. Jamás sabría si era verdaderamente mío, de modo que me negué a aceptarlo.

Se puso en pie de nuevo y caminó hacia el otro lado de la habitación, hasta la ventana, desde donde podía ver el cenador del jardín iluminado por la luz de la luna. Allí era donde había visto a su odioso hermano con la mujer de sus sueños, y eso reavivó todos los recuerdos que tenía de él y Claudette juntos, todo el dolor. Perder a Olivia sería la mayor catástrofe de su vida.

—Claudette se puso furiosa cuando dejé de comunicarme con ella, cuando me negué a reconocer al hijo que llevaba en su vientre. —Titubeó, pero luego confesó en voz alta, por primera vez en muchos años, lo que había desencadenado el escándalo que lo había acompañado desde entonces—. Pocos días después de rechazarla por última vez, varios miembros importantes de la élite social descubrieron una de sus orgías sexuales por accidente, y Edmund estaba con ella. Cuando los rumores comenzaron a extenderse... —Cerró los puños a los costados y apretó los dientes—. Cuando los rumores comenzaron a extenderse, ella no solo dijo que el hijo era mío y que yo me negaba a compensarla como lo haría cualquier caballero responsable, también insistió en que era yo quien estaba a su lado cuando la descubrieron con otras tres personas en la cama. Afirmó que el pervertido era yo, y no Edmund, y puesto que se trataba de mi hermano, decidí mantener la boca cerrada. Jamás lo negué. ¿Quién me habría creído, de todos modos? Somos idénticos. A partir de ese día me convertí en el bufón de la sociedad; el hombre al que las madres no dejaban acercarse a sus hijas; el hombre del que otros hombres se reían durante una partida de cartas. Inventaron muchas historias sobre mis correrías, y todas exageradas, lo que las volvía mucho peores. —Se echó a reír, saboreando la amargura de la ironía—. Siempre me han aceptado socialmente debido a mi título, Olivia. Pero nunca, jamás, seré aceptado como un amigo, o como un posible amor.

Contempló la oscuridad del jardín a través de la ventana sin ver nada en realidad.

—Claudette dio a luz a un bebé al que llamó Samuel —continuó con voz ronca y grave—, pero fue un parto muy difícil, ya que el niño nació de nalgas. Solo vivió dos días. A decir verdad, no creo que Claudette lo quisiera. Jamás se mostró apenada por su pérdida. Se marchó al continente poco después de eso y jamás volví a verla hasta la noche que estaba contigo en esa terraza de París.

Se produjo un silencio opresivo y envolvente. Olivia sorbió por la nariz y Sam se volvió para mirarla. Ella se limitaba a negar con la cabeza muy despacio; tenía los ojos cerrados y había vuelto a cubrirse la boca con la palma de la mano.

Sam se apartó de la ventana y se acercó un poco ella. Cerró los ojos y echó la cabeza hacia atrás.

—Olivia, tienes que entender...

—¡¿Entender?!

Él enderezó la cabeza de golpe, aturdido por semejante exabrupto.

Olivia se puso en pie con un único movimiento para enfrentarse a él con una mano apoyada en la cadera y una mirada de desprecio.

—¡Entender! ¿Qué tengo que entender? Podría aceptar a un hijo bastardo. Lo criaría si tuviera que hacerlo, porque sería tuyo. Pero lo que me ha ocurrido esta noche ha sido mucho peor que todo lo que me hizo Edmund. —Hizo una pausa para ahogar un sollozo—. En realidad me importa un comino que te... acostaras con otras mujeres. Me duele el alma por ti, por el dolor que has debido de padecer todos estos años, por lo terrible que debe de haber sido vivir rodeado de gente horrible que se dedica a esparcir rumores y a destruir vidas. —Se rodeó con los brazos y añadió en voz baja—: Pero me repugna saber que las cosas que me hiciste esta tarde, todas esas cosas tan maravillosas y bellas..., se las hiciste también a mi tía —dijo presa de la angustia antes de cubrirse las mejillas sonrojadas con las manos—. Hiciste el amor con mi tía. Y lo peor es que Edmund y ella lo sabían. Esta noche, durante ese... ese... enfrentamiento crucial con el que había soñado tantos meses, Edmund y ella se rieron de mí.

—¡No! —Sam la agarró por los hombros y la zarandeó un poco—. No fue eso lo que ocurrió.

Olivia le apartó las manos con todas sus fuerzas.

—Sí que lo fue —aseguró con un gruñido ronco—. Si de verdad crees que no he quedado como una idiota esta noche, es que eres un estúpido, Sam. La inocente y virginal Olivia, que no tenía ni idea de que el hombre al que creía amar con todo su corazón se había acostado con su tía, había tenido un hijo con ella...

—¡Maldita sea, Olivia, eso no es lo importante! —la interrumpió al tiempo que la agarraba por los hombros una vez más.

—¡Claro que es lo importante! —Las lágrimas se derramaban sin control por sus mejillas y su cuerpo temblaba debido a la intensidad de la furia—. ¿Te haces la menor idea de lo humillada que me he sentido esta noche? Desde hace casi un año me han mentido y humillado personas que creí que me amaban, pero esta noche he descubierto que tú has hecho exactamente lo mismo. Humillarme, mentirme...

—Jamás te he mentido —susurró él; se sentía ahogado por un nuevo torbellino de emociones—. Admito que te he ocultado algunas cosas, pero eso no es lo mismo.

Olivia resopló con desprecio y le dio la espalda.

Sam tiró de ella y la estrechó contra su cuerpo con tanta fuerza que se vio obligada a mirarlo a los ojos.

—Te amo, Olivia —admitió con voz ronca. Sacudió la cabeza muy despacio—. Lo que sentía por Claudette no puede compararse con lo que siento por ti. —Ella cerró los ojos y permitió que la abrazara, que enterrara la cara en su cabello—. No hagas esto, por favor. Trata de entender que entonces era una persona diferente, que me afectan los errores que cometí.

Olivia meneó la cabeza con vehemencia y lo empujó con todas sus fuerzas.

—Con todo el tiempo que hemos pasado juntos desde aquella noche que viste a mi tía en la terraza, deberías habérmelo dicho.

—¿Cómo? ¿Cómo podría haberte dicho algo así, Olivia?

Ella volvió a forcejear, así que Sam la dejó marchar. Olivia se alejó un paso y le dio la espalda.

Sam ya había tenido suficiente. Apoyó las manos en las caderas y confesó todo lo que había en su interior en un susurro ronco:

—Quiero que sepas, Olivia, que solo una de las cosas que dijo Edmund esta noche era cierta. —Esperó, y tras un par de segundos, Olivia lo miró de reojo por encima del hombro—.

Siempre he sentido celos de la facilidad que tiene para relacionarse con las mujeres, para atraerlas, para flirtear y cortejar a las damas a fin de llevárselas a la cama. —Aspiró aire con cierta dificultad—. Pero jamás le había tenido tanta envidia como la noche que te conocí, Olivia. Pensar, saber que se había casado con una mujer tan hermosa, con una dama tan encantadora, elegante e inteligente, hizo que me sintiera más celoso que nunca. —Hizo una pausa para aclararse las ideas y después murmuró—: ¿Sabes por qué te he hecho el amor hoy?

Ella no dijo nada, así que estiró la mano para agarrarle el brazo y la obligó a darse la vuelta.

—¿Lo sabes?

Olivia lo miró a la cara; sus ojos revelaban una extraña mezcla de confusión y furia.

—¿Porque creíste que se había acostado conmigo y deseabas lo que él había tenido? —replicó con ironía.

Eso lo puso furioso.

—Sabía que nunca habías estado con Edmund.

—¿Cómo? —inquirió ella con los párpados entornados.

Sam intentó pasar por alto su sarcasmo.

—Porque Claudette me lo dijo cuando bailamos juntos en la fiesta de los Brillon, en París. Creía que yo era Edmund, y me advirtió que no me acostara contigo, que no pusiera en peligro el plan que habían trazado.

Eso la dejó un tanto desconcertada. Frunció el ceño y ladeó la cabeza. Sam tomó el gesto como una señal de que comenzaba a comprender.

—Te hice el amor, Olivia, porque me daba pánico que Edmund volviera a ganarse tu confianza. Os vi en el jardín y me asusté. No quería correr el riesgo de perderte.

Ella retrocedió un paso y bajó la mirada, como si tratara de digerir lo que le había dicho.

—En todos los años que han pasado desde que terminó mi relación con Claudette —explicó Sam en un susurro—, he estado con muchas mujeres, Olivia.

—¡No quiero escuchar esto!

Sam la sujetó una vez más y la estrechó con fuerza para obligarla a escuchar.

—He estado con muchas mujeres, pero hasta hoy, hasta que compartí la cama contigo, jamás había estado dentro de ninguna de ellas. No en diez largos años. No tendré más hijos bastardos que puedan desencadenar más rumores. Desde que me convertí en el aristócrata cuyas peculiares preferencias sexuales constituían el ingrediente principal de chistes horribles, jamás volví a hacer el amor. En ocasiones me llevaba a una mujer a la cama para proporcionarle placer, en busca de algún tipo de contacto y de un somero alivio sexual. Pero no supe lo que era amar hasta que sentí la necesidad de estar dentro de ti, Olivia. Hasta que el deseo se hizo tan fuerte que necesitaba hundirme en tu interior y entregarme por completo a ti. —Le sujetó la cara y sintió las lágrimas que le humedecían la piel—. Jamás he conocido a una mujer como tú, y quiero compartir contigo todo lo que soy, derramar mi semilla en tu interior, hacerte mía. Estar contigo es lo más maravilloso que me ha pasado en la vida y me niego, me niego en rotundo a perderte ahora.

Olivia no dijo nada, pero comenzó a estremecerse entre sollozos. Negaba con la cabeza y mantenía los párpados apretados.

En un momento dado, se alejó de él de repente, caminó a toda prisa hasta su dormitorio y cerró la puerta para no enfrentarse al tormento que lo invadía, a esa angustia que solo su amor podría borrar.

Sam cerró los ojos, abrumado por el dolor que había visto en su rostro; no sabía si debía seguirla, pero después de pensarlo unos instantes decidió que necesitaba pasar un tiempo a solas.

Lo amaba. Eso lo sabía con absoluta certeza. Aceptaría su pasado y compartiría su vida con él. Confiaba en que ocurriría eso... y se negaba a creer ninguna otra cosa. No después de todo lo que habían pasado juntos.

Con una sensación opresiva en el pecho y las manos temblorosas, se acercó a la mesa para apagar la lámpara. Demasiado dolido para dormir, se dirigió al sofá y se dejó caer en él; clavó la vista en la alfombra durante un buen rato, esperando que ella fuera a buscarlo, lo rodeara con los brazos y lo estrechara en silencio.

Al final, el agotamiento pudo con él; se acurrucó en el sofá, aún ataviado con el traje de noche, y cerró los ojos por un momento. Cuando los abrió de nuevo, la luz del día se colaba a través de la ventana.

Se puso en pie al instante y volvió la vista hacia el dormitorio de Olivia. La puerta estaba abierta de par en par y la cama, perfectamente hecha. Fue entonces cuando comprendió que ella lo había abandonado.

23

Iba a ser una cena tranquila, solo para ellos cuatro. Colin lo había invitado a la casa que tenía en la ciudad, y también a Will Raleigh, que había acudido a Londres para pasar la temporada junto con su mujer, Vivian. Will era el único amigo que tenía además de Colin.

Se habían reunido en el vestíbulo a las siete, pero después se habían trasladado al estudio para charlar y tomar un whisky, si bien la esposa de Will solo había tomado unos sorbos de champán.

Colin, por supuesto, les había contado la última aventura que había vivido mientras trabajaba para el gobierno, ya que la conversación sobre su viaje a Francia se había dado por zanjada semanas atrás, poco después de su llegada.

Aunque les había dado muchos detalles sobre lo ocurrido, en especial los concernientes a Edmund, Sam se había callado gran parte de sus pensamientos y todo lo que sentía por Olivia Shea, y sus amigos habían sido lo bastante inteligentes para no preguntar. Con todo, el recuerdo de las semanas que había pasado con ella no dejaba de aflorar a la superficie, trayendo consigo la sensación de culpabilidad, la frustración y la ira, pero sobre todo el amor que habían compartido y que había ido creciendo durante el curso de su aventura. Al menos, siempre le quedaría eso.

Sam no creía haber sentido nunca tanto miedo como el

día que despertó en el hotel y descubrió que ella se había marchado. Regresó de inmediato a la propiedad de los Govance, pero le dijeron que no la habían visto. Le proporcionaron el nombre de dos parientes de su difunto padrastro que vivían en Grasse, aunque cuando los visitó descubrió más de lo mismo: ella no había estado allí. Más tarde regresó a París, donde permaneció tres semanas, pero Olivia nunca volvió a Nivan. Sencillamente, se había desvanecido, y después de tanto tiempo Sam renunció a la búsqueda y volvió a Inglaterra solo.

Sentía un dolor constante en el corazón. Nunca se habría imaginado que llegaría a enamorarse tanto para después perder a su amor, y ningún dolor en la vida podía compararse al de la angustia de ese golpe devastador.

Cada día experimentaba un ramalazo de furia al comprender que era la testarudez de Olivia lo que los mantenía separados y que no había dejado de preocuparse por ella. Seguía esperando que un día volviera a aparecer en su vida, pero después de muchas semanas sin saber nada de ella, sin recibir ni una carta ni un mensaje, esa esperanza comenzaba a desvanecerse.

En ese momento estaba sentado con sus amigos en el estudio de Colin, bebiéndose un whisky y escuchando la conversación trivial que mantenían los demás. No podía evitar pensar lo feliz que sería si tuviera a Olivia a su lado como su esposa, parloteando sobre saquillos y frascos de perfumes, sobre la fragancia de la temporada y la esencia que utilizaba para conseguir que sus medias olieran a flores.

—¿Por qué sonríes?

Sam parpadeó y apartó la vista del escritorio tras el que estaba sentado para mirar primero a Will y después a Colin, que era quien había formulado la pregunta.

—¿Sonreír? —repitió.

Colin compuso una mueca burlona y dio un trago al whisky.

—Estamos hablando de un disturbio en Francia, y es evidente que lo encuentras divertido. —Arrugó el entrecejo y añadió—: Supongo que los franceses siempre resultan divertidos. Continúa.

Vivian, que ocupaba la mecedora situada junto a la chimenea apagada, justo al lado de su marido, se echó a reír y se reclinó en el asiento antes de cruzar los brazos.

—Lo más probable es que el motivo de su sonrisa no tenga nada que ver con lo que nosotros pensemos sobre Francia —reflexionó ella con una sonrisa irónica.

Sam resopló y apuró el whisky de un largo trago.

—En realidad, pensaba en las especias.

—¿Especias? —gruñó Will.

Él se encogió de hombros y dejó el vaso vacío sobre el escritorio.

—Me muero de hambre.

—Yo también —admitió Vivian con un suspiro.

Will se inclinó hacia delante para darle un beso en la coronilla.

—Tú siempre tienes hambre.

—Tiene que alimentar al bebé —aclaró Colin con aire despreocupado—. Debe de ser maravilloso tener una excusa aceptable para comer sin parar.

—Pues debe de ser lo único aceptable de estar embarazada —se burló Vivian.

—Tú pareces soportarlo con bastante facilidad —replicó Colin.

—¿Con bastante facilidad? —repitió ella con los ojos abiertos de par en par.

—Bueno, al menos no parece que te resulte muy difícil —dijo con guasa.

—Por el amor de Dios —masculló Will—, me muero de ganas de que llegue el día en que te cases y empieces a sufrir…

—Eso no ocurrirá nunca —lo interrumpió Colin antes de dar un largo sorbo a su bebida—. No tengo tiempo para las esposas y sus pequeños… —Hizo un gesto con la mano para señalar a Vivian—… problemillas.

Una suave llamada a la puerta los sobresaltó a todos.

Sam sonrió.

—Gracias a Dios, la cena. El mero hecho de escucharos a los tres es un calvario.

—Adelante —dijo Colin.

La puerta se abrió muy despacio para dejar paso al mayordomo; un nuevo mayordomo, se fijó Sam. Colin siempre tenía sirvientes nuevos. Jamás podría entenderlo.

—Excelencia, tiene una visita —dijo el hombre con expresión seria.

Antes de que Colin pudiera responder, el mayordomo se apartó a un lado para dejar pasar a Olivia Shea, anteriormente Elmsboro.

Fue Colin quien reaccionó en primer lugar.

—Madre de Dios, la diosa dorada...

Sam solo pudo mirarla, hechizado de repente. Y al momento sintió que la sangre abandonaba su rostro y que le temblaban las manos.

—¿Olivia? —murmuró mientras se ponía en pie con torpeza; apoyó las manos en el escritorio, por si acaso le fallaban las piernas.

Tenía un aspecto radiante, ataviada con un vestido de tarde celeste y zapatos a juego. También eran azules las cintas que sujetaban su brillante cabello negro trenzado en lo alto de la coronilla. Y en el momento en que la vio sonreír con vacilación, Sam sintió un nudo de emociones contenidas en la garganta. Había ido a buscarlo porque lo amaba.

Jamás había estado tan asustada en toda su vida. Asustada... y nerviosa. Ni siquiera sabía cómo había logrado mantenerse en pie cuando vio por fin a Sam.

Tenía un aspecto magnífico vestido de manera informal para la cena, con unos pantalones azul marino y una camisa beige con el cuello desabotonado. Su cabello parecía más largo que la última vez, aunque se lo había peinado hacia atrás, como a ella le gustaba. Sus ojos, esos ojos tan oscuros y reservados, estaban clavados en ella, y Olivia sintió que se le doblaban las rodillas. Tragó saliva para contener las lágrimas de alegría. Esperaba de todo corazón que él la perdonara por haber sido tan cruel para abandonar a un hombre maravilloso.

No podía apartar los ojos de él mientras se adentraba en la estancia.

—Añade un servicio en la mesa de la cena, Harold —dijo alguien.

—Desde luego, Excelencia —replicó el mayordomo situado a su espalda antes de cerrar la puerta y dejarla a solas con él.

Aunque no estaban solos, comprendió de repente cuando por fin desvió la mirada hacia el hombre al que recordaba como el amigo de Sam, Colin. Había sido él quien se había dirigido al mayordomo desde el lugar que ocupaba cerca de la chimenea, y había dos personas más a las que no conocía al lado de la ventana que tenía a la derecha.

—Yo... siento mucho la intromisión —consiguió decir.

—No hay por qué —replicó Colin con una sonrisa burlona—. Nos encantan las sorpresas, ¿verdad, Sam?

Olivia volvió a contemplar al hombre de sus sueños y se recreó con sus apuestos rasgos mientras recordaba su forma de bromear, lo mucho que se reía con ella. La noche que le dijo que la amaba.

—¿Vas a presentarnos o tendré que hacerlo yo? —inquirió la mujer de la mecedora con cierta aspereza al tiempo que enarcaba las cejas.

Sam pareció recuperarse de pronto, y el asombro que había aparecido en su rostro al verla fue sustituido por una expresión formal y distante. Se puso en pie con los brazos a los costados e hizo un gesto con la mano para presentarlos.

—Lady Olivia Shea, anteriormente Elmsboro —dijo con un tono grave y frío—, le presento a William Raleigh, duque de Trent, y a su esposa, Vivian.

Olivia se inclinó en una reverencia.

—Excelencia. Milady.

Sam sonrió con malicia.

—Y ya conoces a Colin Ramsey, duque de Newark.

—Excelencia —repitió ella con otra reverencia. Los tres guardaron silencio durante algunos segundos, de modo que Olivia esbozó una sonrisa radiante antes de añadir—: ¡Cielo santo!, cuántos aristócratas importantes en una misma habitación. Y todos muy apuestos, además, lo que me resulta de lo más extraño...

—¿Por qué estás aquí, Olivia? —interrumpió Sam con voz ronca mientras la miraba fijamente.

Olivia respiró hondo para darse ánimos. Era obvio que no iba a ponerle las cosas fáciles.

—Tal vez debamos dejaros a solas —intervino Vivian mirando a Sam.

—No, por favor... —Olivia retorció el abanico que tenía en las manos—. Solo será un instante. Quería... quería decirle a Sam que... bueno... que el clima político ha cambiado en Francia.

—A decir verdad, acabamos de mantener una larga conversación al respecto —señaló Sam, que por fin se apartó del escritorio.

Olivia advirtió de inmediato que todos lo miraban con el ceño fruncido.

Sam se aclaró la garganta y apoyó la cadera sobre la oscura madera del mueble antes de cruzar los brazos sobre el pecho. Olivia supuso que esperaba a que ella se explicara.

—Ya veo... —replicó con tanta despreocupación como pudo—. Bueno, en ese caso ya sabréis que la emperatriz Eugenia ha sido expulsada del país y que el gobierno británico ha sido lo bastante amable para permitirle establecer su residencia aquí.

—Sí, eso hemos oído —dijo Sam con voz gélida y expresión reservada.

—Ah, las excentricidades de los franceses —comentó Colin antes de dar un sorbo a la bebida que tenía en la mano—. Siempre nos proporcionan a los ingleses algo de lo que hablar en las fiestas.

Olivia decidió en ese preciso momento que Colin le caía muy, muy bien.

—¿Dónde has estado? —preguntó Sam en voz baja sin apartar la mirada de ella.

La cuestión la hizo vacilar y se removió con incomodidad.

—¿Has estado buscándome? —inquirió a su vez con una voz que le sonó tímida hasta a ella misma.

Sam se quedó callado un momento.

—Sí —respondió a la postre.

Olivia sonrió de oreja a oreja. No pudo evitarlo.

—Me he alojado con lady Abethnot los últimos tres días, pero antes fui a Cornwall.

—¿Cornwall? —repitieron los tres al unísono.

Ella abrió los ojos de par en par y dio un paso atrás.

—Sí, bueno, tengo familia allí, algunos primos por parte de padre, y puesto que Eugenia ya no residirá en París nunca más, he venido aquí... a considerar mis opciones.

—A considerar tus opciones... —repitió Sam.

Olivia suspiró.

—Supongo que la tienda de Francia seguirá adelante sin mi ayuda, pero pensé que debería considerar la idea de abrir una nueva sucursal de Nivan aquí. —Se encogió de hombros—. Por la emperatriz Eugenia, por supuesto.

—Por supuesto —convino Sam, cuya expresión empezaba a mostrar un asomo de humor.

Eso le dio confianza.

—Como es natural, no deseo perder su estima. A la emperatriz le encantan los perfumes que fabrico para ella; además acabo de crear una nueva agua de colonia especiada en su honor.

Se dio cuenta de que todos los presentes en la estancia, a excepción de Sam, la miraban con expresión confundida.

—Lo siento mucho, pero no entiendo nada. ¿Nivan? ¿Especias? —inquirió Vivian desde su asiento.

Olivia la observó con detenimiento por primera vez. Era una mujer hermosa, algo mayor que ella, con el cabello oscuro y unos ojos de lo más llamativos. Y era evidente que estaba embarazada.

Le dedicó una sonrisa.

—Nivan es la casa de perfumes que dirijo, o más bien que dirigía, en París. Y la esencia especiada es la favorita de la temporada. De hecho, también es mi favorita.

El marido de Vivian se echó a reír por lo bajo, pero los otros dos miraron a Sam. Él había empezado a sonrojarse, lo que le recordó a Olivia el aspecto que tenía cuando le había hecho el amor: sonrojado y vital, implacable en su esfuerzo por satisfacerla. Ese pensamiento le provocó una súbita oleada de deseo que hizo que se sintiera violenta.

—¿Quiere sentarse, lady Olivia? —preguntó el duque de Trent, muy amable.

Ella meneó la cabeza.

—Gracias, pero no. No he venido aquí para...

—¿Por qué has venido aquí? —quiso saber Sam, que había recuperado su apariencia distante.

Aún no se había apartado del escritorio; seguía apoyado con los brazos cruzados a la altura del pecho. La estaba poniendo nerviosa y resultaba un poco irritante que siguiera haciéndole preguntas, como si deseara que lo confesara todo antes de admitir siquiera que la había echado de menos.

Enderezó la espalda y abrió el abanico para agitarlo con lentitud por delante de ella.

—Veo que está embarazada —dijo a Vivian con tono alegre.

La mujer esbozó una preciosa sonrisa.

—De cuatro meses.

Olivia la miró boquiabierta.

—¿Cuatro meses? —repitió.

Vivian apoyó la mano sobre su abultado vientre.

—Estoy enorme, lo sé.

Olivia frunció el ceño y comenzó a caminar hacia ella.

—¿Ha experimentado ya algún tipo de hinchazón? Sé que puede ser un problema cuando hace mucho calor, y últimamente...

—Deja ya de parlotear, Olivia —le ordenó Sam, acallándola al instante.

Ella le dirigió una mirada furiosa.

En ese momento, el mayordomo llamó a la puerta de nuevo y se adentró en la sala.

—La cena está servida, Excelencia.

—Vamos en un minuto, Harold —le informó Colin, aunque no apartó la vista de ella—. Esto es fascinante.

—Como desee, milord —dijo el hombre que se encontraba a su espalda antes de marcharse una vez más.

—¿Piensas ir al grano de una vez? —le preguntó Sam con un tono frío como el hielo.

Olivia enderezó los hombros e inclinó la cabeza hacia un lado.

—¿Por qué crees tú que estoy aquí, Sam?

Él se encogió de hombros.

—No tengo ni la más mínima idea.

Ella entrecerró los párpados y cruzó los brazos.

—Está claro que puedes llegar a ser todo un canalla.

—¿Él? —dijo Colin antes de dejar el vaso sobre la repisa de la chimenea—. Milady, ni se imagina lo mucho que tarda este hombre en reunir el coraje necesario para algo tan sencillo como hablar con una…

—Ya es suficiente, Colin —lo reprendió Will.

Olivia volvió a concentrarse en Sam, que en ese momento la miraba fijamente en busca de una reacción.

Decidió tragarse el orgullo.

—En ese caso, debo asumir que no has cortejado a otra dama en mi ausencia —comentó al tiempo que cerraba el abanico.

La frente de Sam se llenó de arrugas mientras la miraba de arriba abajo.

—¿En ocho semanas?

—Ah, *l'amour...* —dijo Colin en voz baja mientras se pasaba los dedos por el pelo.

Olivia se ruborizó.

—¿Está casado, milord?

El duque de Newark la miró con una sonrisa ladina.

—No, pero de pronto me apetece muchísimo estarlo. ¿Está buscando un marido?

Olivia miró a Sam.

—Sí, la verdad es que sí.

Él se limitó a enarcar las cejas, y eso la dio unas ganas tremendas de abofetearlo... aunque también de correr a sus brazos y comérselo a besos.

—Lo cierto es que ya tuve uno, pero resultó ser un embustero y un estafador —señaló con sequedad. Al ver que nadie decía nada, añadió—: Y después descubrí que en realidad ni siquiera estaba casada con él. —Su voz se había vuelto seria, al igual que la atmósfera de la habitación. Respiró hondo y alzó la barbilla mientras las emociones la sacudían con fuerza—. Pero resulta que luego conocí a otro hombre mejor, un hombre muy distinto al primero. —La voz le temblaba un poco, pero continuó—: Se portó maravillosamente conmigo, y era muy apuesto e inteligente. Se preocupaba por mis sentimientos, por mi trabajo y por mi vida.

La expresión de Sam se suavizó mientras la contemplaba, y Olivia tragó saliva con fuerza para contener las lágrimas.

Comenzó a acercarse a él muy despacio.

—Cambió mi mundo —susurró con voz ronca—. Me amaba de verdad, me necesitaba, pero yo... le dije cosas horribles. Daría la vida por poder retirarlas.

Se hizo un silencio absoluto en el estudio. Olivia se situó a menos de un paso de él y lo miró a los ojos con todo el amor y el anhelo que sentía, deseando con toda su alma que él pudiera apreciarlos por sí mismo.

—Quiero casarme con él —susurró, y la intensidad de los sentimientos que la embargaban se dejó ver en sus palabras, en la forma en que temblaba su cuerpo, en las lágrimas que le habían llenado los ojos sin previo aviso.

Cerró los puños a los lados y tensó la mandíbula.

—Lo amo con desesperación. Lo amo mucho más de lo que podría explicarle con palabras. Quiero que vuelva, que me ame como antes, que me perdone por ser tan ingenua y tan estúpida. —Sorbió por la nariz antes de añadir—: Lo amo con todo mi corazón, pero temo que él ya no sienta lo mismo por mí.

Olivia pudo ver el dolor y la tormenta de emociones que atravesaron el rostro masculino. Sam apretó los dientes y tomó una breve bocanada de aire mientras se sujetaba los brazos con las manos a fin de no abrazarla hasta que hubiera terminado.

Fue entonces cuando Olivia supo que jamás lo perdería, y eso le produjo un inmenso alivio y una súbita alegría.

Esbozó una sonrisa radiante que no fue capaz de disimular. Después se apartó un paso de él y miró a Colin, que seguía junto a la chimenea, observándolo todo con expresión divertida.

—Pero si él no me quiere, milord —comentó con aire despreocupado—, supongo que usted sí lo hará.

Sam se acercó a ella de inmediato, la sujetó por los hombros y la estrechó con tanta fuerza que casi la dejó sin aliento.

La miró con una sonrisa burlona y le susurró con voz enronquecida:

—A Colin no le gustan las damas con los ojos azules.

Olivia escuchó una risotada muy cerca, pero todos los sonidos desaparecieron cuando Sam la besó con pasión para devolverle todos los sentimientos que albergaba por él, para decirle con un gesto lo que no podía explicarle con palabras, para entregarle su amor. Ella dejó caer el abanico al suelo y se abrazó a su cuello, temerosa de que se apartara.

Al final, Sam se apartó de su boca y le cubrió las mejillas con las manos para besarle la frente, los párpados, la barbilla y la punta de la nariz.

—Me diste un susto de muerte, Livi —susurró con voz densa sin apartar los labios de su piel—. No vuelvas a dejarme nunca…

Ella sacudió la cabeza y las lágrimas brillaron en sus pestañas cuando él la miró con los ojos cargados de amor y de deseo. De alivio.

—Te he echado tanto de menos... —murmuró Olivia.

Sam tragó saliva.

—Por todos los santos del cielo, Olivia...

Su voz quedó ahogada por las emociones, de modo que tiró de ella para apoyarle la cabeza contra su pecho y le cubrió una mejilla con la palma de la mano.

Olivia cerró los ojos por un momento para disfrutar del firme sonido de su corazón, para sentir ese cuerpo alto y poderoso que la abrazaba con fuerza.

—Todo el mundo se ha ido —le dijo en voz baja.

Él se echó a reír.

—Son muy listos, y en estos momentos están en el comedor, acabando con todo.

Olivia no pudo contener una carcajada.

—De cualquier forma, yo solo tengo hambre de ti.

Sam aspiró entre dientes y le alzó la cabeza para mirarla con expresión seria.

—¿Estás embarazada?

A Olivia le entraron ganas de echarse a llorar otra vez.

—No —confesó en un murmullo.

Él sonrió.

—Bien. En ese caso podemos casarnos como es debido.

Ella esbozó una sonrisa resplandeciente y se inclinó un poco hacia atrás.

—Una boda de verdad... y legal.

—Una boda real, legal y esplendorosa que me costará una fortuna en vestidos de baile.

Olivia se echó a reír una vez más.

—Y en perfumes.

Sam sonrió con sorna.

—Cómo no...

Después de mirarla a los ojos durante unos instantes, apoyó la frente sobre la de ella del mismo modo que lo había

hecho tanto tiempo atrás, mientras bailaban como si no hubiese nadie más en el mundo.
—Te amo —murmuró Olivia.
—Livi... —susurró él—. Yo también te amo.